KNAUR

JUDITH C. VOGT, CHRISTIAN VOGT

WASTE LAND

ROMAN

KNAUR

Inhaltswarnungen findet ihr bei Bedarf auf der letzten Seite!

Besuchen Sie uns im Internet:
www.knaur.de
Facebook: https://www.facebook.com/KnaurFantasy/
Instagram: @KnaurFantasy

FSC
www.fsc.org
MIX
Papier aus verantwortungsvollen Quellen
FSC® C014496

Originalausgabe Oktober 2019
Knaur Taschenbuch

Ein Imprint der Verlagsgruppe
Droemer Knaur GmbH & Co. KG, München

Redaktion: Hanka Leo
Covergestaltung: Guter Punkt, München
Satz: Adobe InDesign im Verlag
Druck und Bindung: GGP Media GmbH, Pößneck
ISBN 978-3-426-52391-9

2 4 5 3 1

Für unsere Twitter-Homies:
Ihr seid Hopers.

»It's about acknowledging disability and madness and trauma in a way that removes normalcy as our baseline. Every body is a weird body and weird is good. [...] It's a fun thought project: to imagine a community that would wholly embrace and empower you.«

– Avery Alder –

TEIL 1

HOPE

ÖDLAND
ZEETO, 13. JANUAR 2064

Es war ein Fehler, auf diesen Schrei zu reagieren.
Ich weiß. Hinterher ist man immer klüger.
Ich schwöre, dass ich die Tür blockiert hab, aber offenbar hab ich den Mechanismus oder das Gewicht unterschätzt, jedenfalls ist sie ins Schloss gefallen, als ich draußen war.

Draußen.

Im Ödland.

Wirklich, das ist kein Witz. Es kommt keine Pointe.

Ich hatte mir gedacht, wenn ich nur zwei, drei Minuten an der Luft bleibe, mit der Atemmaske vorm Gesicht und der Kapuze überm Kopf und den Handschuhen an, dann stecke ich mich nicht an. Dann kann ich nachsehen, wer oder was da so schreit – klang wie ein Kind, hilflos und verloren und all so was! – und helfen. Und danach schnell wieder in die Anlage zurück.

Dem Geschrei zu folgen war einfach, und ich hatte es auch nicht weit: Zwischen der Wurzelplatte eines umgestürzten Baumriesen und einem mit gelbem Fahlmoos überwachsenen Felsen fand ich eine Lebende und eine Tote. Die Tote war eine Frau, vielleicht fünfundzwanzig, dreißig Jahre alt. Die Lebende war ein Baby, das vor Hunger oder Durst oder Windel-voll schrie wie am Spieß. Und durch ihr Gejammer hindurch hörte ich das *Dumm,* als die Bunkertür zufiel. *Dumm,* das perfekte Wort für mich. *Dumm,* wie in *Dumm gelaufen, du bist im Ödland und wirst sterben.*

Ich bin im Ödland. Vor mir eine Leiche und ein Baby, und beides hilft mir kein Stück weiter. Mein Atem in der Maske geht so heftig, dass die Augengläser beschlagen. Ich werde hier elendig zugrunde gehen.

BROKE-TURF
LAYLAY, 14. JANUAR 2064

Das Gesträuch am Rand der Piste flog nur so vorbei. Diesmal saß Azmi im Beiwagen, und unser beider Leben lag in meinen Händen, die wiederum in Halbfingerhandschuhen steckten und die Lenkergriffe gepackt hielten.

Ich sah aus den Augenwinkeln, dass er versuchte, sich zu entspannen – trotz der Todesängste, die er immer aussteht, wenn er sich meinen Fahrkünsten überlässt. Dabei weiß er sehr gut, dass er sich auf mich verlassen kann. Ohne Beiwagen lege ich querfeldein die rasantesten Manöver hin, das Motorrad ist wendig und nicht zu schwer, und manchmal kommt es mir so vor, als müsste ich nur denken, was es tun soll, und schon gehorcht es mir.

Auf der langen Piste in den Broke-Turf war ich jedoch ein Ausbund an Zuverlässigkeit und dachte nicht einmal daran, von der Straße abzuweichen. Der Asphalt ist stellenweise noch zu sehen, obwohl sich Wurzeln hindurchschieben und Sand und Erde ihn oft unter einer fingerdicken Schicht begraben.

Wenn die Straße einmal im Broke-Turf angekommen ist, halten die Brokes sie instand, so wie alle alten Strukturen: Straßen, Gebäude, manchmal sogar Abwasserkanäle. Aber so weit draußen umgaben uns nur Steppe und Wald und Einsamkeit, und wir hatten unseren Passierschein noch kein einziges Mal vorzeigen müssen. Er war ganz neu und galt nur einen Monat, danach mussten wir wieder raus sein aus dem Turf. Aber ein Monat Zivilisation!

Den größten Teil des Jahres sind Azmi und ich allein unterwegs. Manchmal schließen wir uns Reisenden an oder bleiben für einige Zeit in einer Siedlung, aber das ist nie für die Ewigkeit.

Azmi ist mein Dad, übrigens. Nicht, dass hier irgendwie falsche Vorstellungen aufkommen, ich wäre mit meinem Freund auf einem romantischen, lebenslangen Trip durchs Nirgendwo unterwegs.

Nee, ich bin einundzwanzig und mit meinem Dad unterwegs, aber das ist schon in Ordnung.

Azmi hält nicht viel von anderen Menschen, Anwesende ausgenommen.

Schon während wir auf dem Weg hierher waren, fragte ich mich, ob wir den Monat im Broke-Turf wirklich ausnutzen würden oder ob wir nur zum Handgebunden-Markt und von da aus weiter nach Norden fahren würden. Wie in jedem Frühjahr, fast wie Zugvögel. Nur, dass Zugvögel immer dieselbe Route nehmen, sagt Azmi, und wir wählen stets andere Wege.

Vor ein paar Jahren, als ich noch nicht so viel darüber nachgedacht hatte, wie sehr sich Azmis Kindheit von meiner unterschieden hat, fragte ich ihn, ob es für ihn immer schon so gewesen sei. »Bist du mit deinen Eltern auch dauernd herumgereist?«, fragte ich, und er lachte dunkel. Fast dachte ich schon, das war's, denn manchmal laufen unsere Gespräche so, aber dann antwortete er doch: »Als ich so alt war wie du, da reiste man nicht einfach herum. Leute wohnten in Städten, Leute hatten Jobs. Da war niemand so wie wir. Oder wenn doch, dann hat man diese Leute bedauert oder belächelt.« Kurzes Schweigen. »Ich war fünfzehn, als es losging.«

Ich wusste natürlich auch damals schon, dass alles anders gewesen war, als Dad noch klein war. Man kann es schließlich an allen Ecken und Enden sehen: die hohen Türme mit den zahllosen Wohneinheiten, die im Ödland aufragen. Die Straßen, deren Asphalt mal ganz glatt und eben gewesen war und den sich nun die Wildnis zurückholt. Die Tausende und Abertausende verendeten Autos, an denen wir schon vorübergekommen sind. Meist haben andere schon alles geplündert, was von Wert ist, aber oft finden wir in alten verlassenen Siedlungen noch Bücher in den leeren Häusern, denn die sind schwer, und wer hat schon Platz dafür? Dad und ich nehmen manchmal ein paar davon mit, lesen sie und lassen sie dann irgendwo liegen, aber die Welt seiner Kindheit, die in manchen davon beschrieben wird, ist für mich so weit entfernt, so fremd und so fantastisch, dass ich manchmal nicht weiß, wann ein Buch einfach nur in seiner Kindheit spielt und wann es Science-Fiction ist.

Außerdem redet Azmi fast nie darüber. An dem Tag war es anders. Ein bisschen zumindest.

»Meine Eltern auf Motorrädern, jeden Tag unterwegs?« Er lachte. »Für dich ist das normal. Für sie und mich … wäre das undenkbar gewesen. Das war ja noch, bevor die großen Mauern gebaut wurden. Bevor die Verfolgungen begannen. Vor den Drei großen Kriegen. Als ich klein war, waren meine Eltern nur mit mir unterwegs, um ab und zu in den Urlaub zu fahren. Zu *nene* und *dede* in die Türkei. Oder Ski fahren in den Alpen. Du weißt nicht mal, was das ist, Ski fahren!«

»Natürlich weiß ich, was das ist!«, protestierte ich, denn ich hatte davon gelesen, und auf dem Handgebunden-Markt zeigen sie ständig Videos von allem Möglichen. »Wenn du damals gewusst hättest, wie es wird – hättest du dann Angst gehabt?«

»Ich hätte mir in die Hosen gemacht, Laylay.« Azmi grinste. »Ich *hab* mir in die Hosen gemacht. Wir haben alle geahnt, dass das passiert. Dass wir vor dem großen Knall stehen. Ich hab immer gedacht, wir bremsen vorher noch, aber da war es längst zu spät zum Bremsen. Und wenn man mittendrin steckt, dann funktioniert man und überlebt so von Tag zu Tag oder auch nicht. Meine Mutter – deine *nene* – und ich haben überlebt.«

Ich hatte mich während unseres Gesprächs vorgebeugt und das Feuer mit Tannennadeln vom Boden gefüttert, die sofort in Flammen aufgingen. Meine Augen wanderten hinauf in das löchrige Dach unserer provisorischen Unterkunft – es lohnt sich nicht, unsere Behausungen zu reparieren, wir bleiben nie lange dort. Die alten ländlichen Siedlungen werden von den Gangs kontrolliert, und die Gerippe der großen Städte sind Todesfallen im Ödland, die man nicht betreten kann, es sei denn … Na ja, dazu später.

»So schlimm kommt es mir gar nicht vor«, sagte ich zu den Sternen da oben. »Immerhin haben wir viel Zeit und können tun und lassen, was wir wollen. Außer das Benzin ist alle.«

Azmi hatte genickt und nichts gesagt.

Azmi richtete sich im Beiwagen neben mir kerzengerade auf und wirkte *noch* nervöser – aber diesmal waren nicht meine Fahrkünste daran schuld. Ich sah mich um, hören konnte ich nichts, denn Azmi besteht darauf, dass ich einen Helm trage (im Gegensatz zu ihm, einmal Applaus bitte für dieses grandiose Vorbild!). Aber ein paar rasche Seitenblicke verrieten mir, was ihm bereits aufgefallen war: Grenzpatrouillen der Brokes.

Die Vorhut stob durch die kleinen Wäldchen, in wilden Schlangenlinien auf ihren Crossmaschinen. Wenn die so angeben, ist meist der Hauptpulk nicht weit, und es dauerte nicht lange, bis ich ihn selbst durch unser Motorengeräusch und den Helm hörte: das tiefe Dröhnen der aufgemotzten Motoren, das Prasseln von Sand und Steinen unter breiten Rädern. Dann kam eine der aufgemotzten Pick-up-Kisten mit Ballonreifen, flankiert von ein paar Quads, querfeldein über eine Anhöhe und sprang vor uns auf die Straße, wo die Stoßdämpfer sie wild auf und ab federn ließen. Auf jeder freien Fläche des bulligen Gefährts hockten Brokes, die Visiere der Motorradhelme geschlossen, darauf die Fratzen von Monstern gesprayt. Je mehr Farben, desto höher der Rang.

Sie ließen mir ausreichend Platz, um das Motorrad zu bremsen, trotzdem brach mir der Schweiß aus.

Normalerweise sind die Brokes die Nemesis der friedlich umherziehenden Großfamilien. Sie haben mehr Besitz, festes Terrain, halten mehrere Straßen, die durch unverseuchtes Gebiet führen, und können es sich leisten, einzufallen, zu plündern und zu rauben, ohne dass sie Konsequenzen fürchten müssen. Sie *sind* die Konsequenzen, die andere androhen.

Für einen Passierschein durch ihr Gebiet muss man ihnen schon was bieten. Nicht alle können es sich leisten, dass sie in Ruhe gelassen werden.

Azmi hat immer etwas zu bieten. Seine Mutter war Ärztin gewesen und hatte ihm einiges beigebracht, während sie auf sich allein gestellt all die großen und kleinen Katastrophen überlebten. Seine Spezialität ist es, die Pulver aus alten Pillen richtig zusammenzumischen. So, dass es knallt. Für mich sind die Pillen streng verboten, aber wenn ich mir die Brokes so ansehe, bin ich auch direkt weniger neugierig … Für mich hat Azmi andere Pillen, und er wird selten so nervös wie dann, wenn sie ihm ausgehen. Aber für Brokes sollte es besser ordentlich knallen, die sind einiges gewöhnt, und der billig zusammengepanschte Fusel, mit dem sie sich für gewöhnlich abschießen, wird ihnen schnell langweilig.

Den Passierschein besaßen wir, und Azmi hatte ihn bereits aus seiner Jacke gezogen und hielt ihn vor sich. Nur ich konnte sehen, dass seine Hand zitterte.

»Wir sind auf dem Weg zum Handgebunden-Markt«, rief er, und das Beben seiner Stimme fiel sicherlich auch den Brokes auf.

Ein paar lachten dumpf unter ihren Visieren, kaum hörbar, weil die Gestalt am Steuer des Pick-ups gleichzeitig den Motor aufheulen ließ. Die Crossbikes brachen nun aus dem Unterholz, sprangen kreischend auf die Straße und fuhren wie im Wahn beschworene Geister um uns herum.

Ich hatte Azmi gegenüber einen Vorteil: Ich wusste, dass er alles tun würde, um mich zu beschützen, und das ließ mich eigentlich jeden Abend ruhig schlafen. Azmi hingegen wusste zwar, dass ich auch alles für ihn tun würde, aber er war halt mein Dad und verantwortlich für mich, und in den Augen deiner Eltern bist du ja auch mit einundzwanzig noch ein schützenswertes Kind. Also blieben wir zwar beide sitzen und fixierten durch den aufwirbelnden Staub das Fahrzeug mit der Anführerin, als gäbe es die irre tanzenden Geister gar nicht, aber ich glaube, Azmi ging der Arsch auf Grundeis.

Nach ein paar für die Brokes offenbar sehr witzigen Augenblicken hielten die Motorräder an. Die Gestalt mit dem buntesten Helm stieg ab. Sie riss Azmi das Papier aus der Hand, sah es skeptisch an, und ich fragte mich, wie viel sie durch ihr kreischend buntes Visier überhaupt sehen konnte. Darauf war ein aufgerissenes Haimaul mit Dutzenden Zahnreihen gesprüht. Dann drehte sie sich um, ging zwischen ihrem Motorrad und einem anderen hindurch. Sie und wir ignorierten die ersten hämischen Fragen, die aufkamen (»Darf ich die Kleine haben?« – »Und dann denk ich mir was für sexy Daddy aus!« – »Oder verkaufen wir ihn an die Maramaribos? Die brauchen frischen Samen!« – »Warum verkaufst du nicht einfach dich?« – grölendes Gelächter), während sie das Papier an ihre Boss weitergab, die auf dem Pick-up wie auf einem Thron saß.

Sie sprachen dabei dieses Gemisch, das sich in diesen Breiten durchgesetzt hat: Deutsch mit türkischen, arabischen und englischen Begriffen darin. Azmi und ich sprechen Türkisch und Deutsch, aber Azmi hasst es, wenn die Gangs dieses Gemisch reden, denn aus dem Türkischen verwenden sie fast nur Schimpfwörter, und das kotzt ihn an. Hier zuckte er natürlich mit keinem Muskel und ertrug ihre Verballhornungen.

Die Boss trug als Einzige keinen Helm, sie saß da wie eine verdammte Königin in ihrem zusammengestückelten Pelzmantel, auf einem Polster für ihren Hintern und rauchte eine fette Stange, die den Zigarren, die zu Höchstpreisen gehandelt werden, nicht einmal mehr ähnlich sah und die qualmte wie zusammengerollte Industrieabfälle. Ihr schmuddeliger Pelz war an den Schultern so buschig, dass er beinahe ihre streichholzkurzen Haare überragte, die so spärlich waren, dass ihre weiße Haut darunter von der Sonne gerötet war.

Scheinbar gelangweilt kaute sie auf der fetten Zigarre herum und beäugte das Stück Papier. Sie blickte zu uns herüber und strafte damit ihre Langeweile Lügen.

»Tja. Ist legal. Ist von Henzo unterschrieben«, sagte sie dann und spuckte aus. »Die können weiter. Handgebunden-Markt, ja?« Sie musterte meinen Vater. »Haste was zu verkaufen?«

»Ich bin Arzt.«

»Das ist immer gut. Meine Jungs, Mädels und Enbys haben auch die eine oder andere Stelle, wo sie sich am Sattel wundscheuern. Vielleicht solltest du mal danach sehen, Kleiner, bevor wir dich und das Mädchen weiterfahren lassen.«

Röhrendes Lachen um uns herum.

Ein Muskel zuckte in Azmis Gesicht. »Auf dem Papier steht klar und deutlich, dass ich passieren kann und nur auf dem Handgebunden-Markt handeln darf.«

»Ich dachte auch eher, dass du das umsonst machst.«

»Du weißt, dass auch das gegen Gesetze verstößt. Gegen *eure* Gesetze«, sagte er so leise, dass ich dachte, niemand würde ihn durch das Tuckern der Motoren hören. Klar, auch die Brokes brauchen Gesetze, damit die Hierarchie innerhalb des Trupps bis hinauf zum Gang-Oberhaupt gesichert ist. Die hier war nicht die Broke-Queen, sondern nur die Boss ihrer aufgemotzten Patrouillentruppe.

»Kommt zum Markt mit euren wunden Ärschen, und ich sehe, was ich tun kann.«

Die Boss lachte schmierig. »Mal sehen, Doc. Mal sehen. Vielleicht machen wir das. Und jetzt lasst ihn durch, Kinder. Ein aufrechter Mann auf dem Weg zum einzigen Ort, an dem noch Frieden herrscht. Nicht wahr?«

Wieder dieses Lachen, mit dem ihre sogenannten Kinder alles zu beantworten schienen. Azmi nickte mir zu, und ich ließ den Motor an, fuhr langsam vor, doch der Kreis aus Motorrädern musste sich öffnen, damit ich mitsamt dem Beiwagen hindurch konnte – und der Pick-up stand noch mitten auf der Straße. Ich rollte vorsichtig vorwärts. Eine Broke machte mit faulen Bewegungen Platz, in ihrem Sattel zurückgelehnt, das Visier des dunkelblau-schwarzen Helms wie den Blick eines Raubtiers auf mich gerichtet. Ich durchbrach den Kreis, langsam, als müsste ich Angst haben, sie würden es bemerken.

Die Boss stieg umständlich von ihrem Sitz auf dem Dach der Karre und stieß dabei ihre Untergebenen aus dem Weg. Sie näherte sich mir, und plötzlich waren nur sie und ich (und Azmi im Beiwagen) auf der Straße zwischen dem Kreis aus Motorrädern und dem Pick-up.

»Wer bist du, *şekerim?*«

»Meine Tochter«, sagte Azmi.

»Ssscht«, machte die Boss. Sie war nun so nah, dass sie ihre Hände auf meine Hände legen konnte, der Reifen des Motorrads kam zwischen ihren Beinen, die in einer engen Lederhose steckten, zum Stehen. Sie musterte mich. »Hat er dir den Mund verboten?«

»Ich bin Laylay«, sagte ich und bemühte mich um die rotzigste, festeste Stimme, die ich auf Lager hatte.

»Ich hab heute früh in meiner Morgenpisse gerochen, dass ich auf jemand Besonderes treffen würde«, sagte die Broke. »Bist du das?«

»Nein«, sagte ich. »Ich bin ganz und gar gewöhnlich.«

Sie nickte lächelnd und blies aus ihrem breiten Mund Rauch gegen mein Visier. Als sie mein Motorrad freigab, fuhr ich weiter, langsam über Wurzeln und durch das Laub des vergangenen Herbstes am Pick-up vorbei.

Wir wussten beide, dass ich gelogen hatte.

ÖDLAND
ZEETO, 14. JANUAR 2064

Leute haben Darwin immer falsch verstanden. Den kennt ihr noch, Darwin, oder? Der hat jedenfalls was von »Survival of the fittest« erzählt, aber damit meinte er nicht »Wer am stärksten ist, gewinnt«. Er meinte damit, dass es sich jede Spezies zum Ziel gesetzt hat, ein unschlagbares Überlebenskonzept zu entwickeln. Manche Arten haben völlig widersinnig scheinende Strategien entwickelt, so was wie »Lass uns doch mal die Fleischreste aus den Zähnen von Krokodilen picken«. Klingt nicht besonders geistig fit in meinen Ohren, aber die Symbiose scheint funktioniert zu haben.

Wir Menschen haben zwei Strategien, und wie bei Asimovs Gesetzen der Robotik haben sich diese Strategien irgendwann widersprochen. (Asimov kennt ihr auch noch, oder? Hat über Roboter geschrieben, aber wir mussten ja unbedingt die Welt zerstören, bevor taugliche Roboter die Weltherrschaft an sich reißen konnten. *Dumm.*) Also, hier sind die »Gesetze der Idiotik«, frei nach Zeeto:

Erstens: Wir haben einen Hang zum Sozialen. So nackte, stumpfzahnige, allesfressende Gestalten wie wir kommen allein nicht weit. Das heißt auch, wir haben den Drang, Alte und Schwache zu beschützen und einem dämlichen Kindergeschrei nach draußen in tödliches Ödland zu folgen, auch wenn wir das Kind überhaupt nicht kennen und es das sichere Ende bedeutet. Also meins. Mein sicheres Ende. Gesetze der Idiotik.

Und zweitens: Das hab ich noch nicht ausformuliert, aber es hat mit unserem Erfinderdrang zu tun. (Der übrigens im Team am besten funktioniert. Und mit Daumen. Und Hirn.)

Mit diesem Sozialisierungsding kommen nun die Konflikte (»Onkel Ugh-ugh hat mein Frauchen angeguckt, ich muss Onkel Ugh-ughs Nase brechen, um ihm zu zeigen, wer hier der Stärkere ist!«). Und so im Laufe von Jahrhunderttausenden führt das halt zu Weltkriegen, nuklearen Waffen und biologischen Kampfstoffen wie die, die in den Drei Kriegen vor allem hier in Europa eingesetzt wurden.

Zum Beispiel im Ödland. Hier, in diesem verfakkten Ödland, in dem ich gerade bin. Es stehen also in diesem Moment beide menschlichen Überlebensstrategien gegen mein eigenes Überleben. Mein Mitleid für dieses Baby (»Ach, ist es nicht süß mit seiner Rotznase?«) und der Erfindergeist vergangener Generationen (»Ach, ist es nicht tödlich, hier draußen im Ödland?«) ergeben zusammen: Zeeto ist am Arsch.

Genaueres kann ich übers Ödland nicht sagen. Im Broke-Turf kennt sich niemand damit aus, was genau hier passiert ist, also nicht politisch gesehen, sondern chemisch. Vielleicht gibt es solche Leute generell nicht mehr und all das Wissen ging verloren – im Schlechten, aber auch im Guten, denn dann kann auch erst mal niemand mehr so was nachbauen.

Das Einzige, was ich weiß: Hier wurde eine biochemische Waffe gezündet, und selbst die jahrzehntealten Überreste sind für Menschen tödlich, und auch für die meisten Tiere, aber jetzt kommt der Knaller: nicht für Insekten.

Verstehst du? Die halbe Welt ist Wüste oder eintönige Steppe wegen des großen Insektensterbens. Außer das Ödland. Das ist total geil grün, weil hier irgendwie noch Insekten existieren und, nein, sie fliegen oder krabbeln nicht aus dem Ödland raus, um mal woanders ein paar Pflanzen zu bestäuben, sie bleiben genau hier, in diesem Ödland, das deshalb gar nicht so richtig öde ist, wenn ich mal so drüber nachdenke. Es ist halt giftig, menschenfeindlich und verseucht, aber ansonsten echt ganz nett.

Keine Vögel. Keine Säugetiere. Der Wald ist fast völlig still, und in der Ferne stehen so ein paar alte Betonklötze, denn der Kampfstoff ist über den Städten freigesetzt worden. Die Krabbelviecher hingegen hat er regelrecht beflügelt, und ich frage mich, was das früher oder später mit dem Wald anstellt, dass dieses Gleichgewicht zwischen den Spezies gekippt ist. Wird sich wohl zeigen, wer da im Sinne von »Survival of the fittest« als Letztes lacht. Im Moment wachsen Bäume und Sträucher wie verrückt, und das Ödland ist eine schweigsame, zerklüftete, undurchdringliche Wildnis, und seit ein paar Jahrzehnten lachen hier vor allem die Insekten.

Ich müsste so grob nach Nordosten gehen, das wäre die kürzeste Strecke aus dem Ödland raus. Aber der Weg ist so mühselig, dass ich nur einen, zwei Kilometer in der Stunde schaffe, und das mit dem wirklich unhandlichen Kind auf dem Arm oder so halb im Rucksack verpackt. Ich muss Umwege gehen, weil das Gelände immer wieder unwegsam wird. Eine Nacht haben wir schon hier draußen verbracht, weil es zu dunkel wurde, um weiterzugehen. Das Baby ist ständig wach geworden und hat genölt, und ich hatte eine Ödland-Panikattacke nach der anderen und hab deshalb kein Auge zugetan.

Das Baby hat Hunger und Durst, und ich hab ihm was von meinem Zeug abgegeben, dieser Proteinpaste, die ich auf meine Bunkerexpedition mitgenommen hab. Und vom restlichen Wasser. Doch das Wasser ist jetzt alle. Und ich bin noch nicht aus dem Ödland raus.

Im Ödland gibt es Wasser in allen Varianten. Faulig in Tümpeln. Blitzend als Tau auf Blättern. Verführerisch in kleinen Bächen. Aber es ist Ödland-Wasser, angereichert mit wertvollen biologischen Kampfstoffen.

So oder so müsste das Baby natürlich längst infiziert sein, ich hätte es einfach mit Bachwasser versorgen sollen, statt meine kostbaren Vorräte daran zu verschwenden, aber, hey, ich bin eben kein Unmensch, ich hab's einfach nicht über mich gebracht. Außerdem fällt mir gerade auf, dass ich es an derselben Flasche habe trinken lassen, aus der ich auch getrunken habe. Mit einem Strohhalm, durch die semipermeable Membran der Maske.

Aber eigentlich ist die Ödlandkrankheit nicht ansteckend. Man kriegt sie nur im Ödland, und wir, die wir an der Grenze zum Ödland wohnen, sind putzmunter. Kein Wind weht dieses Zeug zu uns rüber, oder zumindest nicht so, dass wir davon krank würden. Ich wüsste wirklich gern, wie die Ödland-Seuche funktioniert. Auch deshalb war ich in den Bunkern.

Aber vor allem bin ich losgegangen, weil ich es nicht mehr ausgehalten hab. Vor Langeweile – Angst, Leere, die Ahnung dessen, was kommt. Riika sagt, sie hätte das früher auch gehabt und Tabletten deswegen genommen. Aber diese Tabletten hat sie schon lange nicht mehr in die Finger gekriegt. Sie gibt mir halt immer genug zu tun, und manchmal hilft das zumindest kurzzeitig, außer gegen die verdammten Panikattacken, denn ich kann nicht nur Ödland-Panikattacken, nee, je nach Phase hab ich für jede Situation spezielle auf Lager.

Diesmal hab ich mir selbst was zu tun gegeben, weil ich es nicht mehr ausgehalten hab im Handgebunden-Markt. War vielleicht nicht die beste Idee.

Ich bin völlig durchgeschwitzt. Es ist Januar, bewölkt und sicherlich so um die fünfzehn Grad, und in meiner dicken Jacke, deren Schichten mich vor der Seuche schützen sollen (nachdenklicher Prä-Panikattacken-Einwurf: Ob das wohl klappt?), schwitze ich all das kostbare Wasser aus. Die Gasmaske hat meinen Kopf an sicherlich einem Dutzend pochender Stellen wundgescheuert. Ich will das Ding abziehen und meinen Kopf in einen kleinen Wasserfall halten, der über moosbewachsene Felsen plätschert. Aber noch bin ich eisern. Das Baby pennt, in den Rucksack geschnallt. Ich kann das schaffen.

Dem Bachlauf folgen. Alle Bäche und Flüsse, die aus dem Ödland kommen, werden von den Brokes gestaut und umgeleitet, damit das verseuchte Wasser nicht in den Broke-Turf fließt. Zu einem dieser Wälle zu kommen, würde für mich bedeuten, dass ich wieder nah an der Zivilisation bin. Ich muss weiter. Einfach immer einen Fuß vor den anderen. Und nicht daran denken, dass ich nix mehr im Rucksack hab, um dem Baby die provisorische Windel zu wechseln.

Wir kommen hier raus. Und wir werden das beide wie durch ein Wunder überleben. Und wenn es irgendwann mal groß ist, das Kind (sieht aus wie ein Mädchen, übrigens, so von den körperlichen Merkmalen her, aber wer weiß), dann wird es sich gelohnt haben, dass ich die beiden Gesetze der Idiotik aufs Idiotischste befolgt habe.

HANDGEBUNDEN-MARKT, NEUTRALES TERRITORIUM
LAYLAY, 14. JANUAR 2064

Der Markt heißt nicht nur einfach so Handgebunden. Die Leute, die die Ein- und Ausgänge kontrollieren, binden einem die Hand, die man nicht vorrangig nutzt, an den Oberschenkel. Wenn man sich daraus befreit, wird man rausgeworfen.

Ja, das ist sehr unpraktisch, wenn es darum geht, zu essen, zu pinkeln oder die Ware zu prüfen, die man auf dem Markt kauft.

Wer auf dem Markt wohnt, hat Hausrecht und darf herumlaufen, ohne dass eine Hand gebunden wird. Wer von außerhalb kommt – na ja. Handgebunden halt.

Im Gegenzug ist der Markt wahrhaft neutraler Grund. Gangabzeichen, Streitigkeiten und Waffen bleiben in den Wachbaracken zurück, die den Markt umgeben.

Azmi und ich brachten die Formalitäten rasch hinter uns. In der Baracke hatte ich mit dem gleichen Wächter zu tun wie letztes Jahr, und er zwinkerte mir, auch wie im letzten Jahr, nett zu. Er ist sicher zehn Jahre älter als ich, aber ziemlich heiß für sein Alter. Offenbar dachte er Letzteres auch von mir, und ganz Ehrenmann bat er seine Kollegin, sich mit meiner Hand und meinem Oberschenkel zu befassen. Motorrad, Beiwagen und alles daraufgeschnallte Zeug blieb in der Baracke, und dann traten wir mit festgebundenen Händen (bei Azmi war es die Linke, bei mir die Rechte) in einen plötzlichen Streifen Sonnenlicht, der sich über den Markt ergoss.

Die Hütten, Häuser, Stände und Zelte verteilen sich wie hingewürfelt in der Senke eines trockenen Flussbetts. Es gibt keine richtigen Straßen dazwischen, denn alles wird zu Fuß erledigt. Aus mehreren Baracken wurden Handelsgüter hin und her getragen, die den Markt ausmachen. Was das ist? Einfach alles. Auf dem Handgebunden-Markt gibt es die beliebtesten Waren unserer Zeit: Ersatzteile, Benzin, Alkohol, Kippen, Medikamente (neu zusammengemischte und welche, die noch in den alten Blistern sind).

Kleidung, so etwas wie Thermojacken und Schlafsäcke, auswaschbare Tampons (ich brauchte echt mal wieder neue), Schlafsäcke, Zeltstoff und so weiter. Essen natürlich, nicht viel Auswahl, aber mehr als überall sonst. Taschenlampen, Allzweckwerkzeug, Desinfektionsmittel, Batterien aller Größen und Geräte, die man daran anschließen kann. Es gibt Datenspeicher und alte Computer, die aus zehn noch älteren Computern zusammengeschraubt sind (die meisten sind aus, weil Strom rar ist). In der Mitte des Platzes springt immer bei Sonnenlicht ein Turm aus Flachbildschirmen an, die werden über eine altersschwache Solarzelle betrieben. Eine Plane schützt die Bildschirme vor Regen und sorgt außerdem dafür, dass man trotz des Lichts etwas drauf erkennen kann.

Als wir ins Freie traten und die Sonne durch die Wolken brach, erwachten also acht Fernseher und irgendein Abspielgerät und zeigten einen alten Film. Sofort sprangen Kinder, Jugendliche und auch einige Erwachsene, manche mit gebundenen Händen, aus Ständen und Baracken und setzten sich vor den Fernsehturm, um den mehrere Reihen zusammengewürfelter, knallbunter Klappstühle angeordnet waren.

Azmi gab mir mit der freien Hand einen Klaps auf den Arm. »Geh ruhig hin.«

Ich ließ mir das nicht zweimal sagen. Filme sind wie Bücher, gehen aber schneller in den Kopf. Okay, weniger Infos insgesamt, aber dafür mehr Bilder. Ich schnappte mir einen Stuhl und setzte mich neben ein Mädchen, das ich nicht kannte. Sie trug einen zusammengeflickten, aber sehr sauberen Overall. Offenbar war wieder eine größere Lieferung Waschmittel eingetroffen.

Als ich sie musterte, grinste sie breit und wackelte mit den Schultern. »Hi, bin Jinx, Pronomen *sie*. Sieht gut aus, die Klamotte, oder? Meine Mutter tauscht welche. Hättest du auch mal nötig.« Verschwörerisch lehnte sie sich zu mir und deutete auf meine kinnlangen schmuddeligen Strähnen. »Wir haben sogar Shampoo. Das ist Waschmittel für Haare.«

»Eh, ich weiß, was das ist«, sagte ich brüsk und vergaß darüber ganz, mich vorzustellen. »Auch wenn ich nicht so aussehe!«

Dann wandten wir uns den Bildschirmen zu. Es war ein Cartoon, und für meinen Geschmack wurde zu viel darin gesungen. Und es gab sehr viel, sehr sauberes Haar, das in mir beinahe Scham auslöste. Ich streckte die Beine aus und entspannte einfach mal in meiner warmen Jacke. Ab und an kamen alte Bekannte – Mo, Ellie und Iggel –, um Hallo zu sagen, aber ich war nach der Reise eher schläfrig, und solange Zeeto nicht vorbeikam, um mir Hallo zu sagen, würde ich mich nicht aus dem Stuhl erheben.

»Laylay.« Azmis Stimme ließ mich nach einer Stunde hochschrecken. »Ich brauche deine Hilfe.« Er sah so aus, als sei es ihm ganz und gar nicht recht, darum zu bitten.

»Ich hoffe, es ist kein Blut im Spiel?«

Riika verlangte als Gegenleistung für ihre Handelsgüter meist, dass Azmi nach den Wehwehchen ihrer chaotischen Großfamilie sah. Manchmal musste ich assistieren, und Krankheiten sind mir weit lieber als Verletzungen.

»Nein. Es liegt ziemlich außerhalb von dem, was ich leisten kann.«

»Ist es spannend?«

»Für dich?« Er lächelte zerknirscht inmitten dieses Gestrüpps, das er Bart nannte. »Aber klar. Es wird dir gefallen. Ich hingegen hasse es.«

Das klang vielversprechend. Ich stand auf und folgte Azmi.

Die alte Riika wohnt in etwas, das im Kern ein altes Wohnhaus ist. Ein altes, hundertmal ausgebessertes Haus, über die Jahre erweitert um Zelte, Verschläge und kleine Schuppen, und darin wuseln eine Menge Menschen herum, hauptsächlich Kinder und Tauschhandelnde. Sie ist die Großmutter dieser Kinder, und die, die mit ihr blutsverwandt sind, haben alle ihr schwarzes Kraushaar und die dunkle Haut geerbt, während die Enkelkinder ihrer beiden Frauen heller sind und glatte Haare haben. Die drei haben wirklich Glück, dass es ihrer Familie so gut geht. Sie sind die Keimzelle vom Handgebunden-Markt, und offenbar war der Markt eine gute Idee, um alle in Sicherheit aufwachsen zu lassen.

Riika saß im Zentrum ihrer Macht, im Schneidersitz auf einem kleinen Teppich vor einem Regal mit Krimskrams, Plunder und ein paar Büchern und sah uns über ein Tischchen mit einem Teeservice hinweg an. Zwei Tassen waren bereits benutzt.

»Na, Laylay.« Wenn die kleine alte Frau lächelt, sieht ihr Gesicht aus wie eine sehr alte, sehr runzlige Lederhose. »Bereit für den Spaziergang?«

Ich setzte mich ihr gegenüber und wartete, bis sie Azmi mit einem Nicken zu verstehen gegeben hatte, dass er mir auch etwas von ihrem Gebräu einschenken solle.

»Ich habe sogar Zucker«, sagte sie verschwörerisch und schob mir ein winziges Plastikplättchen mit einem verblichenen Foto darauf herüber, auf dem zwei bröselige Zuckerstückchen lagen. »Nimm dir eins!«

Ich gehorchte und beäugte dabei die Karte darunter. Das Zuckertablett war ein alter Personalausweis. Die Frau darauf starrte grimmig ins Leere. Aus einer trostlosen Welt heraus hinein in die verrückte, bunte des Handgebunden-Markts. Ich lächelte.

»Kann ich zwei haben?«, fragte ich, und Azmi schnaubte.

Riika ts-ts-tste mit ihrer Zunge, nickte dann aber. »Der Gefallen ist deine Medikamente wert und ein zusätzliches Stück Zucker.«

»Dann schieß los«, sagte ich und warf beide Zuckerstücke in die kleine Blechtasse.

ÖDLAND
ZEETO, 14. JANUAR 2064

Verdammt. Ich kriege keine Luft, etwas schnürt sie mir ab, und meine Rippen schmerzen höllisch. Außerdem liege ich auf dem Bauch, der Ellbogen ist schmerzhaft geprellt, und erst langsam wird mein Blick wieder klar. Ich atme gegen den Widerstand tief durch und frage mich, was sich auf meinem Rücken so seltsam anfühlt, bis es sich bewegt und anfängt, wütend zu schreien.

Es ist dieses Baby. In meinem Rucksack.

Ich schüttle den plötzlichen Blackout ab.

Die Felswand hat nicht so gefährlich ausgesehen. Stufen darin, Halt für die Hände. Einen besseren Weg aus dem engen Tal gibt es nicht, zumal der Bach, dem ich bis dahin gefolgt bin, in ein Sumpfgebiet mündet, das mir ziemlich undurchquerbar scheint. Das Wasser war mir schon in die Stiefel gelaufen. Nun hab ich also Hautkontakt mit verseuchtem Wasser, einmal bitte mitleidig gucken. Danke.

Ich wollte also nur eins: aus diesem Sumpfland weg, und deshalb musste ich die Felswand hochsteigen. Ich hatte den Verdacht, dass das Sumpfland ein Zeichen dafür ist, dass ich mich dem Staudamm nähere. Ein gutes Zeichen, aber mir stand nicht so der Sinn danach, zum Broke-Damm zu schwimmen.

Offenbar bin ich erschöpfter, als ich dachte. Ich bin abgerutscht und gefallen, und, ja, jetzt erinnere ich mich wieder, dass ich mich im Fall gedreht hab, damit dem dummen Baby nix passiert. Ich bin schon echt ein Held, wow. Meine Hände sind offenbar bei der Landung auf dem glitschigen Untergrund abgerutscht, und ich bin mit dem Gesicht – sprich: der Gasmaske – aufgeprallt.

Als ich mich langsam und mit schreiendem Baby auf dem Rücken (Kind, merkst du nicht, dass ich gerade andere Probleme habe?!) aufrichte, finde ich heraus, dass nicht nur Hände und Füße nass sind.

Eiskalt sickert mir die Erkenntnis in den Magen, dass die Maske zerbrochen ist.

Mit einer einzigen wütenden Bewegung streife ich sie ab und werfe sie in den Sumpf.

»Scheiße, verdammte Fakke!« Immerhin kriege ich so besser Luft. Ich atme wie aus Trotz tief ein, gegen die Panik.

»Also sterbe ich jetzt, verfakkt noch mal?«, rufe ich der Wildnis entgegen. »Und wie schnell geht das?« Ich breite die Arme aus und drehe mich im Kreis, und dabei hört das Baby auf zu schreien und wimmert nur noch.

Hoffentlich hat es sich nicht wehgetan. Die haben ja empfindliche Wirbelsäulen und so.

Ich hocke mich wieder hin, ich brauche dringend eine Pause. Am Rand der Felswand hole ich das Baby aus dem Rucksack. Es guckt mich an mit seinen braunen Augen. Weißes kleines Ding ohne Haare. *Es sieht zum ersten Mal mein Gesicht ohne Maske,* schießt es mir durch den Kopf.

»Hey, Kleine«, sage ich, denn ich nehme jetzt einfach mal dreist an, dass es ein Mädchen ist. Dass ich ihr schon dreimal die Scheiße abgewischt hab, gibt mir Macht über solche Dinge. »Ich bin Zeeto. Und wer bist du?«

Das Baby gibt ein beleidigtes Quietschen von sich.

»Nee, so nenn ich dich nicht«, sag ich und denke dann unangebracht lange darüber nach, wie ich dieses kleine Ding nenne, das vermutlich zwischen acht und zehn Monaten alt ist. Mtoto nennt Riika immer ihre kleinsten Enkelkinder, so als Kosename. Ist Kiswahili und heißt Baby. Ja, ich weiß, ich hab jetzt geschlagene drei Minuten drüber nachgedacht, ein Baby »Baby« zu nennen. Kommt drauf klar.

»Mtoto«, probiere ich den Namen aus. »Freut mich. Sollen wir weitergehen und hoffen, dass wir es rechtzeitig rausschaffen? Die Alternative ist: Wir bleiben hier und sterben so vor uns hin. Klingt eher mies, oder?«

Mtoto antwortet nicht. Sie weiß vielleicht gar nicht, dass es noch etwas anderes gibt als Ödland auf der Welt.

Müde reibe ich mir über das wundgescheuerte Gesicht. »Vielleicht kommt der Doc bald wieder zum Markt. Vielleicht packen wir es noch, Mtoto. Dann ziehst du auch bei Riika ein. Das ist meine Oma. Die kriegt dich auch noch groß.«

Ich unterdrücke die Tränen, die in mir hochsteigen. Ich bin einfach nur sehr müde. Nicht verzweifelt. Nur müde.

HANDGEBUNDEN-MARKT, NEUTRALES TERRITORIUM
LAYLAY, 14. JANUAR 2064

Kannst du dich an meinen Enkel Zeeto erinnern? Ich weiß noch, dass ihr euch bei deinem Besuch im letzten Jahr ein paar Mal unterhalten habt.«

Ich zog meine Augenbraue hoch. Unterhalten? Ich hätte beinahe mit ihm geschlafen – woran sich irgendwelche Eingeweide in meinem Inneren sehr gut erinnerten und freudig vor sich hin flimmerten. Zeetos schlaksige Statur, seine kleinen Haarknoten, die dunklen Augen mit den langen Wimpern und vor allem der breite, rasch lächelnde Mund kamen mir in den Sinn.

»Was ist mit ihm?«, fragte ich schnell. Der Tee schmeckte herrlich süß.

»Er ist vorgestern verschwunden.« Riika schüttelte missbilligend den Kopf.

»Abgehauen?«, fragte ich, denn ich wusste von Zeeto, dass er manchmal an allem verzweifelte und dann einfach wegmusste, einfach raus.

»Nein, nein. Ich versuche immer, ihm so etwas … solche … Projekte zu geben. Damit er sich nicht langweilt. Es ist nicht gut, wenn er sich langweilt. Liegt in der Familie. Aber manchmal packt ihn nichts von dem, was ich ihm vorschlage, dann sucht er sich was Eigenes.«

Ich glaube, Zeeto ist der Einzige, der sich an einem Ort wie diesem langweilen kann, aber ich unterbrach Riika nicht.

»Er ist vorgestern abgezogen mit Schutzausrüstung, und ich denke, er wollte zum Bunkereingang, draußen im Ödland. Er war schon ein paar Mal da, das Ding ist verschlossen, und er werkelt dann daran herum und kommt wieder, bevor es Abend wird.«

»Aber vorgestern nicht?«

Riika nickte. »Und deshalb brauche ich dich.«

»Warum mich?«, fragte ich und sah Azmi herausfordernd an. Warum wusste die Alte, was nur er und ich wussten?

Er schaute zerknirscht drein und zuckte mit den Achseln.

»Weil nur du ins Ödland kannst, ohne krank zu werden, Laylay«, sagte die alte Riika so leise über das Tischchen hinweg, dass es unter uns dreien blieb. »Wenn ich ans Schicksal glauben würde, würde ich ihm dafür danken, dass es dich hergeschickt hat. Ich weiß nicht, wen ich sonst bitten kann, nach Zeeto zu suchen.«

»Und dafür gibst du dann meinem Vater meine Tabletten?«

Nun tauschten die beiden Blicke.

»Das ist der Deal«, sagte Riika.

»Würdest du es tun?«, murmelte Azmi so leise, dass ich praktisch Lippen lesen musste in dem Getümmel in Riikas Zelt. »Diese Tabletten sind sehr wichtig, das weißt du.«

Ich sah zwischen den beiden hin und her.

Schließlich nickte ich. Ich hatte ja nichts zu verlieren – das Ödland konnte mir nichts anhaben, und Brokes oder anderes feindliches Gesindel gab es dort draußen nicht.

Und dafür würde ich weiter diese Tabletten nehmen können. Azmi hatte mir erklärt, dass ich ohne sie nicht in der Lage sei, unter Menschen zu leben. Man würde mich aussortieren. Man würde mich töten oder Schlimmeres. Und darauf hatte ich wesentlich weniger Bock als auf einen Motorradtrip durchs Ödland.

»Ich mach's. Aber ich nehm das Moped.«

»Danke, Laylay«, sagte Riika, und in ihren Augen funkelte ehrliche Dankbarkeit wie etwas Kostbares aus der Tiefe.

Ich trank den Tee aus und behielt den letzten Schluck noch einen Augenblick länger im Mund. Süß waberte der Zucker darin.

»Also, dann bis später«, sagte ich und stand auf.

»Warte, Laylay!« Azmi holte mich ein, als ich in die Baracke trat, wo unser Gefährt stand.

»Was ist? Ich will los, damit ich nicht in die Dunkelheit gerate. Ich verspreche, dass ich vorsichtig mit dem Moped bin.« Moped ist unser Spitzname für das Bike.

»Ich muss dir noch was sagen zu Zeeto«, sagte Azmi und zögerte dann.

»Raus damit.«

»Es kann sein, dass er tot ist.«

»Schon klar. Normale Leute sterben da drin.«

»Nein, es kann sein, dass er freiwillig rein ist. Diese Langeweile, von der Riika sprach … Ich denke … also, Riika hat vor ein paar Jahren schon mal mit mir über Zeeto gesprochen. Ich denke, er hat eine bipolare Störung.«

»Was heißt das? Ist er selbstmordgefährdet oder so was?«

»Nicht unbedingt. Das bedeutet, dass er depressive und manische Schübe hat. Als ich vor Jahren mit Riika geredet hab, hat sie gesagt, es liegt in der Familie. Aber ich konnte ihr keine Medikamente besorgen, die sind schlichtweg nicht mehr aufzutreiben, außerdem waren bipolare Störungen auch mit Medikamenten noch nie einfach zu behandeln. Vielleicht hat er sich also nicht verirrt. Vielleicht ist er absichtlich da rein, um den Tod herauszufordern.«

Ich schluckte. Zeeto? Der mit dem schnellen, breiten, netten Lächeln? Freiwillig zum Sterben ins Ödland gegangen wie ein Elefant zum Elefantenfriedhof?

»Ich find ihn schon«, sagte ich, während der gut aussehende Wächter meine Hand befreite und mir die Schlüssel zum Motorrad aushändigte.

»Fährst du allein weg?«, fragte er, während ich den Beiwagen abkoppelte. »Deinen Dad lässt du hier?«

»Nur eine Spritztour. Ihr braucht ihn doch als Doc, oder? Ich lass ihn euch«, antwortete ich und hoffte, dass es klang, als sei das nichts Besonderes.

Azmi zog mich noch kurz vom Motorrad weg und in eine seiner spärlichen Umarmungen. »Pass auf, dass dich niemand ins Ödland fahren sieht. Du weißt, dass sie dein Geheimnis nicht kennen dürfen«, flüsterte er mir ins Ohr.

»Klar. Ich weiß Bescheid«, sagte ich und befreite mich.

Keine Minute später röhrte der Motor vom Moped auf, als ich Gas gab und die Baracke verließ.

ÖDLAND
ZEETO, 14. JANUAR 2064

Ich bin im Arsch, wirklich. Ich war mir so sicher, dass wir uns in der Nähe der Grenze befinden und dass ich hier nur noch ein, zwei Stunden durchhalten muss, ohne krank zu werden, dass ich irgendwie diesen Sumpf hinter mich bringen muss, möglichst, ohne zu ertrinken, und wenn ich das schaffe, bin ich bis zum Abend raus aus der Todeszone und morgen wieder zu Hause, wo Riika mir sagen wird, dass es überhaupt nicht schlimm ist, einem biologischen Kampfstoff einen halben Tag lang ausgesetzt zu sein, dass es erst nach, was weiß ich, achtzehn Stunden tödlich ist. Und dass sie außerdem Tabletten dagegen hat, und dann gibt sie mir Tabletten, und ich schlafe mich mal gut aus, und Mtoto wird einfach Teil ihrer Kleinkindhorde, und alles wird gut, ich mach so was nie wieder und werde nie wieder aus Langeweile so was Dämliches tun.

Es war natürlich keine Langeweile.

Es war blanke Angst, irrwitzige, nackte Angst vor dem, was kommt.

Es ist nicht so, als würde ich das nicht merken, ich bin ja schließlich schlau, und ich schreibe alles auf: wann es anfängt, wann es aufhört, welche Anzeichen es hat. Ich habe manchmal Angst vor dem Notizbuch, davor, darin zu blättern und zu begreifen, dass es sich schon mal genau so angefühlt hat wie gerade in dem Moment, in dem ich blättere, und was dann *als Nächstes kommt*.

Und wie lange es dauert. Ihr denkt jetzt, ich bin mal gut drauf und mal schlecht, aber das sind *Wochen meines Lebens,* die vorbeirasen in beängstigender, schlafloser Rastlosigkeit oder sich hinziehen wie der Morast unter meinen Füßen, während ich – genauso schlaflos, aber anders beängstigend – die Hängematte kaum verlassen oder keinem Gespräch folgen kann oder einfach alles aussichtslos finde. Pissen scheint dann manchmal zu viel verlangt, wirklich, wie kann mein Körper es wagen, mich so penetrant mit irgendwelchen Ausscheidungsprozessen zu behelligen?

Jedenfalls ist das hier gerade eine klassische Mischphase, und bevor ihr denkt, dass es doch irgendwie ausgleichend wirken müsste, wenn beide Pole zusammenkommen – hahaha, nein. Vorgestern bin ich unter Missachtung aller Gefahr für mein Leben in diese Anlage gekrochen, und das fühlte sich noch recht gut an, es hat mich definitiv abgelenkt. (Das ist Riikas Strategie, und sie wirkt nicht wirklich langfristig, und das weiß sie und macht es trotzdem. »Sei doch um jeden Moment froh«, sagt sie dann, aber manchmal werden die Momente, die danach kommen, einfach noch ein bisschen grausiger dadurch. Sie sagt, sie weiß, wie das ist, aber ich glaub, niemand weiß irgendwas über irgendwen, und wie kann sie da was über mich wissen?) Entschuldigt, wenn ich springe, ich weiß, dass das anstrengend ist, ihr könntet das auch ruhig ein bisschen schneller lesen.

Also, es hat mich ein bisschen abgelenkt, in den Eingeweiden der Anlage herumzuklettern, aber gleichzeitig hab ich mich gefragt, was ist, wenn ich immer weiterlaufe, bis mir alles ausgeht, Wasser, Nahrung – bis das Gummiband der Maske verrottet und abfällt und meine Stiefel sich auflösen. Was nicht heißt, dass ich sterben will, ich will wirklich nicht sterben, echt nicht! Aber ich dachte, vielleicht ist es das Beste, einfach nur weiterzugehen, damit sich irgendwas verändert. Wenn ich wieder rauskomme aus den Tunneln, dann sieht es um mich herum vielleicht ganz anders aus oder es sind hundert Jahre vergangen. Jedenfalls bin ich viel zu weit gegangen, und die Tür, Mtoto, die Leiche, langer Rückweg – ihr habt davon gehört.

Und es gibt kein Entrinnen mehr, ich zittere am ganzen Körper, weil es gerade verdammt anstrengend ist, einfach nur ich zu sein, und dabei bin ich nicht mal nur ich, sondern ich hab dieses Kind in meinem verfakkten Rucksack, und den hab ich jetzt andersherum auf, damit nicht Mtoto rausfällt und ich es nicht merke, weil ich mitten in diesem inneren und äußeren Elend stecke.

Als Mtoto und ich aus dem sumpfigen Kessel wieder auf höher

gelegenes Gelände finden, kommt mir der Gedanke, einfach daran entlang zur Staumauer zu gehen. Auf der anderen Seite kann die Ödlandgrenze unmöglich noch weit sein. Hier ist der Untergrund steinig, glitschige Felsen blitzen aus dem Schlamm, und damit ich nicht falle, gehe ich noch ein Stück weiter aufwärts, dorthin, wo es schon fast wieder trocken ist und mehr Bäume stehen. Durch den steinigen Untergrund wächst hier nur wenig: ein paar Büsche und ein paar von diesen Bäumen, die sich an Felsen festklammern können.

Endlich kommen wir ein bisschen schneller vorwärts, und ich schreite hastiger voran, vollkommen durchgeschwitzt und mit Synapsen, die Zweifel durch mein Hirn feuern – da höre ich den Motorenlärm. Es ist so still hier im Wald, dass ich mich frage, wie lange er schon zu hören ist, ohne dass ich ihn bemerkt habe. Zum Röhren der Benzinmotoren kommt ein prasselndes, zischendes Fauchen, und erst kann ich es nicht einordnen, aber dann flammt schätzungsweise zweihundert Meter vor mir ein Baum auf, und mir wird klar, dass da Leute mit Flammenwerfern auf Motorrädern unterwegs sein müssen. Ich würde liebend gerne durchdrehen, als ich begreife, dass diese Leute direkt vor mir sind und dass ich keine Ahnung habe, was sie vorhaben – doch ich bleibe stehen und lege eine Hand beruhigend auf Mtotos Kopf und eine gegen die weiße Rinde eines Baums, der blattlos dasteht und sehr trocken aussieht.

Die Baumfackel weiter vorn wird kleiner, aber bevor ich aufatmen kann, springt das Feuer über, auf einen Nadelbaum, der zischend und ölspuckend in Flammen aufgeht. Mtoto ist wach und guckt nach oben in mein Gesicht. Ich sehe sie hilflos an.

»Woran ist deine Mutter gestorben?«, frage ich sie leise. »Was machen die Brokes hier im Ödland?«

Sind es überhaupt Brokes? Oder eine andere Gang, die aus einer anderen Richtung kommt – bin ich überhaupt in die richtige Richtung gelaufen oder betrete ich eines anderen Feindes Land? Wer brennt das Ödland nieder und warum und was heißt das für mich? Wird im Ödland ein Konflikt ausgetragen, von dem wir im

Handgebunden-Markt nichts wissen? Bin ich zwischen die Fronten gelaufen?

Kurz noch eine Anmerkung zu diesem Zustand, in dem ich mich gerade befinde: Ich erkenne an, dass es mir dreckig geht, und ich bin wie besessen davon, das ändern zu wollen. Jede der obigen Fragen führt zu fünfzig möglichen Antworten, und ich kombiniere sie exponentiell und suche dann nach Lösungen für jedes dieser Multiversen. Das ist verdammt anstrengend, und noch anstrengender ist der Zeitdruck, unter dem ich stehe, denn ich muss jetzt los, ich muss weiter, und zwar diesmal in die richtige Richtung, noch ein Fehler ist mein Tod und Mtotos auch, und warum habe ich mir einen Namen für sie ausgesucht, in dem das Wort »tot« vorkommt?

Ich drehe auf dem Absatz um und laufe schräg zurück – nicht in den Sumpf, obwohl das bei einem Waldbrand vielleicht schlau wäre, sondern über felsigen, trockenen, aufwärtsführenden Boden, während hinter mir Motorräder mit quietschenden Reifen Runden zwischen brennenden Bäumen drehen. Als ich hoch genug bin, kann ich sehen, dass es fünf sind, auf jedem sitzen zwei Gestalten, eine davon steht sogar aufrecht auf dem Sattel und lässt johlend Feuersalven in den Wald prasseln.

Ich mache mich klein, denn ich habe den Eindruck, wenn sie mich sehen, bin ich tot, tot, tot. Und dann renne ich, das Baby im Rucksack an mich gedrückt, und mein Atem schüttelt mich in hastigen, kurzen Schluchzern.

BROKE-TURF
LAYLAY, 14. JANUAR 2064

Der Broke-Turf umgibt den Handgebunden-Markt einmal rundherum, aber letztlich ist der Turf an dieser Stelle geografisch gesehen eine Sackgasse. Es gibt einen schmalen Korridor, der zwischen großen Ödlandbereichen im Westen und Osten nach Norden führt, wo der Broke-Turf sich zu einem großen Gebiet verbreitert und dann rundherum an die Todeszone grenzt, und in der nordöstlichen Ecke liegt der Handgebunden-Markt. Im Norden und Osten lagen früher Städte, seit Jahrzehnten verschlungen vom Ödland, und niemand, der jetzt hier im Broke-Turf lebt, lebte früher hier und kann davon erzählen, wie die Städte heißen oder wer darin wie gelebt hat. Das ganze Umland war nach den Katastrophen tot, bis die ersten neuen Leute, die nomadisch zurück nach Norden zogen, die Korridore fanden, durch die man gefahrlos reisen konnte und sich auf der Suche nach Lebensraum ohne durchgeknallte Gangs immer weiter vorwagten (wobei die Gangs unweigerlich folgten).

Letztlich ist es ja einfach zu unterscheiden: Im Ödland gedeiht Wald, die passierbaren Streifen dazwischen sind unwirtliche Steppe. Diese Steppe wird seit zwei Jahrzehnten von den Brokes beherrscht, und ich weiß auch nicht, warum sie den Handgebunden-Markt respektieren, aber sie tun es und stellen sogar Passierscheine aus wie der, den ich jetzt in meiner Jackentasche hatte.

Ich trug einen Helm, aber darunter juckten meine Haare, und ich war ein wenig angepisst, dass ich jetzt wegen Zeeto nicht in den Genuss von Shampoo kam. Ich grinste jedoch in den Helm hinein, weil ich mir vorstellte, wie ich ihn dafür verantwortlich machte, und generell, wie er sich auf dem Moped an mir festhalten würde, und vielleicht würde er als Wiedergutmachung vorschlagen, mir beim Haare waschen zu helfen.

Darüber, dass Zeeto vielleicht mit selbstmörderischer Absicht ins Ödland gerannt war, konnte ich noch nachgrübeln, wenn ich seine Leiche gefunden hatte. Ich ging erst einmal davon aus, dass der Idiot sich einen Knöchel verstaucht hatte, dankbar sein würde, dass ich ihn einsammelte, und wir unseren Flirt von vor einem Jahr fortführen würden. Ich bin niemand, der über Eventualitäten nachsinnt. Ich einige mich gern auf eine mögliche Zukunft, und die sah vor, dass ich Zeeto vor Einbruch der Dunkelheit fand.

Die Straße, sonst gut von den Brokes gepflegt, wurde hier zu einer alten Schotterpiste, denn da dieser Teil des Turfs eine Sackgasse ist, führen die alten Straßen vom Handgebunden-Markt nur noch ins Ödland, und selbst die Brokes benutzen sie kaum. Die Piste führt hoch oben an einer Schlucht entlang, an deren Boden schlammiges Wasser schimmert – früher war das Ding voller Trinkwasser, ein großes, vollgelaufenes Flusstal, sagte Azmi mir einmal, aber die Flüsse haben ihren Lauf geändert oder sind gleich ganz vertrocknet.

Riika hatte gesagt, dass Zeeto sich immer nördlich der alten Talsperre zu den Bunkern vorwagte, deshalb war ich genau dorthin unterwegs. Zeeto besitzt kein Moped, er fährt mit einem Fahrrad. Er hatte es mir letztes Jahr präsentiert, und wir hatten uns kaputtgelacht, als er mir zeigte, wie man es fährt.

Auf einer Anhöhe hielt ich an – mein Herz schlug rasch, denn obwohl ich nichts Verdächtiges hörte und sah, kam es mir so vor, als wäre etwas ganz und gar nicht in Ordnung. Solche Eindrücke habe ich ab und an, und meistens liege ich völlig richtig. Ich sah über die Steppe, ein paar Kaninchen waren in Sichtweite, und auf einem niedrigen Strauch hockten die schwarzen Silhouetten von Krähen. Ein paar Kilometer entfernt, aber nicht an der Stelle, auf die ich zuhielt, stieg Rauch aus dem Wald des Ödlands auf.

Ich kniff die Augen zusammen und klappte das Visier auf: Bäume brannten, und nun hörte ich das Aufheulen von Motoren. Eine Faust ballte sich in meinem Magen. Dort kurvte eine Broke-Horde durchs Ödland, da war ich mir ganz sicher, auch wenn ich nichts Genaues erkennen konnte.

Warum? Nein, die dringendere Frage: War Zeeto etwa deshalb nicht zurückgekommen, weil er Brokes in die Hände gefallen war?

Normalerweise lassen sie die passieren, die im Handgebunden-Markt wohnen, aber die Brokes sind launisch, und was sie mir und Azmi angedroht hatten, war nicht einfach nur leeres Gewäsch: Wenn man keinen Passierschein hat oder sie Lust haben, dann nehmen sie dich mit, mal nur für eine Nacht und mal für länger. Ekelhaft, ich weiß, aber wie sagt Azmi immer? *İnsan dediğin beş para etmez,* das heißt so viel wie *Menschen sind keine fünf Cent wert,* und Cents sind dieses Münzgeld, das heute nichts wert ist und früher auch schon nichts wert war. Das ist der Grund, warum wir sehr, sehr vorsichtig sind.

Was, wenn sie sich Zeeto geschnappt hatten? Oder was, wenn Zeeto der Grund war, aus dem sie den Wald abfackelten – vielleicht war er da hinein geflohen und sie machten sich jetzt einen Spaß draus, ihn zu verfolgen? Würden sie sich so viel Mühe machen? Wäre ihnen so langweilig? Oder hatte er etwas angestellt?

Nein, nur eine *Zukunft auf einmal!* Ich konzentrierte mich. Zeeto war noch in diesem Wald, und er hatte vermutlich Angst, und ich war seine letzte Rettung. Und er würde mir die Haare waschen zum Ausgleich. Ich nickte entschlossen, schloss das Visier, vergewisserte mich, dass der von Henzo – Azmis Kontaktperson bei den Brokes – unterschriebene Wisch noch darin war, und verließ dann die Piste querfeldein in die Richtung der brennenden Bäume.

Ich hielt natürlich nicht direkt auf die Brokes zu. Die Steppe um den alten Stausee herum war von den knorrigen Wurzeln und Strünken abgestorbener Bäume bedeckt – früher muss es hier Wald gegeben haben, denn die meisten Gebiete, auf denen heute Menschen leben können, waren damals, vor der Katastrophe, unbewohnt oder nur spärlich besiedelt. Es gibt manchmal noch Steinhaussiedlungen, auch der Handgebunden-Markt nutzt solche Überreste. Die Verhältnisse müssen also früher genau umgekehrt gewesen sein, hier, wo jetzt Menschen wohnen können, stand früher Wald, und auf den ausgedehnten Gebieten, in denen früher Menschen lebten, wachsen heute Bäume. Ich wünschte, die Leute der Vergangenheit hätten sich damals etwas beschränkt mit ihrem Platz, dann hätten wir heute mehr als die schmalen Korridore zwischen den Todeszonen!

Die Steppe jedenfalls ist nicht vollständig offenes Land. Anders als im Ödland sind viele Bäume abgestorben oder als Brennholz abgeschlagen worden, aber die Arten, die keine Insekten zur Fortpflanzung brauchen und die schlechten Boden vertragen, wachsen nach – Pappeln und Birken und so etwas. Darunter wächst Gras und wenig anderes. Das alles machte es mir aber möglich, mich den Brokes in gebührlichem Abstand zu nähern.

Sie drangen nicht tief ins Ödland vor, aber sie trugen Gasmasken und alte, abgetragene Anzüge, die mit Panzertape geflickt waren, und entzündeten ihr eigenes kleines Inferno mit Flammenwerfern und Brandbomben aus Glasflaschen. Sie johlten und schrien und fuhren die dunkle Linie ab, an der Wald und Unterholz so plötzlich aufhörten, als hätte jemand mit Bleistift eine Linie gezogen. Ich beobachtete sie eine Zeit lang, aber die Sonne stand schon tief über dem Horizont, und bald war das Flackern der Flammen die hellste Lichtquelle – ein geisterhaftes, unwirkliches, verschwenderisches Leuchten, von dem sich mehr und mehr Bäume anstecken ließen.

Zeeto konnte ich nicht entdecken – sie hatten ihn nicht dabei, nicht gefangen genommen. *Oder schon nach Turf-Town gebracht …*

Schließlich gab ich mir einen Ruck, es war dunkel genug. Der Wald war zum Glück nicht so trocken, dass er brannte wie Zunder, sondern die Flammen breiteten sich träge aus und erloschen wieder, wenn Funken es nicht über felsigen Boden hinweg schafften oder umstürzende Bäume im Schlamm verendeten, aber trotzdem war es ein gruseliger Anblick, der Qualm stieg dick auf, immer wieder spien Nadelbäume Flammen in die Höhe, und der Wind blies die Hitze in meine Richtung.

Warum fackelten die Hirnamputierten das Ödland ab? Glaubten sie etwa, dadurch würde es bewohnbarer werden?

Dieses Rätsel könnte ich später versuchen zu lösen, jetzt klappte ich das Visier nach unten und gab einfach Gas, brach im flackernden Zwielicht ins Unterholz, etwa fünfzig Meter vom Feuer entfernt. Es roch nach Benzin, selbst durch den Helm roch ich die Verschwendung, und ich hörte ihr Jauchzen und Johlen. *Diese Durchgeknallten …*

Und dann war ich hindurch, verborgen vom Halbdunkel und den Schatten des Ödlands. Ich fuhr vorsichtig Schlangenlinien um Wurzeln und Felsen und Stämme und Sträucher. Es war kein einfacher Weg – es führen auch Straßen durchs Ödland, alte Straßen von früher, aber die nächste ging mitten durch den Großbrand der Brokes. Wenn Zeeto die genommen hatte, musste ich über einen Umweg dorthin kommen. Vielleicht würde ich ihn da finden – vielleicht versteckte er sich und wartete darauf, dass das Spektakel vorbei war.

Es wurde Nacht, während ich mir einen Weg durch die Wildnis bahnte, ein schmaler gelber Mond ging auf, und die Sterne blinkten über mir. Es genügte, um weiter in den Wald vorzudringen, ich wurde sogar mutiger, ließ den Motor lauter werden und wagte es, ein schnelleres Tempo über die Felsen einzuschlagen, obwohl es ganz schön hoch und runter ging.

Ich kann nachts ziemlich gut sehen, also öffnete ich mein Visier und atmete herausfordernd die Luft im Ödland ein.

Ich werde hier nicht krank. Und ich musste es nicht einmal auf die harte Tour herausfinden. Azmi wusste es einfach, er sagte, ich hätte es von meiner *anne*. Er selbst kann nur mit Maske hier hinein und wagt selbst das nur ungern, aber seit ich zehn oder elf bin, dringe ich auch allein in die Todeszone vor und plündere uns das eine oder andere aus den Häusern und Hallen, die darin verstreut sind. Viel ist es nicht, aber manchmal trifft man auf Schätze. Unseren Lebensunterhalt verdienen wir mit Medikamenten: Wenn sie in unbeschädigten Blistern sind, kann man sie gefahrlos verwenden, und generell können auch Leute, die nicht ich sind, Dinge gefahrlos anfassen, die aus der Todeszone stammen, wenn sie trocken sind. Kontakt mit dem Wasser hier drin macht die meisten Menschen krank und auf Dauer auch die Luft.

Mich jedenfalls nicht. Azmi sagt, es ist vollkommen natürlich, dass es Abweichungen gibt, Menschen, die widerstandsfähiger gegen das eine oder das andere sind. Und es ist ja nicht so, als wäre ich besser als andere; er muss durch die halbe Welt mit mir fahren, um die Medikamente aufzutreiben, die ich alle zwei Tage nehmen muss, damit ich normal leben kann. Ironie des Schicksals, würde ich sagen.

Jedenfalls ist das Ödland einfach wunderschön, besonders nachts und irrwitzigerweise ganz besonders im entfernten Schein des Feuers – eine wilde, fremde Landschaft, die die meisten Menschen nur von Weitem sehen können oder durch die Gläser von Schutzbrillen und Masken.

Mit dem Motorrad erklomm ich Hügel und stieß durchs Unterholz, Zweige prasselten gegen meinen Helm, und mein Scheinwerferlicht durchpflügte den Wald, als ich mich endlich in ausreichender Entfernung zu den durchgeknallten Brokes wähnte.

Das Licht ertastete einen Bunkereingang – Zeeto hatte mir erzählt, dass es hier eine weitläufige große unterirdische Anlage gab, deren Tore und Türen fest verschlossen waren und ein ewiges Rätsel für Zeetos rastlosen Geist darstellten.

Ich hielt an und nahm den Helm ab.

»Zeeto?«, rief ich in die Nacht, doch das Ödland blieb so still wie zuvor.

Der Verlauf des unterirdischen Tunnels war zunächst einmal gut zu erkennen – ich schlug die Richtung ein, und selbst als die Erhebung im Untergrund nicht mehr zu sehen war, blieb ich auf Kurs. Ab und an fand ich Hinweise darauf, dass ich mich immer noch oberhalb der Anlage befand, Stellen, die ebenfalls verbrannt waren, oder sogar Anzeichen von versuchten Sprengungen.

Was war da los, was war in die Brokes gefahren?

Oder befand sich etwas *in* den Bunkern, und Zeetos Verschwinden hing damit zusammen?

Wie viel Wald wollte ich eigentlich nach ihm durchsuchen? Ich steckte meinen Arm durch Helm und Visier, um ihn nicht mehr aufsetzen zu müssen, und fuhr langsamer.

»Zeeto!«, rief ich immer wieder und ließ die Hand kurz vom

Gasgriff, damit es leiser war. Und schließlich kam ich auf die Straße. Die Asphalttrasse fraß sich quer durch den Wald. Teils war sie zugewuchert, aber fünfundzwanzig Jahre schnell wachsende Turbo-Kampfstoff-Wildnis hatten sie nicht ganz schließen können, und ich erleuchtete sie weit mit meinem Scheinwerfer, denn sie führte schnurgeradeaus und quer zum vermuteten Verlauf der Bunkeranlage.

»Zeeto!«, rief ich wieder, aber der Strecke zum Trotz, die ich durch den Wald hinter mich gebracht hatte, hörte ich noch das Johlen und Heulen der Motoren – kamen sie etwa näher? Drangen sie tiefer in den Wald vor, trieben den Brand vor sich her?

»Zeeto, verfakkte Scheiße!«, schrie ich. »Ich hab keine Ahnung, wo ich dich suchen soll!«

Vielleicht hatte er einen Zugang zu den Bunkern gefunden. Vielleicht war er da drin …

Ich hielt an und sah zurück in den Wald. Sollte ich nach offenen Türen suchen?

Wo sollte ich nach Zeeto suchen, verdammt?

Ich ließ das Moped wieder aufheulen und schoss die Straße hinab – noch ein wenig tiefer ins Ödland, aber viel weiter konnte er zu Fuß nicht gekommen sein, von da aus würde ich in großen Bögen durch den Wald zurückfahren, und dann wäre er mir wirklich einiges schuldig!

ÖDLAND
ZEETO, 15. JANUAR 2064

Ich hab unfassbaren Durst und kein Wasser mehr. Mtoto ist viel zu still, und diese Stelle auf ihrem Kopf ist eingefallen, diese Fuge zwischen ihren Schädelplatten – sie ist auch dehydriert.

Außerdem ist noch was Schlimmeres passiert: Obwohl ich total ausgetrocknet bin, hab ich mich übergeben.

Wir liegen jetzt zusammengerollt unter einem blöden Baum, unter uns Felsen und Wurzeln und harte Knubbel Erde, und ich kann nicht schlafen, denn mir ist todschlecht. Außerdem hab ich Fieber, glaube ich. Schüttelfrost, ich zittere, und ich weiß nicht, was davon mein durchdrehendes Ich ist und was die Wastelandkrankheit. Aber dass ich mich übergeben habe, ist ein schlechtes Zeichen. Das Fieber auch. Mein Atem geht rasch und flach, und ich habe Panik, Panik, Panik.

Ich sterbe hier, und wenn ich nicht hier sterbe, dann sterbe ich draußen, ich hab vielleicht noch ein paar Wochen wie alle, die die Wastelandkrankheit haben. Fakk, fakk, fakk, ich bin tot, ich bin zweiundzwanzig und tot, und jetzt auf einmal kommen mir die Wochen meiner Depressionen noch verschwendeter vor, als wäre das Zeit gewesen, die ich irgendwie gegen *Leben* hätte einlösen sollen! Zitternd lieg ich neben dem Baby, es schläft, aber vielleicht verhungert oder verdurstet es auch langsam vor sich hin.

Ich heule, und eigentlich ist das keiner Erwähnung wert, denn ich bin jemand, der wirklich wegen allem heult, also wenn ihr irgendwie im Zweifel seid, was Zeeto gerade macht, liegt ihr vermutlich richtig, wenn ihr euch denkt: Der heult gerade. Aber jetzt, in diesem Moment, in dieser widerlich kalten, vollgeschwitzten, sackdunklen Nacht im Wald hab ich allen Grund dazu.

Hattet ihr schon mal einen Fieberschub *und* eine Panikattacke? Also, kann ich nicht empfehlen. Jedenfalls hat mich beides so heftig im Griff, dass ich das Motorrad erst höre, als der Scheinwerfer sich schon durch die Bäume zu mir durchgetastet hat. Ich erschrecke zu Tode (ja, ich weiß, nicht wörtlich) und rolle mich um Mtoto zusammen, so ein plötzliches letztes Aufbäumen von Beschützerinstinkt, und der Scheinwerfer ist noch zu weit entfernt, sie können mich unmöglich sehen, und überhaupt, was schert es die Brokes, ob ich hier im Wald verrecke?

Und dann höre ich eine Stimme, die »Zeeto!« ins Gebüsch ruft. Zwei Dinge schießen mir durch den Kopf: Erstens ist das Laylays Stimme, sie hat dieses niedliche Kratzen darin, und zweitens habe ich sie schon sicher drei-, viermal rufen hören und einfach nicht reagiert, weil ich es nur wahrgenommen, aber nicht verstanden hab, dass jemand mich mit meinem Namen meinen könnte. Nachts. In einer Todeszone.

Ich sag euch, es ist nicht so ganz einfach, ich zu sein. Aber jetzt spring ich auf, so plötzlich, dass Mtoto wach wird und kläglich zu jammern beginnt, mit ganz schwacher Stimme, und ich springe neben ihr auf und ab und winke und schreie zurück. »Laylay! Laylay!«

Das Motorrad stoppt, ich sehe nur die Position des Vorderlichts, es ist wie ein Geist in der Dunkelheit, und dann verstummt der Motor, es fällt scharrend und im Unterholz krachend um, und dann kommt Laylay in Sicht, mit dem Helm unterm Arm strauchelt ihre Silhouette durch den Lichtkegel auf mich zu.

»Zeeto«, ruft sie. »Scheiße, *hamdullah!* Ich hab dich gefunden!«

Sie stolpert über eine Wurzel und flucht auf Türkisch, und dann ist sie bei mir, und wir fallen einander um den Hals. Wow. Es ist Laylay, es ist tatsächlich Laylay, wie um alles in der Welt kommt sie hierher?

»Du hast keinen Helm auf, das … das ist … ich … Laylay, hier ist *Ödland!*«, kriege ich heraus, und sie drückte mich an sich und sagt, dass ich zittere, und so sagen wir uns ein paar Sekunden lang gegenseitig das Offensichtliche. »Die Brokes brennen den Wald nieder!« – »Riika schickt mich!« – »Ich hab's verkackt, Laylay, ich sterbe.« – »Du hast keine Maske auf!«

Aber dann sind wir still, und Mtoto hat aufgehört zu nölen, und Laylay lässt mich immer noch nicht los, und ich bin krank und zu

Tode erschöpft und verzweifelt, aber meine Panik lässt nach. Das ist Laylay.

Plötzlich sind meine Lippen an ihrem Ohr, und eine ihrer Hände tastet über meine Haare.

»Du hast noch deine coole Frisur«, sagt sie, aber dann sagt sie nichts mehr, weil meine Lippen zu ihren gewandert sind, plötzlich bin ich wagemutig und ohnehin bleibt mir ja vielleicht kein »nächstes Jahr« mehr, also machen wir einfach weiter, wo wir letztes Jahr aufgehört haben, und kurz küssen wir uns vorsichtig, unsere Gesichter so nah, das Gefühl ihrer weichen Lippen auf meinen, aber dann wird das Ganze zu einem heftigen Kuss mit Zunge und allem, in dem sich die ganze grässliche Erleichterung der sich hebenden Panik entlädt. Sie gibt ein wunderbares Geräusch von sich, Lachen und Zustimmung, und ihre Hand in meinen Haaren streichelt meinen Hinterkopf und meinen Nacken.

Dann quiekt Mtoto wieder, und Laylay beendet den Kuss atemlos.

»Was ist das?«

»'n Baby«, sage ich. »Hab ich gefunden.«

Sie packt meine Arme. »Ganz langsam: Was?«

»Ich hab ein Baby gefunden. Hab's Mtoto genannt«, sage ich, gehorsam langsam, was ganz gut funktioniert, denn ich bin gerade so atemlos vom Kuss und dem ganzen Geheule diese Nacht, dass nur ein kurzer Satz nach dem anderen rauskommt. »Eine Bunkertür war offen. Hab das Baby schreien gehört. Bin raus. Hab einen Ast in die Tür gelegt. Aber die Tür ist trotzdem zu. Die Mutter von dem Baby war tot, sie lag da. Ich war draußen und hatte erst eine Maske an. Aber die ist kaputt, und ich bin ein Idiot, und ich hab Fieber und hab mich schon dreimal übergeben.« Sie gibt einen kurzen Ekellaut von sich. Okay, wir haben gerade geknutscht … »Laylay, ich glaub, ich sterbe, und warum hast du keine Maske auf, was soll das?«

»Ich brauch keine«, sagt sie, löst sich von mir und geht zu dem Baby rüber. Sie beugt sich über Mtoto.

»Geht da was kaputt, wenn ich es hochhebe?«, fragt sie, und

klar, sie ist immer nur mit ihrem Vater, dem Doc, unterwegs, Babys verwirren sie total, das hab ich letztes Jahr schon gemerkt. Irgendwie süß.

»Nee, das kann schon den Kopf halten, nimm es halt unter den Armen. Was heißt das, du brauchst keine Maske?« *Panik, Panik, wir werden alle sterben!*

»Ich erklär es dir später. Wir müssen weg. Die Brokes stellen irgendwas an.« Sie zögert kurz. »Die Mutter … die Mutter von dem Teil hier, woran ist sie gestorben?«

Ich blinzle kurz, das Bild hab ich zu verdrängen versucht, aber nicht gut genug.

»Erschossen oder so. Sie war … sie hatte.« Ich schlucke, wieder steht mein Magen kopf, aber diesmal ist es vielleicht die Erinnerung. »Ihr Hals war … kaputt. Zer… zer…« Ich verstumme. Ich muss das jetzt nicht ausführen.

»Also Brokes?«

»Glaub ja.«

»Okay, meinst du, du kannst mit dem Baby hinter mir sitzen?«, fragt sie und hat die Kleine skeptisch hochgehoben, linkisch und mit Abstand hält sie sie vor sich.

»Ich pack es in den Rucksack und schnall mir den vorne um«, sage ich. »Und du musst langsam fahren.« Und dann schlägt der Schüttelfrost wieder zu, und ich schwanke und stütze mich gegen einen Baumstamm, sie packt Mtoto mit einem Arm und stützt mich mit dem anderen.

»Ich muss dich hier rausbringen. Mein Dad ist da, der hilft dir. Halt noch ein paar Minuten durch, mit dem Moped sind wir schnell zurück.«

»Ja«, sage ich, und ich versuche, es mir so zuverlässig einzureden, wie es ihr offenbar gelingt. »Klar.«

Der Rückweg vergeht im Delirium. Ich bin so beschäftigt damit, mich an Laylay festzuhalten, dabei Mtoto nicht zu zerquetschen und all die harten Stöße abzufedern, die der unebene Untergrund uns beschert, sobald das Broke-Inferno uns von der Straße zwingt, dass mein fiebergeplagter Verstand Ruhe gibt und nur noch koordiniert, welche Hand was tut und welcher Muskel was ausgleicht. Das ist fast erholsam, eine ganze Weile funktioniere ich einfach nur, und mir tut der Kiefer weh, weil ich meine Zähne so hart aufeinanderbeiße.

Die Brokes bemerken uns erst, als wir aus dem Ödland raus sind – sie kommen in die Richtung unseres Scheinwerfers, und das Feuer hat sie total aufgeputscht. Das Feuer und vermutlich noch das eine oder andere Zeug. Sie schneiden uns jedenfalls den Weg ab, und ich bring es nur noch fertig, mich zitternd an Laylay zu klammern und die Stirn zwischen ihre Schulterblätter zu legen. Gott, Laylay, ich hab dich vermisst, ich wusste gar nicht, wie sehr.

Na ja, eigentlich weiß ich es doch. Als sie letztes Jahr weitergereist ist, hab ich den Rest des Winters in einer depressiven Phase verbracht. Das war die längste meines Lebens, und das lag nicht nur an Laylay, denn Winter ist die Zeit dafür, das ist praktisch mein Winterschlaf, sagt Riika, aber ich gebe zu, dass der Winter noch öder schien, weil Laylay nicht mehr da war. Ich werde prompt depressiv, wenn mein Beinahe-One-Night-Stand abzieht, das ist nicht romantisch, das ist verquer, und deshalb werde ich es ihr auf keinen Fall sagen.

Jedenfalls verkrieche ich mich quasi hinter ihr, und Mtoto ist zwischen uns fast unsichtbar, und ich wette, sie ist bewusstlos, hoffentlich stirbt sie nicht, bis wir da sind.

Laylay erzählt den Brokes, die mit aufheulenden Motorrädern vor uns auf und ab kurven, dass sie einen Passierschein hat, dass ich zum Handgebunden-Markt gehöre und dass wir eine Runde um den alten Stausee gedreht haben, um auf der Staumauer rumzumachen.

Das glauben sie uns, schlagen vor, dass wir auch mit ihnen rummachen können, halten den üblichen Toxxer-Vergewaltigungs-Dirty-Talk, den sie irgendwie brauchen, um die Hackordnung zwischen sich klarzustellen und um uns Angst einzujagen, und dann lassen sie uns tatsächlich weiterziehen, wahrscheinlich vor allem deshalb, weil sie so sturzbetrunken oder drauf sind, dass ihnen selbst das Gerede zu anstrengend wird. Eine Gestalt fällt beim Wegfahren von ihrem Bike, prallt im Scheinwerferlicht der anderen auf dem Boden auf, und das Motorrad stellt sich quer und fällt dann schlitternd um, der Reifen dreht sich noch.

Ich sehe das alles wie ein Deliriumsstandbild, und dann bringt Laylay mich nach Hause. Zum Handgebunden-Markt. Zu Riika und ihren Frauen Dünya und Linda, in dieses große, wuselige Konglomerat voller kleiner und großer Leute, das mein Zuhause ist. Und kaum sind wir da angekommen, mache ich die Augen zu und schlafe oder verliere das Bewusstsein, und ich hoffe, dass das nicht das Letzte ist, was ich tue.

HANDGEBUNDEN-MARKT
LAYLAY, 15. JANUAR 2064

»Bindet mir doch einfach mal die verdammte Hand los«, verlangte Azmi.

Um irgendetwas zu tun, hatte ich eine der Wachhabenden aus der Baracke geholt. Die Baracke war Tag und Nacht besetzt, und der Gutaussehende war mittlerweile ins Bett gegangen. Meine eigene Hand hatten sie mir noch nicht wieder festgebunden, weil ich Zeeto hergeschleift hatte. Azmi hingegen behinderte die gebundene Hand stark dabei, nach Zeeto und dem Baby zu sehen. Dünya und Riika waren beide ganz gut beschlagen, was Erste Hilfe anging, und nachdem Azmi Mtoto einmal durchgecheckt hatte, flößten sie ihr Wasser ein und gaben ihr eine Nuckelflasche Milch. Sie hatte von Zeetos Proteinproviant Durchfall bekommen, schien aber ansonsten gesund und war nicht einmal unterkühlt. Azmi betrachtete sie trotzdem besorgt, bevor die beiden Frauen sie aus ihrem seltsamen grauen Overall schälten, ihr neue Kleidung anzogen und sie frisch wickelten. Er warf mir einen verstohlenen Blick zu, als er dachte, dass ich es nicht bemerke.

Zeeto lag nicht in seiner Hängematte, von denen zahlreiche im großen, verschachtelten Steingebäude aufgespannt waren, sondern erst einmal auf einem Flickenteppich auf dem Boden. In der Mitte von Riikas Haus brennt immer ein Feuer, in einer geschickten Konstruktion aus Metallteilen und Stein, die den Rauch nach oben ableitet, während die Wärme sich in alle Räume verteilt.

Zeeto war dünner, als ich in Erinnerung hatte, Fieberschweiß stand auf seiner Stirn, seine Lippen waren gerissen und farblos.

Aber seine wirklich sehr schönen Wimpern waren davon unberührt, die flatterten nur ein wenig, weil er unruhig träumte. Wirklich, Zeeto ist so alles in allem ziemlich hübsch, aber die Wimpern sind der Hammer. Die sind die sehr seltene und sehr leckere Kirsche auf einem ohnehin ungewöhnlich lecker gezuckerten Getreidebrei.

Während ich in den Anblick der Wimpern vertieft war, diskutierte die Wächterin, die ich mitgebracht hatte, kurz mit Riika und löste dann Azmis Fessel um Handgelenk und Oberschenkel. Er knurrte einen Dank.

»Nur heute Nacht!«, beharrte die Wächterin.

»Ziehst du ihn aus?«, fragte Azmi mich und zog sich dünne Handschuhe über die Finger.

Zeetos Kleidung war nass und gehörte dringend in Quarantäne, und ich schwöre, ich hatte keine Hintergedanken, als ich ihm erst die klatschnassen, schlammverkrusteten Stiefel und dann den Overall abstreifte. Darunter trug er einen ziemlich schäbigen Pullover, der ebenfalls durchtränkt war, allerdings vom Schweiß, und eine Stoffhose, deren Beine bis zum Knie vollgesogen waren mit dem Wasser aus der verschissenen Todeszone.

»Das ist schlecht, oder?«, fragte ich und zog ihn bis auf die Unterhose aus, die aus drei verschiedenen, nach ihrem Ableben zusammengenähten Unterhosen bestand. Kurz zögerte ich, aber Azmi hob nur die Augenbrauen, und deshalb zog ich möglichst rasch und so, als ginge mich das alles nichts an, auch Zeetos Unterhose herab. Falls ihr da jetzt einen Kommentar erwartet: Es war ein Schwanz darunter.

Ich trocknete seine Beine und Füße mit einem Handtuch ab, dann hob Azmi ihn hoch und legte ihn in die Hängematte.

»Bring das zusammen mit dem Teppich raus und verbrenn es«, wies er mich an.

»Soll ich dir nicht hier helfen?«

»Laylay, verbrenn den verdammten Teppich, *for fakk sake.*« Ja, auch Azmi flucht manchmal mehrsprachig. »Und wenn irgendwas von deinen Klamotten verseucht ist, verbrenn es gleich mit.«

»Nee, aber ich wasch noch das Moped ab«, sagte ich und nutzte die Freiheit meiner beiden Arme, um erst nach dem Motorrad zu sehen und dann den Lappen, den ich zum Putzen benutzt hatte, zusammen mit Teppich, Kleidung und Stiefeln zu verbrennen.

Um die Stiefel war es schade, es war sehr schwierig, an neue zu kommen – aber hier am Handgebunden-Markt würde es Zeeto vielleicht leichter fallen; das Ein und Aus der Reisenden bringt immer Neues her. Auch das Essen ist hier besser als anderswo.

Apropos Essen: Ich hatte Hunger wie eine Wölfin, aber ich ging trotzdem nicht zum Kochhaus, in dem die Menschen des Handgebunden-Markts abwechselnd jeden Tag für alle kochen und backen, auch wenn der Geruch von frischem Brot zu mir herüberwehte. Ich schlüpfte stattdessen wieder durch den Türvorhang in Riikas Heimstatt. Ein paar Kinder fragten mich, was Zeeto passiert sei, aber ich sagte, ich wisse es nicht. Ein Kind, das ebenso klein war wie ehrlich, fragte mich, ob er sterben würde, und ich schüttelte den Kopf, aber es war mehr ein ratloses als ein verneinendes Kopfschütteln.

In und um Riikas Haus wohnen nicht nur Kinder, sondern auch Familien, die nicht mit ihr verwandt sind, und Teenager und jüngere Erwachsene. Das fing alles an, als Dünya, Linda und Riika zusammengezogen sind und alle drei die Kinder mitbrachten, die sie mit ihren Liebhabern gezeugt hatten. Diese Kinder bekamen Kinder, und noch mehr junge Eltern zogen dazu, und jetzt ist das Ganze ein Haufen neugieriger, lauter Menschen, die sehr wenig Sinn für Privatsphäre haben. Ich finde es lustig, hier zu wohnen, solange wir auf dem Handgebunden-Markt sind, aber danach bin ich immer froh, wieder mit Azmi allein zu sein.

Auch wenn ich mich frage, warum er überhaupt wieder aufbricht. Es wäre so viel einfacher, sich so einer Gemeinschaft anzuschließen.

Natürlich hab ich ihn das schon gefragt, und er antwortete, dass er es tut, damit niemand merkt, dass ich *anders* bin. Aber was ist schon dabei, sich im Ödland nicht zu infizieren? Ist das nicht etwas Gutes? Warum sollte ich ein Problem damit haben, dass andere es bemerken? Wir haben natürlich schon oft darüber gesprochen, aber das Einzige, was er dann sagt, ist: »Es kann sein, dass es nicht dabei bleibt. Bei deiner *anne* war das so.« Und – *lânet olsun!* – er will mir einfach nicht sagen, *was* das gewesen sein soll! Er hält es für besser, auf Reisen zu sein, niemandem aufzufallen, nirgends zu lange zu bleiben – aber ich weiß nicht, ob das der einzige Grund ist. Ich weiß, dass er ein rastloser, einsamer Mensch ist, der genau das sein will – einsam und rastlos. Aber ich bin einundzwanzig, vielleicht sollte ich ihn irgendwann allein ziehen lassen und irgendwo bleiben, wo es mir gefällt. Dann werde ich merken, was andere dann von mir halten. Vielleicht brauche ich etwas mehr Gesellschaft.

Ich trat neben ihn an die Hängematte. Zeeto war zugedeckt und schlief unruhig, Azmi saß auf einem Hocker und grübelte vor sich hin.

»Hey«, sagte ich. »Wie sieht es aus?«

Er sah auf, und kurz hatte er diesen Blick, den ich so gut von ihm kenne. Diesen Blick, der einer Ausflucht vorausgeht. Wir waren mal in den Turf einer Gang geraten, ich glaube, es waren die Batshits, und da hatten wir einen niedergemachten Menschenzug gesehen, eine ganze Karawane, alle tot. Ich war sechzehn und konnte mir sehr gut denken, was passiert war: Die Gangs – alle Gangs – sind launisch, leicht reizbar und lieben ihre Macht. Hier hatte jemand ihnen widersprochen, hatte etwas bei sich geführt, was die Batshits hatten haben wollen, oder hatte einfach das falsche Widerwort zur falschen Zeit gegeben, und die Batshits hatten die Leute umgebracht und mutmaßlich ein paar davon vorher oder nachher vergewaltigt. Mir war das alles völlig klar gewesen, ich bin in diesem Land aufgewachsen, ich kenne die Gangs und ihre kranken Fantasien von Macht, aber da fiel mir das erste Mal auf, dass Azmi diesen Blick bekam, einen Umweg antrat und mir etwas von vergiftetem Wasser erzählte. Er hatte wohl gehofft, ich hätte noch nicht allzu viel sehen können, aber ich habe hervorragende Augen. Und dann wiederum wurde mir klar, wie oft ich diesen Blick schon an ihm gesehen hatte, ohne zu wissen, was er bedeutet, ohne zu wissen, dass er einer Lüge vorangeht, die mich beschützen soll.

»Ich kann noch nichts Genaues sagen, aber es sieht ganz gut aus«, sagte er also, und ich lachte bitter, während die Lüge ihren Weg in mich hineinfraß.

Ich kannte Zeeto nicht gut. Er lebte schon sein ganzes Leben hier, und wir kamen seit vier Jahren her, um Medikamente und alles Mögliche zu tauschen, das uns im Laufe der Zeit ausgeht oder fadenscheinig wird. Drei Jahre lang hatte ich Zeeto gar nicht wirklich beachtet. Wir kamen immer im Winter, und im Winter ist er scheiße drauf, oder, um es mit Riikas Worten zu sagen: »Er hat die Fähigkeit, im Winter von der Natur ausgeschaltet zu werden. Das macht er wett, wenn die Tage wieder länger werden.« Riika, so ein Goldstück! Im letzten Jahr waren wir ein wenig früher hier gewesen, und ein paar Tage lang hatten Zeeto und ich Zeit miteinander verbracht. Das war wirklich nicht genug, um ihm um den Hals zu fallen, wie ich es im Ödland getan hatte. Das war wirklich nicht genug, um diese bittere, traurige Klaue zu fühlen, die sich um meinen Hals legte und mir das Schlucken schwer machte. Ich atmete zittrig ein und aus. »Okay«, sagte ich auf Türkisch. »Er wird sterben, richtig?«

Natürlich hatte jemand zugehört, und genügend Leute hier hatten Türkisch von Dünya gelernt. Hier gab es keine Privatsphäre, und ich hörte, dass Stimmen hinter den Vorhängen, die die Räumchen voneinander abtrennen, zu tuscheln begannen.

»Laylay.« Azmi seufzte. »Es geht ihm gut, er ist stabil, und wir werden sehen, ob es ihm in den nächsten Tagen besser geht. Lass uns rausgehen, er braucht Ruhe.«

Ich berührte Zeeto leicht an der Hand und sah noch einmal in sein Gesicht, auf seine flatternden Wimpern. Mein Herz wurde mir so schwer – würden wir bald abreisen, und wenn wir das nächste Mal kämen, wäre er tot? Ich wusste, dass es besser für mich wäre, nicht weiter über ihn nachzudenken. Ich hatte ihn zwar gerettet, aber auch nicht gerettet, und so ist das eben, Leute sterben, wenn sie die Todeszone betreten, gottverdammt, sie *heißt* Todeszone! Aber statt mich schon mal vorsorglich von ihm zu distanzieren, schüttelte mich diese Klaue und ließ mich glauben, ich könnte nie wieder froh werden, wenn er starb. Vielleicht brauchte ich sogar die fehlende Aussicht auf ein Happy End, um mich in ihn zu verlieben. In diesem Moment rauschte das Blut in meinen Ohren, und die Verzweiflung lag mir bitter in der Kehle, und ich war so verliebt wie nie zuvor.

Mit schweren Schritten verließ ich Riikas Haus, und Azmi folgte mir. In einer Tonne brannte ein Feuer, und ein paar Menschen standen darum herum und tranken Tee und lachten. Wir blieben weit genug entfernt, dass sie uns nicht hören konnten, und ich fuhr herum und packte Azmi am Arm.

»Also, was ist? Wie lange hat er noch?«

»Das kann ich dir nicht sagen!«

»Aber ist es denn ausgeschlossen, dass er es überlebt? Also, kannst du ihm irgendetwas geben, was das Schlimmste verhindert? Oder vielleicht hat er nur Fieber und danach ist er wieder gesund?«

»Laylay, wenn es Tabletten gäbe, die das Schlimmste verhindern, dann wäre nicht die nördliche Hälfte Europas an dem Zeug verreckt«, stieß er hervor. »Damals ging es noch schneller, die Lunge zersetzte sich, hohes Fieber, und nach ein paar Tagen war es vorbei. Das ist vierzig Jahre her, und die Bäume und Wurzeln haben das Ganze ziemlich umgewälzt und verdünnt und rausgefiltert, aber er hat sich schon übergeben, er hat Fieber, und seine Lymphknoten sind geschwollen.«

»Weil sein Körper dagegen ankämpft!«

»Ja, und das wird er auch noch eine Weile tun. Wochen vielleicht. Aber du hast gesehen, wie dünn er ist, er hat wenig Widerstandskraft.«

»Vielleicht hat er auch seltsame Superkräfte wie ich.« Ich verschränkte die Arme vor der Brust.

»Hat er nicht«, sagte Azmi. »Er ist ein normaler junger Mann. Ich kann ihm was gegen das Fieber und die Übelkeit geben, Schmerzmittel, wenn er sie braucht. Der Verlauf ist ähnlich wie bei Tuberkulose, er wird schwächer werden und sich jede verdammte Atemwegserkrankung holen, die im Umlauf ist. Und dann wird er sterben.«

Diesmal hatte er diesen Blick nicht in den Augen, das sah ich selbst im entfernten Schimmer der brennenden Tonne. Diesmal stand der ehrliche Azmi vor mir, der, der mir auch gesagt hatte, dass Zeeto vielleicht zum Sterben zum Elefantenbunkerfriedhof gezogen war. Völlig abgefakkt war nun, dass Azmi recht und zugleich unrecht gehabt hatte. Zeeto war nicht zum Sterben dahingegangen, aber er hatte sein Sterben von dort mitgebracht.

Ich war so wütend, dass ich mit den Tränen rang. »Das war's? Das ist alles, was wir für ihn tun können?«

»Ja«, sagte Azmi. »Ich weiß, du magst ihn. Ich mag ihn auch. Und Riika hat die besten Ressourcen, wir kommen nicht umsonst zu ihr; wenn es irgendwelche Medikamente gibt, die ihm helfen können, dann hat sie sie.«

»Vielleicht stirbt er ja doch nicht«, sagte ich sinnlos und kindisch und wütend.

»Vielleicht stirbt er ja doch nicht.« Aber diesmal schlich sich dieser Blick in Azmis Augen, und ich hätte ihm am liebsten eine geknallt dafür, aber er war mein Vater, und wir schlugen einander nicht. Damals nicht. Deswegen wandte ich mich nur ab und ging zur Baracke, wo ich mich im Beiwagen zu einem Häufchen Elend zusammenrollte und so leise weinte wie möglich. Die Wächterin hörte mich trotzdem, und irgendwann setzte sie sich stumm auf den Rand des Beiwagens und streichelte meine Haare.

Ja, ich weiß. Die Leute vom Handgebunden-Markt sind wirklich verdammt nett. Nicht solche Egofakker wie Azmi und ich.

DELIRIUM
ZEETO, 16. JANUAR 2064

Die Maske vor meinem Gesicht ist gesprungen, um mich herum ist alles gleißend weiß, wie Schnee, aber es ist Kalk. Ich liege auf dem Rücken. Da ist ja noch Himmel, auch der ist zersplittert, hab ihn kaum gesehen.

Ich muss weiter, aber ich stecke fest, in einer Hängematte, und die hängt in einem Hochhaus, aber das Hochhaus hat keine Wände und keine Stockwerke und keine Decke mehr, und ich weiß auch nicht, wie ich darauf komme, dass es trotzdem ein Hochhaus ist. Da sind so Träger und Balken, aber auf allem liegt Schnee, ich kann es doch auch nicht richtig sehen, diese Scheißmaske! Jedenfalls muss ich jetzt los, ich hänge schon zu lange ab, und auch wenn der Winter eine Zeit ist, die mich richtig lähmt, finde ich Schnee schön.

Es hat in meinem Leben erst zweimal geschneit. Wenn all das pudrige Weiß so dick liegen bleibt, dann müsste es kalt genug sein, dass ich locker innerhalb kürzester Zeit erfriere, wird mir klar, und ich versuche, mich endlich loszureißen, ich muss weiter, und überhaupt:

Seit wann ist die Atemmaske kaputt?

Ich fahre hoch und entkomme der Hängematte, aber ich falle – offenbar war sie ganz oben im Hochhaus angebracht oder vielleicht auch auf halber Höhe, jedenfalls tödlich hoch, und ich falle, sehr schnell, und der Aufprall ist sehr hart.

Ich liege auf dem Boden. Flickenteppiche, die Linda aus den Stofffetzen näht, die wirklich zu klein für alles sind. Zitternd sammle ich mich auf und arbeite mich unter der Hängematte hervor.

Ich bin wach. Ich bin vermutlich wach, mir ist kalt, und Lil'Samma sitzt vor mir und starrt mich mit großen dunklen Augen an. Sie hat mit kleinen Autos gespielt, eines davon spüre ich schmerzhaft unter meinem Schienbein.

»Zeeto ist wach!«, schreit sie, und sofort kommen einige meiner jüngeren Mit-Enkelkinder durch den Vorhang gestürmt. Ich habe nur eine Unterhose an und wickle mich in meine Decke, nicht, weil mir das peinlich wäre – wir haben einander alle schon mal nackt gesehen, alle dreiundfünfzig Leute in Riikas Haus –, sondern weil mir verdammt kalt ist. Die Decke ist Lindas Spezialanfertigung, dick und flauschig und knallbunt, jedes Kind in Riikas Haus bekommt eine, und ich besitze meine natürlich immer noch. Lil'Samma und Orinka und Gibb und Big-Samma fragen mich alle durcheinander, ob es mir besser geht, ob ich wieder gesund bin; und davon abgesehen, dass ich Kopfschmerzen aus der Hölle habe, geht es mir gut.

Ich begutachte eine Einstichstelle auf dem Handrücken, und Big-Samma, die immerhin schon acht ist, klärt mich darüber auf, dass der Doc mir Salzwasser in die Ader gegeben hat. Wasser ist ein gutes Stichwort, ich krächze, dass ich sehr gern welches hätte, und Gibb springt auf, so schnell ihm das mit seinem zu kurzen rechten Bein möglich ist, prallt dann aber gegen Dünya, die mit einer vollen, von außen etwas schmuddeligen Plastikflasche hereinkommt. Sie setzt sich neben mich auf den Boden, ihr langgliedriger Körper knochig an meinem, und legt einen Arm um mich. »Trink was, Zeeto.«

Ich gehorche, das kalte Wasser plätschert in meinen Magen wie in ein leeres Becken, ich kann *spüren,* wie es an den Seiten Wellen schlägt, aber dann packt mich die Übelkeit, und ich setze die Flasche ab und krümme mich zusammen, aber Mann, bin ich ausgedörrt, ich will das bisschen Wasser nicht wieder loswerden, wirklich nicht!

»Orinka, hol einen Eimer!«, befiehlt Dünya und streichelt meine Schulter. »Ist alles gut, Kind, was machst du überhaupt auf dem Boden?«

Es ist ein bisschen so, als würde ihre Stimme den Krampf in meinem Inneren lindern, und natürlich darf sie mich »Kind« nennen, sie ist eine meiner Omas, und ich schnappe nach Luft und sage: »Bin rausgefallen.«

Ich wage es, mich wieder gerade hinzusetzen, und sehe mich um. Vielleicht war alles nur ein Traum – aber nein, da ist ja der Einstich in meiner Hand.

»Ist … Mtoto … geht es Mtoto gut?«

Existiert Mtoto überhaupt, oder hab ich sie geträumt?

»Es geht ihr gut. Besser als dir. Du musst uns erzählen, wo du sie gefunden hast. Was dir im Ödland zugestoßen ist.«

Das Wasser rumort in meinem Bauch, aber als Orinka endlich mit dem Eimer kommt, geht es mir schon besser.

»Laylay und der Doc … sind die noch hier?«

»Klar.« Dünya zwinkert mir zu, aber sie sieht traurig aus. Sie ist die sensibelste von den drei Großmüttern, eine große, hagere schlanke Frau mit langem weißem Zopf. Ich glaube, deshalb kümmert sie sich oft um unsere Technik: Menschen gehen ihr zu nah.

»Wie lange bin ich nicht aufgewacht?«, frage ich sie.

»Du hast einen Tag geschlafen.«

Da rumpelt es, das Geräusch von reißendem Stoff, ein Kind schreit wütend auf, und dann kommt Laylay in die Nische gestolpert, in der ich hause. Sie trägt saubere Kleidung, die ihr nicht richtig passt, eine geflickte Jeans und einen langen, unten ausgefransten Pulli oder ein Wollkleid oder so etwas. Ihr rechter Arm ist an ihr Bein gebunden. Etwas ist anders mit ihren Haaren – ich habe sie vorgestern nur im Scheinwerferlicht gesehen, aber heute sind sie kürzer und … na ja, gewaschen und gekämmt, schätze ich.

»Du musst den Vorhang reparieren!«, pampt Tinga sie mit aller Entschlossenheit einer mageren Vierjährigen an. Das, was ich habe reißen hören, ist nicht mein Vorhang gewesen, offenbar hat ein anderer Stoff in diesem Haus, das sehr verwirrend sein kann, Laylay nicht standgehalten.

Sie bleibt hinter Orinka stehen, die wiederum mit ihrem kleinen, gelben Plastikeimer vor mir steht. Darauf steht sehr verwittert »Delikatess-Senf«, aber ich versuche, nicht darüber nachzudenken, was das gewesen sein mag, und ziehe mich stattdessen an der Hängematte hoch.

Laylay schaut mich an, und Dünya sagt: »Fühlst du dich gut genug, um nachher ans Feuer zu kommen? Riika will auch hören, was passiert ist. Wo Mtoto herkommt.«

Ich nicke, aber ich halte nur Laylays Blick. Sie sieht kreuzunglücklich aus, und das wiederum macht, dass mein Magen sich unangenehm anfühlt, unruhig, als geschähe gleich etwas Schreckliches. Aber es passiert nichts, außer dass Dünya mit den Kindern rausgeht und draußen Tinga beruhigt, indem sie ihr verspricht, den Vorhang sofort zu reparieren.

»Hey«, sage ich.

»Hey«, sagt sie. »Wie geht's?«

»Besser«, antworte ich, und das stimmt. Alles ist besser. Das Fieber und das Delirium und alles scheinen wieder Zeeto-Normalzustand aus mir gemacht zu haben, mir sitzt nicht einmal mehr diese Mischphase im Nacken. Nicht, dass ich das jetzt als Lösung empfehlen würde, aber immerhin. Das Fieber selbst ist ebenfalls verschwunden, die Übelkeit hat sich gelegt. Ich bin schwach auf den Beinen und in eine knallbunte Decke gewickelt, aber es gibt Schlimmeres. Ich setze mich auf die Hängematte, und Laylay setzt sich neben mich, und weil die Hängematte alles in die Mitte rutschen lässt, sitzen wir plötzlich aneinandergequetscht da. Sie legt den linken Arm um meine Hüfte und ich den rechten um ihre.

»Danke, dass du mich gerettet hast.«

»Nichts zu danken.«

»Was … was ist mit dir?« Ich drehe den Kopf ein wenig und rieche das Shampoo an ihren Haaren. Wow. Sie macht mich ein bisschen schwindelig, aber vielleicht habe ich auch einfach seit Tagen nichts gegessen. »Du hattest keine Maske auf, ich … also, ich weiß, dass du das vermutlich weißt, weil dein Vater ist der Doc, aber … also … es ist tödlich da drin. In der Todeszone. Du weißt schon. Der Name ist Programm.« Da fällt mir etwas ein, und mein Magen macht eine Rolle in die andere Richtung, zurück in die Ausgangslage. Natürlich, das ist es! »Ah, ich verstehe! Ihr habt ein Mittel dagegen, richtig?«

Sie sieht mich nicht an, aber sie schüttelt den Kopf. »Nee. Hör mal, mein Dad will es dir selbst sagen, aber er ist richtig mies im Überbringen von schlechten Nachrichten. Du bist quasi tot, Zeeto. Du hast da drin eine tödliche Dosis Biokampfstoff abbekommen. Azmi sagt, es gibt nichts, um das abzuwenden.«

Gutes Gespräch, so hatte ich mir das vorgestellt, wenn ich sie wiedersehe.

»Ah. Okay«, sage ich also, weil ehrlich, was soll ich dazu sagen?

Sie senkt die Stimme. »Ich bin resistent dagegen. Ich weiß nicht, wie und warum, ich bin's einfach. Riika weiß das, aber Dad will nicht, dass es sonst noch jemand weiß. Okay?«

»Okay«, sage ich wieder, und ich fühle mich ziemlich dumpf und leer. Ich dachte immer, mein Leben würde sich schlussendlich mehr lohnen als dieses bisschen Chaos, auf das ich zurückblicke.

»Ich … ich dachte, es wäre vielleicht besser, es dir direkt zu sagen«, flüstert sie. »Also, das mit der Wastelandkrankheit.«

»Ja, klar.« Mir ist wieder kalt, ich löse meinen Arm von ihr und wickle mich enger in die Decke.

»Ich hab das Überbringen auch verkackt, oder?«

Ich lache, aber es ist nur so ein Hehe-Laut. »Wie kann man das denn nicht verkacken? Ist schon gut. Ist schön, dich noch mal gesehen zu haben.«

Und weil ich nur so vor mich hin starre, blinzle ich ein paar Mal heftig und wende mich ihr dann zu und sehe sie an, denn wenn ich nächste Woche tot bin, dann scheiß auf dieses ganze Herumeiern, wir haben einander im Ödland schon die Zungen in den Hals gesteckt, also warum bin ich auf einmal so schüchtern?

Laylay ist klein, und sie ist gleichzeitig hart und weich. Das Kleid ist zwar um die Hüfte herum weit und ein bisschen ausgeleiert, aber an den Ärmeln sieht man, dass es für eine zierlichere Person gemacht wurde, und so sehe ich die Muskeln ihrer Arme und Schultern, die davon erzählen, dass sie das ganze Jahr über mit ihrem Vater allein durch die Welt zieht. Zugleich sind ihre Hüfte, ihr Bauch, ihre Brüste weich und kurvig und rund, und die

Kombination lässt mich gleich schon viel munterer werden. Ihr Gesicht ist auch rund, aber sie hat eine nachdrückliche Nase, die passt eher zu diesen Muskeln und ihre Lippen zu den Kurven. Gegensätze sind so etwas wie mein Lebensmotto, und deshalb lehne ich mich vor mit der festen Absicht, sie zu küssen, und ihre Augen verändern sich, als ich das tue. Sie hat vorher elend ausgesehen, wie der Himmel an einem Tag, an dem man nicht die Sonne sieht. Jetzt sehe ich doch die Sonne.

»Sollte ich dich besser nicht küssen?«, frage ich sie leise.

»Warum solltest du mich nicht küssen?«, erwidert sie.

»Ich könnte vielleicht doch … ansteckend sein«, sage ich. »Und es wäre vielleicht sinnvoller, dich nicht zu küssen, nachher verlieben wir uns noch ineinander, und das wäre völlig hirnrissig, ich würde dir damit nur wehtun und es dir schwerer machen und mir auch, und das sollte ich uns vielleicht einfach ersparen. Es wäre … ganz und gar aussichtslos.«

»Zeeto«, sagt sie, und ihre Augen blitzen beinahe belustigt. »Aussichtslos ist das, was ich am besten kann.«

Und damit bringen wir die letzten drei Zentimeter hinter uns, ihre Lippen auf meinen, ihre Nase an meiner, ihre Hand auf der Decke an meiner Hüfte, dann ihr freier Arme um mich – meine Arme sind noch in der Decke gefangen. Wir küssen uns, geduldiger als gestern, nein, vorgestern, und mir wird warm, und mein Magen steht aus ganz anderen Gründen kopf. Ich kämpfe mich aus der Decke, öffne sie und breite sie um uns beide, und, ja, ich weiß, dass ich darunter nur eine Unterhose anhabe. Irgendwer, ich wette, Linda, hat mir immerhin, während ich geschlafen habe, den Fieberschweiß abgewaschen und eine neue Buxe angezogen. Man muss auch mal für die kleinen Dinge dankbar sein.

Laylay rückt näher, es ist eine wacklige Angelegenheit auf der Hängematte, und ich schließe die Decke hinter ihrem Rücken, jetzt sind wir beide darin, und das fühlt sich hervorragend an. Viel besser, als man sich eigentlich fühlen sollte, wenn man unter der Wastelandkrankheit leidet. Vielleicht hat der Doc sich das auch nur eingebildet. Oder Küssen hilft, und wenn das die Leute gewusst hätten, die hier vor Jahrzehnten dahingerafft wurden, dann hätte endlich mal ein Krieg mit einer Welle aus Küssen beendet werden können!

Unsere Lippen haben einander jetzt genug erkundet, ich fühle ihren Atem, sie riecht nach Süßholz, klar, Mosso ist auf dem Markt und verkauft das Zeug in allen Varianten, und dann ist da wieder diese verrückte Fremdvertrautheit unserer Zungen und Zähne, und überhaupt: Weiß jemand, warum Zungenküsse so aufregend sind? Wie die Miniaturversion von Sex, nur ohne Orgasmus: das gleiche Gefühl von fremd und vertraut, von beschämt und bekannt. Sie rückt noch näher, ich wusste gar nicht, dass das geht, und ich kann unmöglich gut schmecken, ich habe zwei Tage lang nur Nährpaste gegessen, und selbst das ist zwei Tage her, aber sie macht sich über mich her, als wäre ich eins von Mossos Süßholzbonbons. Unser Atem geht schneller, der Raum dreht sich um mich, obwohl meine Augen geschlossen sind, und plötzlich schießt mir der Gedanke durch den Kopf: Wenn ich hier und jetzt mir ihr schlafe – werde ich dann mittendrin bewusstlos, weil ich so schwach bin? Und: Wie soll ich mit ihr schlafen, wenn ihre Hand und ihr Bein aneinandergefesselt sind und sie angezogen ist? Ist es erlaubt, die Fesseln für diesen Zweck zu lösen?

Aber dann ist unser Minisex vorbei, ohne Orgasmus, wie das halt so ist bei Küssen, und ihre Wange liegt an meiner, sie atmet heftig in mein Ohr.

»Ich … ich glaube, Riika wartet drauf, dass du ihr Bericht erstattest«, murmelt sie.

»Hmm, das wette ich.«

Sie löst sich von mir, kalte Luft stellt sich zwischen uns, als wäre sie eifersüchtig.

»Wir machen hier später weiter«, verspricht sie. »Wenn ich raus hab, wen ich bestechen muss, damit meine Hand nicht mehr festgebunden ist.«

Ich grinse. Sie kann nicht nur im Ödland überleben, sie kann auch Gedanken lesen!

Ein paar Minuten später sitzen wir bei Riika um einen kleinen Tisch herum auf diesen stoffbezogenen Stühlen, die so gemütlich sind. Hinter uns wird das Feuer gefüttert, es ist angenehm warm an meinem Rücken. Vor mir steht eine dampfende Schale Suppe, und ich hab ein bisschen Schiss, sie anzurühren, weil ich gleichzeitig hungrig bin und mir speiübel ist. Der Doc ist auch da. Laylay, die mir beim Anziehen geholfen hat, hat ihm knapp mitgeteilt, dass sie mir schon gesagt hat, dass ich sterbe, und da guckte er beinahe erleichtert.

Keshi steht neben mir und pickt das Fleisch aus der Suppe, er ist vierzehn und immer hungrig. Da er weiß, dass ich kein Fleisch mag, sitzt er beim Essen am liebsten neben mir, weil er dann eine zusätzliche Portion bekommt. Er ist nicht mit mir verwandt, eins von Dünyas Enkelkindern, und bis vor zwei Jahren dachten wir, er wäre ein Mädchen, aber er ist keins.

»Lass uns jetzt mal allein, Keshi«, sagt Riika.

Er fährt noch einmal mit dem Löffel durch die Suppe, findet nichts mehr und trollt sich dann.

Mtoto sitzt auf Riikas Schoß, und kaum dass ich die Schale skeptisch in die Hand genommen habe – noch unsicher, was ich meinem Magen zumuten kann –, streckt sie die Arme nach mir aus.

»Ich glaub, sie hat dich vermisst«, bemerkt Riika. »Aber iss erst mal was.«

»Ich habe vielleicht keinen Hunger«, sage ich, und es stresst mich, dass ich so hungrig bin, aber mich nicht traue, etwas zu essen. Wenn ich mich übergeben muss, wissen Riika, Laylay, der Doc und alle, dass es mir mies geht. Und ich weiß es dann auch.

Der Doc scheint ebenso Gedanken lesen zu können wie seine Tochter. Er gibt mir einen Becher mit ein wenig milchig aussehendem Wasser. Obendrauf schwimmen ein paar wenig vertrauenerweckende Schaumbläschen und kleine Körnchen. »Trink das hier zuerst. Stabilisiert deinen Magen.«

»Okay.« Ich nehme den Becher, trinke möglichst stoisch, beuge mich dann zu Mtoto herüber und ziehe sie auf meinen Schoß. Ich atme zittrig ein, warte darauf, dass mir wieder übel wird von dem großen Schluck Wasser, und wippe die Kleine währenddessen auf meinen Beinen.

»Na, wie geht es dir?«, frage ich sie. Sie sieht nicht so aus, als hätte ich sie fast zwei Tage lang hungern lassen, sie grunzt fröhlich und sabbert ihre eigenen Hände voll, die sie fast ganz in ihren Mund bekommt. Baby-Proportionen sind echt schräg.

»Wie geht es ihr?«, frage ich den Doc.

»Sie ist nicht krank«, sagt er leise und sieht sich dabei um, als wäre er dabei, irgendetwas zu tauschen, was er besser nicht tauschen sollte. »Riika und ich haben sie beobachtet und immer wieder durchgecheckt, und sie hat nichts. Sie übergibt sich nicht, ihre Lymphknoten schwellen nicht an, sie kriegt kein Fieber, sie hat keinen Durchfall mehr, seit sie altersgerechte Nahrung bekommt.«

»Erzähl uns, wo du sie gefunden hast«, sagt Riika, und ich betrachte das Baby eingehend, als könnte es mir Antworten liefern, die sinnvoller sind als mein »Es lag halt so im Wald«. Mtoto sieht mich aus ihren großen braunen Augen an, und dann patscht sie mir mit einer spuckefeuchten Hand ins Gesicht.

Ich sage nicht, dass Mtoto halt so im Wald lag. Das wissen sie schon. Ich sage das andere, das sich langsam in mir aufzubauen beginnt, denn von all diesen möglichen Blabla-Erklärungen, die ich vorbringen könnte, ist das die einzige, die Sinn ergibt.

»Wenn sie auch immun ist«, beginne ich ganz, ganz leise. »So wie Laylay. Dann … Dann wohnen Leute im Ödland, und die Brokes wissen es und versuchen sie von den Grenzen fernzuhalten. Oder sie versuchen, sie gleich umzubringen. Und bei Mtotos Mutter haben sie es geschafft.«

Ich sehe von den Babyaugen auf und blicke in die Runde ebenfalls brauner Augen. Laylay, Azmi, Riika, alle drei haben sich vorgebeugt, um mein Gewisper verstehen zu können, und sie haben mich alle verstanden, und in jedem dieser Blicke stehen gleichzeitig Zustimmung und Ablehnung.

»Das kann nicht sein«, sagt der Doc schließlich, als könnte er Tatsachen ändern, indem er sie leugnet.

»Es ist die einzige Erklärung, die ich habe.«

»Dann fang nicht mit der Erklärung an, sondern mit dem, was du zu erklären versuchst!«

»Wow, du bist ja nett«, sage ich zu ihm. »Verlernt man Freundlichkeit, wenn man das ganze Jahr nur mit Toxxers zu tun hat?«

Er öffnet und schließt den Mund, und dann schüttelt er den Kopf und tauscht einen Blick mit Laylay, die ihn jedoch angrinst. Er sieht ihr nicht besonders ähnlich, nur dass er auch recht klein ist. Sein Salz-und-Pfeffer-Bart lässt mich rätseln, ob er auch so ein rundes Gesicht hat, seine langen Haare, die er zu einem Knoten zurückgebunden hat, sind glatter und dünner als Laylays, und er hat eine Stelle am Hinterkopf, die langsam kahl wird. Die Nase ist vielleicht die gleiche.

»Also«, beginne ich, und da mein Magen sich beruhigt hat, versuche ich, den Löffel an Mtoto vorbei in meinen Mund zu befördern, ohne uns beide mit Suppe zu bekleckern. »Der Eingang ganz in der Nähe der Talsperre, den ich kenne: Der ist geöffnet worden.« Azmi sieht mich ratlos an, und ich beginne noch weiter vorn. »Es gibt Bunkereingänge im Ödland. Bunker. Unterirdische Anlagen. Der nächste Eingang von hier aus liegt nicht tief drin, ich hab ihn vor ein paar Jahren schon gefunden, und wenn es trocken ist und ich mit Gasmaske und Handschuhen und so was losziehe, brauche ich vielleicht eine Viertelstunde durch den Wald. Das ist nicht gefährlich.«

»Das siehst du jetzt, wie ungefährlich das war!«, schilt mich Riika und pflückt mir Mtoto aus dem Arm, bevor die mir in den Löffel packen kann mit ihren Spuckehänden.

»Es war nicht gefährlich, *hinzugehen*«, beharre ich. »Es war nicht mal gefährlich, *reinzugehen*.«

»Langsam«, sagt Laylay. »Der stand offen?«

»Nein. Der war gesprengt. Die Tür war rausgesprengt, an den Angeln und am Schloss, und es sah nach mehreren Versuchen aus und als hätte jemand es vorher mit Werkzeug versucht.«

»Brokes also?«

»Der Ausgang ist zumindest nah am Turf. Ein paar von den

Kindern hier kennen den Bunker auch, es gibt immer mal wieder Mutproben, aber keins von denen hat Werkzeug oder Sprengladungen.«

»Und du warst drin?«, fragt Riika und schüttelt gleichzeitig den Kopf, als würde sie sich wünschen, ich würde das verneinen. Ihre aufgetürmten grauen Dreadlocks beben drohend.

»Na ja«, gebe ich zu und schaufle Suppe in mich hinein. Mein Magen spielt mit, vielleicht wegen des Pulvers, das der Doc mir gemischt hat. Vielleicht werden meine letzten Wochen doch weniger schlimm als gedacht. Vielleicht falle ich einfach irgendwann tot um und habe vorher weder Schmerzen noch Symptome. Sofort schießen mir Gedanken durch den Kopf, was ich noch alles vorher machen will.

(Mit meiner Mutter reden.)

(Mit Laylay schlafen.)

(Woandershin. Irgendwie. Vielleicht mit Laylay und ihrem Motorrad. Ich sitze hinter ihr. Ihr Dad kann in den Beiwagen. Wenn es sein muss.)

(Irgendwas basteln und Mtoto schenken, damit später Leute sagen können: Das hat dein Findeldad dir gebastelt, du kannst dich nicht dran erinnern, aber wir erinnern uns an ihn, und er war ein feiner Kerl.)

(Vielleicht bastle ich ihr irgendein Tier, nein, etwas mit Batterien, das sich bewegt. Sofern man Batterien auftreibt. Bessere Idee: mit einer Solarzelle!)

(Mit wem könnte ich was gegen eine Solarzelle tauschen?)

Meine Gedanken rauschen nur so vorbei, und sofort schleicht sich Angst ein, die Angst vor den Phasen, in die ich falle, ich kann jetzt nicht in eine Phase fallen, die fressen mein Leben auf, und ich hab nur noch so wenig!

Laylays Stimme reißt mich in die Gegenwart zurück. »Was war denn jetzt da drin?«

Ich starre sie an, und dann fällt mir wieder ein, worüber wir eigentlich reden und dass die Suppenschale leer ist. »Kann ich noch mehr kriegen?«

Der Doc schüttelt den Kopf. »Warte ’ne halbe Stunde.«

Der Hunger schlägt jetzt erst so richtig zu, ich lehne mich zurück und muss kurz die Augen schließen, so schwindlig wird mir auf einmal. »Also, der Eingang ist seit mindestens zwei Wochen offen, ich wusste das schon, aber als ich vor ein paar Tagen gemerkt habe, dass der Winter zuschlägt, hab ich gedacht, ich zöger das noch ein bisschen raus und suche mir was richtig Großes zu tun, so was wie eine Bunkerexpedition.«

Ich öffne die Augen wieder, und Riika lächelt und schüttelt, nun langsamer, den Kopf. »Ach, Zeeto.«

»Ach, Riika«, sage ich neckend. »Ich hatte Essen für zwei Tage dabei, für den Fall, dass ich es nicht an einem Tag hin und zurück schaffe. Und dann bin ich da rein.«

»Bist du Brokes begegnet?«, fragt Laylay.

»Nein. Später erst, bevor du mich gefunden hast.«

»Sie sind immer noch da, wir können die Feuer von hier aus sehen und die Schüsse hören, wenn sie sinnlos in den Wald schießen«, murmelt Riika. »Das machen sie jetzt seit zwei Nächten.«

»Was war im Bunker?«, fragt der Doc ungeduldig, und Mtoto krabbelt auf dem Boden zu mir und zieht sich an meinen Beinen hoch. Riika lächelt das Baby breit an und gurrt ihr Ermunterungen zu. Schick, dass sie schon stehen kann! Wusste ich gar nicht. Ich nehme sie wieder hoch, weil sie an meinem Hosenbein zieht und sich lautstark beschwert und wir uns nicht unterhalten können.

Laylay guckt mich an, auf so eine Art und Weise, wie man nur angesehen wird, wenn man ein Baby auf dem Arm hat. Ich glaube, das hat auch irgendwas mit Darwin zu tun – ihr Instinkt sagt ihr: Guck, wie der das Kind auf den Arm nimmt, er wäre ein gutes Elternteil, schlaf mit ihm! Und deshalb schmachtet sie gerade ein bisschen vor sich hin. Ich grinse, aber der Doc wartet noch auf eine Antwort.

»Das ist nicht einfach ein Bunker. Also mit einem Gang und dann Räumen, in denen man sich verstecken kann. Das ist ein Eingang zu Tunneln. Saubere, glatte, lange Tunnel. Manchmal geht's ein bisschen hoch oder runter, aber alles ohne Treppen. Es gibt Abzweigungen und Zwischentüren, und es gibt weitere Türen, die aber verschlossen sind. Es sind Nummern an der Wand, aber sonst keine Beschriftungen. Es gibt Lampen, aber die waren aus, und einen Schalter hab ich nicht gefunden.«

»Hat niemand versucht, die anderen Türen auch aufzubrechen?«

»Doch«, sage ich, und ich bin froh, Mtoto auf dem Arm zu haben, denn die Erinnerungen sind noch ziemlich lebendig, und Mtoto lenkt mich etwas ab.

Ich sehe es vor mir, und die Angst durchzuckt mich, aber gleichzeitig auch diese fieberhafte Neugierde, dieser Wille, weiter und weiter zu laufen, zu sehen, wo der Gang endet. Ich hätte umkehren können, ich hätte umkehren *sollen,* aber ich habe es nicht. Ich bin um das Blut herumgegangen und manchmal sogar hindurch, wenn es quer über den Boden geschmiert oder gelaufen war. Es lagen Stückchen darin, vielleicht Gehirn oder Gedärm oder Knochen. Ich erinnere mich, wie ich mich umgeblickt habe, und meine Fußspuren waren eine Zeit lang rot, rot, rot, bis sie es nicht mehr waren.

»Doch, die Brokes … also, soweit ich das verstehe, waren die Brokes da drin. Und dann … ist da drin gekämpft worden. Es gab sicher auch Tote, aber es lagen keine Leichen mehr da. Es waren einfach nur noch … nur Blutspuren.«

»Blutspuren?«, fragt Riika ungläubig. »Und du bist einfach weitergegangen und hast dir das angesehen?«

»Ja«, sage ich, obwohl keine Rede sein kann von »einfach« weitergehen, ich hätte mich beinahe in meine Atemmaske übergeben. »Ich … du weißt doch, wie das manchmal ist.«

»War es Todesverachtung, Todessehnsucht oder falsche Unbesiegbarkeit?«, fragt sie streng, und sie weiß, wovon sie redet, sie kennt das alles, aber im Alter ist es nicht mehr so stark. Schade, dass ich nicht alt werde.

»Todesverachtung«, antworte ich daher. Das ist die Mischphase. Sie mischt Todessehnsucht und falsche Unbesiegbarkeit zu dem, was mich hat weitergehen lassen. »Es war grausig, aber es hat mich nicht losgelassen, ich wollte wissen, was da drin war.«

»Hast du etwas gefunden? Jemanden?«, flüstert Laylay angespannt. »Was ist da drin?«

»Ich hab eine offene Tür gefunden, nachdem ich stundenlang mit der Taschenlampe durch Gänge gewandert bin – kilometerweit. Aber es war nur ein zweiter Bunkereingang, er führte nach draußen, einfach wieder nach draußen, in den Wald. Die Tür stand offen, aber sie war nicht gesprengt, sie war einfach geöffnet, von innen. Ich wollte gar nicht raus, ich dachte, ich gehe denselben Weg wieder zurück, ich hatte mir die Abzweigungen markiert. Aber dann hab ich Mtoto gehört.«

Sie schweigen alle, außer Mtoto. Sie quietscht, steht auf meinem Schoß und drückt immer wieder die Knie durch, sodass sie auf mir wackelt wie verrückt.

»Versteht ihr?«, frage ich nach. »Sie hat da draußen im Wald gelegen und geschrien. Ich … was hätte ich machen sollen?«

»Einen Stein in die Tür legen« und »Mit deinem Rucksack die Tür versperren«, sagen Laylay und Riika gleichzeitig, als wäre das hier ein Erzählspiel.

»Ich hab einen Ast in die Tür gelegt. Es war eine wirklich schwere Eisentür, bestimmt zehn Zentimeter dick, und sie stand offen. Sie sah nicht so aus, als würde sie einfach zuschlagen!«

»Dann war aber ein Ast auch nicht wirklich ein Widerstand«, bemerkt der Doc, als könnte ich das jetzt noch ändern.

»Hat … hat *ein Mensch* sie zugemacht?«, fragt Laylay, und ich habe mich das auch schon gefragt, und diese Panik, die mich im Gang alle paar Meter überfallen hat, dieses Gefühl, nicht allein zu sein, das kommt mir wieder in den Sinn. Schritte, hinter mir, aber dann war es doch nur ein Echo gewesen.

Meine Hände sind eiskalt und verschwitzt, ich wippe Mtoto auf und ab, und sie quiekt.

»Aber wenn jemand da war, um die Tür zuzumachen«, sage ich, »warum hat sich dann niemand um Mtoto gekümmert? Sie lag da einfach so im Wald, ihre Mutter hatte sie sich vor den Bauch gebunden und war dann … Also, sie ist erschossen worden, glaube ich. Eine Kugel in den Hals.«

»Und am gleichen Tag fangen die Brokes an, den Wald anzuzünden?«, fragt der Doc und sieht Riika an. »Sehr seltsam. Wie gut sind eure Beziehungen zu Loke? Könnt ihr sie einfach fragen, was sie im Schilde führt? Wer im … wer im Ödland in Bunkern lebt?«

Riika zieht die Brauen hoch. »Wir? Nein. Du verstehst nicht, wie das funktioniert mit uns und den Brokes. Das sind Toxxers. Wir sind Hopers. Unsere Systeme sind … nicht kompatibel.«

»Die Gangs sind alle Toxxers, aber ihr arrangiert euch doch mit ihnen«, erwidert der Doc.

»Wir sind ein Marktplatz, den sie dulden, weil wir nicht nur handeln – sonst könnten sie sich ja einfach alles nehmen, was wir haben«, erklärt Riika. »Nein, wir sind außerdem schlau: Leute wie du kommen zu uns und handeln und mischen neue Medikamente, Dünya und Shan montieren Solaranlagen, reparieren Fahrzeuge – die Brokes *brauchen* uns, und zwar so, wie wir hier sind, nicht versklavt oder als Vieh oder wie auch immer sie ihre Macht ausüben. Sie haben mehr davon, uns zu dulden und mit uns zu handeln und Leuten wie dir Passierscheine auszustellen, als hier alles niederzubrennen und sich zu nehmen, was sie wollen. Aber niemand von uns kann zu Queen Loke gehen und sie fragen, was sie im Ödland treibt.«

»Vielleicht haben sie sich untereinander gezofft. Haben den Bunker aufgesprengt, und dann haben sie sich drum gestritten, und dabei ist Blut geflossen«, sagt Laylay.

»Ja, vielleicht«, sage ich. »Und Mtoto ist mit ihrer Mutter vom Himmel gefallen. In einem seltsamen grauen Overall.«

»Hatten beide so einen Overall an?«

Mtoto hat jetzt dieses ganz normale, von Kind zu Kind vererbte unförmige, ausgewaschene, ehemals bunte Hängerchen an, so eine Art Hemd, und darunter eine Windel, und darüber, weil Winter ist, eine Hose, die an den Füßen in dicken Socken endet.

»Ja, beide«, sage ich.

»Ist dir sonst noch was aufgefallen?«

»Ja. Dieses *dumm,* als die Tür zugefallen ist. Danach stand ich mit einem Baby im Wald, das hat mich wirklich etwas aus dem Konzept gebracht.«

»Also danach bist du mit Mtoto herumgeirrt? Warum ohne Maske? Hattest du sie im Bunker abgelegt?« Azmi unterzieht mich einer Befragung, das fühlt sich scheiße an, als würde er gleich irgendetwas finden, dessen er mich beschuldigen könnte. Dabei hab ich Mtoto immerhin das Leben gerettet. Hab ihres gegen meins getauscht.

»Nein! Ich bin gefallen, die Maske ist kaputtgegangen.«

»Azmi, sei kein Arsch zu ihm«, sagt Laylay streng.

»Ich hätte nur wirklich gern Antworten!« Er seufzt und lehnt sich endlich auch zurück in den gemütlichen Stuhl, verschränkt die Arme vor der Brust, und die Geste ist so was von Laylay, ich muss fast lachen. »Du weißt, warum«, ergänzt er und sieht sie düster an.

Riika hat es ebenfalls verstanden. »Mehr Leute, die so sind wie sie, und ganz in der Nähe«, murmelt sie. »Wo ist Laylays Mutter hin, Azmi, hm? Hast du mir das je erzählt?«

»Wir haben uns getrennt«, sagt er kühl.

»Weißt du, wo sie ist?«

»Wenn du damit meinst, ob sie in Bunkeranlagen lebt: Ich weiß nicht, wo sie ist. Es war … keine gute Trennung. Laylay war noch klein, und ihre Mutter … war nicht so der mütterliche Typ.«

»Sollten wir dazu irgendetwas wissen?«, fragt Riika.

Er sieht Laylay wieder so lange an. Dann schüttelt er den Kopf.

»Laylay ist kein Kind mehr.« Riika klingt drängend. »Wenn es uns weiterhelfen kann, sag es uns. Bitte, Azmi.«

Azmi löst die verschränkten Arme und stützt die Hände auf den Stuhllehnen auf.

Riika nimmt eine davon in ihre faltigen Altfrauenhände. »Hab keine Angst.«

Und tatsächlich, das wird mir bewusst, er hat Angst, sie steht in seinem Blick, sie flackert zwischen ihm und Laylay.

»Sie hat. Sie hätte beinahe …« Er bricht ab. »Ich bin danach weg«, sagt er dann, als hätte er den Satz davor zu Ende gebracht. »Ich weiß nicht, wo sie ist. Ich glaube nicht, dass sie in irgendwelchen Bunkeranlagen lebt. Wahrscheinlicher ist, dass sie irgendwo Gang-Boss geworden ist.« Er lacht heiser. »Es war auch wirklich weit weg und lange her, wir waren damals auf ehemals russischem Gebiet. Da sind die Steppengebiete größer, aber die Gangs regieren fast alles. Ich denke nicht, dass sie hier ist. Das hängt nicht zusammen. Das ist Zufall. Es gibt Menschen, die immun sind. Und es gibt offenbar Menschen in diesen Bunkeranlagen, und da die mitten im Ödland sind, müssen sie ja immun sein. Das hat nichts mit Laylay zu tun. Nichts mit ihrer Mutter.«

Riika nickt und lässt seine Hand los. »Ich denke auch«, sagte sie mit ihrer beruhigendsten Stimme. Sie kann sogar Azmis Oma sein, wenn er sie lässt, das hat nichts mit Altersunterschied oder Verwandtschaftsgrad zu tun.

»Wir müssen hin«, sagt Laylay dann. »Also entweder Dad und ich bitten um Audienz bei Loke und tauschen ein paar Pillen gegen Informationen, oder wir sehen uns diesen Bunker an!«

»Nein!«, stößt Azmi hervor. »Ganz sicher nicht, *beides* nicht!«

»Wir *können* Loke um Audienz bitten, Azmi, wir sind weder Toxxers noch Hopers, wir sind irgendwo dazwischen, sie wird sich von uns kaufen lassen!«

»Aber ich habe nichts, um sie zu kaufen, und es kann genauso gut sein, dass sie etwas als Bezahlung verlangt, was wir ihr nicht geben wollen! Dich! Mich! Die Brokes sind unberechenbar!«

Ich lache. »Außerdem bist du nicht dazwischen. Du bist Hoper, Laylay.«

Sie sieht mich mit leuchtenden Augen an. »Dann geh du mit mir zu den Bunkern!«

»*Niemand* geht zu diesen Bunkern!« Der Doc schreit fast, und wir waren bei diesem Gespräch nie unter uns, aber jetzt starren wir immer herüber, und Dünya tritt hinter Riika und funkelt Azmi böse an, vollkommen im Mama-Bär-Modus. Azmi fährt leiser fort: »Diese Türen sind zu, es hat da drin Tote gegeben, und die

Brokes fackeln den Wald ab. Das geht uns nichts an, *nichts*. Ich verbiete es dir.«

Laylay will protestieren, aber Riika spricht ihr Machtwort, und es ist leiser, aber viel mächtiger als das des Docs: »Verbieten ist nicht unsere Art, aber ich stimme Azmis Einschätzung zu. Was immer da ist, es ist toxxisch, und Blut können die Brokes ohne uns vergießen. Und jetzt hol dir noch einen Teller Suppe, Zeeto.«

HANDGEBUNDEN-MARKT
LAYLAY, 16. JANUAR 2064

Ihr stellt euch jetzt vermutlich mehrere Fragen: Wie wechselt man mit angebundener Hand die Klamotten? Wie geht man baden? Und sind die Hände wirklich so fest, dass es wild gewordene Brokes daran hindern würde, Amok zu laufen?

Also erst einmal: Für die, die den Markt besuchen, gibt es bei den Baracken ein Badehaus. Das ist handungebunden, und gegen Tauschware kann man dort heiße Badewannen und Shampoo und all so was genießen. Das Haus befindet sich nah an der Grenze und auch nah an den Wachbaracken, sodass die Wachenden einem die Hand wieder festzurren, sobald man die Baracke verlässt. Und was die Effektivität eines solchen Bands angeht: Natürlich kann ich mich daraus winden, wenn ich will. Aber sie machen es einem schon nicht ganz leicht, es sind zwei Schlaufen, und die sitzen ziemlich fest. Wenn man sich daraus löst, muss man es also absichtlich tun, und man braucht vermutlich auch seine Zeit, sodass die Chance groß ist, dass man bemerkt wird. Auf dem Handgebunden-Markt leben etwa fünfhundert Menschen, alle kennen einander, und Neuankömmlinge werden besonders von den Kindern im Blick behalten, da das zu deren Aufgabe gehört.

Alle, die herkommen, um zu tauschen und zu handeln, können so lange bleiben, wie sie wollen. Teil des Handgebunden-Markts und somit handungebunden wird man aber nur, wenn man seinen Besitz aufgibt, also alles, was man mitgebracht hat. Ab da wird man gemeinschaftlich durchgefüttert und muss im Gegenzug Dienste erfüllen.

Es ist nicht wirklich Kommunismus. Azmi sagte mir mal, dass es Anarchismus sei, im ursprünglichen Sinne. Eine Ordnung ohne Herrschaft. Viele Gangs dulden solche Märkte, Dörfer, Hofgemeinschaften oder was für Ausprägungen es auch geben mag, als neutrale Gebiete in ihren Turfs. Trotzdem liegen sie weit auseinander, man muss viele Tagesreisen hinter sich bringen, um von einem zum nächsten zu gelangen, und nicht überall klappt es so gut wie auf dem Handgebunden-Markt. Manche werden zu groß, dann kollabieren sie irgendwann. Andere nehmen geflohene Versklavte auf, und dann werden sie von rachsüchtigen Gangs plattgemacht. Andere schaffen es nicht, die Sache mit dem »ohne Herrschaft« aufrechtzuerhalten.

Jeder dieser Orte hat seine eigenen Sicherheitsmaßnahmen. Die, die dort wohnen, können sich nicht isolieren, sonst verhungern sie oder erfrieren oder was weiß ich – das heißt, sie sind darauf angewiesen, Menschen von außen reinzulassen. Wir bleiben meist nirgends lange, aber kalte Winter haben wir schon mal auf Märkten oder Höfen verbracht. Einmal haben wir Januar und Februar in einem Höhlensystem herumgehangen, die Leute da haben Deutsch gesprochen, aber mit einem sehr interessanten Einschlag. Und einen Winter lang waren wir in einem Agrarkollektiv und haben im Frühjahr noch mitgeholfen, Pflanzen per Hand zu bestäuben, und seitdem kann ich ein wenig Tschechisch.

Dieser Winter war bisher ziemlich mild, meist so um die fünfzehn Grad, und auch Stürme oder Sturzregen blieben aus, sodass Azmi schon gesagt hatte, er wolle nicht auf dem Handgebunden-Markt bleiben, sondern weiter nach Osten – die Todeszonen sind da spärlicher und die bewohnbaren Gebiete größer. Es sorgt zwar für Frieden zwischen den Banden, wenn sie von Streifen unbewohnbarer Wildnis voneinander getrennt sind, aber grundsätzlich hat man in den kleinen Zonen wie dem Broke-Turf immer den Eindruck, man sitzt auf einem Pulverfass.

Ich hatte mir also schon gedacht, dass wir nicht lange im Markt bleiben würden, aber als Zeeto aufstand, um sich noch einen Teller Suppe zu holen, griff Riika in einen kleinen Stoffbeutel und holte zwei Pillendosen aus Kunststoff hervor. Sie waren auf Englisch beschriftet – manchmal hat Riika auch welche mit kyrillischen Schriftzeichen. Sie handelt eben mit aller Welt, sofern man das heute noch sagen kann. Sie stellte sie vor Azmi auf das Tischchen, und sofort wollte Mtoto danach greifen.

»Hier. Laylay hat Zeeto zurückgebracht. Ihr erhaltet, was ich euch versprochen hab. Es sind ungefähr einhundertdreißig Tabletten.«

Azmi nahm die Dosen entgegen, und Mtoto quengelte enttäuscht. Er begutachtete erst die Etiketten, dann den Inhalt. »Zweihundertsechzig Tage. Das reicht nicht mal ein Jahr.«

»Mehr habe ich nicht. Braucht ihr alle zwei Tage eine?«

»Ja. Aber in Ordnung, erst mal kommen wir damit aus. Dann brechen wir morgen früh auf«, sagte Azmi, und das zog mir fast den Flickenteppich unter den Füßen weg.

»Was?«, stieß ich hervor. »Ich … ich kann nicht morgen früh los!«

»Warum nicht?«, fragte er, und er sah mich dabei so herausfordernd an wie ein trotziges Kind.

»Weil ich bei Zeeto bleiben will«, sagte ich, genauso herausfordernd, genauso trotzig.

»Willst du dir das antun? Ehrlich, Laylay? Weißt du, was das heißt, bei jemandem zu wachen, bis er stirbt?«, stieß er hervor, und wir starrten einander eine Zeit lang nieder, aber wir siegten beide nicht.

Riika seufzte. »Ihr seid uns noch eine Weile willkommen, wenn ihr möchtet«, sagte sie vorsichtig.

Beide erleichtert, abgelenkt zu werden, sahen wir zu ihr hinüber.

Sie betrachtete ihre dunklen knotigen Finger.

»Nein«, sagte Azmi bestimmt, und seine Stimme fuhr wie ein Metalllöffel in den warmen, gemütlichen Gewürzbrei, den der Handgebunden-Markt darstellt, um mich herauszulöffeln.

Ich wollte nicht herausgelöffelt werden, und überhaupt, was für eine dämliche Metapher! Du bist ein verdammter Löffel, Azmi!

»Dad«, flüsterte ich, nun drängender und beugte mich zu ihm und Riika vor. Ich nenne ihn nur sehr selten Dad – Dad ist vielleicht Laylayisch für Löffel. »Hör mir doch mal zu!«

Zeeto war noch nicht vom Topf zurück, der in der Nähe des Feuers stand und von dem sich alle im Haus bedienen konnten. Wenn er leer war, füllte ihn jemand im Kochhaus auf.

»Mir ist eben noch eine Erklärung eingefallen für diese Leute im Ödland. Für Mtoto. Ihre Mutter. Für die Kriegserklärung der Brokes. Überlegt doch mal!« Ich blickte in Riikas rätselhaftes Großmuttergesicht und in Azmis verschlossene Züge. Ich konnte bei beiden nicht sagen, ob ihnen dieselbe Idee gekommen war. »Azmi, was ist, wenn die ein Heilmittel haben? Für die Wastelandkrankheit? Wenn sie deshalb im Ödland überleben können, *weil sie es überleben?*« Ich flüsterte und wusste selbst nicht, warum. Übte man in einer Anarchie vielleicht doch Macht aus, Macht durch Wissen? Oder war ich es, die aus meiner winzigen, hierarchisch geordneten Gesellschaft – Azmi oben, ich unten – etwas mit hierherbrachte, das nicht hingehörte? »Azmi, das sind kilometerlange unterirdische Gänge, das war vielleicht eine Forschungsanlage oder es ist im Nachhinein dort gebaut worden, als das Gebiet schon verseucht war, um es zu erforschen oder Experimente zu machen. Vielleicht waren sie erfolgreich. Vielleicht lebt Mtoto deshalb noch! Und wenn Zeeto uns zeigt, wo der Eingang ist, vielleicht können wir dann hinein und uns bemerkbar machen! Friedlich, anders als die Brokes. Vielleicht können wir mit ihnen verhandeln, wenn dort tatsächlich Leute sind. Und wenn nicht, wenn sie nur kurz da waren und weitergezogen sind: Vielleicht finden wir Überreste, mit denen du etwas anfangen kannst. Azmi, verdammt, vielleicht wirst du derjenige sein, der die Wastelandkrankheit besiegt!«

Ja, natürlich appellierte ich ein bisschen an seinen Wunsch, mehr zu sein, als er ist. Aber während Zeeto erzählt hatte, war mir das alles so logisch erschienen, so glasklar hatte es vor mir gelegen, ich hatte es gesehen wie durch ein blank geputztes Fenster der Hoffnung (okay, was ist heute los mit mir und Metaphern, Leute?), und ich würde sicher nicht morgen mit Azmi verschwinden, ohne dieser Hoffnung eine Chance zu geben! Ohne Zeeto eine Chance zu geben.

Azmi schüttelte den Kopf, sein Blick blieb verschlossen. »Die Brokes zünden da alles an. Mtotos Mutter haben sie erwischt. Du bist nur immun gegen die Krankheit, Laylay, du bist nicht unverwundbar. Und Zeeto kann sich nicht noch mal dem Ödland aussetzen, das würde alles nur beschleunigen. Das sind Träumereien, Laylay!«

»Ach so, und dann ist das also eine geträumte unterirdische Bunkeranlage mit mindestens einer Frau und einem Baby drin für … für was, Azmi? Was machen die denn da unten? Gegen wen haben die Brokes gekämpft?«

»Es ist mir scheißegal, wir gehen nicht da runter, du gehst nicht da runter, Zeeto bleibt ganz sicher hier, wenn ihm seine letzten Wochen noch irgendwas bedeuten, und du hast genau diese Nacht, um dich nett von ihm zu verabschieden.«

Und dann, wirklich, ihr werdet es nicht glauben, griff er in die Umhängetasche, die zwischen seinen Füßen auf dem Boden stand, ließ die Tablettendosen hineinfallen, nahm etwas Kleines heraus und warf es mir zu. Es war ein Kondom, ein verfakktes, blödsinniges, echtes Kondom, originalverpackt, dafür kriegt man sicher eine Tankfüllung oder sogar eine funktionierende Solarzelle. Keine Ahnung, seit wann er das mit sich herumtrug. Seit ich sechzehn war, hatte er mir irgendwelche lauwarmen Verhütungstipps à la »vorher rausziehen« oder »Temperatur messen« oder »während der Menstruation ist es noch so halbwegs sicher, aber du solltest dich nicht drauf verlassen« oder »am besten nur fummeln« gegeben, die sehr schlecht gegen Krankheiten und wirklich mäßig gegen Schwangerschaften halfen, und jetzt, total großzügig, durfte ich mich also einmal auf einen Todkranken setzen und noch mal so richtig genießen, oder was?

»Du bist widerlich«, zischte ich und betrachtete das Kondom von allen Seiten. Ich steckte es trotzdem in meine Hosentasche – und wenn ich es gegen Ausrüstung eintauschen würde, bevor ich ins Ödland aufbrach! Vielleicht würde ich es auch benutzen, ich musste gut darüber nachdenken, und gerade war ich dafür zu wütend. »Ich war schon da drin, um Zeeto zu suchen, warum lässt du es mich nicht versuchen? Gib mir zwei Tage!«

»Da wusste ich noch nicht, dass die Brokes das Ödland abfackeln, sonst wäre ich auf diesen *lânetli* Deal gar nicht eingegangen!«, fluchte er und verfiel diesmal sogar in die von ihm verhasste Mischsprache, bevor er sich am Riemen riss und einfach ganz ins Türkische wechselte: »Es ist mein letztes Wort, Laylay. Das alles hier riecht nach Ärger, und wir werden nicht länger hierbleiben.«

»Ich bin erwachsen«, zischte ich, ebenfalls auf Türkisch, aber er lachte nur.

»Erwachsen, das gibt es gar nicht mehr. Vor welchem Recht denn?«

»Brauche ich dafür ein Recht? Erwachsen heißt, dass ich *ausgewachsen* bin und meine verfakkten eigenen Entscheidungen treffen kann!«

»Ich bin dein Vater«, sagte er, und nun war seine Stimme geradezu bedrohlich leise. »Ich bin dein Vater, und ich werde dich beschützen; wenn nötig, vor deinen eigenen Hirngespinsten.«

»Und vielleicht lasse ich das nicht mehr zu«, erwiderte ich und hoffte, dass ich diese bedrohliche Stimme auch hinbekam. Ohne Hierarchie leben, ha, wie soll das gehen? Immer sind Ältere da, die Macht über dich ausüben, bloß weil sie ihren Schwanz selbst mal nicht schnell genug rausgezogen haben! »Vielleicht will ich nicht vor meinen Hirngespinsten beschützt werden, weil meine *verdammten* Hirngespinste die Wahrheit sind, *inşallah!*«

Er sagte dazu nichts mehr, schüttelte nur den Kopf, und dann kam Zeeto zurück. Ich hatte gar nicht bemerkt, dass Mtoto angefangen hatte zu heulen, weil Azmi die Dosen weggepackt hatte, auf die sie so scharf war. Hier war ohnehin die Lautstärke hoch, und das meiste davon waren irgendwelche Kinderstimmen. Zeeto stellte die Suppe ab, ließ sich auf den Sitz fallen und nahm Mtoto auf den Schoß.

»Ey, konntet ihr nicht mal drauf achten, dass sie nicht brüllt?« Er wippte sie hin und her, und sie kuschelte sich an ihn und lutschte wieder an ihren Fingern herum. »Sie hat ihre Mutter verloren, vielleicht seid ihr mal ein bisschen nett zu ihr. War sicher voll traumatisch, im Ödland auf einer Leiche herumzuklettern.«

Darüber hatte ich noch gar nicht nachgedacht, und prompt

meldete sich mein schlechtes Gewissen. Ich beugte mich zu Zeeto hinüber und streichelte Mtotos spärliche dünne Flaumhaare.

»Können wir gleich reden?«, fragte ich ihn.

»Klar. Ich hab nichts mehr vor«, sagte er und grinste mich einfach so an, dieses Grinsen, das ihm immer so leichtfällt, das ihm sicher auch leichtfallen würde, wenn die Welt um ihn herum in Stücke bräche.

»Ich mein es ernst, Laylay. Ich hab den Mopedschlüssel, du wirst nicht ins Ödland abhauen.« Azmi ist ein echter Stimmungskiller.

Ich wandte mich kühl zu ihm um und verfiel, schon allein um ihn zu ärgern, in die Mischsprache, die er nicht leiden konnte. »*Siktir lan,* Azmi. Wir haben nur noch ein paar Stunden, und du hast mir ja jetzt gesagt, was ich in der Zeit tun soll. Oder willst du auch dabei noch über mich bestimmen?«

Er wandte sich um und ging. Riika schüttelte den Kopf, dass ihr Dreadlockturm erneut bebte, erhob sich und zog sich einen Wollponcho über, um das Haus zu verlassen. Zeeto, Mtoto und ich blieben zurück. Na ja, und eine Horde kleinerer und größerer Kinder und einige Erwachsene.

Plötzlich schwiegen wir beide. Mtoto knurrte schlecht gelaunt auf Zeetos Schoß herum, und für meine eigene Geistesverfassung war »schlecht gelaunt« gar kein Ausdruck. Ich war in der Stimmung zu morden.

»Soll ich sie mal nehmen? Dann kannst du essen«, meinte ich, und er reichte mir das Baby und sagte: »Sie ist sicher müde. Oder was weiß ich.«

Müde wirkte er selbst, doch er nahm sich wieder die Schale und schlang den Eintopf hinunter.

Mtoto fing auf meinem Arm ein ausgewachsenes Geschrei an und wehrte sich gegen meine unfähige Art, sie in den Schlaf zu wiegen, und ich fing an, mit ihr um den kleinen Tisch und die Sitze herumzugehen und sie irgendwie beruhigend auf und ab zu wippen, aber das machte sie schier rasend, und sie gab mir ziemlich deutlich zu verstehen, dass es ihr bei Zeeto trotz ihrer motzigen Laune besser gefallen hatte.

Als er aufgegessen hatte, nahm er das völlig verrotzte und rotgeheulte Kind, und die Kleine presste sich an ihn und schluchzte, bis sie Schluckauf bekam und schließlich mitsamt Schluchzern und Schluckauf einschlief.

»Sind Babys immer so?«, fragte ich mürrisch.

»Na ja.« Er schielte auf ihren Hinterkopf neben seinem Gesicht – sie war über seiner Schulter kollabiert. »Oft, ja.« Er schwieg kurz. »Was … was meintest du damit, ihr habt nur ein paar Stunden? Will … muss … muss der Doc weiter?«

Ich ließ mich auf einen Stuhl fallen und starrte vornübergebeugt Löcher in die leeren Teetassen. Dann nickte ich. Ich wagte nicht, ihn anzusehen. Wenn er traurig aussah, würde es mir das Herz brechen. Und wenn meine Worte nichts mit ihm anstellten, dann würde mir das auch das Herz brechen, und deshalb hielt ich meinen Blick gesenkt.

»Ja, er *will*. Er will morgen früh los. Es wird ja schon fast wieder dunkel. Sonst würde er sicher gar nicht bis morgen warten.« Ich wedelte mit der Hand in Richtung Ausgang, von wo zugige Luft hereinwehte.

Hier drin herrschte ein stetiges Dämmerlicht. Fensteröffnungen waren gegen die Kälte verrammelt oder mit Tüchern verdeckt, falls man sie doch mal brauchte, um Licht hereinzulassen. An einigen Stellen brannten kleine Lichter, manche davon solarbetrieben, aber draußen waren die Tage kurz, und gestern hatte ich schon gemerkt, dass ab etwa neun Uhr abends kein Strom mehr fürs Licht vorhanden war. Ich hatte Dünya gefragt, warum sie nicht tagsüber die Bildschirme im Zentrum des Markts ausschalteten, um Strom zu sparen, und sie hatte gemeint, für diese Zellen hätten sie ohnehin keine Speicher. Die wenigen Energiespeicher, die sie hatten, luden sie jeden Tag voll. Alles, was sonst an Energie hereinkam, wurde sofort genutzt oder verfiel einfach.

»Wenn du mit dem Doc wiederkommst und eine Zelle dabeihast, am besten eine Lithium-Ionen-Zelle, vielleicht von einem alten Elektroauto, dann überschütten wir euch mit Medikamenten und Benzin.« Sie hatte gelacht. »Also, natürlich nur im übertragenen Sinne.«

Im Ödland gab es Autos. Es gab dort verfallene Häuser, Industrieanlagen, Straßen. Städte, ganze Wüsten aus Beton. Azmi ließ nur im äußersten Notfall zu, dass ich mich dort nach Dingen umsah, die wir tauschen konnten. Dabei wartete tiefer dort drin sicher so einiges, mit dem Dünya den Marktleuten das Leben hätte erleichtern können. Und uns würde sie dafür mit Benzin, Medikamenten und Nahrungsmitteln überschütten!

Stattdessen würde Azmi mit mir irgendwohin aufbrechen, wo es vor allem Gangs und Steppe gab, und das, obwohl Zeeto ein gesundes Baby im Ödland aufgelesen hatte! Obwohl er vielleicht bewohnte Bunkergänge gefunden hatte! Obwohl es da drin vielleicht eine Möglichkeit gab, im Ödland zu überleben – diese Krankheit zu überleben!

»Schade«, sagte er in meine Gedanken hinein.

Ich sah jetzt doch auf, in seine Augen, verschattet von den langen Wimpern.

»Ja. Schade«, flüsterte ich, und der Gedanke, ihn nie wiederzusehen, schloss sich wie eine Faust in meiner Brust, so unbarmherzig, dass ich kurz keinen Atem für irgendein weiteres Wort hatte.

»Aber es ist vielleicht besser so. Ich weiß noch nicht, wie das so wird, also, diese Sache. Mit dem Sterben. Vielleicht ist es besser, wenn du nicht dabei bist.« Er sah sich im Raum um, hinüber zum blakenden Feuer und den drei Erwachsenen, die dort ein Kartenspiel spielten und lachten. »Vielleicht wär es besser, wenn niemand dabei wär. Aber dass du mir nicht dabei zusiehst, das finde ich vielleicht sogar gut.«

Ich schüttelte den Kopf, aber ich konnte nicht richtig denken und schon gar nicht das Gedachte in Wörter fassen. Was für ein Scheiß war das, dass wir hier zusammensaßen und wussten, wir würden uns nie wiedersehen!

»'tschuldigung«, sagte er. »Ich will auch nicht immer drüber reden, es ist nur so ein bisschen … also … irgendwie das Einzige, woran ich denken kann im Moment.«

»Dafür entschuldigst du dich?« Meine Stimme war dünn und irgendwie quiekend.

»Tut mir … tut mir leid, dass ich dich da mit reingezogen hab. Ich hatte … Ich hatte mich darauf gefreut, dich wiederzusehen. Ich hatte gehofft, dass ihr diesen Winter irgendwann wiederkommt.«

»Ich hatte mich auch gefreut.« Ich straffte mich. »Ich … ich freue mich immer noch, Zeeto.«

Die Minuten rannen durch meine Finger – ich musste denken, planen, mir über Dinge klar werden, stattdessen stotterten die Gedanken in mir wie ein abgewürgter Motor.

Kupplung kommen lassen, schrieb ich mir vor. *Und dann Gas geben.*

»Können wir in deiner Ecke reden?«, fragte ich dann. »Du musst mir einen Rat geben.«

Während ich das sagte, schien es mir fast, als brannte das Kondom ein Loch in meine Hosentasche, um mich zu verspotten. *Einen Rat geben …*

Nein! Ich brauchte wirklich einen Rat! Ich würde mich jetzt nicht wieder ablenken lassen von Küssen auf Hängematten und nackter Haut und Unterhosen!

Ich musste heute, in dieser Nacht – am besten *jetzt* – entscheiden, ob ich Azmi allein fahren ließ. Ob ich Riika darum bat, in den Markt aufgenommen zu werden. Handungebunden.

Einundzwanzig Jahre, in denen Azmi mir eingebläut hatte, ich müsse mich von anderen Menschen fernhalten, nagten an mir.

Als ich dachte, ich hätte den Entschluss getroffen, Zeeto in all diese Dinge einzuweihen – Azmis Ängste, meine Medikamente, unsere ständigen Reisen, meine Zweifel, meine Vorbehalte dagegen, mich von ihm zu lösen –, da saßen wir auch schon wieder in der Hängematte. In einem Zipfel schlief Mtoto, eingemummelt in die bunte Decke. Auf der anderen Seite saßen wir, ich im Schneidersitz und Zeeto vor mir, sodass die Hängematte um uns herum beunruhigend wackelte. Wenn sie kippte, würde Mtoto herausfallen, also waren wir vorsichtig. Wir straften alle bisherigen heftigen

Küsse Lügen, taten so, als wären sie noch nicht gewesen, als wären wir noch nicht an dieser Stelle angekommen. Wir küssten uns sacht, nippten aneinander wie an etwas Kostbarem – Obstsaft oder so etwas. Zeeto war so süß wie Obst, und überhaupt habe ich so selten Obst essen können (wir erinnern uns: keine Insekten!), dass er mir wie etwas vorkam, das ich für immer in mir bewahren musste, weil ich im Leben nicht mehr oft darauf treffen würde. Wir küssten uns, nur unsere Lippen machten das, die Nasen waren auch beteiligt, aber unsere Hände lagen einfach aufeinander – meine Linke auf seiner Rechten und seine Linke auf meiner angebundenen Rechten.

Die Minuten verschwammen. Es war dunkel in der kleinen, abgetrennten Nische, das Licht vom Hauptraum wurde düsterer, und der Vorhang schirmte es ab. Aber wir brauchten kein Licht, wir schmeckten nur und fühlten und rochen – es gab nicht einmal etwas zu hören, außer unsere tiefen Atemzüge und Mtotos kleine, schlafende Seufzer. Na gut, und ein paar interessante Kusslaute.

Schließlich lag mein Kopf an seiner Schulter und sein Kinn an meinem Scheitel. Ich wollte etwas sagen, aber ich wollte auch nicht, dass der Moment zerplatzte und sich doch als endlich herausstellte – statt als eingefrorene Gegenwart, deren Sekunden allenfalls so zäh rannen wie Glas. Die Zukunft ist eine marodierende Motorradgang. Du weißt, dass sie unweigerlich auf der Straße vor dir auftauchen wird, um dich fertigzumachen. Du musst halt wissen, wie man mit ihr umgeht.

Aber irgendwie hatte ich vergessen, wie ich mit ihr umgehen sollte. Die Zukunft trug plötzlich eine Toxxerfratze, und diesmal würde sie mich nicht laufen lassen, diesmal würde sie mich in ihr Camp schleppen und zu ihrer Sklavin machen.

»Ach, verfakkter Drecksscheiß«, knurrte ich, denn schon hatte sie sich in meine Gedanken geschlichen. Die Gegenwart taute auf. Zeeto brummte etwas in meine Haare. »Wir müssen reden. Du musst mir einen Rat geben.«

Ich löste mich von ihm und betrachtete ihn im Dämmerlicht. Die vielen kleinen schwarzen Knubbel seiner zu Knötchen gebundenen Haare. Das knochige Gesicht mit dem netten, breiten Mund, der so schnell lächeln konnte. Gerade lächelte er nicht. Er sah mich an. Konnte er mir einen Rat geben? Azmi kannte mich seit einundzwanzig Jahren und ich ihn genauso lange.

Mit Zeeto hatte ich letztes Jahr lediglich ein bisschen rumgemacht. Wir waren Fahrrad gefahren und hatten ein paar Filme gesehen, und weil es letztes Jahr ein Problem mit dem Wasser gegeben hatte, hatten wir etwas getrunken, was Şahan selbst gebraut hatte und zwar Bier nannte, aber alle anderen mal mehr, mal weniger liebevoll als »Pisse« bezeichneten. Der Alkohol darin hatte es bekömmlicher gemacht als das Wasser, für das in dem Monat die Filter gefehlt hatten.

Vermutlich hatte ich mich einfach ein bisschen besoffen in Zeetos schöne Augen (die Wimpern!) verliebt, und jetzt war ich bereit, Azmi Allah-weiß-wohin fahren zu lassen und hierzubleiben, um einem Todgeweihten die Hand zu halten?

War das nicht ein bisschen viel?

War es vielleicht besser, nicht mit dem Kopf durch die Wand zu wollen?

»Ich höre«, erinnerte er mich.

Okay, ich sage es ihm jetzt.

»Was, wenn die in den Bunkern gar nicht von Geburt an immun sind? Wenn sie etwas haben, das sie im Ödland überleben lässt?« *Ein … ein … ich kann es nicht sagen …*

»Ein Mittel gegen die Wastelandkrankheit«, murmelte Zeeto und lächelte dann. »Ich glaube nicht.«

»Was? Warum nicht? Stell dir vor, die Brokes wollen es, aber kriegen es nicht und deshalb dieser Kriegszustand an der Grenze!«

»Hmm.« Nun sah er doch nachdenklich drein. Meine Erklärung war eben von bestechender Logik. »Das würde es zumindest erklären. Und das … das Blut im Bunker, der Kampf, der da stattgefunden hat.« Er sah über die Schulter zu Mtoto, die nun ruhig und ohne Schluckauf schlief. »Aber vielleicht wollen sie auch irgendetwas anderes. Vielleicht ist etwas da drin, Technik, Medikamente, Vorräte. Aber klar, ein Heilmittel gegen die Wastelandkrankheit oder auch nur eine Art … irgendwas, das einen immun macht, das wäre natürlich definitiv etwas, wofür die Brokes töten würden. Aber sie würden auch für alles Mögliche andere töten.«

»Das Ödland weiter im Norden ist gigantisch. So tief geht niemand rein, weil es viel zu gefährlich ist. Alles innerhalb einer Tagesreise ist komplett leer geplündert. Ich war selbst oft genug drin, wenn auch nicht tief, und die Gangs gehen mit Atemmasken rein. Aber länger als einen Tag können sie normalerweise auch mit Maske nicht drin bleiben, irgendwann kommt das Zeug durch die Schutzkleidung. Azmi und ich haben mal einen Mann getroffen, sah aus wie ein Greis, aber er sagte, er sei knapp über dreißig. Er ist fast einen Monat lang durchs Ödland gereist und war im ›Pott‹. Hat er zumindest behauptet.«

Zeeto zog eine Augenbraue hoch. »Der Pott ist doch nur ein Märchen.«

»Er hat gesagt, da verrottet Stadt an Stadt an Stadt vor sich hin. Es muss gigantisch sein, und seit Jahrzehnten war niemand mehr drin! Ich hab Azmi gebeten, mich da drin suchen zu lassen – allein, nur mit dem Moped. Aber er hat es nicht erlaubt. Er hat gesagt, wir könnten darauf verzichten. Er sagte, die Konzentration des Gifts sei da vielleicht auch eine andere, und vielleicht käme ich doch nicht heil wieder raus oder es würde das Zeug, das ich mitbringen würde, wertlos machen. Aber stell dir vor, was sich noch alles im Ödland befinden muss! Was das für den Handgebunden-Markt heißen könnte!«

Ach, verdammt, ich war einfach nicht gut darin, über Gefühle oder so etwas zu reden – hatte ich *das* denn sagen wollen? Dass ich gedachte, etwas zu finden, das die Wastelandkrankheit heilte, damit wir Reichtümer in den mystischen Weiten des Potts scheffeln konnten?

Zeeto musterte mich nachdenklich, als hätte ich das laut gesagt. »Wenn die Brokes merken, dass wir Quellen haben, die sie nicht kontrollieren, machen sie mit uns dasselbe wie mit dem Waldrand, dann fackeln sie hier alles nieder. Das ist eine prekäre Balance zwischen uns und den Brokes. Sie dürfen nicht denken, dass wir ihnen überlegen sind. Hierarchien bedeuten ihnen alles, und sie müssen in dem Glauben bleiben, dass sie ganz oben stehen.«

Mir wurde nicht zum ersten Mal klar, dass ich meistens nur von seinem Aussehen schwärmte und darüber vergaß, dass er auch schlau war.

»Zeeto«, sagte ich endlich. »Eigentlich geht es mir darum gar nicht. Ich will morgen früh nicht losfahren und dich nie wiedersehen. Ich will zu den Bunkern und ein Heilmittel finden.« Ich flüsterte den letzten Satz, denn hier hatte alles Ohren, und ich wollte nicht, dass Azmi davon erfuhr.

Zeeto lächelte. »Du wolltest also fürs Allgemeinwohl argumentieren, statt zu sagen, dass es dir nur um mich geht.« Sein Lächeln wurde breiter, Zahn um Zahn um Zahn. »Aber ich bin gar nicht abgeneigt, wenn es um mich geht. Ich lebe nur einmal.«

»Und wenn ich nicht mit Azmi fahren würde?«, murmelte ich. »Wenn ich hierbleiben würde?«

Ich kam mir direkt so vor, als hätte ich ihm einen Heiratsantrag gemacht. Und in etwa so sah er auch drein. Ein bisschen unbehaglich, soweit ich das im Dämmerlicht sehen konnte.

»Ich … ich weiß nicht. Ich komme hier schon klar. Riika und die anderen … sie … kennen das schon. Mit mir. Sie kommen schon klar.«

»Okay.« Eigentlich hätte ich noch mehr sagen sollen, aber all mein Mut war verpufft. *Aber* ich *komm vielleicht nicht klar,* dachte ich, doch hier ging es ja nicht um mich. Es ging auch nicht um Riika und die anderen, es ging um ihn, und trotzdem dachte ich daran, wie es *mir* gehen würde. Von wegen »Du bist Hoper, Laylay« – mir geht es nur um mich selbst; selbst wenn ich hoffe, geht es um mich!

Ich wandte mich von ihm ab und streckte meine Beine aus der Hängematte. »Dann … Okay, dann.«

»Hey.« Er nahm meine Hand. »Hab ich was Falsches gesagt?«

Ich blinzelte gegen Tränen der Wut an. »Du nicht«, brachte ich hervor, sie waren ein Widerstand in meiner Kehle, diese Dreckstränen, die ich nicht unterdrückt bekam, als kämen sie da hoch, aus meinen Eingeweiden direkt in meine Augen. Er ließ mich nicht los, obwohl ich versuchte, ihn abzuschütteln, und stieg auch aus der Hängematte, sah skeptisch auf Mtoto. »Wenn sie jetzt so viel pennt, nervt sie heute Nacht sicher jemanden zu Tode.«

Dann drehte er sich wieder zu mir herum. »Was für einen Rat wolltest du denn eigentlich von mir, Laylay?«, fragte er leise.

»Ob … ob wir …« Ich schniefte und hatte keine Hand frei, um mir die Tränen abzuwischen, die mir jetzt doch über die Wangen liefen. Eine Hand hielt er und eine hatte der Markt gebunden. Ich machte zwei hektische Bewegungen und wischte mein Gesicht an meinen Schultern ab. »Ob wir uns zusammen den Bunker ansehen. Du und ich. Oder du ihn mir nur zeigst und ich ihn mir ansehe. Ob ich versuchen soll, denen da drin irgendwie mitzuteilen, dass ich nicht zu den Brokes gehöre. Dass ich friedliche Absichten hab. Dass ich … dass ich nur *dir* helfen will.«

»Laylay«, begann er mit einem Seufzen, »was ist denn, wenn, wer auch immer da drin hockt, keine friedlichen Absichten hat? Nur, weil die Brokes mit Flammenwerfern an ihrer Grenze stehen und wir die Brokes kacke finden, heißt das nicht, dass die Leute da drin irgendwie besser sind. Die Welt ist voller Toxxers, das weißt du doch besser als ich. An jeder dummen, ausgedachten Grenze überschütten sie einander mit Benzin und zünden einander an oder schießen aufeinander. Und diese Grenze da ist nicht mal ausgedacht, sie steht … sie steht für uns zwischen Leben und Tod. Warum sollten die, die da im Tod leben, uns irgendwie freundlich gegenüberstehen? Vielleicht sind sie nicht mal Menschen.«

»Was sollen sie denn sonst sein?«

»Also … ich habe schon eine ganze Menge Zombiefilme auf den Bildschirmen draußen gesehen …« Zeeto grinste wieder, Zahn, Zahn, Lippen, so ein hübscher Kerl, verdammt! »Selbst wenn es Menschen sind, bringen sie dich vielleicht einfach um, wenn du bei ihnen aufkreuzt. Fragen nicht. Sprechen vielleicht nicht mal dieselbe Sprache. Das kann sein, Laylay. Es kann sein, dass es Irrsinn ist, dahin zu gehen!«

»Du bist auch hingegangen«, entgegnete ich.

»Und ich bin tot. War also eine blöde Idee.«

»Du bist nicht tot.«

»Du weißt, was ich meine.«

Ich schüttelte energisch den Kopf. »Vielleicht ist die einzige Möglichkeit, das wieder hinzukriegen, *noch mal* hinzugehen!«

»Laylay. Nein«, murmelte er, aber seine Augen blitzten, und das war nicht nur das Licht, das durch den Vorhang schimmerte, das war ein Hoffnungsfunke, ich sah ihn ganz deutlich.

Und ich dachte: *Laylay doch*.

TEIL 2

TOXX

AN DER GRENZE
ZEETO, 17. JANUAR 2064

Ich kann nicht so richtig glauben, dass ich das getan habe. Ich weiß, dass ich es eigentlich nicht tun sollte. All das. Aus verschiedenen Gründen.

Erstens: Ich sollte um meiner selbst willen in der Hängematte liegen und zu ein paar Kräften kommen, statt Koffeintabletten zu klauen, mit denen Riika vermutlich Handel zu treiben gedachte.

Zweitens: Ich hätte mir den Gefallen, den Bo mir schuldet, für einen besseren Anlass aufheben sollen. (Ich gehe heute offenbar ziemlich beiläufig mit Handelswaren um – sowohl substanziellen wie Riikas Pillen als auch ideellen wie Bos Gefallen.) Bo schuldete mir jedenfalls noch einen, und ich habe ihn eingelöst, indem ich mir für diese Nacht die Schlüssel für eins der Marktautos geborgt habe. Nur damit kommen wir schnell genug zur Staumauer, ergo so nah wie möglich an die Bunker heran, und schnell genug wieder weg, falls wir abhauen müssen. Und den Brokes wird es sehr viel schwerer fallen, uns aufzuhalten, wenn wir in einer Karre sitzen.

Drittens: Ich weiß sehr gut, dass ich Laylays Plan nicht hätte zustimmen sollen, wenn mir ihr oder mein Leben irgendwas wert ist. (Rein formal gesehen habe ich auch nicht zugestimmt. Ich habe widersprochen, aber eben dennoch die Pillen gezockt und Bo die Schlüssel aus den Rippen geleiert.) Wenn sie und/oder ich nicht bei den Bunkern sterben, wird spätestens Azmi uns die Köpfe abreißen. Mir spuckt er vermutlich noch in den Hals, Laylay flickt er danach wieder zusammen und lässt sich von einer untoten Frankenstein-Tochter durch den Broke-Turf fahren. Es gibt Brokes, die schlimmer aussehen, Wort drauf.

Viertens: Das hier kann nicht klappen. Nehmen wir einmal an, im Bunker öffnet sich eine Tür, und Laylay sagt: »Wow, Mom, du hier!« und ihre Mom sagt: »Ja, voll nett, dich mal zu sehen, komm doch rein!« – »Ich suche ein Heilmittel für meinen Kumpel hier.« – »Ja, klar, hier, gönnt euch!« Hört sich in euren Ohren super-unwahrscheinlich an? Ja, in meinen auch. Es ist nicht nur ein »Risiko«, das wir hier eingehen, nein, wir laufen einer gigantischen Seifenblase hinterher oder dem Nachbild einer Seifenblase, denn vor meinen Augen ist die längst geplatzt, aber Laylay läuft noch. Wir hätten im Markt bleiben sollen.

Das hier war eine unfassbar dumme Idee, und ich weiß gar nicht richtig, warum ich dabei bin.

Vielleicht hofft einfach ein Teil von mir, dass meine Augen mich täuschen und die Seifenblase doch noch da ist und Laylay recht hat und unter der ölig glitzernden Oberfläche etwas wartet, mit dem ich überleben kann.

Verdammt, ich hab schon so oft gedacht, dass es mich nicht stören würde, wenn ich nicht mehr aufwache, dass es mir selbst wie ein Widerspruch erscheint, wie sehr ich drauf versessen bin, das Ganze zu überleben. Aber die meiste Zeit lebe ich halt eigentlich ganz gern.

Es ist auf geradezu bedrückende Weise dunkel um mich herum, und ich ziehe die Knie an den Körper. Ich hätte mitgehen sollen.

Ich kann nicht mitgehen, einer muss aufs Auto aufpassen. Die Brokes würden ein verlassenes Auto am Waldrand abgöttisch lieben, das kann ich euch sagen. Sie würden es in Stücke lieben, und zwar in Windeseile.

Falls sie es denn finden – wir haben es ganz gut versteckt, in einer Mulde, aus der wir hoffentlich noch rauskommen, wenn Laylay von ihrer Bunkertour zurückkehrt.

Falls sie zurückkehrt.

Also, ein »Falls« nach dem anderen. Mein Herz klopft wie wild, die Dunkelheit drückt sich von allen Seiten ans Auto heran. Anfangs konnte ich noch einen weit entfernten Feuerschein unter den niedrig hängenden Wolken sehen, aber mittlerweile nicht mehr. Nur noch Finsternis, sie füllt die Mulde, sie füllt das Auto, und mit jedem Atemzug nehme ich sie auf und werde mehr wie sie. Wie eine Flüssigkeit, in der ich ertrinke. Ich zittere.

Laylay wird im Bunker nichts finden, so wie ich. Sie wird zurückkommen, ins Auto steigen und wir werden zum Markt zurückfahren, und die Brokes wiederum werden das Auto nicht finden. Ohnehin gehöre ich zum Markt, sie dürfen weder mich noch das, was ich bei mir führe, antasten, das ist Handgebunden-Gesetz. Broke-Pakt. Solange ich in diesem Auto bin, dürfen sie mich lediglich anhalten und überprüfen, wie früher die Bullen, nur in Spray-Paint-Uniform und mit noch mehr Gewalt.

Und die Dunkelheit ist nur eine Januar-Nacht. Gottverdammt, so eine verfakkte, dunkle, unendlich lange Januarnacht, wie soll man das aushalten? Ich erinnere mich, wie Riika mal sagte: »Wir sind nicht für solche Jahreszeiten gemacht, Zeeto. Du und ich, uns macht es traurig, wie düster es hier werden kann.«

Vielleicht ist es aber auch etwas anderes. Vielleicht liegt wirklich etwas in dieser langen Dunkelheit, und nur Leute wie Riika und ich können es spüren, wie dieser Eldritch-Horrorscheiß von diesem Kackrassisten.

Das wäre ein ganz schöner Plottwist, was? Aber keine Sorge: So ist es nicht, das ist einfach nur wieder Zeeto, der Panik schiebt.

Ich versuche, langsam durchzuatmen. Ich muss nur auf das Scheißauto aufpassen, das werde ich ja wohl noch schaffen, dunkel oder nicht. Es gibt im Broke-Turf nicht mal irgendwelche Angst einflößenden Tiere, alles über Kaninchengröße wird sofort gegessen, und alles Kleiner-gleich-Kaninchengröße wird gegessen, wenn es nicht schnell genug abhaut. Und selbst wenn es hier Wolfsrudel gäbe – die Viecher würden wohl kaum die Autotür aufkriegen.

Ich greife nach dem Schlüssel und drehe ihn ein Stück, sodass die Heizung anspringt und mir motorwarme Luft entgegenpustet. Außerdem schalte ich das Autoradio an. Rauschen, ab und an ferne Stimmen – manche Gangs nutzen Radiowellen zur Kommunikation –, und ich wechsle auf die CD, es ist irgendeine im Laufwerk, zum Glück ist die Karre alt genug für diesen Technikstand. Irgendein leiser Hip-Hop rieselt auf mich ein, und ich stelle erst nach geschlagenen zwei Minuten fest, dass der Song auf Deutsch ist, ich glaube, die Sprache hat sich auch ein bisschen verändert, seit fast ganz Deutschland in Biokampfstoff getränkt worden ist.

Und seit die Bienen tot sind.

Riika sagt immer, das war die erste Katastrophe, die, die alle anderen ins Rollen brachte und antrieb. Sie sagt immer: »Und wenn wir es mal besser machen wollen, müssen wir auf das achten, was am kleinsten, am unwichtigsten scheint.«

In diesem Moment, während ich mir Riikas beste Hoper-Sprüche in Erinnerung rufe, flammen schräg über mir (wir erinnern uns: Senke) Scheinwerfer auf – entweder es hat sich jemand lebensmüde im Dunkeln genähert, oder ich habe die Scheinwerfer vorher nur nicht gesehen, weil die Feldwege hier so kreuz und quer gehen und von kleinen Sträuchern und Bäumen überwuchert sind.

Gleichzeitig kommt Motorengeheul näher, und ich rapple mich im Beifahrersitz auf und kletter über Schaltknüppel und Handbremse auf den Fahrersitz, denn das ist nicht nur eine Maschine, das sind sicher vier, fünf. Wild wird hoch- und runtergeschaltet, die Motoren geben gequälte Laute von sich, und dann gibt's Geschrei und das übliche Brokes-Gebell, und sie fahren schlingernde Kreise um die Mulde herum.

Ich schreie auf und dreh den Schlüssel ganz herum, trete die Kupplung durch. Der Motor springt an – was soll ich tun? Mein Atem geht stoßweise, so ein Müll, verdammt, fahr ich jetzt einfach los, und was ist mit Laylay, komm ich später zurück und sammle sie ein?

Doch bevor ich Gas geben kann, rollt eines der Motorräder in die Mulde und genau vor die silberne Motorhaube der alten Karre, und die Person, die draufgesessen hat, lässt es einfach liegen und springt mir vor die Windschutzscheibe. Sie kniet da, presst die Hände an die Scheibe und schlägt dann mit ihrem behelmten Kopf dagegen. Ich zucke zusammen und würge den Motor ab – mit dem Bike vor den Reifen komme ich ohnehin nicht aus der Senke, und hinter mir sind auch schon zwei Motorräder aufgetaucht. Ich hebe die Hände vom Steuer und hoffe, sie verstehen, dass das eine Geste ist, mit der ich klein beigebe.

»Raus, raus, du Vögelchen«, brüllt die Gestalt auf der Motorhaube.

Stattdessen lasse ich das Fenster runter. »Hey, ich bin vom Handgebunden-Markt!«, schreie ich panischer, als ich möchte.

»Wir haben dich doch hier schon mal gesehen!«, schreit jemand zurück. »Du und die Süße, ihr habt gesagt, ihr wart fummeln auf der Staumauer. Ist sie da drin?«

»Ist sie da drin?«, wiederholt eine dritte Stimme und bricht in Gelächter aus, durch das bruchstückhaft herauszuhören ist: »Im Auto? Oder mit den Fingern in seinem Arsch?«

»Seltsam, dass ihr nicht im Handgebunden-Markt fummelt, hab gehört, da poppen alle untereinander. Was ist mit dir, willste sie nicht teilen, oder was? Ich dachte, ihr teilt alles, ihr Schlaffaffen?«

Ich kann gar nicht mehr zuordnen, wer was sagt, ihre Stimmen unter den angesprayten Helmen klingen alle gleich, schrill und aufgepeitscht und gehässig.

Ich wiederhole einfach nur: »Ich bin vom Markt. Ich bin vom Markt, lasst mich einfach in Ruhe!«

»Lasst mich einfach in Ruhe!«, schreit mich die Gestalt auf der Scheibe an. Die anderen brechen in Gelächter aus und ich in kalten Schweiß. Ich drücke den Knopf, der das Fenster hochfahren lässt, aber der Mensch auf der Motorhaube rammt jetzt wieder und wieder den Helm gegen die Windschutzscheibe, und es ist albern zu denken, ich könnte ihn mit geschlossenem Fenster von mir fernhalten!

»Haut ab!«, schreie ich sie an. »Es gibt einen Vertrag! Ihr verletzt den verfakkten Vertrag!«

»Den hast du verletzt«, krakeelt die Gestalt auf der Motorhaube. »Komm raus da und sag uns, was ihr im Wasteland treibt!«

»Komm raus da und wir bringen dich zu Queen Loke!« Zwei Brokes stehen an der Fahrertür und versuchen, sie aufzuzerren, aber sie ist abgeschlossen. Ich höre ihre Stimmen dumpf durch die Tür. Die Windschutzscheibe ist schon gesprungen.

Auch wenn das Zerren nichts bringt: Sie werden früher oder später hier reinkommen. Und dann werden sie so richtig sauer sein.

Ich hebe wieder meine Hände.

»Okay!«, schreie ich, meine Gedanken rasen, mein Atem stolpert und malt Wölkchen an die Scheibe. »Okay, ich komme raus! Ich häng hier nur ab, nichts weiter! Ich weiß nichts vom Wasteland!«

»Hey!«, schreit einer von ihnen, wahrscheinlich ein Mann, der rechteckig über mir aufragt. »Hey, er will reden, der Junge will reden! Komm raus, Schlaffaffe, keine Angst. Ey, lass mal Abstand, der Junge hat Angst!«

Und wie ich Angst hab. Ich habe mich genau noch so sehr im Griff, dass ich mir nicht in die Hose mache. Ich greife nach der Verriegelung und öffne die Tür.

Es geht alles so schnell, dass ich schon mit dem Gesicht nach unten im Matsch liege, bevor ich auch nur weiß, wie mir geschieht. Das Gewicht von zwei Brokes lastet auf dem Rücken, Hände durchsuchen mich und berühren mich dabei überall, wo ich nie von Brokes berührt werden wollte. Sie fördern nur eine kleine Blechdose mit Koffeintabletten zutage, sie klappert, als sie sie achtlos neben mein Gesicht werfen. Ich will atmen, aber diese Scheißtoxxers sind ganz schön schwer mit ihren verfakkten Helmen und ihren Lederklamotten und ihren Stiefeln. Ich ringe also bloß nach Luft, habe aber nicht den Eindruck, dass viel dabei rumkommt. Die Hände sind schon wieder an meinem Arsch, die anderen lachen.

»Was suchst du hier, kleiner Hosenscheißer?«, zischt eine Stimme durch den Helm dicht an meinem Ohr. »Was sucht ihr in der Todeszone?«

Mir wird schlecht, nicht nur, weil diese Brokes auf mir hocken, sondern auch, weil plötzlich all meine Theorien auf einen einzigen Punkt zusammenzoomen: Sie lauern auf irgendetwas, *irgendwen* in der Todeszone, das hier ist eine Broke-Patrouille, und, ja, sie führen offenbar Krieg gegen diese mysteriösen Bunkermenschen, und, ja, wenn sie argwöhnen, dass ich mich auf welche Weise auch immer einmischen will, werden sie mich irgendwo verscharren, Pakt hin oder her. So ernst ist ihnen die Sache.

So sehr wollen sie verhindern, dass ich Kontakt mit wem auch immer aufnehme.

Warum?

Warum?

Endlich lassen sie von mir ab, das Gewicht weicht von meinem Rücken, dann packt man mich und dreht mich herum.

»Was sucht ihr in der Todeszone, Bubiboy, hm?« Die Broke drückt das Visier ihres Helms gegen meine Stirn und presst mich so zu Boden.

»Nichts!«, stoße ich hervor. »Ich hab … hab Schwierigkeiten. Wollte nur mal weg. Vom Markt. St-Streit«, beteuere ich. »Bin im Dunkeln rumgefahren. Hab überlegt, abzuhauen.« Mir kommt ein Geistesblitz. Schmeicheln, Toxxers mögen, wenn man ihnen nach dem Mund redet. »Dachte, ich schließ mich euch an, vielleicht.« Ich lächle, hoffentlich gewinnend.

Die Frau richtet sich auf, sie sitzt auf meiner Hüfte, das ist mir ’n bisschen zu nah, aber dies ist nicht die richtige Zeit, um die Wahrung eigener Grenzen einzufordern. Sie lacht.

»Aber ich bin vermutlich nicht hart genug«, gebe ich zu, und das weicht sie doch glatt auf.

»Du kannst dich hocharbeiten. An Härte kann man arbeiten«, sagt sie und greift mir *natürlich* in den Schritt. Ich muss vor allen Dingen hart daran arbeiten, nicht mit den Augen zu rollen. Macht durch Gewalt. Macht durch Sex. Das ist die Denke der Toxxers, ganz einfach. Überschreite Grenzen, bis jemand deine eigenen überschreitet, dann ist die Hackordnung klar.

Versteht ihr, die nennen sich nicht selbst Toxxers. Wir nennen sie so. Toxxer ist keine übergeordnete Organisation, keine Nationalität oder Partei oder was auch immer. Toxxer ist eine Art Philosophie, die sie einfach leben. Wie Kapitalismus, früher, als man versucht hat, Geld gegen Glück zu tauschen.

»Wie wär’s, wenn ihr mich laufen lasst und ich denke noch mal drüber nach«, schlage ich vor.

»Wie wär’s, wenn wir dich und die Karre mitnehmen?«

»Das ist gegen den Vertrag«, protestiere ich.

»Du bist doch abgehauen von zu Hause, oder? Würde sagen, der Vertrag gilt für dich nicht mehr, Schlaffaffe.«

»Wirst du eigentlich noch gestillt?«, grölt jemand hinter mir. Drei weitere Stimmen lachen – in der Dunkelheit glaube ich ausmachen zu können, dass die Brokes zu fünft sind. »Hab gehört, ihr habt da so 'n paar Omas, an deren Titten noch alle lutschen.«

»Keine Sorge, ihr müsst keinen Ersatz finden, ich komm ohne klar«, erwidere ich, bemüht, in seinen Humor einzustimmen.

»Dann mal hoch mit dir, Junge«, sagt die Anführerin und steht endlich von mir auf. »Bist doch 'n Junge, oder? Ist bei euch Märktlern immer so schwer zu sagen, ihr seid so weich gelutscht, dass man es nie genau sagen kann.«

Ich stehe auf, und sie fährt zärtlich mit einer Hand über die Motorhaube, auf der ihr Sprung eine ganz schöne Delle hinterlassen hat.

»Dann fährst du uns jetzt die Karre nach Turf-Town, *abi,* und versuch nicht, was zu reißen, wir knallen dich sonst ab, okay?« Sie tätschelt mich genauso wie das Auto. »Und da kannst du dich uns dann anschließen.« Sie lacht unter ihrem Helm, und die anderen fallen ein.

Ja, haha, als könnte ich mir nicht denken, wie ihr das meint.

»Klar«, sage ich und überlege fieberhaft, wie ich aus der Nummer herauskomme. Als ich zögerlich die Autotür packe, um wieder einzusteigen, und mich schon darauf gefasst mache, mit dem Auto querfeldein vor fünf Motorrädern zu fliehen, höre ich von Weitem das Grollen eines weiteren Gefährts und korrigiere mich innerlich: … vor sechs Motorrädern zu fliehen. Dann erscheint der Scheinwerfer oberhalb der Mulde, wir sind alle geblendet, und die Brokes fluchen.

Und dann, bevor irgendwer von uns schalten kann, flammt Mündungsfeuer oberhalb des Scheinwerfers auf, *bamm bamm bamm,* drei Schüsse, dann noch mal zwei, *bamm bamm,* und ich werfe mich ins Auto, der Länge nach über Handbremse und Schaltknüppel, und versuche festzustellen, ob ich tot bin. Die Broke, die auf mir gesessen hat, schreit und flucht wie am Spieß,

»Scheiße, verfakkte Scheiße!«, sie ist offenbar getroffen worden, ein anderer schreit Befehle in einer Sprache, die ich nicht kenne, und dann dröhnt die Waffe noch zweimal, *bamm bamm,* und ich verkrieche mich in den Fußraum – Krieg, verdammte Scheiße, ich bin mitten in ein Kriegsgebiet gefahren! Ich bin tot, jeden Tag gibt es einen neuen Grund festzustellen, dass ich tot bin!

Und jetzt haben auch die Brokes ihre Waffen wiedergefunden, es sind halbautomatische, und die Dinger krachen so nah am Wagen los, dass ich es in meinen Zähnen spüren kann. *Blamm-blamm.*

AN DER GRENZE
LAYLAY, 17. JANUAR 2064

Ich war noch gar nicht besonders weit gekommen – ich kann zwar auch im Dunkeln besser sehen als die meisten Leute, aber es war bewölkt und wirklich knalldunkel, und die Taschenlampe in meiner Hand hatte schon bessere Zeiten erlebt. Zeeto hatte mir den Weg zum Bunker beschrieben, aber wo früher Wald gewachsen war, ragten nun verkohlte Stämme auf. Hier und da glomm es noch wie ein geisterhafter Nachhall. Der Untergrund war eingeäschert, die Felsen geschwärzt, der Boden voller Asche. Ich mach es kurz: Ich fand den Bunker nicht.

Ich fand ihn vor allem deshalb nicht, weil durch die beinahe absolute Stille des abgefackelten Brachlands das Motorengeheul von sicherlich vier, fünf Maschinen an mein Ohr drang. Die zum Stehen kamen und verstummten. Und meine Fähigkeit, mir genau eine Zukunft auszumalen und mit dieser zu arbeiten, kam zu einem einzigen möglichen Schluss: Sie hatten Zeeto und das Auto gefunden.

»*Bok!*«, fluchte ich – das ist »Scheiße« auf Türkisch, falls ihr das wissen müsst (ist immer gut zu wissen) – und kehrte auf dem Absatz um, ohne eine Ahnung, was ich vorhatte, denn einfach aus der Todeszone zu stürmen, würde die Situation sicher nicht besser machen, und Zeeto gehörte zum Handgebunden-Markt und genoss daher Immunität. Ich hingegen, ich hatte keinen Passierschein mehr dabei – den trug Azmi wieder in der Tasche. Zeeto würde sich also selbst helfen müssen, aber ich musste trotzdem hin und zumindest von Weitem nachsehen, ob er okay war.

Nichts war okay.

Ich konnte nicht viel sehen und blieb in der wenigen Deckung, die die aufragenden schwarzen Überreste von Bäumen mir noch boten, aber als ich am Rand des Ödlands ankam, passierten mehrere Dinge: Ein Motorrad, das ich nur zu gut kannte, tauchte auf, und sein Besitzer, zufällig blutsverwandt mit mir, entleerte ein Magazin in die Brokes.

Zwei Brokes brachen zusammen und verreckten an der Überdosis Blei. Eine weitere zerrte ihr Motorrad aufrecht, das vor dem Auto gelegen hatte, und versuchte, damit abzuhauen oder auf Azmi loszugehen, das weiß ich nicht genau. Die beiden anderen ballerten auf Azmi, doch der war schlau, ich konnte es von meinem Standort aus im Licht der Scheinwerfer sehen: Er hatte das Motorrad abgestellt und bewegte sich dahinter rasch hin und her, schoss mal aus dem einen Winkel und dann wieder aus dem anderen, und die Brokes feuerten größtenteils auf das Moped. Der Tank ist verstärkt, aber das Glas des Scheinwerfers zerbarst, doch wie durch ein Wunder erlosch das Licht nicht.

Schließlich warf sich die Broke schreiend vor Wut auf ihr Motorrad, kickstartete es die Anhöhe hinauf und fiel dann oben einfach um, das Bike schlitterte davon, und sie schrie und schrie, und langsam wurde die Wut zu Qual, denn auch sie war offenbar getroffen worden.

Als die anderen beiden das sahen, erkannten sie an, dass sie ihren Meister gefunden hatten – Hierarchie, ganz wichtig bei solchen Leuten –, und versuchten, sich zu verpissen.

Azmi hatte das Magazin gewechselt und schoss ihnen noch zwei kostbare Kugeln hinterher. Bei einem der beiden Motorräder erwischte er den Reifen, schlingernd brach das Bike nach rechts aus, als die Gestalt darauf versuchte, Azmi in weitem Bogen zu umfahren und dabei querfeldein die Kontrolle zu behalten, während die letzte behelmte Person einfach schnurgerade den Feldweg hinab entkam.

Das Problem war: Ich stand auf der falschen Seite der Grenze zur Todeszone.

An dieser überdeutlich gezogenen Linie zwischen Leben und Tod, zwischen Steppe und (einstigem) Wald, zwischen Menschenland und Keinmenschenland, da stand ich, und der Scheinwerfer erwischte mich einmal von oben bis unten. Die Gestalt auf dem schlingernden Motorrad starrte mich an, ich fühlte den Blick durch ihr Visier, und dann wurde mir klar, dass ich diese Kriegsbemalung kannte. Dass ich das Muster, das in orangen Schlieren wie eine Drogenvision über den Helm lief, schon einmal gesehen hatte. Dass ich dieser Person schon einmal begegnet war.

Und sie mir.

Sie war bei dem Trupp gewesen, der Azmi und mich aufgehalten hatte. Bei der Boss, die mich gefragt hatte, ob ich etwas Außergewöhnliches war.

Mit malträtierten Felgen nahm sie Reißaus.

Und ich ebenfalls – ich rannte durch das verbrannte Unterholz, bis ich mir sicher war, dass die Brokes nicht zurückkehren würden, und dann durch das verfaulende gelbe Gras zur Senke, in der ich die erschreckend unmenschlichen Schreie der verwundeten Frau hörte.

Und Azmi, Azmi, der brüllte: »Wo ist meine Tochter?«

Taumelnd kam ich am Rand der niedrigen Senke an. Azmi stand über der Frau und hatte ihr eine zusammengetapte Schusswaffe abgenommen.

»Ich … ich bin hier«, sagte ich und musste es wiederholen, weil immer noch Motoren grollten und die Verwundete immer noch keuchte und sich quälte. »Dad, ich bin hier!«

»Aufs Motorrad«, befahl er mit rauer Stimme und steckte beide Waffen ein.

»Tickst … tickst du noch sauber?«, fragte ich.

Er hatte noch nie, noch nie einfach Leute abgeknallt. Nicht mal die Gangs, mit denen wir es in Russland zu tun gekriegt hatten. Also, er hatte natürlich schon mal Leute abgeknallt, er trug diese Knarre nicht umsonst bei sich, aber nicht drei von fünf und nicht einfach so. Was zur Hölle war in ihn gefahren?

»Wo ist Zeeto?«, stieß ich hervor.

»Hier«, kam Zeetos Stimme aus dem Auto, als sich die Tür öffnete. »Ich … ich bin hier.«

Ich rannte die Senke hinab.

»Zurück zum Markt!«, bellte Azmi, der oben stehen blieb.

»Ich … ich fahre das Auto«, erwiderte ich, und im Scheinwerferlicht sah ich, dass er misstrauisch die Augen verengte. Wer war das und warum sah er aus wie mein Dad, hatte aber Augen aus Stein? Ich schluckte und stieg ein.

Zeeto saß auf dem Beifahrersitz und zitterte am ganzen Leib. Er starrte mich an, und kurz erwog ich, den Blick zu erwidern, aber ich konnte einfach nicht. Ich setzte rückwärts aus der Mulde heraus, vorsichtig um die beiden Toten und die Motorräder herum und versuchte, an beides keinen Gedanken mehr zu verschwenden.

Zwei von ihnen waren entkommen. Zwei von ihnen würden von all dem berichten können, inklusive der Tatsache, dass ich im Schatten der Bäume *in der Todeszone* gestanden hatte.

Nein, keine Gedanken verschwenden! Ich zwang mich zur Ruhe und fand den Feldweg wieder. Hinter Azmi fuhren wir zum Lager zurück.

»Hab nicht mal den Bunker gefunden«, sagte ich kleinlaut auf halber Strecke. Zeeto nickte, seine Zähne klapperten. »Bist du okay?«

»Klar. Bin okay.« Er zögerte. »Bin noch nie in ’ne Schießerei geraten, das ist alles.« Und dann fing er an, lautlos in seine Hände zu heulen.

Die Strecke zum Handgebunden-Markt legten wir schweigend zurück, und ich fühlte mich danach auch zum Heulen. Was würden die Brokes jetzt tun? Würden sie den Markt angreifen?

Ich hatte auf ganzer Linie verkackt. Meine kleine Aktion, die höchstens mich selbst in Schwierigkeiten hätte bringen sollen, hatte vielleicht den Frieden zwischen den Brokes und dem Markt zerstört.

Aber halt, *ich* hatte Azmi nicht gesagt, er solle wie wild auf eine Broke-Patrouille ballern, was zum Fakk war mit ihm los? Ich zitterte und kämpfte dagegen an. Die Nacht war dunkel, die Feuer waren erloschen, keine feiernden, johlenden, niederbrennenden Brokes begegneten uns, aber ich fragte mich, wie viel Zeit uns noch blieb, bis sie durch die Nacht zum Markt kamen.

Dann kam die kleine Siedlung in Sicht, ein paar Lampen glommen noch und ein paar Feuer, die von oberhalb des alten Flusslaufs sichtbar waren. Wir erreichten die Fahrzeugbaracke; Bo hatte uns schon gehört und das Tor geöffnet, und Azmi bremste, um hinter uns hineinzufahren, als befürchte er, dass ich mich umentscheiden könnte, sobald er drinnen war.

Ich sprang aus dem Auto, bebend am ganzen Leib, ignorierte Bo, der natürlich sofort fragte, was mit der Motorhaube und der Windschutzscheibe passiert sei, und rannte zu Azmi hinüber, der das Moped zum Beiwagen gefahren hatte und nun damit beschäftigt schien, den Wagen zu montieren. Er wühlte darin herum, und ich stellte im spärlichen Licht einer flackernden Glühbirne, die in der Baracke von der Decke hing, fest, dass unsere Habseligkeiten bereits im Beiwagen lagen. Wollte er *jetzt* los?

Natürlich – er hatte zwei Brokes abgeknallt. Wir *mussten* jetzt los.

Ich packte ihn. »Azmi, was zum Fakk, tickst du noch sauber, was …«

Weiter kam ich nicht. Er drehte sich zu mir um, und wieder waren seine Augen wie dunkle Steine. Eine rasche Bewegung seines Arms – ich dachte erst, er wolle mich schlagen, und das machte mich so perplex, dass ich nicht einmal reagierte, ich verstummte einfach nur und sah, wie seine Hand hochfuhr.

Aber etwas war seltsam an dieser Ohrfeige. Seine Hand war nicht flach und auch nicht zur Faust geballt – etwas Metallenes blitzte auf. Seine andere Hand griff nach meiner Linken und packte sie, er war nah genug, um auch den rechten Arm zu blockieren.

Und dann ein plötzlicher Schmerz an meinem Hals. Erst jetzt reagierte ich, versuchte, meine Arme freizubekommen, wehrte mich gegen ihn, aber er war herumgefahren und hatte mich dabei gegen den Beiwagen gedrückt. Mit zusammengepressten Zähnen und einem Gesichtsausdruck, der ihn kaum noch wie meinen Vater aussehen ließ, drückte er den Kolben der Spritze durch.

Irgendwie kalt und zugleich heiß drang der Inhalt in meinen Hals, ich schrie auf, hörte, dass Zeeto und Bo durcheinanderbrüllten. Zeeto stürmte von hinten auf Azmi zu, ich wollte aufspringen und sagen, dass es mir gut ginge, aber da gehorchten mir meine Gliedmaßen schon nicht mehr. Und meine Gedanken auch nicht, meine Zunge nicht; nicht einmal mein Sichtfeld tat, was es sollte. Vor meinen Augen zog es sich zusammen und franste schwarz an den Rändern aus. Ich sah, dass Azmi die Spritze fallen ließ, ganz langsam taumelte sie zu Boden, und ganz schnell war die Pistole in seiner anderen Hand.

»Lasst mich in Ruhe«, sagte Azmi mörderisch leise – was auch immer in meinem Blutkreislauf war, es zog seine Wörter in die Länge und ließ diesen winzig kleinen Ausschnitt, den ich sehen konnte, langsam kreisen. »Die Brokes werden meinen Kopf wollen, und ich bringe mich und sie in Sicherheit.«

»Das kannst du nicht machen!«, schrie Zeeto. »Nicht gegen ihren Willen!«

»Die Welt scheißt auf ihren oder meinen oder deinen Willen, Zeeto. Wird Zeit, dass ihr das checkt, hier in eurer kleinen Anarcho-Idylle.« Dann nahm seine Stimme einen anderen Klang an, weniger eisig, mehr die meines normalen Dads, aber mein Sichtfeld war jetzt ganz schwarz, mit gelegentlichen explodierenden Streuseln. »Ich habe Riika gesagt, welche Medikamente du nehmen kannst. Tut mir leid, das ist alles, was ich für d…«

Und dann war alles still. Dumpf und schwarz und still, und ich war zu keinem Gedanken und keiner Empfindung mehr fähig.

HANDGEBUNDEN-MARKT
ZEETO, 18. JANUAR 2064

Ich kann nicht fassen, dass er das gemacht hat! Azmi, dieser Scheißkerl!

Ich flehe Bo an, dass er mir das Auto noch mal gibt – er hat den Schlüssel abgezogen und hält ihn in einer Faust. Wir haben beide die Hände geballt, und erst schreien wir Azmi hinterher, und dann schreien wir einander an.

»Du kannst nicht hinterher, Zeeto, der Kerl hat eine Knarre!«

»Der Doc knallt mich nicht ab!« Wie kann ich mir da noch sicher sein? Dass er für Laylay über Leichen geht, hab ich ja schon gesehen. Egal, neues Argument: »Wir müssen ihn aufhalten! Er hat den Broke-Pakt gebrochen, die Brokes werden hier aufkreuzen, und wir stecken bis zum Hals in Schwierigkeiten, wir müssen ihn dafür zur Rechenschaft ziehen!«

»Willst du ihn den Brokes ausliefern?«

»Du bist Wächter, sag du es mir!«, schrei ich ihn an. »Lassen wir ihn jetzt einfach fahren, obwohl er dich und mich mit 'ner Knarre bedroht und den Marktfrieden gebrochen und die Brokes gegen uns aufgebracht hat? Muss da nicht irgendwas passieren?«

Mittlerweile sind einige Menschen vom Markt auf uns aufmerksam geworden, schlaftrunkene Erwachsene mit Mänteln über und Stiefeln unter Nachthemden, angetrunkene handgebundene Durchreisende, die sich am Feuer gewärmt haben, aufgeschreckte Kinder.

Shan kommt auf uns zu, und sofort beginnt das Geschrei von Neuem, Bo erzählt irgendetwas Zusammengereimtes, und dann reden mindestens drei Leute auf mich ein.

Und gleich die nächsten Fragen; Antworten um Antworten entstehen exponentiell in meinem Kopf, und keine davon ist angenehm: Da draußen ist Broke-Turf, und das dürfte mittlerweile ein aufgestörter Rattenbau sein – wenn Laylay bewusstlos ist, kann sie sich nicht wehren, und Azmi ist ein Idiot, wenn er denkt, er könnte ihnen entkommen! Sie werden ihn fertigmachen, sie werden ihn umbringen, und Laylay wird vielleicht gar nicht mehr erwachen, weil sie sie auch umbringen, oder sie werden …

Nein, ich muss aufhören, das bringt mich keinen Schritt weiter! Ich brauche die Karre, ich muss Laylay finden und sie hierher in Sicherheit bringen und Azmi sagen, dass er schauen soll, dass er Land gewinnt!

Dann Riikas Stimme: »Schnauze halten, alle!«

Sofort wird ihr gehorcht. Shan packt mich am Arm, ser hat begriffen, dass ich der Einzige bin, der hier irgendwie Licht ins Dunkel bringen kann. Apropos Licht: Die zwei Meter große Lyn ist mit dem Kopf an die Glühbirne gestoßen und alle Schatten tanzen in der Scheune, dass mir fast übel davon wird.

»Alles in Ordnung, Zeeto?«, fragt Shan in die Stille, die wir Riika verdanken. »Du siehst scheiße aus.«

Ich schwitze, überall, außerdem schwanke ich, und ich merke jetzt erst, dass Shan mich gepackt hat, um mich zu stabilisieren.

»Der Junge ist krank, jetzt lasst ihn sich irgendwo setzen und erzählen, was passiert ist!«, kommandiert Riika, und ich setze mich der Einfachheit halber auf den Boden. Zwei Dutzend Leute, die sich nun in der Fahrzeugbaracke befinden, setzen sich ebenfalls, Enbys, Frauen, Männer. Alte und Kinder, alle starren mich an. Ich erzähle, was ich weiß, das geht recht schnell, denn wirklich viel ist nicht passiert: Es war ein Bruch des Broke-Pakts, dass sie mich und die Karre klauen wollten, es war ein noch schlimmerer Bruch, dass Azmi angefangen hat, sie zu erschießen, aber technisch gesehen gehört Azmi nicht zu uns und hat diese Morde nicht auf unserem Boden begangen, also ist das eine Sache zwischen ihm und den Brokes. Aber dass er die Waffe auf mich und Bo gerichtet hat, das ist ein Verbrechen, und es ist recht schnell klar, was das heißt.

»Azmi ist nicht mehr willkommen auf dem Handgebunden-Markt«, sagt Shan, nachdem ser einen Blick mit Riika getauscht hat.

»Und ihr lasst mich ihnen folgen«, ergänze ich in einem hoffnungsvollen und gleichzeitig lebensmüden Impuls.

»Nein«, erwidert ser. »Das ist seine Sache, auch das zwischen ihm und Laylay. Er hat sie gewaltsam und gegen ihren Willen betäubt und entführt, aber das ändert nichts dran, dass weder er noch sie zu uns gehören.«

»S-sie wollte aber …«, bringe ich hervor und, ja, ihr werdet es euch denken: Ich heule wieder. »Sie wollte hierbleiben. Wollte … wäre …« Ich verstumme. Es ist klar, dass »wollte« und »wäre« wertlos sind.

»Es tut mir leid.« Riika rückt näher und legt mir den Arm um die Schultern. »Wir können nichts für Laylay tun. Wir können nur hoffen, dass wir die Konfrontation mit den Brokes überstehen, dass wir den Frieden wiederherstellen können. Zeeto.« Sie drückt mich an sich. »Wir brauchen dich dabei, okay? Du bist der Einzige, der dabei war, der bezeugen kann, dass sie den Pakt zuerst gebrochen haben, indem sie auf dich losgegangen sind. Wenn es zu einem Tribunal kommt, musst du Loke davon überzeugen.« Sie dreht ihren Kopf und flüstert mir ins Ohr: »Du darfst nicht aufgeben, Zeeto, hörst du? Du hast was zu tun. Wir brauchen dich.«

Ich nicke und wische mir mit dem Ärmel durchs Gesicht. »Okay«, sage ich tonlos. »Okay.«

NO WIFI

Das Blinken der beiden Worte hatte sich in sein Hirn gebrannt, sich schon vor vielen Jahren in seinem Verstand eingenistet und sägte seitdem an den Stützpfeilern seines Glaubens.

Immer erinnerten ihn die winzigen Buchstaben, die in Rot wieder und wieder am oberen rechten Rand seines Sichtfelds auftauchten und verschwanden, daran, dass er nicht war, was die anderen in ihm sahen. Sein Glaube an die höhere Weisheit war Wirklichkeit, aber die Botschaften, die er in ihrem Namen an die Brokes vermittelte, waren nichts anderes als ein großer Schwindel.

Diese zwei verdammten Worte entlarvten ihn als Heuchler.

No WiFi

Manchmal kontemplierte er diesen Umstand nachts – die Zweifel ließen ihn nicht schlafen, und er flehte das WiFi an, ihm ein Zeichen zu senden, nur einen kleinen Hinweis darauf, dass es ihn nicht vergessen hatte.

In der dunkelsten Nachtstunde lag er umgeben von kleinen Elektroteilen, die in seiner ganz eigenen Symmetrie angeordnet waren, meditierend in seinem Zelt, als er den Lärm eines Motorrads hörte, das sich mit dem Prasseln von Steinchen unter den Reifen näherte.

In der dunkelsten Nachtstunde fuhr es knatternd ins Zentrum des Broke-Camps ein, drehte ein paar Kreise, der Motor heulte auf. Das übliche Herumgeprolle nach einem Ausflug – aber mitten in der Nacht und nur ein einzelnes Motorrad? Das konnte nichts Gutes bedeuten – eine Botschaft von Turf-Town? Aber soweit er es vernommen hatte, war das Motorrad über die Feldwege im Norden gekommen und nicht über die geteerte Straße, die von hier aus nach Süden und Turf-Town führte. Der Motor der Maschine erstarb stotternd.

Root würde sich wohl der Sache annehmen müssen. Von diesem idiotischen Fußvolk waren einfach nur wenige in der Lage, die Fahrzeuge selbst dauerhaft in Schuss zu halten. Ohne Root wären die Brokes aufgeschmissen. Ohne Root – und ohne den Handgebunden-Markt.

Er rappelte sich auf, klopfte sich die kleinen Chips und Platinen aus der Kleidung, schlug die Zeltplane zur Seite und trat ins Freie. Wie immer brannten Feuer – eines in der Mitte des freien Camp-Platzes und mehrere drum herum, an allen saßen Wachtposten. Im Aufwind über der zentralen Feuerstelle (eine einst silberne, von den Flammen geschwärzte Waschtrommel) wehte die Broke-Fahne. Der Neuankömmling brachte die Maschine am Feuer zum Stehen – nein, es waren zwei, zwei Gestalten auf einem Motorrad. Auch kein gutes Zeichen, denn das war Nikers Enduro und der nahm normalerweise niemanden huckepack.

Weiter links ragten die Schatten des Fuhrparks auf, rechts verteilten sich die Zelte des Spezialeinsatzkommandos »Operation Abfackeln«. Weitere Zelte öffneten sich, Brokes traten schlaftrunken hervor.

Roots AR-Brille projizierte die Typenbezeichnung des Motorrads direkt in sein Sichtfeld, genau wie die zugehörigen Schadenscodes. Ja, es war Nikers Enduro – und Niker war Teil der Nachtpatrouille gewesen, einer *fünfköpfigen* Nachtpatrouille! Warum sah es so aus, als hätte die Maschine Blei schlucken müssen?

»Verfickte Scheiße! Wo sind die anderen?«, schrie da schon Boomba, die sich aus ihrem Zelt gearbeitet hatte. Mit großartiger Geste breitete sie den Pelzmantel um ihren halbnackten, im Feuerschein hell aufblitzenden Körper. Der liebliche Bass ihrer Stimme passte zu den abrasierten Haaren und der Statur des angriffslustigen Keilers, die sie nun in Bewegung setzte.

Root, selbst eher zierlich, konnte sich nicht helfen: Er stand halt drauf. Dass er sein Leben und sein Mojo dem WiFi gewidmet hatte, änderte nichts an der Tatsache, dass sein Herz schneller schlug, wenn Boomba herumbrüllte.

Niker, ein großer, kantiger Kerl, riss sich den mit einem pink-rosa Schweinskopf besprayten Helm vom Kopf

»Tot!«, keuchte er. »So ein Wixxser hat uns überrascht und mit 'ner Knarre rumgeballert!« Er warf den Helm auf den Boden, bevor er auf seinen Oberschenkel deutete. »Hat mich fast erwischt, der Fakker! Ein Streifschuss. Ich blute meine Hose voll.« Immer mehr Brokes kamen zusammen, Nikers Fickfreundin Toggs lachte spöttisch.

»Das ist Blut, keine Pisse, Toggs, *siktir lan!*«

»Ich schicke euch doch nicht auf einen Ausflug, damit ihr euch abknallen lasst und mit nur einer verfakkten Maschine zurückkommt! Loke wird das gar nicht gefallen«, brüllte Boomba.

Sie tobte noch ein wenig herum, während Root sich mit seinem Ritualstab einen Weg durch die Brokes bahnte. An diesem Zeremonienstab, der ihn als spirituelle Entität kennzeichnete, waren symbolisch Antennen für verschiedene Frequenzbereiche elektromagnetischer Wellen angebracht, außerdem baumelten allerhand hübsch blitzende Artefakte aus der Zeit vor dem Kollaps an Kabeln herab.

Er fischte Niker wortlos die GoPro von der Schulter. Sie war an einem der Protektoren angebracht, aus denen Niker sich seine Wasteland-Rüstung zusammengestückelt hatte. Niemand hinderte Root daran, er war schließlich eine Respektsperson hier im Turf. Ein Ehrenmann.

Mit wenigen Handgriffen hatte er der Kamera die Speicherkarte entnommen und sie in einen Leseschlitz an seinem Helm gesteckt. Er schloss das linke Auge, um mit dem rechten die Videodaten besser erkennen zu können. Viel war nicht zu gebrauchen, aber nichtsdestotrotz konnte er den ungefähren Verlauf rekonstruieren.

Diese Hirnamputierten saufen wirklich Reinigungsalkohol auf der Tour. Ein Bengel vom Handgebunden-Markt. Chaos. Buggel und Arto wurden getroffen, Niker bekam Panik, das Bild verschwamm. Root spulte zurück: ein Schatten, der den Schützen darstellen könnte. Durch das Mündungsfeuer und die schnelle Bewegung war er kaum zu erkennen. Zoomen, Kontrast hoch. Ein paar Filter drüber. Besser.

Als er sein linkes Auge öffnete, bemerkte Root, dass ihn mittlerweile zwei Dutzend Augenpaare anstarrten, alle warteten darauf, dass er verkündete, was er im WiFi gelernt hatte.

»Na los, Root, zeig uns, was du draufhast, *abi!* Zeig uns das Arschloch. Ich muss dringend irgendein Maul dafür einschlagen!«, spie Boomba, deren Tobsucht sich in kalte Wut gewandelt hatte.

Er reckte den Stab gen Himmel. »Brokes!« Das Gemurmel der Bande verstummte. »Ihr werdet den Frevler, der es wagte, uns herauszufordern, bestraft haben! Ihr werdet ihn zur Rechenschaft gezogen haben, und sein Blut wird geflossen sein!«, verkündete Root lautstark.

Mit diesen Worten flammte ein Bild im Himmel auf. Eine Vision der Person, die ihnen befreundete Brokes und Maschinen genommen hatte, schluckte die Sterne, ballte die Dunkelheit über ihnen zu einem Bild zusammen, und alle starrten staunend hinauf und sogen den Anblick in sich ein.

Nun gut, es war ein bearbeitetes Standbild, das Root auf dem großen Bildschirm anzeigte, den er für solche Zwecke am Fahnenmast direkt unter der Flagge angebracht hatte. Die Idee hatte er sich vom Handgebunden-Markt abgeschaut.

Das Arschloch, nach dessen Fresse Boombas Fäuste gierten, war vermutlich ein Mann – kurzer, dunkler Bart, zurückweichende Haarlinie, um die fünfzig. Er feuerte eine Halbautomatik, die mit HK SFP9 markiert war, aus tiefem Stand ab. Der Kerl stand zwar gebückt, war aber mutmaßlich nicht groß, vielleicht eins siebzig, ähnlich wie Root, aber kompakter, muskulöser gebaut.

»Das ist dieser Scheiß-Doc«, stieß Boomba hervor. »Meine Kids und ich, wir haben den kontrolliert vor zwei oder drei Tagen! Kam mit seiner Tochter hier an, verdammte Kacke, mir war *klar*, dass da was nicht stimmt, aber sie hatten 'nen Schein!«

»Ihr werdet ihn fertiggemacht haben!«, schrie Root in ihre Überlegungen hinein, und die Menge grölte angriffslustige Zustimmung.

Boomba packte ihn an der Schulter. »Junge, jetzt hör mir mal zu!«, brüllte sie ihn an, und er begann zu zittern. Er mochte es, ihr so nah zu sein, dass er ihren Atem roch, aber gleichzeitig hatte er eine Scheißangst vor ihr. »Hast du gehört, was Tico hier sagt, Root?«

Root musste sich eingestehen, dass er dazu tendierte, Menschen nicht so genau zuzuhören – die GoPro hatte ihm schließlich alles gesagt. Aber Tico hatte keine GoPro. Er hatte hinter Niker auf der Enduro gesessen.

»Tico hat die Kleine gesehen, die Kleine vom Doc, die war auch da!«

Root hob seinen Stab und schaltete den Bildschirm auf statisches Rauschen, und nach und nach wurden die anderen leiser. Tico nahm seinen in orangefarbenen Wirbeln angesprayten Helm ab, darunter war er ziemlich bleich für einen Spaniard.

»Hab die Kleine gesehen«, bestätigte er. »Die kam … die kam aus der Todeszone.«

Root starrte ihn an. »W-was wirst du mir damit gesagt haben?«

»Die war in der Todeszone, die kleine Pummelige, hab sie erkannt, weil sie nix anhatte.«

»Nackt oder was?«, stieß Toggs hervor, aber Boomba versagte ihr mit einer herrischen Geste das Wort.

»Ohne Schutzklamotten, ohne Maske und all den Scheiß!«, brachte der bullige Tico hervor, der normalerweise wirklich auf den Mund gefallen war. »Klamotten natürlich schon an, eh, klar.«

Root sah zu seinem Stab und dem schwarz-weißen Rauschen auf dem Bildschirm auf. Was wollten ihm die Omen der letzten Stunde sagen? War es doch ein Zeichen des WiFi? Er rüttelte nachdenklich den Stab, der leise metallen klirrte.

»Was hat sie da drin gemacht?«, stieß Boomba hervor. »Was hat die kleine Schlampe da drin gemacht, dass ihr Vater denkt, er müsste unsere Leute dafür abknallen?« Ihre Stimme wurde immer lauter, immer wütender, oh, die Wut, sie ließ Root und seinen Stab erbeben.

»Es wird ein Fehler gewesen sein, diese beiden zum Markt passieren gelassen zu haben.«

»Los geht's!« Boomba übertönte seine kleine, unheilschwangere Stimme. »Tico, du fährst zu Loke und berichtest ihr alles!« Dann wandte sie sich an die ganze Gruppe. »Der Rest schnappt sich die Geräte. Wer schon bereit für einen Ausflug ist, kommt sofort mit mir!«

Wenig später saß Boomba am Steuer des Porsche Cayennes, dessen Dach bei einem der vergangenen Ausflüge abrasiert worden war. Als Ausgleich war er mit allerhand aufgeschweißten Stahlplatten gepanzert worden, die über die Karosserie ragten, um die Insassen zu schützen. An ihrer Seite sammelte sich ein halbes Dutzend Enduros und Chopper, manche davon mit zwei Leuten besetzt. Alle gerüstet und schwer bewaffnet: von Brechstangen über improvisierte Lanzen bis hin zu Sturmgewehren – und die Flammenwerfer, mit denen sie Roots heiligen Willen im Ödland ausgeführt hatten.

Boomba hielt direkt neben Root, der vor dem nun schwarzen Bildschirm stand und nachdachte. Seine Gedanken brachten ihn zum Zittern. Böse Omen, er hatte nichts unter Kontrolle, aber der Strom würde ihn forttragen wie eine feurige Walze, und er würde bereit sein, und er würde stark daraus hervorgehen, sie alle würden das!

Boomba blickte ihn durch einen Sehschlitz in der Panzerung an.

»Root, bist du dabei? Wir könnten ein bisschen WiFi-Unterstützung gebrauchen, um das Arschloch zu finden.«

»Ich werde dabei gewesen sein. Und mit mir das WiFi«, erwiderte Root, packte die obere Kante der Panzerplatte und schwang sich darüber ins Innere des Fahrzeugs.

Er stellte sich auf die Rückbank, um den Fahrtwind zu spüren – im Wind lagen die Schwingungen. Er hatte die Hoffnung noch nicht aufgegeben, doch dereinst ein Signal des WeWeWe aufschnappen zu können, das mehr war als nur Scharade. Es wehte, es wehte in diesem Wind, und vielleicht war das genau die Art Ausflug, auf dem er es finden würde.

Natürlich war das WiFi real. Die Hinterlassenschaften aus der Zeit vor dem Kollaps ließen keinen Zweifel daran. Eine weltumspannende Entität, ein allgegenwärtiges elektromagnetisches Feld, das ihren Vorfahren nicht nur erlaubt hatte, ständig miteinander zu kommunizieren. Nein, es war auch das Tor zu schier unermesslicher Weisheit, es erlaubte den Zugriff auf das kollektive Wissen ihrer Art! Doch sie hatten die Möglichkeit verloren, sich hineinzubegeben, sich seinem kühlenden Strom anzuvertrauen.

Er war der Root der Brokes. Sein Vorgänger hatte noch zu den Geistern des WiFi gesprochen, zu den Avataren und Chatbots. Dann und wann waren in den vergangenen Jahren kleine Balken im Sichtfeld der AR-Brille aufgetaucht, und die Farbe der Schrift hatte sich in verheißungsvolles Grün gewandelt. Doch diese Augenblicke waren damals schon selten gewesen, und schließlich waren die Stimmen und Botschaften völlig verstummt. Das war ihrer beider Geheimnis gewesen, als er den Platz und Namen des Root vor ihm geerbt hatte. Heute verkündete er den Brokes den Segen des WiFi. Und das Einzige, was ihm als Hilfsmittel zur Verfügung stand, war die Offline-Wiki: ein eingesperrter WiFi-Geist, abgeschnitten von ihrer Heimat. Durchaus ein nützlicher Quell an Informationen, der weit über alles hinausging, was den Brokes, von denen kaum einer älter war als fünfunddreißig, über die Vergangenheit bewusst war – aber nur ein schaler Abklatsch der unendlichen Weisheit des WeWeWe.

Offline-Wiki kommunizierte mit Root über die AR-Brille, die er ebenfalls von seinem Mentor geerbt hatte. Ein Laser projizierte Bild und Text direkt auf die Netzhaut seines rechten Auges. Der linke Projektor hatte sich schon zur Zeit seines Mentors als irreparabel herausgestellt, aber Root hatte die Brille dennoch verbessert. Ein Helm der altvorderen Feuerbekämpfenden schützte nun seine Brille (und seinen Kopf). An den weißen Kunststoff hatte er allerhand Datenkanäle gelötet, die zu Anschlüssen führten, in die zusätzliche Datenspeicher gesteckt werden konnten. USB, HDMI und weitere schicksalhafte Codierungen aus Buchstaben, die nur den Erleuchteten nicht willkürlich erschienen. Auf diese Weise war er an wertvolles Kartenmaterial gekommen, das ihnen im Turf und auf ihren Ausflügen jenseits davon als Orientierungshilfe sehr nützlich war.

Er spürte, dass den Brokes wichtige Veränderungen bevorstanden. Die Bunkermenschen, der Handgebunden-Markt, der schießwütige Doc. Seine Tochter, die im Ödland herumstromerte. Er wünschte, er könnte das http-Protokoll dazu befragen.

No WiFi

Root brüllte seine Frustration in die Ebene hinaus, doch der Schrei ging im Motorenlärm und dem Johlen der jagenden Meute unter.

Wenige Stunden später, der erste Rand der Sonne am Horizont fraß gerade die Reste der Nacht, tanzte das Fadenkreuz auf dem Kopf des Vagabunden. Sie hatten den hochgelegenen Weitweg durch die Berge in den Süden benutzt, den sie selbst in den zusammengefallenen alten Siedlungen von Trümmern befreit hatten und instand hielten. Auf diese Weise hatten sie ihn eingeholt, denn er hatte sich zeitraubend über die kleinen Pfade geschlängelt, auf denen er die Brokes umgehen wollte.

Als könnte man den allessichtigen Root der Brokes umgehen!

Der Kerl fuhr mit dem Motorrad die gewundene, umständliche Straße unten am Flussufer entlang, moosüberwuchert ragten hier Häuser und Fabrikhallen auf, in denen einst das WeWeWe geherrscht hatte. Root war in einigen davon gewesen, doch das WiFi war schal, beinahe verflogen, nicht einmal meditierend kam er ihm noch auf seine Spur. Nun sah er vom Weg oben auf die Schlucht und den Fluss darin herab. Die Ufer zwischen dem tief unten glitzernden Fluss und der gewundenen Straße, die der Doc nahm, ragten steil auf, steinig, schwarz. Früher war das ganze Tal voller Wasser gewesen, Boomba wusste das noch als eine der ältesten Brokes. Dieses steile, schwarze, modrig riechende Tal war ein Stausee gewesen wie der weiter im Norden, aber gigantisch groß. Nun eine gigantisch große, leere, gähnende Wunde wie von einem Hackamessa. Root lachte und sagte, sie würden sich mit einem Hackamessa über den Doc hermachen, und dann würden sie das Mädchen zu Loke bringen.

Root befand sich hoch über seinem ahnungslosen Opfer auf einem Vorsprung. Das Motorrad verschwand hinter einer Kurve der felsigen Uferstraße und kam dann wieder zum Vorschein. Seitlich war ein Beiwagen montiert, und darin befand sich ein Deckenbündel mit einem Helm obendrauf. Darunter befand sich entweder ein bewusstloser oder toter Mensch, denn die Decken rührten sich nicht – das Mädchen, es musste das Wasteland-Mädchen sein, die so kühn und maskenlos durch die von Roots Einsatztruppe geschaffene Aschenöde geschritten war.

Während der Doc eine weitere steil aufragende Felswand umkurvte, visierte Root sein Ziel durch das Fernrohr des Jagdgewehrs an. In dem Moment, in dem Root die Visage des Fahrers ausmachen konnte, drückte er ab.

Der Knall des Schusses peitschte durch das Tal, und ein Ast hinter dem Vagabunden explodierte in Holzsplitter. *Verdammt!* Warum musste sich der Pisser genau in dem Moment zum Beiwagen hinunterbeugen, in dem Root den Abzug betätigt hatte? Root warf die Patrone aus, lud eine neue in den Lauf und feuerte erneut, aber der Vagabund hatte Gas gegeben und fuhr willkürliche Zickzack-Linien. Kein Wunder, dass auch diese Kugel fehlging. Dann war Roots Ziel hinter einer Biegung verschwunden.

Aber die Sache war noch nicht vorbei. Die Schüsse gaben den anderen Brokes das Signal zur Jagd! Root hörte die Motoren ihrer Enduros aufheulen, als sie von einem Hang herab die Jagd begannen wie eine Meute Hunde auf einen Fuchs.

Weitere Schüsse hallten durch das Tal, gefolgt vom Rattern einer Sturmgewehrsalve. Der Kerl hatte keine Chance. Das Ganze spielte sich für Root als Audioplay ab, nicht als Video, denn es geschah außerhalb seines Sichtfelds. Also rannte Root über den Felsen zurück zu Boomba, die im Wagen wartete und den Motor laufen ließ.

»Hast du ihn erwischt, Root?«

»Er wird niedergestreckt worden sein!«, entgegnete er und bemerkte die eigene Frustration in seiner Stimme.

»Also nein – Junge, Root, diese Art zu quatschen, muss das immer sein?«, fragte sie und gab Gas. »Hätte ich gewusst, wie du schießt, hätte ich unten gewartet. Dann würde ich jetzt nicht hier sinnlos rumeiern!«

Root durchlief ein wohliger Schauer. Außer Loke wagten nicht viele, ihn, den Herrn des WiFi, zurechtzuweisen. Boombas respektlose, herablassende Art – das machte ihn an. Er spürte den merkwürdigen Drang, ihr zu gefallen, sie für sich einzunehmen. Also würde er ihr zeigen, dass sein Mojo noch lange nicht am Ende war. Eigentlich rechtfertigte eine Sache wie diese hier nicht, einen machtvollen Deus ex Machina zu riskieren, aber die Gelegenheit, Boomba zu beeindrucken, war zu günstig.

»Unsere Leute werden Unterstützung durch die Geräte des WiFi erhalten haben!«

Root langte auf die Rückbank und holte einen Gegenstand von etwa einem halben Meter Länge hervor. Er stellte sofort mit einer Breitband-Beschwörung eine Verbindung zwischen diesem hartplastikgewordenen WiFi-Geist und seiner AR-Brille her. Suchend erwachten die vier Rotoren der Drohne zum Leben. Er entließ das kostbare Wesen, das er nach dem verblassten Schriftzug auf dem Plastik Quadros getauft hatte, aus dem Dach in die Freiheit.

Mithilfe von Quadros' Kamera musste Root sich nicht sonderlich anstrengen, um den Vagabunden aufzuspüren. Der Pisser lebte tatsächlich immer noch!

Quadros schwebte hoch über dem Tal und erlaubte Root einen guten Überblick. Das Motorrad war von der Straße schräg zum Hang hinunter ins ehemalige Staubecken gefahren, in dem der schmale Fluss glitzerte. Steinchen und Matsch spritzten auf – dieses steile und unwegsame Gelände konnte der Kerl mit dem Beiwagen unmöglich passieren, es war eine Sackgasse. Root grinste, als der Kamerazoom es ihm möglich machte, auf wenige Meter Entfernung dabei zu sein. Der Doc hatte wohl gehofft, im Gestrüpp, das den ehemaligen Stausee bedeckte, verschwinden zu können, aber die Brokes hatten Blut geleckt und blieben ihm auf den Fersen.

Dafür haben sie sich echt ein Like verdient!

Aber noch war der Vagabund quicklebendig. Root lenkte Quadros tiefer, näher heran. Wenn die Drohne über ihm schwebte, würden ihn die Brokes im Gestrüpp nicht verlieren. Der Vagabund seinerseits würde mit seiner Pistole bei voller Fahrt einen Glückstreffer landen müssen, den die Welt noch nicht gesehen hatte, um Quadros aus dem Himmel zu holen.

Fuzzo rotzte als Sozius eine weitere Salve aus seiner Kalaschnikow, Kugeln schlugen in der Nähe des Vagabunden ein, ließen Matschfontänen aufspritzen – der Kerl steuerte weiter auf das große Loch in der Staumauer zu. Trotz des Beiwagens, der ihn bremsen musste, hielt er die anderen auf Abstand, doch mit ihren geländegängigen Enduros würden sie ihn früher oder später einholen.

Und jetzt auch noch das! Fuzzos Maschine überschlug sich samt Fahrer und Beifahrer in einem wilden Knäuel aus Gliedmaßen, Rädern, Schlamm und Pflanzen. Ai'tcha war schon weiter oben mit ihrem Chopper im Schlamm stecken geblieben, und jetzt waren dem Mistkerl nur noch vier Maschinen auf den Fersen, während er durch die Trümmer der Staumauer kurvte.

Root verlor ihn kurz aus dem Objektiv und musste sich neu orientieren. Da war er wieder, stürzte sich einfach durch das Loch der Staumauer, wo es doch an der anderen Seite steil hinunterging!

Nein … Leider fiel er nicht und zerschellte, Root stockte der Atem: Da war eine Rampe. WeWeWe-verdammte Holzbretter als Rampe – das hier war Broke-Turf, und er wusste nichts von einer verdammten Rampe, das musste eine andere Brokes-Truppe gewesen sein, und er würde sich bei Loke darüber beschweren, dass die ihn den Fang der Nacht gekostet hatte!

Die Profis auf Roots Seite hatten es natürlich nicht schnell genug gecheckt – oder der Mistkerl war einfach besser informiert gewesen. Jedenfalls lagen drei Motorräder samt Brokes ziemlich ramponiert am Fuß der Mauer. Nur Toggs und Marduk waren auf ihrer gemeinsamen Maschine durchgekommen und immer noch im Rennen.

Root ließ die Drohne wieder näher heranschnellen, als es über ein steiniges Flussbett weiterging, teils mitten durch das flache Flusswasser, das neben den Maschinen menschhohe Fontänen bildete.

Marduk richtete sich hinter Toggs auf. Leider hatten ausgerechnet diese beiden keine Knarren am Start. Immerhin waren sie jetzt heran und würden den Pisser einfach im Nahkampf fertigmachen. Marduk hatte ein Messer an eine Alustange gebunden und so in einen Hackamessa-Speer verwandelt. Als die Maschinen von Verfolgenden und Verfolgtem auf einer Höhe waren, nur den Beiwagen zwischen sich, holte Marduk mit dem Speer aus, aber er kam nicht dazu, ihn zu werfen. Der Pisser jagte Marduk mit ausgestrecktem Arm eine Reihe Kugeln in die Brust, sodass der hintenüber von der Crossmaschine fiel.

Toggs aber war eine mutige Fahrerin, eine gute Broke. Von so ein bisschen Unterbewaffnung, Blei und Tod ließ sie sich nicht abschrecken. Sie erhob sich während der Fahrt im Sattel ihrer Enduro, ihre weiten Klamotten, der lumpige Schal und die ungewaschenen roten Haare flatterten im Fahrtwind. Dabei zog sie ihre Axt aus einer Schlaufe am Oberschenkel. Sie hatte ein Stück Baustahl so zurechtgeschmiedet und angeschliffen, dass sie es wie ein Handbeil verwenden konnte. Ein krudes Teil für einen kruden Job.

Aber natürlich war das Magazin noch nicht leer, und Toggs würde Marduks Schicksal teilen, wenn Root jetzt nichts unternahm.

»Dein Ende wird den Ruhm der Brokes gemehrt haben. Möge dein Back-up irgendwo sicher verwahrt gewesen worden sein, meine fliegende Begleitung!«, murmelte Root vor sich hin und lenkte Quadros in den Sturzflug. Der Deus ex Machina schlug auf den ausgestreckten Arm des Vagabunden, der bereits zwei weitere Schüsse abgefeuert hatte.

Im Chaos der taumelnden Kamera konnte Root noch drei Dinge erkennen, bevor die Kamera erstarb und Quadros' Seele ins WiFi einging: Der Arm des Pissers wurde von der Wucht des Aufpralls weggerissen; die Pistole fiel in den Beiwagen und verschwand irgendwo im Fußraum; und Toggs sprang in einem wahnsinnigen Satz mit erhobener Axt von ihrer Maschine, die taumelnd wegbrach, und landete auf dem Beiwagen.

»Stirb, du Pisser! Stirb!«, schrie Root. Seine Stimme überschlug sich zu einem Kreischen. »Gib Gas, Boomba!«

Sie schnaubte, der gepanzerte SUV beschleunigte, und kurze Zeit später kam das Tal auch für ihre eigenen Augen wieder in Sicht. Root erhob sich, blickte aus dem Dach und suchte die Gegend mit dem Fernrohr seines Gewehrs ab. Er fand das Motorrad samt Beiwagen. Es befuhr wieder die Uferstraße und entfernte sich von Toggs' Leiche, die auf dem von Wurzeln zerrissenen Asphalt lag, ganz in der Nähe der niedergerissenen Zäune eines alten Wasserkraftwerksgeländes. Das seltsam verspielt aussehende, aufgebrochene und geplünderte Hauptgebäude direkt am Hang bot ihrem Tod eine beinahe symbolische Szenerie. Root stiegen Tränen in die Augen, er presste die Lippen zusammen und versuchte sein Glück mit einem weiteren rächenden Schuss – vergebens. Der Mistkerl entfernte sich schnell und war nun uneinholbar.

»Und, haben wir ihn erledigt? Oder du?«, wollte Boomba ungeduldig wissen.

»Nein«, fauchte Root. »Aber den werden wir nie wieder gesehen haben.«

»Das Mädchen dann aber auch nicht. Du weißt, dass Loke sie will.«

»Es wird andere Möglichkeiten gegeben haben, Loke beschert zu haben, was sie will.«

OHNE ORIENTIERUNG
LAYLAY, IRGENDWANN IM JANUAR 2064

Wenn ihr noch nie betäubt entführt worden seid, könnt ihr unmöglich wissen, wie ich mich fühlte. Ich weiß nicht, womit Azmi mich abgeschossen hatte (und wie oft er nachsetzte, damit ich in diesem Zustand blieb, der Arsch!), aber die Substanz in meinen Adern hielt mich davon ab, vollends wach zu werden. Es war, als hinge ich an einer Kante, und wenn es mir gelänge, mich hochzuziehen, würde ich wach sein, aber meine Kraft reichte nur aus, um hängen zu bleiben, aber nicht, um hochzukommen. Es war wie eine andauernde, stundenlange, vielleicht tagelange Anstrengung, bei der ich alles gab, *alles,* mit allen verzweifelten, aufgewühlten Ungedanken, die ich aufbieten konnte, aber es war einfach unmöglich.

Manchmal war es mir auch, als würde ich loslassen. Dann fiel ich in Schwärze und schlief, und dabei zogen endlose, quälende Träume an mir vorüber, wie ein nomadischer Trupp auf der Suche nach einem grünen Land voller Bienen, das sie nie erreichen würden. Und immer, wenn ich dachte, jetzt wache ich auf, wenn ich schon fast das ekelhafte, pelzige Gefühl im Mund erahnen konnte, dann stellte ich fest, dass ich doch nur wieder an der Klippe hing.

Zieh dich hoch, Lay, zieh dich hoch! Meine Gedanken wie zähflüssiger Schleim.

Manchmal dachte ich, ich würde wach, dann hustete ich oder rang nach Luft, weil mir Wasser die Kehle hinabrann. Dann hörte ich Azmis Stimme, erkannte keine Wörter, aber einen beruhigenden und zutiefst schuldbewussten Klang darin, und das verwirrte mich. Das Beruhigende erkannte ich – *Dad, wie alt bin ich gerade, bin ich noch ein Kind, hab ich all das Erwachsenwerden nur geträumt?* –, aber die Schuld, die war neu und beunruhigend, und ich wusste, dass etwas passiert war, was alles veränderte.

Ich war einhundert Jahre lang bewusstlos. Ich hing neunundneunzig davon an einer Klippe.

Ich war eine entsetzlich alte Frau, als ich aufwachte, ich lag zum Sterben da, und meine Enkelkinder hatten sich um mich versammelt, um meine runzlige alte Hand zu halten, auf der Sehnen und Adern abstanden, dass man fürchten musste, sie brächen durch die altersfleckige, papierdünne Haut.

Kurz überfiel mich Panik: Jahre, er hatte mich jahrelang festgehalten? Wie konnte er es wagen, mir so viel Leben zu stehlen?

Dann kam ich mit einem Schrei zu mir, nein, es war eher ein Krächzen, ein Würgen, mir war eiskalt, und obwohl sich mein Körper von innen zerbrechlich und hundert Jahre alt anfühlte, wusste ich doch, dass ich vermutlich höchstens zwei, vielleicht drei Tage geschlafen hatte. Sofort hämmerten verschiedene Bedürfnisse auf mich ein und behaupteten, sie seien das allerdringendste. Kälte. Verspannte Muskeln. Staub im Mund. Druck auf der Blase. Verklebte Augen. Ein grässliches Gewicht um meinen Kopf herum. Schmerzen, weil irgendetwas mich durchschüttelte. Und Hunger. *Allahım,* was hatte ich Hunger!

Ich sah kaum etwas, alles flirrte um mich herum, und dann dieses Gewicht an meinem Kopf. Als ich versuchte, mir über die Augen zu reiben, bemerkte ich dreierlei: Meine Rechte war immer noch handgebunden, aber nicht an meinem Bein. Sondern im Beiwagen. Die andere Hand traf, als sie nach meinen Augen tastete, gegen den Helm. *Safety first* und so, Azmi hat schon verstanden, wie man die eigene Tochter entführt. Und ich war mit einer Decke zugedeckt, ich berührte sie und schob sie dann fahrig herab.

Mir wurde bewusst, dass ich das Röhren der Maschine hörte, unserer Maschine, und dass die Erschütterung davon rührte, dass wir über eine nicht wirklich gut erhaltene Straße bretterten.

Azmi bretterte. Ich wurde gebrettert.

Mit einem Schrei riss ich die Augen vollends auf, und im gleichen Moment wurde mir klar, dass ich mich hätte schlafend stellen sollen, um ihn kalt zu erwischen, dass ich hätte versuchen sollen, meine Hand aus dem Band zu winden. Aber dazu war ich nicht in der Lage, ich war völlig überrumpelt davon, dass ich mich offenbar an der Kante, an der ich so lange gehangen hatte, hatte hochziehen können.

Ich schrie also, und in diesem Moment ging Azmi in die Eisen der Hinterradbremse, bis die Kiste querstand, und dann verstummte der Motor.

Mir war eiskalt, doch als das Motorrad stand, wärmte mich sofort die Sonne – zu sehr für Januar –, und mir wurde klar, dass ich es nur dem Fahrtwind und meiner eigenen Bewegungslosigkeit und dem rasenden Hunger zu verdanken hatte, dass ich fror.

Azmi kam in mein Sichtfeld, ich kämpfte mit dem Helm, der Decke und meinen erstarrten Muskeln. Schließlich, mit einem weiteren Schrei, hatte ich mir den Helm vom Kopf gerissen und warf ihn einfach auf die Straße. Ich fuhr im Beiwagen hoch, aber das Band um mein Handgelenk riss mich mit einem schmerzhaften Ruck in der Schulter zurück.

Ich gurgelte Beschimpfungen, doch meine Kehle verhinderte, dass vollständige Wörter herauskamen.

Dann verstummte ich. Um uns herum Steppe – niedrige Büsche mit dicken Blättern, es stank nach Benzin, Staub und irgendetwas Verrottendem.

Azmi sagt, als es noch Insekten gab, zersetzten sich die Leichen von Tieren wesentlich schneller. Wenn heute irgendwo etwas verreckt, dann stinkt es erbärmlich lange vor sich hin, falls kein Aasfresser vorbeikommt und es frisst. Immerhin Asseln gibt es noch, die haben das Insektensterben überlebt, weil sie keine Insekten sind, zersetzen aber nur Pflanzen.

Außerdem ragten sandfarbene Felsen auf, auch der Boden neben der staubigen Straße war sandfarben. Und hinter Azmi breitete sich jenseits einer aufragenden Felsnase etwas aus, das mein Herz einen schmerzhaften Satz tun ließ.

Aus zwei Gründen.

Erstens: Es ließ mich wissen, dass Azmi tagelang gefahren sein musste, dass wir unerreichbar weit von Zeeto und dem Markt entfernt waren.

Zweitens: Mein Herz hüpft immer, wenn es das Meer sieht.

Ich weiß, es ist eine salzige, toxische, von Quallen durchzogene Brühe – und jetzt wusste ich auch, woher der Gestank nach Verwesung kam –, aber Gott, ist es schön! Blau und schaumgekrönt und weit entfaltete es sich unterhalb der Straße, unterhalb der Steilküste. Ich weiß, dass es früher einfacher war, sich auf der Welt zu orientieren, denn wir finden zwar manchmal noch Karten und Atlanten, aber die eigene Position in der Welt aus der Ego-Perspektive zu bestimmen, ist unfassbar schwierig! Und obwohl ich keine richtige Vorstellung davon hatte, in welchem Teil der Welt wir uns befanden, begriff mein träges Gehirn dann doch, dass Azmi, anders als wir es sonst im Winter hielten, nach Süden gefahren war. Und dass das hier das Mittelmeer war.

»Faaakk!«, schrie ich, und er schwang sich vom Motorrad und packte meine freie Hand.

»Laylay, hör mir erst zu, okay, hör mir erst zu! Ich erkläre es dir!«

Also, normalerweise fuhren wir im Winter nach Norden, einfach, weil die meisten nomadischen Gruppen es genau andersherum halten. Je weiter nördlich, desto kälter wird es, manchmal sogar unter null Grad, manchmal schneit es sogar, aber grundsätzlich lässt es sich aushalten. Und im Sommer reisen wir dann manchmal über die freien Schneisen im Osten nach Süden oder auch durch die schmalen Korridore Zentraleuropas, kommt drauf an, was wir gerade brauchen.

Azmi war nach Süden geflohen, und ich tippte mal auf den Osten, denn wenn er es wirklich eilig gehabt hatte, würde er nicht die langwierige Frankreich-Spanien-Route gewählt haben, wo die passierbaren Korridore zwischen den Ödlandgebieten labyrinthartig sind. Im Südosten gibt es noch halbwegs gute Straßen und man kommt passabel vorwärts: Vermutlich blickte ich gerade auf die Adria oder aufs griechische Mittelmeer. Oder vielleicht war es doch nicht das Mittelmeer, vielleicht hatte er mich ein paar Tage länger betäubt, als ich vermutete, und mich bis zum Schwarzen Meer geschleppt.

»Verdammt, Azmi, du Wichser!«, schrie ich ihn an, und er versuchte, mich zu besänftigen, das Gesicht so gepeinigt von Schuld, dass ich ihn kaum mehr erkannte, genau das Gegenteil von den Steinaugen, als er die Brokes abgeknallt hatte. Er war voller Staub; er war in seinem Bart, seinen Haaren, seinen Augenbrauen.

»Bitte, ich erklär es dir!«, flehte er.

»Du kannst mir das nicht erklären, das ist einfach nur durchgeknallt!«, krächzte ich und hustete. Er hatte mich schön ausgehungert, ich fühlte mich schwach und schlapp und zu nichts zu gebrauchen. Auf jeden Fall nicht dazu, ihm Paroli zu bieten. »Mach mich los!«, stieß ich hervor, und dann brannten mir Tränen in den Augen. »Warum hast du das gemacht, du hast kein Recht dazu, Azmi, du Scheißkerl!«

»Es tut mir leid«, sagte er. »Wir mussten abhauen, und ich wusste, dass du nicht freiwillig mitkommen würdest.«

Ich schluchzte, und das sammelte wieder ein wenig Spucke in meinem ausgedörrten Mund, als könnte mein Körper für Verzweiflung dann doch noch ein wenig Wasser auftreiben.

»Gib mir was zu trinken, verdammt«, flüsterte ich, und er gehorchte sofort und gab mir eine Flasche.

»Ich mache deinen Arm los, okay?«, fragte er leise, stützte sich auf den Beiwagen und sah mich über die Metallflasche an, aus der ich gierig trank. »Okay? Wir … wir unterhalten uns ganz normal. Du … du gehst nicht auf mich los, versprochen?«

»Du …«, heulte ich zwischen den Schlucken. »Du bist auf … auf mich losgegangen! Mit einer Spritze!«

»Es tut mir leid«, sagte er erneut und löste dann meinen Arm aus der Schlaufe, mit etwas ungelenken Bewegungen, und verzog das Gesicht, als hätte er Schmerzen. Zitternd drückte ich den Arm an mich. Ich war in all unsere Decken eingewickelt, aber ich fror trotzdem.

»Du bist ein Schwein«, murmelte ich, als ich die Flasche geleert hatte, zutiefst enttäuscht.

»Ja, vermutlich.« Er atmete gequält durch. »Steig … steig aus. Kannst du aussteigen?«

»Ich muss pissen. Und ich hab Hunger.«

»Ja. Ich … ich konnte dir nichts zu essen geben. Du … du musstest heute aufwachen«, sagte er, und mir wurde klar, dass er mich noch länger in dieses qualvolle Land der Träume geschickt hätte, wenn ich ihm dann nicht einfach verreckt wäre. Das machte mich so wütend, dass ich dachte, die Wut müsste mir zu den Ohren herauszischen. Aber ich ließ es mir nicht anmerken. Wacklig stand ich auf, stieg aus dem Beiwagen und hockte mich am Straßenrand hin.

Das Wasser, das er meinem bewusstlosen Körper eingeflößt hatte, plätscherte in den Sand und malte dort eine breiter werdende Flusslandschaft.

Wir schwiegen beide. In der Hocke, die meinem unbeweglichen Körper schwerfiel, dass ich mich kaum aufrecht halten konnte, starrte ich übers Meer.

»Was ist das für ein bekacktes Meer?«, fragte ich.

»Mittelmeer«, sagte er, und ich war immerhin ein wenig erleichtert. Das bedeutete, er hatte mich nicht ausgeknockt, um mit mir bis zum Pazifik zu fahren oder so etwas. Meine Blase war ebenfalls erleichtert. Ich kehrte zum Beiwagen zurück.

»Wie lange war ich bewusstlos?«

Er sah unbehaglich auf seine behandschuhten Finger. »Dreieinhalb Tage.«

»Das war so mies von dir. So kenne ich dich gar nicht.«

Er presste die Lippen zusammen und erwiderte nichts.

»Du bist mir eine Erklärung schuldig!«, zischte ich. »Glaubst du, ich verzeihe dir das einfach so? Dass du so tust, als würde ich dir gehören? Das war *Gewalt,* die du mir angetan hast, Azmi, und dass du mein verdammter Vater bist, gibt dir nicht das Recht dazu!«

Er sah mich mit gerunzelter Stirn an, und kurz dachte ich, er würde jetzt sagen, dass ich mir dieses Hoper-Gelaber sparen könne, dass er alles Recht der Welt habe. Aber das sagte er nicht.

»Ich weiß«, brachte er stattdessen hervor. »Ich weiß, dass ich kein Recht dazu hatte. Aber ich hab es trotzdem gemacht.« Er rang nach Worten. »Du … du bist mir so wichtig, dass ich wie ein Arsch gehandelt hab, damit dir nichts Schlimmeres passiert.«

Angewidert ging ich einen Schritt rückwärts von ihm weg. »Bullshit!«, schrie ich. Eigentlich in Großbuchstaben: »BULLSHIT!« Er verzog das Gesicht wieder zu dieser erbärmlichen Maske aus Schuld. »Das ist doch Bullshit, ich kann nicht fassen, dass du denkst, dass du das mit mir machen kannst! Und jetzt, wow, jetzt hast du die Dreistigkeit zu sagen: ›Sieh nur her, wie ich mir diese große Schuld auflade, weil du mir *so* wichtig bist!‹ Das ist Bullshit, Azmi, das ist geistiger Durchfall, das ist die Rechtfertigung, die du dir drei Tage lang zurechtgelegt hast, und damit speist du mich jetzt ab?«

»Nein!« Er versuchte mich zu unterbrechen, aber so nicht, mein Freund, so nicht!

»Wieso denkst du, dass du das zu meinem Wohl machst? Ich bin erwachsen; du hättest mit mir reden können! Ich bin nicht schuld, dass du im Broke-Turf drei von den Vögeln abgeknallt hast! Es ist total logisch, dass du danach abhauen musstest, aber ich habe nichts getan, ich hätte gern ebenfalls entschieden, denn ich wäre *dort geblieben,* Azmi!«

»Ich weiß.«

»Und?«

»Du kannst nicht dort bleiben.«

»Was zur Hölle, warum nicht? Ich habe nichts getan, ich war nicht einmal dabei, als du die Brokes erschossen hast!« Dass mich einer von ihnen am Waldrand gesehen hatte, erwähnte ich nicht. Ich wollte Azmi keinen Grund geben, sich auf verquere Weise im Recht zu fühlen.

»Wir sind zusammen da angekommen, wenn sie nach mir suchen, suchen sie auch nach dir. Und die Marktleute hätten dich ihnen ausgeliefert, und dann hätte Loke dich für meine Taten leiden lassen.«

»Und wenn du mir all das gesagt hättest, statt mir eine Spritze in den Hals zu rammen?« Er schwieg. »Warum hast du das überhaupt getan, Azmi?«, fragte ich leiser. »Sie erschossen, meine ich? Warum bist du Zee und mir gefolgt?«

Er lehnte am Beiwagen und sah über die Adria oder was zur

Hölle das da war. Ich kroch halb in den Wagen hinein und durchsuchte die vielen innen angebrachten Taschen nach etwas zu essen. Wir hatten verdammt wenig – unser Ausflug zum Handgebunden-Markt hätte auch unsere Vorräte auffüllen sollen.

»Nimm die Pille«, sagte er geistesabwesend, als mir in einer Stofftasche die Tablettendosen in die Hände fielen.

»Erst was zu essen«, verlangte ich. »Und Antworten!«

»Gut.« Er seufzte. »Hör zu. Ich hab dir gesagt, dass es eine dumme Idee ist, zu den Bunkern zu gehen. Ich hab dir gesagt, dass es eine dumme Idee ist, länger bei Zeeto bleiben zu wollen. Länger unter Menschen bleiben zu wollen. Aber ich wusste, dass du mir nicht zuhörst. Ich hab es im Guten versucht, Lay! Das war mein allerletzter Ausweg, es musste schnell gehen, wir sind den Brokes nur sehr, sehr knapp entkommen, ich hatte absolut keine Zeit für Diskussionen.«

»Das beantwortet nicht meine Frage«, sagte ich und zog eine Tüte mit Haferflocken und eine Kunststoffschale aus einer Tasche. Ich mischte die Flocken mit Wasser und stopfte mir dann die Pampe hinter die Binde, bevor die Flocken weich waren. Mein Magen grollte gierig.

»Okay, also. Als ich das Moped bepackt hab, damit wir morgens früh loskönnen, hab ich gesehen, dass das Auto fehlte. Da war mir schon klar, dass du Zeeto mit deinen Hirngespinsten angesteckt hast, dass ihr zum Ödland seid, und Bo hat es mir bestätigt.« Er sah mich wütend an, hatte die Dreistigkeit, sauer auf *mich* zu sein! Ich spie ein besonders hartes Korn vor seine Füße. »Die Brokes haben zwei Tage lang die Grenze zum Ödland in eine Aschewüste verwandelt – warum wohl? Damit sie den Überblick haben! Damit sie sehen, was da drin passiert. Es war klar, wenn ihr da reingeht, würden sie kurzen Prozess mit euch machen! Also bin ich los, hab die Patrouille gesehen, die den Rand der Todeszone kontrolliert und eure Karre gefunden hat. Als ich nah genug dran war, hatten sie Zeeto gerade zwischen sich, und nach allem, was ich gesehen hab, musste ich annehmen, dass sie dich in den Kofferraum gesteckt oder niedergeknüppelt hatten oder was auch immer! Sie hatten die Karre blockiert und die Scheibe eingeschlagen, es war mir klar, dass sie euch nicht einfach laufen lassen! Also, was sollte ich tun?«

»Was wir immer tun? Ihnen unseren Passierschein zeigen? Mit ihnen reden? Ihren Toxxer-Scheiß ertragen und danach weiterfahren?«

»Laylay, die haben an der Ödlandgrenze einen *Krieg* ausgerufen, ich weiß nicht, warum und mit wem, aber diesmal wären wir mit einem Schein nicht weitergekommen!«

»Schön, wie viel du nachdenken kannst zwischen einem kurzen Blick und der Eröffnung einer Schießerei!«, schnappte ich.

»Vielleicht hab ich auch auf dem Weg hierher eine Menge nachgedacht.«

»Vielleicht, ja.« Ich nickte grimmig. »Und dir im Nachhinein einfach alles passend zurechtgelegt.«

»Es war auch in dem Moment die richtige Entscheidung. Sobald ich angefangen hätte zu reden, hätten sie uns im Griff gehabt. Sie waren zu fünft. Ich musste das Überraschungsmoment nutzen.«

»Und das mit der Spritze? War das auch ein Überraschungsmoment? War das auch die richtige Entscheidung?«

Er atmete tief durch, dann zog er die Schultern hoch. »Nein«, gab er zu. Er fuhr sich durch den Bart und stellte fest, wie staubig sein Handschuh danach war. Es konnte genauso gut ein Lippenbekenntnis sein. Er musste mich noch mehrmals betäubt haben, damit ich so lange durchschlief, da war ich mir sicher – jetzt zu sagen, dass es ihm leidtat, war einfach nur eine Art, mich weiterhin ruhigzustellen.

»Einsicht ist der erste Schritt zur Besserung«, sagte ich, aber so wie er geheim hielt, was er wirklich dachte, tat ich das auch.

»Nimm die Tablette«, sagte er, als ich aufgegessen hatte. »Wir müssen bald wieder unter Menschen, und du hast sie vier Tage lang nicht genommen. Wir brauchen Benzin.«

Ich nickte, nahm mir eine Tablette und schob sie mir in den Mund.

Dann vertrat ich mir die Beine, ging zur Felsnase hinüber und sah auf ein Meer, das an eine von runden, dunklen Steinen übersäte Bucht zehn, zwanzig Meter unter mir rollte. Ich wandte das Gesicht von Azmi ab und spuckte die Tablette neben meine Füße.

Warum sollte ich ihm noch vertrauen? Warum sollte ich noch irgendetwas nehmen, was er mir gab? Er hatte mir immer gesagt, ich müsse sie vorsorglich nehmen, damit … damit ich unter Menschen leben kann und nicht Moms Krankheit in mir ausbricht, aber scheiß drauf, vielleicht redete er mir das auch nur ein, um mich zu kontrollieren, von sich abhängig zu machen, um mich als Kind bei sich zu behalten. Methylphenidat stand auf der Verpackung, ich wusste es, hatte es jahrelang immer wieder gelesen, auf lateinischen Buchstaben, auf kyrillischen … Wenn ich es nicht nahm, was würde dann passieren? Ich wollte es wissen; ich würde es herausfinden. Vielleicht war das mein verspätetes Erwachsenwerden – weg von Azmis Einfluss, weg von Azmis Methylphenidat.

»Welcher Teil vom Mittelmeer ist das hier?«, rief ich ihm zu.

»Weiß nicht genau. Slowenien, Kroatien?«

Ich merkte mir das, auch wenn es mir nicht allzu viel sagte. Wir hatten einen alten Straßenatlas dabei, der war zwar kaum noch zu gebrauchen, aber vielleicht würde er mir weiterhelfen.

Weiterhelfen, wenn ich Azmi im Stich ließ.

»Und wo willst du hin?«

»Ich weiß es nicht, Laylay«, sagte er müde. »Ich hab mehr übers Gestern als übers Morgen nachgedacht.«

»Du bist ein Idiot.«

»Ich weiß.« Er lachte heiser auf. »Vor zwei Stunden hab ich eine Familie auf einem Pick-up getroffen, sie sagten, in einer der Buchten würde die örtliche Gang mit Benzin handeln. Dahin sind wir unterwegs. Ich denke, du kannst es dir danach aussuchen. Ich bin dir was schuldig.« Bevor ich den Mund öffnen konnte, sagte er: »Nur nicht zurück zum Handgebunden-Markt.«

Ich grinste. »Nordafrika?«

»Pyramiden?« Er lächelte ein wenig erleichtert. »Von mir aus!

Ist Isis-Turf da unten, und die nuklear verseuchten Gebiete sind tricky, aber ich kenne noch jemanden in Jeroo, der mir einen Gefallen schuldet.«

Ich nickte und stieg wieder in den Beiwagen. Kritisch beäugte ich die darin verstauten Taschen. »Wir haben im Broke-Turf nicht genug Vorräte aufgefüllt.«

»Aber einen Doc braucht man immer. Wir kommen schon klar.«

»Dann fahr los.« Ich setzte mir den Helm auf. Ich musste nachdenken. Ich wischte nicht einmal die Dreckschicht vom Visier. Ich ließ den Staub wirbeln wie meine Gedanken.

HANDGEBUNDEN-MARKT
ZEETO, 24. JANUAR 2064

»Bist du so weit?«, fragt mich Riika.

Es hat zugeschlagen, natürlich hat es das. Dieses Monstrum, das immer in mir lauert – wir sind alle von innen größer als von außen, und in den Winkeln und Zimmern und Höhlen hausen Verbündete und Feinde. Das Monstrum war schon immer da, früher tastete es sich mit vorsichtigen Fühlern in den Hauptraum, diesen in der Mitte, den ich überblicken kann, in dem es hell ist. Wenn seine Fühler etwas berührten, veränderte sich das Berührte.

Riika sagte, sie hätte früh gemerkt, dass ich bin wie sie. Eigentlich ist es bei Kindern nicht so deutlich. Nein, anders, eigentlich ist das Monster bei Kindern noch nicht da. Es entsteht erst später, schält sich aus einer Brutkammer in der hintersten Ecke deines Inneren und springt dich an, wenn du denkst, du hättest die verwirrendste Zeit deines Lebens hinter dir – die Pubertät.

Die kommt mir retrospektiv nicht ganz so verwirrend vor wie das Auf und Ab des in mir lebenden, lauernden Monsters. Es hat verschiedene Gesichter, das Monster. Riika sagt, ich soll es nicht so nennen, es ist einfach nur eine Besonderheit von mir. Meine Neurodivergenz. Die Gemeinschaft von Riikas Familie und die größere Gemeinschaft des Handgebunden-Markts kommt damit klar, dass wir nicht alle gleich ticken. Ich kann mich glücklich schätzen, dass ich hier bin, vermutlich. Dass sie mich auch dann noch für wertvoll halten, wenn ich mich selbst für wertlos halte.

Die Brokes hätten mich längst überm Feuer geröstet und gegessen oder was weiß ich.

Das hätte den Vorteil, dass es vorbei wäre.

»Zeeto«, sagt Riika neben mir. Sie hält eine dicke Jacke in der Hand. Ich weiß, dass Dünya und Linda zusammen daran gearbeitet haben, Dünya hat das Material zusammengeschweißt, das Linda eingenäht hat. Es ist eine gepanzerte Jacke, Riika hofft, dass sie mich rettet, falls die Brokes auf mich losgehen. Sie legt sie hin, als ich nicht reagiere, und setzt sich neben mich. Ich hocke an der Wand meines kleinen Schlafwinkels und starre so vor mich hin. Vor mir das geöffnete Notizbuch mit einem Bleistift – mittlerweile sind es eigentlich drei Notizbücher, ein zusammengeklebtes Mammutwerk meiner verfakkten Neurodivergenz. Ich habe eben noch eingetragen, wie ich drauf bin, aber dann ist mir aufgefallen, wie sehr ich mich für dieses Monstrum verachte, wie sehr ich mich dafür verachte, dass es mich gepackt hält, seit Laylay weg ist. Ich würde am liebsten das Buch verbrennen, in das ich seit viereinhalb Jahren jede Phase eingetragen hab. Nicht gewissenhaft. Manche Seiten habe ich mit wütenden Bleistiftattacken zerlöchert, andere sind im Feuereifer vollgeschrieben, wieder andere enthalten nur aufgelistete Selbstmordmöglichkeiten.

Ich weiß auch nicht. Es fühlt sich fremd an, diese Seiten durchzublättern. Das Monster ist immer wieder erkennbar, aber es sieht auch immer anders aus, und manchmal bin ich mir gar nicht sicher, ob es überhaupt einen erleuchteten Raum in meinem Inneren gibt. Ob ich nicht überall im Dunkeln tappe. Manchmal weiß ich nicht, ob ich mich selbst überhaupt kenne.

Es tut mir leid für Riika, dass ich sie so hängen lasse. Es tut mir leid für meine Mutter, ich verstehe, dass sie sich mit ihrem Neuen von mir fernhält, wirklich, ich verstehe, dass sie weder Bock noch Zeit hat. Ich wünschte, ich könnte sie auch einfach hier sitzen lassen und gehen. Es tut mir leid für Mtoto. Ich weiß, dass sie zu mir will, hey, die Kleine liebt mich, aber ich kann nichts für sie tun. Es ist okay, wenn sie schläft und ich auch müde bin, dann kann ich neben ihr liegen. Ich bin immerhin auf eine Weise down, bei der ich ertragen kann, wenn sie quengelig und schlecht gelaunt ist, dann kommt sie zu mir und quengelt ein bisschen, und das ist okay. Aber wenn sie spielen will oder hungrig ist oder eben irgendein *Bedürfnis* hat, dann fühle ich mich, als wäre ich bis zur Hüfte eingegraben und sie fünf Meter weit weg. Es geht einfach nicht, ich komme nicht raus, ich komme nicht an sie ran.

Hier sitze ich, bis zur Hüfte eingegraben.

Riika sitzt neben mir.

»Darf ich dich in den Arm nehmen?«, fragt sie.

Ich zucke mit den Achseln. Mir doch egal.

Versteht ihr, ich bin nicht *schrecklich traurig* oder so. Ich habe vorhin mal gesagt, wenn ihr euch fragt, was Zeeto gerade macht, ist die Antwort meistens: Der heult gerade. Ich heule nicht, wenn ich depressiv bin. Heulen ist zu anstrengend, heulen erfordert zu viel von mir, versteht ihr? Mich müsste irgendetwas berühren, ich müsste mich um irgendwas sorgen, mir müsste was nahegehen. Aber gerade bin ich einfach nur zur Hälfte eingegraben.

Und habe ein Monster im Kopf.

Riika legt vorsichtig ihren Arm um mich.

»Zeeto«, sagt sie, »normalerweise würde ich sagen, leg dich in deine Hängematte, schlaf, starr Löcher in die Decke, warte auf einen sonnigen Tag.«

»Aber die Brokes«, sage ich, denn ich bin ja nicht dämlich. Ich bin nur apathisch. Suizidgefährdet. Und todkrank. Wow, es ist gerade unfassbar mies, ich zu sein.

»Aber die Brokes«, bestätigt sie ein wenig ratlos.

In den letzten Tagen kamen immer mehr und mehr von ihnen hier an. Sie ziehen normalerweise in losen Trupps durch den Turf, kassieren alles ein, was ihnen noch nicht gehört, und lassen Leute durch, die einen von Loke genehmigten Passierschein des Markts haben. Aber die Passierscheine sind gerade so wenig wert, dass man sich den Arsch damit abwischen könnte. Niemand kommt mehr rein oder raus, und das Flusstal des Handgebunden-Markts ist jetzt ringsum von Brokes abgeriegelt. Alle vom Markt, die Waffen halten können oder wollen, lösen sich am Zaun ab und versuchen, bedrohlich auszusehen. Shan hat das im Griff, ser hat einen ganzen Schuppen voller Panzerwesten und Motorradhelme und zusammengebauter Waffen, die groß genug sind, um Brokes zu beeindrucken. Wenn wir wollen, können wir unsere Grenzen durchaus behaupten, wenn auch vielleicht nicht gegen einen richtigen Brokesansturm …

Ich habe an ein paar Tagen, an denen es mir weniger dreckig ging, bei den Vorbereitungen mitgeholfen, erst dachte ich sogar, das könnte mich davon abhalten, in dieses Loch abzurutschen. Hätte in meinem Notizbuch nachlesen können, dass das noch nie geklappt hat, zumindest nicht auf Dauer.

»Loke wird heute Hof halten. Über die Sache mit Azmi.«

Ich nicke. Klar wird sie das. Und auch klar: Ich muss hin.

»Ich habe dir noch nie gesagt, dass du dich zusammenreißen musst, Zeeto«, sagt Riika sehr leise und sehr unbehaglich. »Aber heute musst du dich zusammenreißen. Du musst *funktionieren*. Okay?«

»Okay«, sage ich und bin mir sicher, dass ich es könnte, wenn ich nur meinen Arsch hochbekäme. Es ist, als wäre ich am Boden festgeklebt. Ich weiß kaum noch, wie man sich dazu motiviert, aufzustehen.

»Du glühst«, stellt Riika fest, löst ihren Arm von meiner Schulter und legt mir eine Hand an die Stirn. »Hast du Fieber?«

Natürlich habe ich Fieber, ich habe das Pulver vom Doc ja heute nicht genommen.

»Hast du das Pulver vom Doc genommen? Nein, natürlich nicht. Zeeto, hast du überhaupt etwas gegessen? Getrunken?« Schimpfend rauscht sie raus und kommt nach einer unmessbaren Zeitspanne, in der sich absolut nichts verändert, weder an meinen Gedanken noch an meiner Umgebung, mit einem großen Becher Wasser wieder. Darauf schäumt das eklige bröcklige Pulver, von dem Azmi ihr gesagt hat, wie sie es zusammenmischen soll. Es ist mir egal, dass es eklig ist. Mir ist nicht egal, dass es mein Fieber senkt und somit vermutlich mein Leben verlängert. Das könnte jetzt auch langsam einfach mal vorbei sein, was soll das noch?

»Sei nicht überdramatisch«, sagt Riika, als könnte sie Gedanken lesen. »Du tust dir schon genug an mit deinem ewigen Grübeln, sieh wenigstens zu, dass es dir körperlich besser geht!«

»Das kann ich nicht!«, protestiere ich, erst leise, aber dann lauter und wütender. »Du weißt, dass ich das nicht kann!«

Sie gibt mir den Becher in die Hand, schiebt ihn mir zum Mund und sieht sehr streng drein. »Trink das jetzt, und dann steh auf. Wir brauchen dich!«

Ich gehorche. Riika habe ich immer gehorcht. Als ich ausgetrunken habe, zieht sie an meiner Hand, bis ich tatsächlich aufstehe. Halb erwarte ich ein reißendes Geräusch und dass mein lethargisch angeklebter Hosenboden sitzen bleibt, aber das passiert nicht, und sie sieht mich so stolz an, als hätte ich Bäume ausgerissen, meine kleine, runzlige, zu allem entschlossene Oma.

»Zieh die Jacke an. Und dann komm.«

Auch diese Befehle zeigen Wirkung. Ich trotte hinter ihr her, und die anderen Kinder im Haus zeigen auf mich oder zupfen an der schweren Jacke, und Asli fragt, ob es mir besser geht. Ich nicke und lächle, und dann kommt Tinga von draußen herein und schreit: »Habt ihr gesehen, wie *groß* das verdammte Teil ist? So was hab ich noch nie gesehen!«

Dünya versucht, sie im Zaum zu halten. »Alle bleiben hier drin! Ihr bleibt alle hier!«, ruft sie noch, aber es ist, als hätte Tinga einen Stöpsel aus einer Wanne gezogen. Vorher wurde die Meute der kleineren Kinder vom Schreckgespenst der bewaffneten Brokes, die bis zur Marktgrenze vorgerückt sind, im Zaum und im Haus gehalten – aber Tingas Ausruf lässt die unsichtbare Schranke brechen.

»Was ist das?«, schreit Lil'Samma draußen, und eines der älteren Kinder, ich glaube, es ist Grace, antwortet: »Das ist Turf-Town, ich hab davon gehört, das muss Turf-Town sein!«

»Turf-Town!«

»*Maşallah!*«

»Riesig!«

Ich tausche einen Blick mit Riika, und sie zuckt mit den Schultern. »Du wirst staunen«, sagt sie, und dann sind auch wir draußen.

Ich muss sie korrigieren. Ich würde staunen, aber ich habe einfach gerade zu wenig Kraft, um zu staunen. Ich frage mich, ob ich wenigstens beeindruckt bin, aber selbst das kann ich nicht behaupten. Lasst es mich so sagen: Ich nehme zur Kenntnis, dass Turf-Town das Wahnwitzigste ist, was ich in meinem Leben gesehen habe, aber ich gebe keinen Fakk darauf.

Ich erreiche mit Riika die Eingangsbaracke, und obwohl die Brokes peinlich genau darauf geachtet haben, dass ihre mythische Kreatur nicht über die Grenzen ragt, muss ich den Kopf in den Nacken legen, um die oberste Spitze zu sehen. Mir wird schwindlig, die Masten, Gitter, Gatter, Aufbauten, Anbauten, Antennen, Stege und Stiege drehen sich scheinbar vor dem blaugrauen Himmel.

Ich wende meinen Blick ab und hefte ihn auf Riikas Hinterkopf. Sie ist ein gutes Stück kleiner als ich, aber ihr Hinterkopf ist ein guter Fokus, denn unter ihrem Turm aus Dreadlocks ist die Hälfte ihres Schädels kurzgeschoren – bis auf einige dünne, an den Kopf geflochtene Cornrows, die sich in Spiralen hinter ihren Ohren hervorwinden und sich über ihren Halswirbeln verschränken. Die Vertrautheit hat etwas Tröstliches. Für Haare ist bei uns vor allem Cico zuständig, ihm verdanke ich auch meine Bantuknoten, die normalerweise eher eine temporäre Frisur sind, aber er fixiert sie mit Fäden, dann muss ich mich 'nen Monat nicht drum kümmern. Dafür teilt er immer Quadrate ab, sodass mein Kopf aussieht wie ein Schachbrett mit ausschließlich schwarzen Feldern, auf denen kleine knubbelige Figuren stehen. Gerade steht's auf meinem Kopf allerdings schachmatt, glaube ich.

Riika und ich durchqueren die Wachbaracke. Bo, Jess und Shan begleiten uns, sie sind alle drei bewaffnet und tragen die gleichen Jacken. Bo greift kurz nach meinem Arm, und dann umarmt er mich, und Jess sieht diesmal einfach zu, obwohl es mal eine Zeit gab, da war sie ziemlich angepisst über diese Sache mit Bo und mir.

»Pass auf dich auf, Kleiner«, sagt er angespannt.

»Ihr seid doch dabei«, erwidere ich und bin selbst angewidert davon, wie teilnahmslos ich klinge.

»Die Brokes wollen dich. Und niemand von uns wird dich vor Loke beschützen können.«

Er lässt mich los, und ich sehe Riika an. Plötzlich klopft mein Herz doch, meine Knie sind weich. Bos Angst ist ansteckend.

»Bleib du wenigstens hier«, sage ich. »Die Kleinen brauchen dich.«

»Ja, und wie die mich brauchen!«, sagt meine Großmutter und lächelt wild entschlossen. »Und deshalb komme ich zurück, darauf kannst du Gift nehmen. Aber ich werde dich nicht allein zu Loke gehen lassen. Ich komme mit und rede mit ihr, weil sich das so gehört. Von Königin zu Großmutter.« Und wie sie so ihre Schultern strafft, wie ihre dunklen Augen funkeln, da frage ich mich gerade, ob sie vielleicht Loke mit Großmutter meint, denn Riika ist eindeutig eine Königin.

Sie nimmt meine Hand. »Lass uns gehen.«

Es stehen noch mehr Menschen zwischen den Fahrzeugen in der Baracke. Einige von ihnen möchten weiterreisen, die Handelswaren sind schon gepackt und verzurrt, aber sie stehen noch da und zaudern. Andere wollen einen letzten Blick auf die fünf werfen, die mit Queen Loke verhandeln werden. Fünf, wie Finger an einer Hand – doch strecken wir sie zum Handschlag aus oder ballen wir sie zur Faust? Was sollen wir überhaupt damit anfangen? Welcher Finger bin ich? Und wenn wir eine Faust machen, dann kommen die anderen mit einer Panzerfaust, da bin ich mir ganz sicher.

Meine Mutter ist da, sie nickt mir zu, und ich nicke ihr zu, und sie sagt: »Pass auf dich auf.« Fast wie Bo, nur ohne das »Kleiner«. Ich nicke zurück. Ist ihr doch scheißegal.

Dann öffnet Shan die Barackentür nach draußen, und der ganze Blick, der ganze Himmel, die gesamte Welt werden von Turf-Town eingenommen. Es wirft seinen Schatten auf alles, und mir bleibt nichts anderes übrig, als in diesen Schatten zu treten.

Mein Herz schlägt laut und unbarmherzig, und ich will keine Angst haben, mir ist doch ohnehin alles egal. Ich senke meinen Blick und trotte hinter Riika her. Ich bin ein toter Mann.

Ein toter Mann im Schatten von Turf-Town.

ADRIA
LAYLAY, 24. JANUAR 2064

Toxxers sind ja überall gleich, aber die hier sind besonders übel, schoss es mir durch den Kopf, während sich die Mündung einer Schrotflinte in meinen Rücken bohrte. Ganz schön großes Kaliber, wenn der Kerl hinter mir einen nervösen Abzugsfinger hatte, dann war's das, *kabumm.*

Aber sie hatten mich sicher nicht dem nervösesten Typ überlassen, denn sie unterbreiteten Azmi gerade Vorschläge, was ich für eine Tankfüllung Benzin mit ihnen tun könne. Ich hörte nicht richtig zu, mit der Zeit hatte ich gelernt, den ekelhaftesten Scheiß auszublenden. Ich hatte den Namen dieser Gang nicht richtig verstanden, er war vermutlich Kroatisch, aber jetzt gerade redeten sie in einem Gemisch aus Italienisch und Englisch mit Azmi, und außerdem benutzten sie Handgesten zur Verdeutlichung. Die Gang bestand, soweit ich das sah, nur aus Männern. Nun sind ja nicht alle Leute, die man auf den ersten Blick für Männer hält, tatsächlich Männer, aber die Tatsache, dass sich in der Felswand der Bucht Höhlen befanden, vor denen abgerissene, unbewaffnete Frauen und Kinder irgendwelche Arbeiten verrichteten, sprach eine deutliche Sprache. Das hier war eine Männergang, und alle anderen wurden in einer Art Sklaverei gehalten. Normalerweise planten Azmi und ich unsere Routen so, dass wir die Gebiete dieser Art Gangs weiträumig umfuhren, aber das war nicht immer möglich, und so hatten wir auch schon brenzligere Situationen unbeschadet überstehen müssen.

Nicht immer wollen solche Typen unbedingt mich als Entgelt, manchmal – allerdings seltener – muss sich Azmi auch selbst solche Sprüche anhören, und einmal, als ich so ungefähr vierzehn oder fünfzehn war, waren wir in einer derartigen Notlage, dass ich nicht weiß, was Azmi damals für uns tat, damit wir weiterfahren konnten – und ob ich es überhaupt wissen will.

Macht bedeutet für die meisten Toxxer Gangs auch: Wer fickt

wen? Und sie verdrängen dabei recht erfolgreich, dass Ficken eigentlich etwas Bilaterales ist. Oder nein, es geht ihnen ja nicht um Sex oder Befriedigung, es geht ihnen um Gewalt und Macht.

Wir waren gut darin, das Spiel nicht mitzuspielen, wir hatten überzeugende Argumente, waren ein eingespieltes Team, und bislang hatte noch jede Gang erkannt, dass Azmi und ich andere Qualitäten hatten, lohnenswertere als das alte »Wer fickt wen«-Spiel.

Aber dafür braucht man einen Hebel, und den schien Azmi hier an dieser Bucht, bei dieser Gang nicht zu finden. Die Typen waren nicht die abgefakktesten, die ich je gesehen hatte, aber Salzwasser und Toxine hatten ihnen schon übel mitgespielt. Ihre Ausrüstung war schäbig, wenn auch der Technikstand darauf schließen ließ, dass sich Städte oder Siedlungen in der Nähe befanden, die wenig oder gar nicht verseucht waren und von ihnen geplündert worden waren – das Ganze war nun jedoch schon eine Weile her, und Salzwasser, Wind und Regen hatten sich an der Qualität dieser Ausrüstung abgearbeitet. Ebenso an der Haut der Gangmitglieder, die sonnenverbrannt, runzlig, schmutz- und salzverkrustet war.

Ich hatte noch nicht ganz raus, wer der Höchstrangige war; das ist meist vorteilhaft zu wissen, denn wenn man die Aufmerksamkeit dieser Person hat, ist man schon einen Schritt weiter. Ich sah an Azmis flackerndem Blick, dass er es auch noch nicht wusste.

Plötzlich lachte einer der Kerle, ein junger, knochiger Typ, der von zwei muskulösen Freunden flankiert wurde, trat an mich heran und zerrte am Reißverschluss meines Parkas. Es war warm, aber der nach Aas riechende Wind blies kühl vom Meer herüber – und ich bevorzuge es, mit vielen Schichten Kleidung vor einer Gang aufzutauchen. Sofort packte ich seine Hand mit meiner Rechten und griff mit meiner Linken zwischen seine Beine.

»Ich reiß dir die Eier ab, Kleiner«, zischte ich.

Eier sind auch ein sehr empfindliches Thema bei Toxxers. Wer welche hat, wie dick sie sind und was damit passiert. Der Kerl erstarrte, aber ich hatte ihn natürlich nicht fest gepackt, weil ich mich vor ihm ekelte, und er wich zurück und schwang gleichzeitig seine Faust nach mir. Ich wollte mich nach hinten werfen, aber da war die Schrotflinte im Weg, die Knöchel der Faust erwischten mich am Kiefer, und ich schmeckte sofort Blut im Mund. Mein Kopf flog zurück, aber ich entging damit immerhin der Schrotflintenmündung, denn ich taumelte einfach daran vorbei und in den Kerl, der sie hielt.

»Halt, halt, halt!« Azmi versuchte mit seiner Ich-habe-die Lage-unter-Kontrolle-Stimme, die Lage unter Kontrolle zu bekommen. Normalerweise gibt es immer genau zwei Dinge, die wir auf den Tisch legen können: Azmis Fähigkeit, Leute zusammenzuflicken (Gangs haben immer Leute in ihren Reihen, die zusammengeflickt werden müssen oder einen ungünstigen Schwangerschaftsverlauf haben oder gebrochene Knochen oder irgendwie so etwas), und Azmis Fähigkeit, Drogen zusammenzumischen. Das Problem war, dass diese Gang hier offenbar keine medizinische Hilfe benötigte und er für Letzteres auf dem Handgebunden-Markt nicht genug hatte einkaufen können. Chemikalien, die man zu Drogen mischen kann, sind eine gut transportable Währung, aber er hatte bei Riika nicht lange genug den Doc geben können, um sie sich zu verdienen: Er hatte nur meine Pillen, und die hat er noch nie eingetauscht, er sagt, die bringen niemandem etwas außer mir.

Es gab noch eine allerletzte Notwährung, und das war meine Fähigkeit, im Ödland zu überleben. Es hatte den einen oder anderen Notfall gegeben, bei dem ich einen Auftrag darin verrichtet hatte, und anschließend hatten wir zugesehen, dass wir Land gewannen, und diese Gangs jahrelang gemieden, damit niemand Verdacht schöpfte und niemand gierig wurde.

Die beiden Schränke setzten mir nach, als der mit den gequetschten Eiern zurückwich, packten mich; zwei verschwitzte Männerkörper, die nach Benzin und ranzigem Körpergeruch rochen. Ich wollte mir gerade vorwurfsvoll den Kiefer reiben – Regel Nummer eins: Bleib so beherrscht und zivilisiert, wie du kannst! –, als sie meine Arme packten und mich zu Boden warfen.

»Wartet!«, schrie Azmi, und seine zivilisatorischen Hüllen fielen. Er hatte seine Pistole in der Hand, aber zwei Schrotflinten waren auf ihn gerichtet, und der magere Typ mit dem Gesicht wie Leder stellte einen Fuß auf meinen Bauch, während seine Kumpel rechts und links von mir knieten und mich niederpinnten.

Toll, dachte ich. *Jetzt werde ich vergewaltigt, das war so klar, dass das irgendwann passiert!*

»Fasst sie nicht an, sie hat eine Krankheit!« Azmi wiederholte es auf drei Sprachen. Das ist unsere einleitende Masche, wir schwenken von da dann direkt auf »Ihre Krankheit ist: Sie kann das Ödland betreten und alles rausholen, was ihr braucht, und ich bleibe so lange als Geisel hier«. Dieses Argument und »Wenn ihr sie anfasst, faulen euch die Eier ab« sind ein perfektes Team.

Das perfekte Team hatte heute jedoch Startschwierigkeiten. Während Azmi versuchte, die Situation zu deeskalieren, ich aber schon am Boden lag und die Knarre in seiner Hand eher nicht als Argument für eine friedliche Einigung taugte, begann ich, langsam wütend zu werden.

Ich war in einer ganz seltsamen Gemütslage – ich erfasste alles, was geschah, gleichzeitig, all meine Alarmglocken schrillten, aber ich war nicht besonders aufgeregt. Mein Atem ging schneller, mein Kiefer schmerzte, mein Herz pochte gegen die Rippen, aber ich hatte keine Panik, keine Todesangst, keine Furcht um meine körperliche und seelische Unversehrtheit. Vielleicht hatte Zeeto mich mit seiner Todesverachtung angesteckt, aber etwas Tiefes, Wütendes hatte null Respekt vor dem Stiefel auf meinem Bauch, vor den Händen an meinen Armen.

Mir fielen ein paar Dinge auf: Einer von denen, die mich festhielten, roch seltsam. Ich weiß nicht, wie ich darauf kam, aber ich war mir sicher, dass er vor Kurzem noch mit jemandem gekämpft hatte – blutig, mit den Fäusten. Die beiden, auf die Azmi einredete, waren verwirrt und übernervös, und der Magere mit den Schweißperlen auf der Stirn hatte etwas zu verlieren, wenn er sich jetzt blamierte. Das war eine explosive Mischung, aber ich schloss daraus, dass sie gerade um die Vorherrschaft kämpften.

Wenn es mir gelang, dem Richtigen Schwäche nachzuweisen,

würden sie nicht geschlossen auf Azmi und mich losgehen, sondern die Hackordnung untereinander klarmachen.

Toxxers. So berechenbar, dass ich schon Zahlen anstelle ihrer Gesichter zu sehen glaubte. Null, Null, zwei Einsen, eine Zwei, eine Drei. Die Drei versuchte gerade, sich vor der Zwei und ihrer verbündeten Eins, mit denen Azmi gerade redete, zu behaupten, indem sie mit ihrem Fuß lachend auf meinem Bauch herumwackelte, Gewicht drauf legte, Gewicht wegnahm, um mir Angst zu machen. Er wollte sehen, wie ich mich wand, wie er Macht über mich hatte. Er musste etwas beweisen. Wenn ich ihn in seine Schranken wies, würde das die Zwei stärken, auf die Azmi einschrie, während sie ihn kühl über den Lauf einer abgesägten Flinte ansah.

»*Fat girl*«, spottete der Dürre, und klar, verglichen mit ihm war ich fett, aber er war geradezu mickrig und hatte es nur den beiden Muskel-Nullen zu verdanken, dass man ihn überhaupt ernst nahm.

»*No, please! No guns! I'll do anything!*« Ich fand mich verblüffend unüberzeugend, dafür dass Azmi und ich schon häufiger solche Situationen mit schauspielerischem Geschick gemeistert hatten, aber die Drei hörte nur, was sie hören wollte.

»*Anything, he, anything?*« Er grinste, und dann nahm er endlich den Fuß von mir und beugte sich stattdessen geifernd über mich.

Ich weiß gar nicht so ganz genau, was ich dann als Erstes tat. In meinem Kopf löste sich die Rechnung gleichzeitig und perfekt auf, eine Art Nullsummenspiel.

Das Ergebnis war, dass Azmi und ich mit einem Kanister Sprit, dem Moped und einer Knarre entkamen, aber halt, der Reihe nach – ich denke, es lief so:

Während die Drei sich herunterbeugt, wehre ich mich so sehr gegen die Armumklammerung seiner beiden Nullen, dass sie an mir zerren müssen. Ja, das sind zwei Muskelpakete, aber in diesem Moment schert mich einfach nichts mehr, ich fühle mich übernatürlich stark. Sie strengen sich also ordentlich an, schnaufen und geben überraschte Laute von sich, und die Drei lacht – das wird ein Spaß, denkt er sich, so eine Dramatische, super! –, und in dem Moment lasse ich jede Kraft aus meinen Armen, sodass die Nullen das Gleichgewicht verlieren, einer rutscht auf dem Sand aus, der andere hält zwar noch meinen Arm, aber meine Finger greifen in seine Kehle, und ich packe so richtig zu, die Fingernägel in seinen Hals, als wolle ich dieses ganze Bündel seiner Speise- und Luftröhre zerquetschen. Er schreit, nein, es ist eher ein Gurgeln, und dann reißt er sich entsetzt von mir los, und ich sehe es: Aus den tiefen Gruben, die meine Nägel hinterlassen haben, entspringen ganz langsam feine, rote Quellen.

Die Zwei lacht – er genießt die Tatsache, dass Nummer Drei und ihre beiden Nullen aufs Maul bekommen, und Azmis panische Stimme schweigt; sie alle starren mich an, Azmi, die Zwei und die beiden Einser mit den Flinten – einer von ihnen steht auf der Seite der Drei, es ist der, der mich in Schach gehalten hat, bevor ich zu Boden gegangen bin. Er steht immer noch ganz in meiner Nähe, aber er weicht zurück, sein Lauf schwenkt auf mich, aber die Null und die Drei bieten mir genügend Schutz für den Augenblick – wenn er schießt, kriegen wir alle etwas von der Streuladung ab. Ich habe keine Zeit zu verlieren, weshalb ich den, der gestolpert ist, mit einem Ruck meines Arms – den er noch umklammert hält – zu mir heranziehe und gleichzeitig mit meiner anderen Hand den Kopf der herabgebeugten Drei mit einem Ruck in Position bringe. Zwei Köpfe knallen mit einem hohlen Laut gegeneinander, dabei knirscht etwas, ups, Nummer Dreis Nase hat offenbar Bekanntschaft mit einer Stirn gemacht!

Er brüllt, und jetzt ist es an der Zeit, hier wegzukommen. Drei und Null schreien auf und lassen mich los, und ich springe auf und halte Dreis Knarre in der Hand, die so schäbig aussieht, als würde sie mir gleich in der Hand zerfallen. Er hatte sie hinten im Hosenbund, idiotisch, aber so sind Toxxers nun mal.

Nummer Zwei lacht hämisch, mit dieser Peinlichkeit hat Drei bewiesen, dass er unfähig ist. Zwei hat gut lachen, denn er hat noch nicht gesehen, dass ich die Knarre in der Hand halte. Seine

Waffe ist gesenkt, er ist unkonzentriert, dafür schwenkt jetzt sein Kumpan Eins das Gewehr, das auf Azmi gezielt hat, auf mich um.

Eine Gruppe Gangmitglieder zieht gerade ein Boot an Land und sieht zu uns herüber. Eine weitere Gruppe schraubt an einem Fahrzeug, einige von ihnen greifen jetzt nach ihren Waffen – sie sind noch dreißig, vierzig Meter entfernt, aber es muss jetzt schnell gehen. Auch von den Höhlen schauen jetzt einige zu uns herüber. Unser Moped steht auf der Asphalttrasse, die hier unten buchstäblich im Sand verläuft, etwa zwanzig Meter hinter uns. Aufgereiht auf dem Asphalt stehen auch einige weitere Fahrzeuge, keins davon so gut in Schuss wie unseres, alle von Salz und Sand beeinträchtigt – aber manche mit gutem Reifenprofil. Wenn wir fliehen müssen, werden sie uns folgen, und der Beiwagen macht uns unbeweglicher und langsamer. Also sage ich zu Azmi: »Stopp.«

Da der Typ mit der Flinte immer noch mich im Visier hat, zielt Azmi nun auch auf ihn. Ich ziele mit Dreis Knarre auf Drei, Dreis Eins zielt auf mich, Azmi zielt auf Dreis Eins, Zwei hat die Knarre gesenkt, und Zweis Eins zielt auf Azmi. Drei starrt mich mit tränenden Augen und der Hand auf der Nase an, Blut schießt ihm über Lippen und Kinn. Mexican standoff in Kroatien.

»Sag ihm, dass wir diesen hier als Geisel für Benzin nehmen«, knurre ich, und es ist tatsächlich ein Knurren, ich fühle mich, als hätte ich Fingernägel in meinen Stimmbändern.

»Sie erschießen uns«, flüstert Azmi.

»Das tun sie nicht, wenn du tust, was ich sage.« Ich rufe: *»Don't shoot, we take this one, he'll be free as soon as we're out of the beach again!«* Ich gestikuliere mit der Knarre auf Drei und bin geistesgegenwärtig genug, eine Patrone in den Lauf zu laden.

Azmi wiederholt es auf Italienisch; ich verstehe es, aber ich kann es nicht sonderlich gut sprechen. Dabei deutet er mit dem Kinn auf unser Moped. Neben ihrem eigenen Fuhrpark liegen einige leere, aber auch der eine oder andere halbvolle Kanister im Sand, mit der wichtigsten Ressource der Welt.

»Das wird nicht funktionieren!«, zischt Azmi mir zu.

»Vertrau mir, es funktioniert.« Vielleicht ist das das Letzte, was ich sagen werde. »*We take this one, he is hostage, you understand?*«, frage ich die Zwei möglichst ruhig und hebe dabei nachdrücklich beide Augenbrauen. »*He is weak. He is hostage.*«

»*He is*«, sagt Zwei, und ein winziges Grinsen flammt in seinen Mundwinkeln auf. Ha, ich wusste, dass wir uns verstehen! Sofort fährt Dreis Kopf zu ihm herum, und dann überlegt es sich Dreis Eins schlagartig anders. Er senkt die Waffe und tritt an Zweis Seite. Zwei plus Eins plus Eins ergibt Vier. Drei ist allein mit seinen zwei verletzten Nullen und das ergibt Drei, mit Tendenz nach unten.

»*You can have him*«, sagt Zwei und senkt die Waffe endgültig. Er bellt einer Eins ein paar Anweisungen zu, und der tritt zu den Kanistern, mit dem sie gerade ihren Fuhrpark betankt haben, und greift einen, der etwa zu Dreivierteln voll ist.

»Hoi!« Er wirft ihn uns zu, aber wir sind nicht dumm genug, ihn zu fangen. Netter Versuch. Der Kanister landet vor Azmis Füßen, Azmi, nun die Pistole auf Drei gerichtet, geht vorsichtig in die Knie und hebt ihn auf.

»Lass uns gehen, Laylay«, murmelt er.

Drei trottete gehorsam und mit erhobenen Händen vor uns her die alte Asphalttrasse hinauf, die von der Strandbucht zur Küstenstraße führt. Azmi sagte beiläufig, die Straße sei angelegt worden, damit Menschen mit ihren Autos zum Strand fahren konnten, mit Handtüchern, Sonnenschirmen und Gummimatratzen, die sie mit Luft aufpumpten. Ich versuchte, mir das vorzustellen, und scheiterte. Wer baut Straßen extra für Leute mit aufblasbaren Matratzen?

Meine Hände taten weh, meine Kehle und mein Kiefer schmerzten. Das Adrenalin ebbte ab, der Weg zog sich ewig, und weil wir so langsam hinter Drei herfuhren – Azmi hielt ihn vom Beiwagen aus in Schach –, brannten die Abgase des tuckernden Motorrads in meinen Lungen. Den Tank hatten wir noch nicht aufgefüllt, das hoben wir uns für eine bessere Gelegenheit auf. Erst einmal mussten wir Drei wieder laufen lassen und sehen, dass wir Land gewannen. Aber ich war grundsätzlich zufrieden: Zwei hatte wenig Grund, uns zu verfolgen, wir hatten seinen Konkurrenten erledigt. Wenn Drei wie ein geprügelter Hund mit blutiger, gebrochener Nase wiederkam, würde er für den Verlust des Benzins büßen müssen, und er und Zwei würden die Plätze in der Hackordnung tauschen.

»Das hast du echt gut gemacht, Lay«, sagte Azmi.

»Ich weiß«, erwiderte ich.

»Ich dachte, es würde schiefgehen«, gab er zu. »Aber wir sind ein gutes Team.«

Ich warf ihm einen langen Blick zu, dann lächelte ich. »Das sind wir.«

Aber mein Lächeln war nicht echt.

TURF-TOWN
ZEETO, 24. JANUAR 2064

Okay, also Folgendes, ich mach es kurz:

Turf-Town ist auf einem gigantischen Bagger erbaut. Das Ding heißt Schaufelradbagger, Konzerne haben noch in der Generation unserer Großeltern damit Unmengen Kohle aus dem Boden gebaggert. Weiter im Norden befinden sich mitten im Ödland gigantische Löcher im Boden, so riesig, dass dieser Bagger wie ein kleiner Käfer darin ausgesehen haben muss. Es ist zu weit entfernt, als dass ich jemals da gewesen wäre, mit den Schutzanzügen wagen wir uns ja nur in die Randgebiete der Todeszone, aber ich rede hier über die Generation unserer Großeltern, und meine Großmutter geht gerade vor mir, sie *weiß* so was, auch wenn sie erst nach der Katastrophe hierhergekommen ist. Unmittelbar danach waren hier ja kaum noch Überlebende übrig.

Ach so, kurz, hatte ich gesagt: Der Schaufelradbagger ist vor allen Dingen *lang*. Sein vorderes Teil mit dem Baggerrad daran ist im steilstmöglichen Winkel aufgestellt, das Baggerrad steht wie eine zweite Sonne am Himmel und ist flammendgelb angesprayt. Als ich, ohne es wirklich zu wollen, hinaufblinzle, sehe ich, dass es außerdem brennt. Also, nicht lichterloh, aber die Brokes verschwenden tatsächlich wertvolle Ressourcen, um aus jeder einzelnen Baggerschaufel an diesem Rad am helllichten Tag Flammen lodern zu lassen. Es dreht sich langsam, sodass die Flammen Rauchfäden hinter sich herziehen. Gestalten hocken auf dem Ausläufer, der aus nackten Metallstreben besteht, und bewachen das Ganze, sie sind da oben irrwitzig klein. Ich wende den Blick ab, aber ich muss mich schon ein wenig zwingen. Der zentrale Teil des Baggers ragt vor mir auf: Es ist das Herzstück, auf mehreren großen Kettenraupen, die es ächzend hergeschleppt haben. Weil sie jedoch entweder nicht stark oder nicht schnell genug sind, sind auch etliche Lkw davorgespannt, wie rechteckige Biester ragen sie vor mir auf, angeschirrt mit Ketten und Stangen und lächerlich marode aussehenden Seilen; es ist ein einziges Chaos. Darüber ragt der zentrale Pulk aus Metallverstrebungen, Hütten, Anbauten und Blechcontainern auf, eine knallbunt angesprühte Stadt aus Rost und Stahl, und sie wimmelt nur so von Leuten. Als wir aus der Tür des Schuppens auf den Giganten, das Ungetüm, den Leviathan zugehen, kracht ein Lautsprecher, und eine Stimme schreit: »Ihr werdet das Haupt gebeugt haben vor dem *Gerät Maximal*«, und ab hier sind es Großbuchstaben, tut mir leid: »DAS MAXIMUM GEAR, DAS G-MAX, DIE GOTTHEIT ALS MASCHINE, DAS KRUPP, IHR WERDET EUCH VERNEIGT HABEN, DENN IHR WERDET STAUB GEWESEN SEIN IN SEINEM ANGESICHT!«

Ich bleibe einfach hinter Riika, und sie geht zwischen den Zug-Lastern hindurch auf die Ketten zu, auf denen das G-MAX, das Maximale Gerät, von irgendwoher tagelang zu uns gefahren ist. Ich frage mich, wie tief die Kuhle ist, die es dabei hinterlassen hat, und wo es normalerweise so unterwegs ist.

Und falls ihr euch jetzt fragt: Wie kann es sein, dass Zeeto noch nie davon gehört hat, dass Turf-Town sich auf einem Schaufelradbagger befindet? Ich hatte natürlich davon *gehört,* aber dieses Monstrum ist bisher nie vor dem Handgebunden-Markt vorgefahren, und ich hatte es nicht einmal von Weitem gesehen – der Handgebunden-Markt befindet sich ganz im Norden des Broke-Turfs, in einer Art kuschligen Ödlandachselhöhle, und es gab offenbar bisher keinen Grund, Turf-Town hierher zu verfrachten.

Je näher wir den Ketten kommen, desto klarer wird mir, dass ich das Ding unterschätze, obwohl ich direkt davorstehe: Die Ketten ragen mindestens doppelt so hoch auf, wie ich groß bin, und auf vier gewaltigen Kettenwalzen befindet sich eine drehbare Plattform, und darauf wiederum steht eine ganze Reihe Brokes, mit über der Stirn gekreuzten Armen.

Zwei davon spucken Feuer (sie haben demzufolge nicht die Arme gekreuzt) und einer in der Mitte, ein dürrer Weißer mit einem verkabelten Feuerwehrhelm oder so etwas auf dem Kopf, hält das Megafon in der Hand und schreit uns seine Lobpreisungen fürs Gear Maximum entgegen.

»Vielleicht meint er uns, und wir sollen uns verneigen?«, meint Jess.

»Ja, ich denke, wir sollten jetzt einmal kurz ihren fahrbaren Untersatz würdigen«, sagt Riika, und selbst sie, meine alte, alleswissende Oma, ist ein wenig atemlos, weil der Anblick dieses Dings uns einfach erschlägt.

»Wie macht man das?«, frage ich. »Niederknien und Feuerwerk aus unserer Arschritze?« Es wäre mir sogar egal, wenn es so wäre.

Shan sieht mich überrascht an, als sei ser erstaunt, dass ich meinen psychischen Zustand auch angesichts einer Monstrosität wie dieser wahren kann, aber ja, Shan, es ist wahr: Ich gebe null Komma null Fakks, sie könnten mit einer Mondrakete auftauchen und würden nichts anderes als eine hochgezogene Augenbraue von mir ernten.

Vom Steg rund um das Gewinde heulen uns die Brokes jetzt an, und am lautesten heult der mit dem Megafon. »Ululululululu!«, kreischen sie uns entgegen.

»Wir knien einmal nieder und senken unseren Kopf.« Riika muss brüllen, damit wir sie hören. »Und warten ab. Wir zeigen guten Willen.« Sie deutet mit dem Kinn auf den Größenwahnsinnigen mit dem Megafon. »Das ist Root, ihr … ihr Root, den sollten wir überzeugen.«

Aus drei, vier, vielleicht fünf Dutzend bunt angesprayter Motorradhelme schallt uns das Geheul entgegen, ein einziges Wesen auf der Jagd, ein Weltenverschlinger mit einer Sonne als Arm. Sie finden das sicher ungemein poetisch, auf ihre verdrehte Art und Weise. Mir beginnt der Schädel zu schmerzen, ich habe zu lange nichts gegessen, und der Schlaf hat mich gemieden, ach, und für derlei Pathos habe ich auch gerade wenig übrig.

Riika bleibt stehen und packt meine Hand, und dann kniet sie sich mehr oder weniger neben mir hin. Sie ist irgendwas um die siebzig, ihre Gelenke sind einfach nicht mehr die fittesten. Ich stütze sie möglichst kompetent und gehe mit auf die Knie.

»IHR WERDET DAS G-MAX GEPRIESEN HABEN!«, brüllt dieser Kerl durch sein Megafon.

Wir preisen es mit ein wenig Kopfnicken und innerlichen Flüchen, und das scheint er gutzuheißen. Ich sehe nicht genau, was er tut, denn meine Augen haben sich auf einige von den Lkw umgewühlte Steinchen geheftet, aber die Brokes brechen in Applaus und noch größeren Lärm aus, und nun werden dazu Trommeln geschlagen, und ich glaub, ich flipp aus vor innerem Widerwillen, aber das ist die stärkste Gemütsregung der letzten Tage, ich müsste ihnen fast dankbar sein.

Dummdumm, erinnern mich die Trommeln an die Bunkertür. *Dummdududummdumm!*

Riika tätschelt meine Hand, die auf dem kalten Boden liegt. »Hilf mir wieder hoch, ich glaube, das ist das Begrüßungskommando.«

Rasselnd wird eine Leiter herabgelassen, und zwar nicht von diesem Rundgang, auf dem die tanzenden und grölenden Brokes ihr Gerät Maximal preisen, sondern fast direkt über uns, aus dem Konglomerat aus Anbauten und Aufbauten und Containern.

»Ach, Scheiße«, sagt Riika. »Geht ihr zuerst und danach sollen sie mich mit der Leiter hochziehen, die Kletterei machen meine Gelenke nicht mehr mit.«

»*Ich* gehe zuerst«, sagt Jess kompetent und schiebt mich von der Leiter weg. Ihr Gewehr ist auf ihren Rücken geschnallt. »Dann Shan, dann du, dann Bo, dann Riika.«

Und so machen wir es auch.

Okay, ich hab gesagt, ich mach es kurz, aber hab es dann doch nicht kurz gemacht, weil sich so eine Stadt auf ’nem Schaufelradbagger halt nicht in drei Sätzen beschreiben lässt.

Mache ich es halt jetzt kürzer: Wir kommen zunächst auf eine erste Ebene, die aus verrosteten, bunten Containern besteht, bei denen die Anzahl der Farben den Rang klarmachen. Hier unten heißt »bunt« also: einfarbig, aber in verschiedenen Farben nebeneinander. Von dort aus geht es Gittertreppen hinauf – dahinter hängen Käfige, und in einigen von denen sitzen Menschen, und das macht mich schier krank, aber was erwarte ich eigentlich von

Toxxers? Sie sehen uns ohne große Emotionen an, während uns Leute mit auf Protektoren gesprayten Gang-Insignien, aber ohne Helme, umgeben und weiterdrängen. Wie in einer Flut gefangen steigen wir weiter und weiter auf. Ich ziehe Riika mit mir, sie stöhnt und ächzt bei jeder weiteren Etage. Ab hier finden sich mehrere Farben an denselben Containern, es wird also hochrangiger, je höher wir steigen, und diese Metapher macht mich müde.

Die Brokes zielen darauf ab, uns zu beeindrucken, ab und an flammt hier irgendwas auf, und da kracht ein Lautsprecher mit Musik oder stumpfsinnigem Gebrüll los, aber ganz ehrlich, das ist mir alles egal. Schön, dass sie sich an so was erfreuen können, mich macht es nicht an.

Und während ich schon denke, ich müsste Riika huckepack nehmen und den Rest der Strecke tragen, kommen wir endlich am Königinhof an.

Queen Lokes Palast liegt an dem Punkt, an dem die Extremitäten des G-MAX aus dem Rumpf im Zentrum entspringen – hier ragen zwei gewaltige Gerüste auf, die den Ausläufer mit dem flammenden Sonnenschaufelrad über stammdicke Stahlseile mit dem Gegengewicht auf der anderen Seite verbinden. Zwischen diesen beiden gewaltigen, in einen grausam hellen Himmel aufragenden Streben liegt Lokes Haus wie eingebettet, in diese Streben hineingebaut – zwei Teile, die mit einer beweglichen Brücke verbunden sind. Das Haus wird von geometrischen Mustern in allen Farben bedeckt, schon klar: Sie hat alle Farben, sie ist die Königin, *I get it.* Mein Kopf schwirrt, mittlerweile *ulululieren* die Brokes auf allen Plattformen wie verrückt, und gleichzeitig dröhnt irgendein zerfetzender hämmernder Sound aus gewaltigen Boxen. Was mich echt nervt, ist diese religiöse Konnotation, können ja alle machen, wie sie wollen, aber doch bitte nicht in mein Gesicht.

Jedenfalls hockt da das zweigeteilte Palast-Container-Haus wie eine Blüte, die sich öffnet und schließt, je nachdem, wie diese Extremitäten sich bewegen. Im Moment sind beide Teile ziemlich zusammengestaucht, weil das Sonnenrad so hoch steht. Beides geht offenbar nicht: entweder beneidenswerter Wohnraum *oder* ein steil aufgerichteter Schaufelradbaggerarm.

Queen Loke sitzt auf einer Plattform davor, und diese Plattform ist natürlich ein bisschen höher als die, auf der wir stehen. Wir sind aber angekommen, und das ist die Hauptsache. Riika hat den Schmerz in ihren Knien bezwungen und steht wieder aufrecht und selbstbewusst da, mit ihrer sehr königlichen Dreadlock-Krone, und ich stehe neben ihr wie ein Schluck Wasser in der Kurve. Ich habe einfach keine Lust auf diese Veranstaltung, und jetzt produzieren auch noch zwei Durchgeknallte rechts und links neben Loke mit zwei Schweißgeräten auf Eisenstangen einen Funkenregen, der die Queen wie ein Tor umgibt. Bo sieht mich leicht alarmiert an, als würde er sich gerade fragen, ab welcher sensorischen Überlastung ich vom Schaufelradbagger springe.

Endlich klingt all das ein bisschen ab, man muss Loke ja auch verstehen können, und sie hat weder Mega- noch Mikrofon. Ich weiß wieder nicht, wer hier nun die Königin und wer die Großmutter ist, denn Loke ist auch recht alt. Bei den Brokes habe ich ansonsten wenige alte Leute entdecken können, das sind alles so junge Überbegeisterte. Keine Ahnung, vielleicht essen sie auch ihre Alten.

Queen Loke jedenfalls haben sie nicht gegessen. Sie ist ungefähr in Riikas Alter, und in ihren Augen steht das gleiche unbarmherzige »Ich habe eine Welt enden sehen«, das manchmal auch in Riikas Augen steht, zumindest, wenn sie eine ihrer selten gewordenen Phasen durchmacht. Queen Loke ist immer gnadenlos, das ist keine Phase, ihre Augen sind wie Stein in ihrem gefurchten, dunklen Gesicht. Dennoch trägt sie, passend zu ihrem Haus und ihrem Rang, ein buntes, gewickeltes Kleidungsstück – ich würde es mal Sari nennen, bin mir aber nicht ganz sicher. Es ist übersät mit den gleichen geometrischen Blütenmustern, die auch ihr Haus zieren, und es ist so bunt, dass es mich glatt fröhlich stimmen würde, wenn ihr Blick nicht so eisig wäre. Der Stoff ist locker über ihren Kopf geschlungen, sodass ihr grauer Haaransatz und der schwere, bis auf die Schultern reichende Schnörkelschmuck in ihren Ohren sichtbar sind.

Sie mustert erst Riika, und ihr Blick erzählt eine Geschichte, die ich nicht verstehen kann. Die beiden kennen sich. Sie kennen sich schon lange, wird mir klar. Schließlich blinzelt sie und deutet mit dem Finger auf mich.

»Du.«

Riika stellt sich vor mich, aber ich kann selbst über ihre aufgetürmten Dreads hinwegsehen.

»Wir sind hier, um mit dir zu reden, Loke. Gleichberechtigt. Zeeto ist mein Enkel und Teil des Markts. Er wird dir erzählen, was er weiß, aber wir sind aus freien Stücken hier, und er ist nicht dein Eigentum.«

Loke kichert nachsichtig, dann wird sie wieder steinern – Blick und Stimme. »Dem G-MAX seid ihr alle ausgeliefert, alte Frau. Ihr seid alle mein Eigentum. Wenn ich einen Finger rühre, rollt es vorwärts, und dann ist der Markt Geschichte.«

»Und wem kauft ihr Medikamente ab? Wer repariert eure Karren, wenn dein Root sie nicht mehr zusammengestümpert bekommt?«, zischt Riika, und nun ist es so still, dass man eine Schraube hätte fallen hören können, aber zum Glück ist alles an diesem Maximal-Gerät maximal gut festgeschraubt.

Loke rührt sich nicht. Sie sitzt einfach da, auf einem Holzstuhl. Hier oben ist der Wind recht kalt.

»Wir haben einen Pakt«, sagt Riika, und dieser eine Satz lässt ihre Argumente wie ein Flehen klingen. »Seit einer halben Ewigkeit, Loke!«

»Das Leben ginge für uns auch ohne den Markt weiter. Aber für euch nicht«, sagt Loke listig.

»Okay, komm schon«, sage ich und unterdrücke den Drang, mir die Schläfen zu massieren. »Was willst du? Ich mach's, und dann gehen wir alle wieder nach Hause. Stell mir all die Fragen, unterstell mir all die Vermutungen, und dann nennen wir's 'nen gelungenen Tag.«

Ihr Blick gleitet von Riika zu mir. Sie lächelt. »Wie heißt du?«

»Zeeto.«

»Ich habe dein Bild gesehen. Mein Root hat es aus der GoPro gelesen.«

»Ja, hast bestimmt gut gelacht, deine Leute hatten Spaß mit mir.«

»Das scheint dich nicht zu berühren.«

Ich verziehe die Lippen zu etwas, das ich als Lächeln geplant habe, aber ich weiß nicht so ganz, ob es gelingt.

Sie lächelt ebenfalls. »Erzähl mir, Zeeto, was du da an unserer Grenze getan hast. Warum das Mädchen im Wald war. Warum das Mädchen ohne Maske im Wald war. Warum ein Besucher eures Markts drei meiner Leute abgeknallt hat. Erzähl mir das alles. Von Anfang an.«

Riika dreht sich zu mir um, sieht mich eindringlich an und nickt.

Schon gut, ich weiß, dass ich einfach die Wahrheit sagen soll. Es geht schließlich darum, ob unser Zuhause unter den Ketten eines Quadrillionen-Tonnen-Maximal-Biests endet.

Und darum erzähle ich einfach. Dass ich die Wastelandkrankheit habe, dass Laylay glaubte, in den Bunkern gäbe es eine Art Gegenmittel, dass sie mich überredet hat, sie zu begleiten. Dass sie selbst immun ist, von Geburt an. Dass ihr Dad uns gefolgt und ausgetickt ist, warum, könne ich ihr auch nicht sagen, Toxxer-Denke, das wisse sie besser als ich.

Als ich das sage, verengt sie kurz die Augen. Offenbar mag sie den Begriff nicht. Wir schweigen uns kurz an.

»Und was ist mit dem Baby?«, stößt sie dann beinahe heimtückisch hervor.

Ich bilde mir ein, mich keinen Deut zu bewegen. Ich zucke nicht einmal zusammen. »Was ist mit welchem Baby? Habt ihr eins verloren?«

»Wir haben dir alles gesagt, was wir wissen, Loke«, mischt sich Riika ein, und ich wünschte, sie würde es nicht tun. »Sag du uns, was deine Leute am Waldrand gemacht haben! Warum sie da alles niedergebrannt haben. Gibt es irgendetwas, was wir über das Ödland wissen sollten?«

»Gibt es irgendetwas, was ihr über das Ödland schon wisst?«, kontert Loke, und sie ist definitiv die Queen of Pokerface. »Warum ist das Mädchen da rein? Warum hat dein Junge die Wastelandkrankheit?«

»Das Mädchen war nur neugierig. *Ihr* habt tagelang die Bäume niedergebrannt, es ist doch klar, dass ihr da Neugierde weckt. Und Zeeto … es war ein Unfall, dass er sich da drin vergiftet hat.«

»Ist er gestolpert und über die Grenze gefallen?«, höhnt sie, und einige ihrer Leute lachen.

Bo neben mir ist ziemlich angespannt.

»Ich wollte mich umbringen«, sage ich, und jetzt wird das Lachen lauter. »Okay? Bin freiwillig rein. Um mich umzubringen.«

»Ach, wie süß. Gefällt's dir nicht im Markt? Und dann gleich so drastisch«, sagt sie, ungläubig und sehr, sehr leise, es dringt kaum durch das Gelächter zu mir durch. »Warum lebst du dann noch?«

»Vielleicht bin ich von der dramatischen Sorte. Hab mir 'ne Seuche abgeholt und ziehe das Ganze in die Länge. Huste mich ein paar Wochen zu Tode. Wird sicher toll.«

Sie steht auf, ihr Sari raschelt, und sie glättet ihn mit beiden Händen. Ich sehe jetzt erst, dass sie tätowiert sind, über und über mit den gleichen geometrischen Mustern bedeckt, bis zu den Fingerspitzen und bis zum Kinn.

»Ich glaube dir nicht. Erzähl mir von dem Baby!«, verlangt sie und tritt an den Rand ihres Podests.

»Ich weiß nichts von einem Baby!«, sage ich nachdrücklich, aber das war ein Fehler, denn alles bisher habe ich mit dieser Todesverachtung gesagt, nur das nicht, das trieft geradezu vor Emotionen, und Jess bewegt sich unruhig, weil selbst sie das gehört hat, diese steinerne Person.

»Mir hat ein Vogel gezwitschert, dass du ein Baby gefunden hast. Du und das Mädchen. Ihr seid vor ein paar Tagen mit einem Baby zum Markt gekommen, auf der Maschine von diesem irren Revolverhelden«, fährt Loke ruhig fort, und sie lächelt triumphierend. »Erzähl mir von dem Baby.«

Ich verkneife es mir, einen Blick mit Riika zu wechseln, und versuche, den depressiven Scheißegal-Zeeto wiederzufinden. Ich erwische ihn noch gerade eben. »Da hat dir jemand Scheiß erzählt. Ich hab einen Haufen Mit-Enkelkinder. Manche davon sind Babys. Da wollte jemand wohl Geld oder 'nen Gefallen von dir für die Info, ich hoffe, du hast nicht zu viel rausgerückt.«

»In Ordnung«, sagt Loke und setzt sich wieder. Ich unterdrücke den Impuls aufzuatmen. Wer hat ihr das mit dem Baby gesagt? Mosso? Der ist kurz vor der Blockade noch abgereist, vermutlich haben sie ihn sich geschnappt. »Ich glaube dir nicht.«

»Tja, was willst du machen?«, erwidere ich, und Riika stößt ihre Ferse gegen meinen Fuß.

»Ich könnte *machen,* dass ich meine Leute mit euren Babys in die Todeszone schicke, und das, was überlebt, nehmen wir mit. Was hältst du davon?«

Ich schweige. Alle schweigen. Niemand lacht mehr, aber die Brokes geifern nach jedem ihrer Worte. Manche von ihnen hocken auf den Palastcontainern und der Brücke und den Verstrebungen. Sie bewegen sich rhythmisch, als wären sie alle seltsamen Bakteriengezeiten unterworfen, Schwarmmikroben auf einem Metallgiganten.

»Wow«, sage ich schließlich. »Das wäre wirklich asig. Das würde ich lieber anders lösen wollen.«

»Und wie?«, fragt sie und faltet ihre Hände auf ihrem Schoß. Sie lächelt, Marmorlächeln, Eiszähne.

»Kann ich es mir aussuchen?«, frage ich.

»Nein«, erwidert sie erwartungsgemäß. »Wir machen einen Handel. Brokes und Markt. Handel. Pakt. Wie immer. Wir hatten doch immer gute Beziehungen, oder nicht, Riika?«

Riika lacht lediglich abfällig. Sie ist in Lokes Hand, wir alle sind das und mit uns alles, was wir aufgebaut haben. Hopers sind von Hoffnung abhängig. Hoffnung ist in manchen Momenten flüchtiger als Spinnweben.

»Wir machen es so, Großmutter: Dein Junge gegen eins von meinen Kids.« Kurz denke ich, sie will mich tauschen. Dann spricht sie weiter: »Wer gewinnt, hat recht. Wenn er gewinnt, gibt es kein Baby, und ihr geht nach Hause, und wir fahren Turf-Town woandershin. Wenn mein Kid gewinnt, dann zeigt ihr mir das Baby, oder von mir aus alle Babys, und wir schauen mal, welches davon nach einer Nacht im Wald noch fit ist.«

»Das ist Blödsinn«, sagt Riika. »Das ist kein Handel, das ist Blödsinn. Was soll das überhaupt heißen, mein Junge gegen eins von deinen Kids? Was soll das sein, ein Kampf?«

Loke sieht mich an und lächelt ihr Eislächeln.

»Zwei gehen hoch«, flüstert sie und deutet mit dem Daumen über sich in die Verstrebungen.

»Zwei gehen hoch«, murmeln ihre Leute um sie herum. »Zwei gehen hoch. Zwei gehen hoch!« Sie wiederholen es, bis ich nur noch um mich schlagen will.

»Wer lebendig heruntergekommen sein wird, wird recht gehabt haben«, stößt die Megafonstimme von vorhin aus, sie geistert hinter mir heran, blechern durch die Verstärkung.

»*Ich* mach es«, sagt Bo und tritt einen Schritt vor.

»Bo, nein!«, stößt Jess hervor. »Dann mach ich es!«

Shan bringt beide mit einer Geste zum Schweigen. Ser weiß so gut wie ich, dass niemand von uns geeignet ist, um irgendwelche Spielchen mit Lokes Besten zu überleben.

»Zeeto *will* sterben?«, schreit Loke und hebt ihre Arme, unter den weiten Ärmeln kommen noch mehr dunkelrote Tätowierungen zum Vorschein und Schmuck aus Bronze und Gold, grünem Plastik und Speicherchips. »Zeeto *wird* sterben! Es ist für ihn und für uns win-win.«

»Win-win!«, wiederholen ihre Brokes. »Win-win!«

»Und es geht schnell«, zischt sie mir zu. »Ich habe keine Geduld mehr. Zeit ist Benzin. Zeit ist WiFi. Zwei gehen rauf. Beide kommen runter. Wer lebt, hat gewonnen.«

Damit wendet sie sich um und geht die paar Schritte zu ihrem Haus.

»Loke!«, schreit Riika. »Das kannst du nicht machen, Loke! Kö…« Sie muss sich überwinden. »Königin!«

Loke dreht sich in der Tür ihres Containerpalastes noch einmal um. »Toxxers machen das so, alte Frau«, sagt sie, und der Geist eines Lächelns wandert siegessicher über ihr Gesicht.

Die Brokes kommen näher. »Zwei gehen rauf«, flüstern sie, ein gewaltiger Wisperchor, der bis ins Ödland hinaushallen muss. »Zwei gehen rauf.«

»Ja, verdammte Fakke, eh, ich hab es kapiert!«, schreie ich.

Wollte ich Mtoto nicht noch irgendwas hinterlassen, bevor ich sterbe? Wie wäre es mit einem brokefreien Leben? Was auch immer die mit ihr vorhaben, es kann nicht gut sein. Aber wenn ich hier sterbe, was ich tun werde, dann wird das ihr Schicksal auch besiegeln.

Also gibt es nur eine Möglichkeit: Ich, Zeeto, todkrank und tödlich depressiv, siebenundsechzig Kilo Lebendgewicht, ein Meter achtundachtzig, muss da raufgehen und der sein, der recht gehabt haben wird.

Die Alternativlosigkeit des Ganzen lässt es fast schon logisch erscheinen. Selbst mein zerfaserter Geist sieht da nur einen einzigen Weg.

Wer lebendig heruntergekommen sein wird, wird recht gehabt haben! Zwei werden hochgegangen sein!«

Root hatte die Stimmen der angeheizten Brokes aufgezeichnet und beschallte das Publikum jetzt aus den großen Lautsprechern am G-MAX, um sie mit den andauernden Rufen in Resonanz zu bringen und den Eindruck einer riesigen Menge, die beinahe kultisch nach Unterhaltung schrie, zu verstärken.

»Zwei gehen hoch zwei gehen hoch zwei gehen hoch«

Gleichzeitig aktivierte er seine drei verbliebenen Dei ex Machinae. Surrend erhoben sich die Kameradrohnen in die Luft und umschwirrten den Koloss aus Stahlstreben. Root vermisste Quadros bereits. Das kleine Geschöpf hatte immer scharfe Bilder geliefert, und die zusätzliche Perspektive würde ihm beim Zusammenstellen der Show fehlen.

Die Show, die er in Echtzeit auf Bildschirme und Leinwände projizierte, die am G-MAX neben Lautsprechern montiert waren. Meistens wurde das aktuelle Bild zufällig und wechselnd aus den Übertragungen der drei Drohnenkameras gewählt – außer Root wollte den Fokus auf ein besonderes Event legen. Root war eben nicht nur der Kontakt der Brokes ins WiFi, er war auch ihr Entertainer, Geschichtenerzähler und Wissensbewahrer. Irgendwer musste diese Aufgaben ja übernehmen.

Um das Spektakel durch eine Vorstellung des offensichtlichen Verlierers einzuläuten, steuerte er Alek-za an und räumte ihren Bilddaten die oberste Priorität auf den Schirmen ein. Er ließ sie einmal dicht über eine Reihe Brokes hinwegfliegen, die jubelnd vor Mordlust die Hände in die Luft reckten. Ihre brüllenden, teils ölverschmierten Gesichter und zerlumpten Mäntel bildeten trotz der individuellen Kleidung einen schönen, homogenen Eindruck. Root achtete darauf, den Blickwinkel eng zu wählen, damit niemand merkte, dass die Menge nicht so groß war, wie er sie erscheinen lassen wollte.

Nach der Fahrt über das Publikum hinweg zog er Alek-za hoch, kreiste einmal über die Feuer, die in den Schaufeln des Riesenbaggers brannten, dann wieder hinab, um gleich danach in einen senkrechten Steigflug zu gehen, einmal vorbei an einer der rostigen Verstrebungen. Dann der abrupte Halt bei der Gestalt, die sich gerade die lange Leiter zur obersten Plattform des Baggers 293 hinaufarbeitete. Eine gepanzerte Jacke, schwarze Stummelzöpfchen auf dem Kopf. Dann ein Halbkreisflug um die Person herum. Kameraschwenk um hundertachtzig Grad. Halbtotale. Ein Gesicht hinter Leitersprossen. Ein junger schwarzer Typ mit verbissenem Gesichtsausdruck und Bartschatten. Verschwitzt vom langen Aufstieg.

Zoom, um die Angst in den braunen Augen einzufangen. Root war zufrieden, dass Alek-zas HaiRes sogar die langen Wimpern des Bürschleins auf die Leinwände brachte. Doch seine Vorfreude verlor sich in Enttäuschung. Da war keine Angst, keine Panik, noch nicht mal Hass. Nur … Resignation.

Vor so einem Kampf hatte er solch enttäuschende Emotionslosigkeit noch nie gesehen. Natürlich machte sich der Typ beinahe in die Hosen, aber es reichte nicht, um den Eindruck mit der Linse einzufangen, das waren keine HaiRes-Emotionen. Dieser Typ war unfassbar LoRes!

Erst das traurige Ende von Quadros (Root hatte die Trümmer gefunden, den armen Kerl aber nicht mehr reparieren können) und jetzt ein versautes Finale seiner schönen Kamerafahrt. In letzter Zeit lief wenig so, wie Root sich das vorgestellt hatte. Wütend schlug er mit der flachen Hand auf den Tisch vor sich, auf dem allerhand Anschlüsse und Bedienelemente für die Elektronik des G-MAX befestigt waren. Er hatte sich mit seinem Helm direkt darin eingestöpselt.

Die Brokes um ihn herum zuckten zusammen.

»Fikke-Fakk!«

Alle drei Drohnen umschwirrten den kleinen Wixxser, der die Plattform erreichte, fingen ihn von allen Winkeln ein. Mickrig. Ein Strich in der Landschaft. Ein Typ wie dieser da sollte es eigentlich besser wissen und eine größere Portion Panik schieben, als er es gerade tat. Aber er hatte sich erstaunlich gut unter Kontrolle. Wenn er wenigstens ein bisschen angeben würde. Ein bisschen mit den Armen hantieren oder sich an die Eier packen. Aber nein, das Würstchen stand einfach nur da, auf der obersten Plattform des G-MAX, in beinahe hundert Metern Höhe, und wartete.

Die aus verschweißten Gitterrosten bestehende Plattform war zwischen den beiden mittleren Masten des Baggers eingezogen und mit Stahlseilen fixiert. Eine Duellplattform zum Klären festgefahrener Streitigkeiten. Ein Ort des Todes.

Root ließ Alek-za horizontal davonschweben, im rechten Winkel zur Plattform. Stopp. Weitwinkeleinstellung. Die untergehende Sonne, davor die Silhouette des G-MAX, der Schriftzug 293 gerade noch im Gegenlicht zu erkennen. Aufragendes Gestänge, die Plattform und die schlaksige Gestalt des LoRes-Wixxsers, einem Scherenschnitt gleich, einem Schattentheater.

Am Horizont waren sogar noch die Rauchschwaden zu erkennen, wo die Brokes den Wald abgefackelt hatte. Sehr romantisch und sehr passend zur Szenerie. Hatte sich die Aktion immerhin in dieser Hinsicht gelohnt. Root hatte behauptet, dass die höchsten Götter des WiFi angeordnet hatten, dass der Wald niedergebrannt werden müsse. Tatsächlich war es Lokes Wunsch gewesen, doch sie wollte ihn nicht begründen, und so hatte Root ihn als Wi-Fi-Willen ausgegeben. Er entsprach auch sicherlich dem Wi-Fi-Willen – wenn es sich herablassen würde, anwesend zu sein, wäre es bestimmt einverstanden. Die Trockenheit der Tage davor war nützlich gewesen, dennoch hatten die Brokes eine Menge Benzin für die Aktion aufwenden müssen. Loke hatte ihre Gründe, die verdeckten Bunkereingänge der Anlagen, die den Untergrund hier wie ein Ödland-Ameisenbau durchzogen, unbetretbar zu machen. Sie wollte diese Maulwürfe festsetzen. Nur Loke und Root ahnten, was dort vor sich ging, die anderen Hirnlosen mussten das nicht verstehen. Es reichte, dass sie taten, was die Geister des WiFi von ihnen verlangten. Immerhin sorgten sie als Ausgleich auch für ein nettes Spektakel.

In diesem Moment betrat die zweite Schauspielerin die Bühne. Eine hoch aufragende, bullige Gestalt auf der anderen Seite der Plattform. Hochrufe und Schreie erwachten in freudiger Erwartung eines blutigen Massakers und schwappten über die Szenerie. David gegen Goliath, Hoper gegen Toxxer, Loser gegen Broke, Fiona gegen Shrek. Perfekt! Was für eine Einstellung. Alek-za schnellte wieder auf die Plattform zu, um sie gemeinsam mit ihren beiden Geschwistern zu umschwirren.

Die Kämpferin auf der Seite der Brokes wirkte mehr wie ein Ungeheuer aus den Mythen der Vorzeit denn wie ein Mensch. Ein Berg Fell, aus dem der runde, haarlose Kopf hervorragte. Ein Untier wie aus einem EmEmOh der altvorderen *Digital Natives,* die Mama vom Endgegner. Selbst als bloßer Schatten in dieser Einstellung waren die massiven Muskeln im Nacken zu erahnen, die Schädel mit Körper verbanden.

Mit einer theatralischen Bewegung streifte das Monster das Fell von seinen breiten Schultern. Reckte den Hals und massierte die Fäuste.

»Sie wird den mickrigen Wurm zertreten haben! Die liebliche, die einzigartige, die gewaltige … Boomba!«, schrie Root ins Mikrofon. Seine verstärkte Stimme übertönte zunächst die Menge, die letzten Silben gingen aber im frenetischen Jubel der Brokes unter.

Die Vorfreude jagte Root einen wohligen Schauer durch den Körper. Boomba, das scharfe Gestell, würde es sich nicht nehmen lassen, persönlich diesen winzigen Hoper in Stücke zu reißen, zu Brei zu zermalmen und aus großer Höhe fallen zu lassen.

TURF-TOWN
ZEETO, 24. JANUAR 2064

Mir war es mehr oder weniger egal, ob ich das hier überleben würde. Bis gerade eben. Das wird mir schlagartig bewusst, als die Gigantin, gegen die ich hier auf einen Kampf um Leben und Tod antreten soll, ihren Pelzmantel von den Schultern streift. Darunter trägt sie nur ein rosafarbenes Tanktop, das ihre Muskelpakete gut zur Geltung bringt. Diese passen hervorragend zu ihrem fleischigen Gesicht, dem rasierten Schädel und der Mordlust in ihren Augen. Dieser Blick! So was habe ich noch nirgends gesehen: die pure Lust, Schmerzen zuzufügen, kombiniert mit einer merkwürdig kauernden Körperhaltung, wie von einer Katze, die sich darauf freut, eine Maus zu Tode zu spielen. Beides macht mir klar, dass ich nicht sterben will – zumindest nicht auf diese Weise.

Kein Signal ertönt, das den Tanz des Todes einleitet, kein Startschuss und keine Fahne oder so ein Blödsinn. Es beginnt einfach, als wir aufeinander zugehen – oder vielmehr sie auf mich –, was von den Zuschauern unten, weit, weit unten, mit Jubel quittiert wird.

Kurzer Einschub: Man hat mir vorher die Regeln dieses Tête-à-Têtes erklärt, und die sollte ich euch nicht vorenthalten.

1. Zwei gehen hoch.
2. Niemand ist bewaffnet.
3. Es darf genutzt werden, was oben gefunden wird.
4. Gekämpft wird bis zum Tod.

Klar so weit? Also der Reihe nach.

Bei 1. werfe ich einen kurzen Blick durch das Gitterrost nach unten. Verdammt tief, aber nicht weiter tragisch. Ich würde im Zweifel lieber da unten aufschlagen und mir das Genick brechen, als in die Fänge dieser Durchgeknallten zu geraten, die sich gerade herabbeugt, um eine der Kisten zu öffnen.

Oh ja, die Kisten. Die habe ich noch nicht erwähnt, die gehören zu 2.: Zwischen uns, den beiden todesverachtenden Kämpfenden, sind fünf Metallkisten positioniert, die den Kampf etwas spannender gestalten sollen. So jedenfalls die Aussage des durchgeknallten Schamanen mit dem Feuerwehrhelm auf dem Kopf.

Spannender. Schon klar.

Bevor meine Nemesis sich triumphierend mit ihrer Beute in den Klauen (3.!) erheben kann, stürze ich mich selbst auf eine Kiste, öffne die Schnappverschlüsse und reiße den Deckel auf.

Aus dem Augenwinkel kriege ich mit, dass meine Gegnerin einige Meter links von mir tatsächlich triumphierend einen Gegenstand gen Himmel reckt. Mir hingegen schlägt aus der Kiste ein Höllenfeuer entgegen. Es faucht richtig, keine Ahnung, wer für den Trick verantwortlich ist, aber das ist voll nicht lustig.

Ich springe zurück und lande auf dem Arsch, als Dutzende Geschosse aus der Kiste fauchen und, glühende Schweifen hinter sich herziehend, in den Himmel schießen, um dort in einem bunten Feuerregen zu zerplatzen. Während Funkenblumen am Himmel erblühen, dringen überraschte Rufe zur Plattform hinauf, dann Gelächter. Ihr Schamane mit der seltsamen Ausdrucksweise brabbelt irgendetwas Hämisches aus den Lautsprechern. Und ich sitze auf dem Hintern und komme mir wie ein Trottel vor. Als wäre das jetzt mein größtes Problem.

Ganz langsam nähert sich meine Gegnerin. Sie genießt das hier. Sie weiß, dass ich ihr nicht entkommen kann. Kurz lässt sie einen Feuerstoß aus dem Gegenstand in ihrer Hand entweichen. Na toll, sie kriegt einen Flammenwerfer und ich kriege Feuerwerk? Nicht fair.

Okay, es ist kein richtiger Flammenwerfer wie die, die die Brokes zum Abfackeln des Walds benutzt haben. Es scheint sich bei der kruden Konstruktion eher um eine Kartusche mit Propangas vor einem Sturmfeuerzeug zu handeln. Die Feuerstöße reichen nur einen guten Meter weit. Ansonsten hätte sie mich schon längst zu Asche verbrennen können. Aber ein schneller Tod wäre sicher nicht im Sinne des Schauspiels, und auf diese Weise kann mich diese durchgeknallte Schlägerin erst ein bisschen ankokeln und dann noch meine angesengten Reste zu Tode prügeln. Ich kann mich gerade genug beherrschen, um nicht vor Angst auf den Boden zu kotzen.

Ich könnte versuchen, eine weitere Kiste zu öffnen, und hoffen, diesmal mehr Glück zu haben. Ein Feuer*löscher* wäre jetzt nicht schlecht, ganz ehrlich. Das wäre aber verdammt riskant, denn in dem Moment, in dem ich die Kiste aufmache, würde mich die Alte ziemlich leicht erwischen. Oder ich könnte versuchen, so lange wie möglich im Kreis auf der Plattform davonzulaufen. Das wäre sicher genau das, was der Menge unten gefallen würde. (Nicht.) Und wenn die Fleischermeisterin dann müde ist, kann ich mir irgendwas einfallen lassen, um sie fertigzumachen. Wie in diesen Geschichten. Aber ich merke den langen Aufstieg und die Wastelandkrankheit in den Gliedern. Nein, ich glaube, sie ist fitter als ich, und selbst wenn nicht: Die Plattform ist einfach zu klein, um dieses Spiel lange spielen zu können.

Ich rutsche auf Händen und Hosenboden zurück, als sie auf mich zukommt, immer wieder gibt sie einen Feuerstoß in meine Richtung oder in die Luft ab. Jedes Mal, wenn sie in der Abenddämmerung den Abzug betätigt, leuchtet ihre grinsende Fratze im Licht des Feuers auf. Meine tastenden Hände erreichen den Rand der Plattform, umfassen das kalte Metall. In meinem Gesicht spüre ich die Hitze des nahenden Feuers.

Langsam sollte ich mich entscheiden, wie ich das hier angehen will: Flucht, Kampf oder Kapitulation in der Hoffnung auf einen gnadenvollen Tod. Oder springen. Wenn ich ehrlich zu mir selbst bin, sehne ich mich trotz der düsteren Phase meines Gemütszustands eigentlich nicht allzu sehr nach dem Tod. Der Gedanke an einen schnellen, sauberen Abgang scheint aber gerade im Gegensatz zu einem Tod durch langsames Verbrennen und Zerquetschen irgendwie verlockender.

Also treffe ich eine Entscheidung und wende mich um. Mein Blick richtet sich nicht nach unten, sondern in die Ferne. Da, bei den Rauchsäulen, an der Stelle, an der die Brokes den Wald niedergebrannt haben: Sehe ich da Schemen, die sich durch die heraufziehende Dunkelheit bewegen? Vielleicht die einzigen Menschen in der Gegend, die sich gerade nicht dafür interessieren, was auf der Duellplattform des Baggers 293 abgeht. Suchen dort Leute nach den Bunkern? Oder … sind es Leute *aus den Bunkern,* und Laylay hatte recht? Das denke ich noch am Rande, kurz bevor ich springe.

Denn ich springe. Es erfordert ein bisschen Überwindung, und mein leerer Magen spielt verrückt, aber dann ist es geschafft.

Macht es gut. Nett, dass ihr mir bis hierhin zugehört habt.

Dieser Wixxser! War ja klar, dass bei dem etwas nicht ganz richtig im Kopf sein konnte – aber dann sprang der einfach und versaute Root die Show!

»Nur eine wird oben geblieben sein!«, schrie Root ins Mikrofon.

Zwei Drohnen umschwirrten eine enttäuschte Boomba. Artu hatte er nach unten geschickt, um eine Aufnahme von der zerschmetterten Leiche des Hopers zu machen, aber Artu konnte nichts finden. Vielleicht wurde es langsam zu dunkel? Root aktivierte das Kameralicht der Drohne sowie die Flutscheinwerfer am Bagger und über der Plattform. Immer noch keine matschigen Hoperüberreste.

Roots Blick fiel jenseits der AR-Brille auf die Menge der Zuschauer. Einige deuteten mit ihren Fingern nach oben. Root schickte also Alek-za los in das Gewimmel der Verstrebungen, die dem maximalen Gerät Stabilität verliehen.

Dort! Tatsächlich: Der Wixxser hatte es irgendwie fertiggebracht, vier Meter unter der Plattform auf einen massiven Stahlträger aufzuschlagen und sich darauf irgendwie festzuklammern. Das mussten höllische Schmerzen sein, und es wäre ein Wunder, wenn er sich dabei nichts gebrochen hatte! Aber der kleine Mistkerl zog sich wieder hoch und begann langsam, im Gestänge hinabzuklettern. Dieser Typ musste irgendeinen mächtigen Freund im WiFi haben, so viel Glück konnte man gar nicht haben.

Die Sache war also noch nicht vorbei! Jar-Wis, der Deus ex Machina, die immer noch die Plattform umschwebte, lieferte Root ein Bild von Boomba, die an den Rand der Plattform trat und den Wurm im Licht der Scheinwerfer ebenfalls entdeckte. Sie brüllte ihn an – und Root projizierte sofort Jar-Wis' Bilddaten für die Zuschauer auf die Leinwände.

Und dann sprang Boomba dem Wixxser hinterher, um ihm den Rest zu geben. Was für ein waghalsiges Prachtweib! Die Menge hielt den Atem an, als Boomba auf demselben Stahlträger auftraf, auf dem der Hoper eben noch herumgekraxelt war. Sie schlug mit den Füßen voran auf, und Jar-Wis ließ es Root ganz deutlich sehen: Erst brach einer ihrer Schienbeinknochen. Und dann stürzte sie vornüber in die Tiefe.

War sie zu schwer?

Hatte sie weniger Glück?

Hatte das WiFi sich ihren Feind als Favoriten ausgesucht?

Root schloss die Augen – *WiFi is a bitch!*

Als er die Augen wieder öffnete, rief er sofort die Aufzeichnung der Drohnen auf, langsamer, noch langsamer – er konnte nicht glauben, was er sah, und doch projizierte er es stumm auf die Leinwände über der atmenden, fassungslosen Menge.

Auch Root selbst sah schweigend zu, wie Boomba, ausgerechnet die machtvolle, kraftstrotzende Boomba, in die Tiefe stürzte und dabei mehrmals mit Trägern kollidierte, die ihre Flugbahn ablenkten.

Die Menge schwieg. Root schwieg. *Verdammte Scheiße.*

ADRIA
LAYLAY, 25. JANUAR 2064

Ich hatte den Rest des Tages gute Miene zum bösen Spiel gemacht. Jetzt war Nacht. Die Gang vom Strand hatte uns nicht verfolgt – oder war damit nicht erfolgreich gewesen. Wir waren von der Küstenstraße auf kleinere Sträßchen im Hinterland ausgewichen und hatten uns über Nacht in einem ungenutzten Ruinendorf verschanzt. Ein alter Turm, vielleicht der Rumpf einer Mühle oder ein ehemaliger Wasserturm, ragte noch als gezackte, entkernte Hülle vor dem Mond auf, ich konnte ihn durch das Gebälk des eingestürzten Hauses sehen, in dem wir uns verkrochen hatten. Wir wussten nicht, auf wessen Gebiet wir uns befanden, wie groß die Gang sein würde, auf die wir früher oder später treffen und mit denen wir ein Wegerecht würden aushandeln müssen.

Die Waffe hatte ich behalten, dieses rostige, verbeulte Ding, keine Ahnung, ob es funktionierte. Azmi hatte auch noch eine.

Ich lag wach und dachte nach. Ich wusste, dass ich es tun musste.

Wenn ich ihn verließ, konnte es sein, dass ich ihn zum Sterben zurückließ.

Meinen Vater.

Aber mitnehmen konnte ich ihn auch nicht, denn erstens würde ich ihn nicht mit Gewalt entführen und in den Beiwagen fesseln, und zweitens würden die Brokes ihn auseinandernehmen.

Vielleicht würde er auch hier sterben. Ohne mich. Ohne das Moped.

Aber ich hatte meinen Entschluss gefasst – Nordafrika, ein gutes Team, ha ha. Nein.

Azmi konnte nicht ernsthaft glauben, dass ich ihm vergeben würde, was er getan hatte.

Und wenn er stirbt! Dann hat er es verdient!, flüsterte eine Stimme in meinem Kopf, aber das war nur die grausame, abgebrühte Ich-habe-mein-ganzes-Leben-lang-mit-Gangs-verhandelt-Laylay. Ich kannte sie, aber sie war nicht ich.

Ich stand auf, rollte lautlos meine Matte und meinen Schlafsack zusammen und band beides an einen unserer Rucksäcke, die wir normalerweise im Beiwagen verstauen, manchmal aber auch auf dem Rücken tragen, wenn wir besonders viel transportieren müssen. Ins Innere des Rucksacks stopfte ich einen Kanister Wasser, einige Säcke vom löslichen Protein-Getreide-Pulver, von dem wir uns zu oft ernähren, eine zusätzliche Decke, ein paar Klamotten. Ich konnte im Dunkeln nicht gut sehen und versuchte, möglichst leise zu sein. Die Tablettendose fiel mir in die Finger, sie rappelten leise. *Methylphenidat.* Ich ließ sie, wo sie war – vielleicht würde diese Währung Azmi das Leben retten, auch wenn er immer sagte, dass eigentlich niemand außer mir dafür Verwendung hatte.

Azmi wachte auf, als ich den Beiwagen abmontierte.

»Laylay?« Er fuhr hoch, die Hand an der Waffe – natürlich glaubte er, dass er es mit einem Eindringling zu tun hatte.

Ich seufzte. »Ich nehme das Moped und fahre zurück, Dad«, sagte ich. Jetzt musste ich auch nicht mehr leise sein. Mit einem Tritt trennte ich Beiwagen und Motorrad, schwang mich auf den Sattel, rückte den Rucksack gerade, drehte den Zündschlüssel. Das Motorrad röhrte, das Licht blitzte auf.

Würde er schießen?

Würde er schießen, wenn es um mein Leben gegen seines ging?

»Laylay!« Er sprang auf. »Bitte! Sei vernünftig!« Schlaftrunken schwankte er.

»Dad, dafür ist es zu spät.« Ich sah im roten Schein des Rücklichts, dass er die Pistole fallen ließ. Meine drückte mir gegen den Rücken – ja, ich hatte sie mir hinten in den Gürtel geschoben, okay?

Ich würde sie jetzt nicht ziehen. Ich würde es nicht so weit kommen lassen.

»Ich wünsche dir viel Glück, Azmi«, murmelte ich und zog – in dieser Hinsicht immerhin noch ganz Azmis Tochter – den Helm über den Kopf.

»Laylay, nein, bist du irre!« Er sprang auf mich zu, verhedderte sich mit den Füßen im Schlafsack, befreite sich, versuchte, mich vom Motorrad zu zerren, aber diesmal würde ich mich nicht von ihm übertölpeln lassen!

Die Erinnerung an die Spritze durchzuckte mich, die Erinnerung an die tagelange Entführung, an das Gefühl, mit den Fingern nur noch an einer Felskante zu hängen – und ich schlug Azmi meine Faust gegen den Kiefer, und das Letzte, was ich von ihm sah, war, wie er mit entsetztem Gesicht zurücktaumelte, wie betäubt von meiner Grausamkeit.

İnsan dediğin beş para etmez. Auch ich bin offenbar keine fünf Cent wert.

Ich gab Gas und brach aus dem Haus hervor, in das wir uns zurückgezogen hatten, hinaus auf die staubige Straße, die das ehemalige Dorf in zwei Teile schnitt, ich versuchte, Luft zu holen, aber ich konnte nicht. Meine Kehle war wie abgeschnürt.

Ich ließ ihn zurück.

Ja, er hatte kein Recht gehabt, mich zu entführen, aber gab mir das das Recht, ihn hier zurückzulassen, irgendwo im Nirgendwo, in Kroatien, mit einem Beiwagen, den er nicht bewegen konnte? Mit Methylphenidat als Währung, mit einer Gang im Nacken?

Was tat ich hier?

Warum tat ich das?

Das Motorrad legte sich schräg, als ich von der Dorfstraße auf die Landstraße abbog und aus der Kurve heraus Gas gab.

Es war nicht wegen Zeeto. Nicht nur. Er war lediglich ein Teil von diesem ganzen seltsamen Ding, das im Norden auf mich wartete.

Ich musste wissen, was im Ödland lag. Ich musste wissen, was es für mich bedeutete, für Zeeto, für den Markt. Ich war vielleicht die Einzige, die es herausfinden konnte.

Und dazu musste ich *jetzt* zurück.

Ein Abstecher nach Ägypten war ausgeschlossen.

TEIL 3

LOVE

NIRGENDWO
LAYLAY, 10. FEBRUAR 2064

Ich weiß. Ich weiß.

Azmi war innerhalb weniger Tage mit mir von einem Markt im ehemaligen Deutschland bis zur Adria gebrettert, und ich irrte nun schon seit über zwei Wochen herum. Es war halt wirklich nicht einfach, ich hatte keine Ahnung, wie er es geschafft hatte und welchen Banden er welchen Preis gezahlt hatte, aber ich führte nichts mit mir, um Preise zu bezahlen, und wie schon gesagt: Aus der Ego-Perspektive und ohne intakte Straßen, Brücken und Ortsschilder ist es auch mit einem alten Europa-Kartenatlas nicht einfach zu navigieren! Schon gar nicht in den Wastelands, die ganz Zentraleuropa zwischen sich aufteilen wie gierige War-Bosses.

Ich kam nicht gut voran. Ich war zwar in der Lage, die Ödlande unbeschadet zu durchqueren, aber die meisten Straßen dort waren zugewuchert, von umgestürzten Bäumen oder zusammengebrochenen Wohntürmen und anderen Gebäuden versperrt – und dazwischen nichts als Wildnis. Ich hätte im Ödland noch weniger Orientierung gehabt als auf Ganggebiet. Irgendwo am Rand der Alpen musste ich tagelang vor einer Bande namens Moshos fliehen – ich stahl einem ihrer besoffenen Trupps nachts Benzin, und sie verfolgten mich erst eine halbe Nacht, und als ich mich danach aus meinem Versteck unterhalb einer zusammengesunkenen Talbrücke wagte, noch einmal mehrere Stunden lang. Ich verfuhr dabei vermutlich in etwa so viel Benzin, wie ich mir zuvor mit einem Schlauch und einem Kanister abgezwackt hatte.

Die Greybacks musste ich in einem weiten Bogen umfahren. Ich hatte erst überlegt, mich mit ihnen einzulassen, denn langsam knurrte mir wirklich der Magen, ich hatte mir die Haferflocken und das Proteinzeugs schon rationiert. Aber die Greybacks sind ein unangenehmer Haufen, wenn sie gut gelaunt sind, und gerade herrschte Krieg, das erfuhr ich von einem fliehenden nomadischen Stamm. Die neuen Players in Town hießen Kingdom-Kome-Klan. Die Flüchtenden rieten mir, die auch zu meiden. Sie kamen angeblich aus dem französischen Gebiet rüber, und sie seien nicht nur auf Konfrontation aus, sondern auf Missionierung. Das bedeutete, sie murksten nicht einfach ab, sie sammelten auf.

Das schien mir auf den ersten Blick nicht einmal schlecht – am Leben zu bleiben ist besser, als nicht am Leben zu bleiben. Doch die Fahrenden, mit denen ich zwei Tage reiste (was mich leider wieder in die falsche Richtung, aber auf sichereres Territorium führte), sprachen von unmenschlichen Methoden, von Folter und Konditionierung, die Gefangene dazu bringen sollten, sich mit der neuen Sache zu identifizieren.

Was die Sache war, wussten sie auch nicht, aber der Name schien mir aussagekräftig genug – diese Neuankömmlinge waren eine Sekte.

Azmi hasst Sekten noch mehr als Toxxers. Mit Gangs konnte man verhandeln, Sekten waren unberechenbar. Und Sekten, das hatte er mir eingeschärft, würden es noch viel spannender finden, dass ich mich im Ödland frei bewegen konnte, als Gangs.

Also ließ ich mich mit der nomadischen Großfamilie, die in und auf zwei alten Mercedes-Sprintern wohnten, die sie miteinander verbinden konnten, zum nächstgelegenen südlichen Knotenpunkt treiben, irgendeinem ehemals bayrischen Dorf mit noch recht intakter Architektur, das in der Hand eines Italo-Clans lag. Dort tauschte ich meinen letzten Rest Proteinpaste gegen Benzin und ließ mir von der Großmutter der Fahrenden mithilfe des Atlas den Bogen beschreiben, den ich nach Norden und dann in den Westen nehmen musste.

»Du solltest dann nur zusehen, dass du irgendwo über den Rhein kommst«, schärfte sie mir ein. Sie steuerte Sprinter Eins und war eine gewichtige und aufbrausende Frau, die irgendeinen kaum verständlichen Dialekt sprach und sich bei mir besondere Mühe gab, deutlich und vor allem laut zu sprechen. Sie kannte seit Jahrzehnten alle Routen durch Zentraleuropa und wusste eines so gut wie ich: Keiner von diesen Wegen ist dauerhaft verlässlich.

»Übern Rhein zu kommen ist weiter im Norden schwieriger als hier im Süden, weil er so breit geworden ist und rechts und links ausgedehnte Ödlandgebiete liegen und außerdem die ganzen Brücken zerstört sind.« Ich hob es mir für später auf, darüber nachzudenken. Ein Problem nach dem anderen.

Und nachts dachte ich immer an Azmi.

Ich hatte ihn zurückgelassen.

Einfach so.

Nein, nicht einfach so. Nachdem er mich *einfach so* betäubt und entführt hatte, schärfte ich mir stets ein, doch das half nichts. Er hatte mich nicht irgendwo mit einem Beiwagen ohne Moped zurückgelassen.

Vielleicht war er schon tot.

Oder er war mittlerweile wie durch ein Wunder an eine neue Karre gekommen, fand den Weg sehr viel besser als ich und wartete bereits im Markt auf mich, um dieselbe Nummer noch mal abzuziehen.

Nein, ein Problem nach dem anderen. Ich würde erst am Rhein ankommen. Dann im Turf ankommen. Dann am Markt ankommen. Und dann erst würde ich sehen, ob Azmi da war oder nicht und wie es Zeeto ging und all so etwas. Es würde alles gut werden.

Ich glaube nicht so richtig an die Kraft von »Wenn ich mir sage, dass alles gut wird, wird alles gut«, aber ich glaube, dass ich meist über die richtige Variante der Zukunft nachdenke, und das macht mich zu einem äußerst praktisch veranlagten Menschen.

Die Ratschläge der alten Lady erwiesen sich als äußerst tauglich, und mit einer kleinen und aufgrund des schwierigen Geländes zeitaufwendigen »Abkürzung« durch die Todeszone um Kassel herum kam ich in ehemals bewaldetes Gebiet, das nun großräumig abgestorben war. Auch das hatte mir die Omi erklärt, sie sagte, ich könne mich an die Mittelgebirge halten, um nach Westen zu kommen. In dieser Steppe voller unwegsamer Baumstümpfe war ich jedoch nicht allein, die Asphaltstraßen, die noch passierbar waren, wurden von einer weiteren Bande kontrolliert, die sich »Der Zoll« nannte. Dieser Weg war eine beliebte Ferntrasse, und somit hatte diese Gang sich vornehmlich darauf spezialisiert, zu handeln und Zölle einzutreiben.

Ich wollte ihre Stellungen bei Einbruch der Nacht abseits der von ihnen kontrollierten Straße umgehen und wäre dann fort, bevor sie mich richtig gesehen hätten.

Tatsächlich ging es aber noch einfacher, was an dem Seuchenzug lag, der sie beschäftigte. Es geht doch nichts über einen Seuchenzug als willkommenes Ablenkungsmanöver! Die Gangmitglieder trugen Atemmasken und Tücher vor Mund und Nase und versuchten, den Seuchenzug vor ihrer Grenze abzuweisen, was ich eine Weile von einer Anhöhe aus beobachtete. Sie wollten verständlicherweise keine Kranken in das von ihnen kontrollierte Gebiet einlassen. Von meiner Position aus konnte ich nicht erkennen, ob es Menschen waren, die an der Wastelandkrankheit litten, die ja immerhin nicht ansteckend ist, oder ob es sich um etwas Garstigeres handelte. Jedenfalls bewegten sie sich auf allen möglichen fahrbaren Untersätzen, zumeist Karren, die von Tieren gezogen wurden, aber auch ein paar Pick-ups und zusammengepuzzelte Rostmühlen (von denen ebenfalls einige mangels Benzin von Tieren gezogen wurden). Ich erkannte, dass es ein Seuchenzug war, weil auf den Ladeflächen Kranke lagen, und zwar nicht zu knapp.

Manchmal trifft man auf solche Gemeinschaften. Entweder jemand in der Sippe hat sich was eingefangen, und plötzlich haben es alle, oder es sind Docs, die sich dafür bezahlen lassen, dass sie herumreisen und die Kranken aus den Sippschaften pflücken und sie mitnehmen, bis sie entweder gesund oder tot sind (meist Letzteres). Um was es sich hier handelte, erkannte ich nicht, aber was recht schnell klar wurde, war, dass sie wie ich diese Grenze sehr gerne passieren wollten. Und dann wurde es gewalttätig.

Ich beschloss, die Gunst der Stunde zu nutzen, als eines der Autos Gas gab und beinahe ein Gangmitglied über den Haufen fuhr, woraufhin jemand mit einer Stachelkeule auf irgendeine Art Zug-Kuh einschlug. Das Schreien der Kranken und die verständnislosen Laute der Qual, die das Tier von sich gab, verfolgten mich, als ich das Motorrad leise den Berg hinabrollen ließ, im Schatten einiger verdorrter Stümpfe eine Weile wartete und dann schließlich, als die Gang-Verstärkung von allen Seiten dem Grenzübergang zuströmte, aufs Territorium des Zollvereins eindrang. Ich wurde nicht verfolgt, und was hinter mir geschah, wollte ich gar nicht wissen.

Der Zoll hielt seine Straßen jedenfalls gut instand, da konnte ich nicht klagen. Ich kam am gleichen Tag noch am Rhein an.

Eingerahmt von halb im Schlamm versunkenen Ruinen wälzt sich der immense Fluss in beinahe dickflüssiger Trägheit nach Norden. Er muss mal schmaler geflossen sein, war aber auch dann sicher eine beeindruckende Erscheinung gewesen. Nun breitet sich das geflutete, schlammbraune, ölschillernde, beinahe still stehende Gewässer gefühlt bis zum Horizont aus, und die Omi hatte schon recht gehabt: Wie sollte ich die Brühe überqueren?

Weiter im Süden gibt es die von den Maramaribos kontrollierte Schwimmerbrücke, die Azmi und ich meist nahmen, wenn wir zum Broke-Turf wollten – aber die Maras hatten Deals mit den Brokes, denen ich auf Teufel komm raus ausweichen wollte. Mein Ziel war es also letztlich, von Norden her zum Handgebunden-Markt zu gelangen.

Durch die Todeszone …

Und deswegen war es nur logisch, dass ich ab hier vom Weg abwich und mich in die Rheinlandtodeszone wagte. Hier kam ich nicht schlecht voran, der Wald wucherte zwar auch, wo man ihn ließ, aber es gab noch genügend betonierten Untergrund, der ihn eben nicht ließ, und so glitt ich zwei weitere Tage, meist wenig schneller als im Schritttempo durch die Ruinen des Abendlandes. Ich musste immer wieder überflutete Gebiete umgehen, ich musste das Moped durch Gebüsch, Gestrüpp und jungen Urwald zwängen, ich musste Todeszonenwasser abkochen und mit mulmigem Gefühl trinken, und ich litt einen verdammten Hunger, weil es einfach nichts Essbares in dieser elenden Wildnis gab – oder vielmehr weil ich mich nicht überwinden konnte, Krabbelviecher zu essen, und mehr Auswahl blieb zu dieser Jahreszeit nicht.

Und dann, etwa zwei Wochen nachdem ich Azmi zurückgelassen hatte, kam ich zur Brücke.

Sie war gewaltig.

Sie war gewaltig im Arsch. Und ich würde sie trotzdem betreten.

Das Gebilde war mal eine Hängebrücke gewesen, natürlich keine, bei der über der Schlucht dann plötzlich Planken herausbrechen können wie in einem Abenteuerfilm. Sie war ein Gebilde aus zwei breiten Betonfahrbahnen, Metallträgern und grünlichen Stahlseilen, und ich fragte mich, ob die Stahlseile immer schon grün gewesen waren oder ob sie langsam vor sich hin korrodierten. Die Brücke hatte sich verzogen, ihr Fundament war eingestürzt oder aufgeweicht oder was weiß ich, und so hatte sie eine Schieflage auf meiner Seite des Rheins bekommen, die sich ziemlich katastrophal auf den Rest der Konstruktion ausgewirkt hatte – die Fahrbahn hatte sich gedreht, war geplatzt, mehrere Stahlseile hatten sich gelöst, und so ragte die Brücke wie eine gigantische verunglückte Heuschrecke auf langen grünen Beinen vom Sumpf auf der rechten Rheinseite hinüber auf die andere Seite, und Teile davon lagen unter Wasser.

Weiter im Norden dehnte sich die Trümmerwüste der großen Stadt aus – eine riesige Kathedrale ragte verlassen und altersdunkel wie ein Fingerzeig des Schicksals auf, einer ihrer Türme war eingestürzt.

Ich hatte schon Brücken überquert, die so aussahen. Verrückt, wenn man bedenkt, dass es früher ganz selbstverständlich war, dass sie *nicht* so aussahen; die Leute wären ausgeflippt, wenn sie morgens aufgewacht und auf dem Weg an die Computer, an denen sie den ganzen Tag gesessen hatten, gesehen hätten, dass die Brücke plötzlich so aussah – ausgeflippt! Jedenfalls, wenn ich Brücken in dem Zustand überquert hatte, dann waren sie meist mit Holzplanken ausgebessert worden, und irgendeine Gang hatte einen hohen Preis gefordert, um uns hinüberzulassen.

Hier regierten keine Gangs. Hier war Ödland.

Die breite Autotrasse, die zur Brücke hinführte, war nicht überspült, und die Teile der Brücke, die unter Wasser lagen, ragten an einigen Stellen – manchmal quer oder nur mit dem metallenen Geländer – aus dem trübbraunen Wasser heraus. Ich sah auf den mehreren hundert Metern, die der Fluss breit war, keine Stelle, an der die Brücke komplett versunken war, allerdings würden verschiedene heikle Manöver nötig sein, um dieses Ungetüm zu überqueren.

Vielleicht würde ich dabei mein Moped an den Rhein verlieren. Ich starrte in die Fluten vor mir: Sie waren unwägbar, der Fluss konnte zwei oder zweihundert Meter tief sein. Vielleicht ruhte die Brücke auf Fundamenten aus untergegangenen Autos, ganzen Haufen versunkener Metallgeschöpfe, die das Sakrileg eines Menschen auf der Brücke aus dem Gleichgewicht bringen würde; ich würde es merken. Langsam gab ich Gas und rollte über die gesprungene und aufgerissene Autobahn auf den ersten Teil der Brücke.

Ich wünschte, ich könnte jetzt schildern, wie ich Gas gab, Anhöhen hinaufschoss und mit waghalsigen Sprüngen über metallene Seitenteile der Brücke oder sogar gespannte Kabel fuhr, aber so war es nicht. Der erste Teil war unkritisch, eine ebene Fahrbahnfläche mit einigen größeren Rissen und Kratern darin, die ich umfahren konnte. Dann begann das Chaos, ich musste praktisch von der Fahrbahn auf ein zertrümmertes Stück übersetzen und von dort aus auf die grünen Seitenteile, die glatt und unwägbar aussahen und es auch waren. Ich überlegte erst, abzusteigen und das Moped zu schieben, aber es war viel zu schwer und der Übergang, den ich passieren musste, viel zu schmal, und deshalb schwitzte ich Blut und Wasser, und der Rhein gurgelte gierig unter mir. Dann rutschte das Bike tatsächlich seitwärts weg, ich konnte mich gerade so abfangen, und kurz fürchtete ich, dass es mir einfach in die Fluten stürzen würde, unendlich langsam, aber unausweichlich. Dann bekam ich es doch unter Kontrolle, mein Atem ging keuchend, und zitternd stand ich eine Weile da und musste wieder zu Atem kommen. Ich stieg wieder auf und fuhr weiter, musste von den Seitenteilen auf die verdrehte Fahrbahn zurück, und auch da wurde es so steil, dass ich rutschte, bis mein Vorderrad an der Halterung eines Stahlseils zum Stehen kam. Ich befand mich aber nun in der ehemaligen Fahrbahnmitte, und auch da erstreckten sich teils noch intakte Trennelemente, sodass ich mich wie im Scheitelpunkt eines Vs zwischen Fahrbahn und Zwischenwand hindurchschieben konnte. Schließlich musste ich mich jedoch aus den schützenden Trennelementen herausmanövrieren, um einen breiten Riss zu umgehen – und dann stand ich auf der anderen Seite. Bis zu den Knien im Morast, der hier über die ehemalige Fahrbahn gekrochen war, musste ich das Bike durch den Schlamm schieben. Zum Glück kann das Moped so was ab, aber ich selbst war am Ende meiner Kräfte. Als ich es endlich hinter mir hatte und auf der anderen Seite trockenen Boden zwischen einigen Bäumen und Sträuchern betrat, tat mir alles weh und am meisten davon mein Magen. Ich aß ein paar Haferflocken und trank ein paar Schlucke hoffentlich genießbares Wasser aus meiner Aluflasche, dann säuberte ich halbherzig das Moped – und atmete durch.

Immerhin. Ich war so weit gekommen. Durch halb Europa, allein, über eine Brücke, die vielleicht seit vierzig Jahren niemand mehr benutzt hatte.

Alles wegen eines Typs!, verspottete ich mich selbst.

Alles wegen eines Rätsels, von dem ich selbst ein Teil sein könnte, hielt eine andere Stimme dagegen. Ein Ödlandrätsel. Und vor mir lag noch eine Endlosigkeit Ödland und die Schwierigkeit, ohne wirkliche Orientierung von Nordosten in den Broke-Turf zu gelangen. Ich würde vorsichtig sein müssen.

Die große Straße, die vor mir von der Brücke aus nach Westen führte, sah halbwegs passierbar aus – Autobahnen von solcher Breite überwuchern nicht so leicht, aber vielleicht war sie irgendwo versperrt, überflutet oder endete abrupt an einem Krater? Ich würde es nur herausfinden, wenn ich ihr folgte. Und ich würde ihr folgen. Ich schlug, langsam auf den Resten der Haferflocken kauend, meinen Straßenatlas auf und fand die Straße sogar im Atlas.

Aber wo musste ich sie verlassen? Wie kam ich zum Broke-Turf?

Warum hatte niemand, der – ich schlug nach – 2007 diesen Atlas verfasst hatte, daran gedacht, ihn einzuzeichnen!

Mein suchender Finger fuhr von einem eingezeichneten Stausee zum nächsten. Einer davon musste es sein, aber es gab gar nicht wenige südlich der Straße, die hier mit A4 bezeichnet war.

»Rursee. Wehebachtalsperre«, las ich murmelnd vor mich hin. Auch Täler sehen in der Ego-Perspektive ganz anders aus als von oben, zumal der alte Stausee am Handgebunden-Markt ja mittlerweile nur noch ein Tümpel in einem tiefen Kerbtal ist – aber der nördlichste davon sah aus, als wäre er günstig zu erreichen, und ich glaubte, die Form zu erkennen. Und »Wehe« klang mir schicksalhaft genug.

Wehe, wenn Azmi tot ist!

Wehe, wenn jemand dich im Ödland findet.

Wehe, wenn die Brokes dich aufgabeln.

Wehe, wenn du Zeeto sterben lässt.

Ich raffte mich auf. Wenn die Straße nicht katastrophal schlechter wurde, konnte ich in zwei, vielleicht drei Stunden da sein. Mein Herz begann, mir einen schicksalhaften Takt vorzugeben. Wehe, wehe, wehe, schien es zu sagen.

UNITED STATE OF DEPRESSION
ZEETO, 10. FEBRUAR 2064

Okay, ich verrate euch jetzt mal was über bipolare Neurodivergenz, was den meisten nicht klar ist. Riika hat früher immer »manisch-depressiv« dazu gesagt, aber weil der schlaue Doc Azmi es bipolare Störung nennt, nennt sie es jetzt auch so. Also, was die meisten so denken, ist, dass Leute mit bipolarer Neurodivergenz so durch ihr Leben gehen, und wenn sie was Schreckliches oder Trauriges erleben, dann sind sie sofort ganz schlimm traurig, und wenn sie was Aufregendes mitmachen, ganz schrecklich hektisch und überaktiv und super-krass-ober-begeistert-und-genial. Und sie glauben, dass das wechselt, weil es praktisch eine unfassbar übertriebene Stimmungsschwankung ist.

Das ist Bullshit.

Und somit kommen wir auch schon zu der Frage: Ist Zeeto etwa immer noch depressiv? Ja, ist er. Depressionen sind nicht mal drei Minuten heuli-heuli. Depressionen sind *Wochen* der Selbstzerfleischung. Ich bin gerade richtig gut dabei.

Und die Wastelandkrankheit? Trägt das ihre zu den Schlafstörungen und der Appetitlosigkeit und den Nachwirkungen der Prellungen bei, die ich mir beim Sprung von der G-MAX-Plattform zugezogen hab. Aber die Medikamente, die mir Linda nach dem Rezept des Docs zusammenmixt, scheinen dafür zu sorgen, dass ich nicht einfach so den Löffel abgebe.

An manchen Tagen steh ich nicht auf. An anderen ist es kein so großes Problem, dann ist die Depression nur wie so eine trübe Glocke, unter der ich eine mickrige Delikatesse bin, die gerade zum Tisch getragen wird, wie in diesen Filmen.

Turf-Town ist hinter dem Horizont verschwunden. Als ich nach meinem »Zweikampf« wieder bei Queen Lokes Bude ankam, hat sie tatsächlich Wort gehalten, zähneknirschend, aber solche Dinge sind ihnen wichtig, wo kommen sie hin, wenn das nichts mehr gilt? Trotzdem sehen wir immer wieder Brokes-Patrouillen, die um den Handgebunden-Markt kreisen, tagtäglich eigentlich. Und von denen, die kommen, um mit uns Handel zu treiben, ist sicher die Hälfte dafür bezahlt worden, unauffällig Fragen nach Mtoto zu stellen oder nach ihr Ausschau zu halten.

Noch hat niemand geplaudert. Noch hat niemand herausgefunden, welches von den Kleinkindern es ist. Natürlich wissen es alle hier im Markt, aber wir sind Hopers, wir sind zwar nicht unbestechlich, aber grundsätzlich halten wir zusammen, und offenbar hat Loke noch nicht den richtigen Preis gefunden. Dass ich auf dem G-MAX kämpfen musste, hat uns eher zusammengeschweißt – sie reden viel darüber, ich kriege bewundernde Blicke, sogar von Jess, und manchmal werde ich aufgefordert, davon zu erzählen, als hätte man mich nicht vom Markt aus sehen können. Wie es so für mich war. Wie ich mich gefühlt hab.

Im Moment bin ich nicht in der Laune, über meine Gefühle zu reden.

»Zwei sind hochgegangen, eine ist jetzt Matsch«, sage ich dann.

Ich hab nicht mal ein schlechtes Gewissen. Sie hätte mir ja nicht so todesversessen hinterherspringen müssen. Die Brokes, die Azmi erschossen hat, reißen mich hingegen fast jede Nacht aus dem Schlaf. Die Schüsse, der Blutgeruch …

Egal. Es gibt zwei Neuigkeiten, die wirklich interessant sind, selbst durch die trübe Käseglocke hindurch.

Erstens: Riika versucht, es geheim zu halten, auch damit niemand auf die Idee kommt, die Kleine doch an Queen Loke zu verhökern, aber Mtoto ist kein normales Baby.

Das hätte ich mir natürlich denken können, als ich sie im Ödland von der Leiche ihrer Mutter pflückte, aber ich hatte gehofft, dass es sich bei ihr und diesen *anderen,* die sich irgendwo bei den Bunkeranlagen aufgehalten haben müssen, einfach nur um Menschen handelt, die resistent gegen die Wastelandkrankheit sind. Außerdem – und das ist keine große Sache, zumindest erst einmal nicht – hat Riika schon eine Menge Kinder gesehen, und sie schätzt Mtoto aufgrund ihrer Größe und ihres Verhaltens auf vielleicht sieben Monate. Sie stellt sich allerdings hin und läuft schon ein paar Schritte, wenn man ihr hilft. Außerdem hat sie einen Haufen Zähne und isst am liebsten Dinge, die man zerkauen muss. Milch findet sie super-öde. Fast so öde, wie sie andere Kinder findet. Nein, öde ist das falsche Wort. Ich würde sagen, sie misstraut ihnen.

Das alles kann natürlich an vielen Dingen liegen. Kennt sie vielleicht keine anderen Kinder? War sie immer allein unter Erwachsenen? Hat der Aufenthalt im Ödland irgendetwas mit ihr gemacht, das ihre Motorik ankurbelt? Ich habe Riika gefragt, ob wir Menschen uns womöglich langsam auf natürliche Weise anpassen, sodass Mtoto vielleicht eine ans Ödland angepasste Mutation ist oder so etwas, aber Riika glaubt nicht, dass Evolution so schnell geht.

Außerdem ist Mtoto keine Mutation, sie ist ein Baby. Und ja, ein paar der anderen Kinder haben als geheimes Bandenerkennungszeichen nun die unmissverständliche Halbkreisform von Mtotos Milchzahngebiss auf dem Körper, aber sie möchte eben gern allein sein.

Ich kenn das. Ich hab ein bisschen was zu ihr aufgeschrieben, wir hängen schließlich schon mal zusammen herum. Riika sagt, ich soll so viel aufschreiben wie möglich. Das ist natürlich einer ihrer Versuche, meine Gedanken auf einen Punkt zu bringen, mich beschäftigt zu halten. Aber das ist okay. Ich bin halt keine Insel, ich brauche Leute um mich herum, die mir helfen, klarzukommen.

Nicht wie Laylay und Azmi, immer zu zweit. Jetzt verdammt weit weg, und dabei habe ich Fragen an Azmi. Fragen zu Mtoto, zu Laylay, zu ihrer Mutter. Vermutlich hat Riika recht, und das sind alles nur Zufälle, aber was, wenn Azmi mir erzählen würde, dass sie auch früher laufen konnte als andere Kinder? Dass er allein mit ihr unterwegs ist, weil sie …

Was?

Bissig ist?

Sie kam mir ganz normal vor, aber was ist schon normal, und streng genommen kenne ich sie nur wenige Tage. Ich wünschte, er wäre nicht einfach abgehauen, dabei war es vermutlich das Beste.

Die Brokes hätten den Markt auseinandergenommen, um ihn zu finden.

Ah, erinnert ihr euch, dass ich oben sagte »erstens«? Und dann kam kein »zweitens«? Jedenfalls – Trommelwirbel – zweitens: Wir haben eine Sektenplage.

Ja, ich weiß, es ist ein Jammer, dass das Insektensterben nicht auch die Sekten mit in den Abgrund gerissen hat, aber Sekten haben alle möglichen Gründe, den Zusammenbruch von Zivilisationen argumentativ für ihre Zwecke zu nutzen.

Seit ein paar Tagen hat sich eine Sekte zu einem echten Problem entwickelt. Sie haben erst ein junges Paar – einen Mann und eine Frau – zum Kundschaften ausgeschickt, sie hatten einen Passierschein von Loke, weshalb ich vermute, dass Loke mit ihnen irgendwie unter einer Decke steckt. Die beiden hielten sich für unauffällig, aber alles an ihnen schrie »Sekte!«, wirklich. Der Handgebunden-Markt akzeptiert alle möglichen Weirdos, auch solche, die einen auf »Brave-Heilige-und-ihr-Beschützer« machen, sogar Gangmitglieder kommen her, wenn sie sich an den Frieden des Ortes halten, sich die Hand binden lassen und etwas zum Handeln mitbringen.

Die beiden hatten Kanister mit Obstsaft dabei – Obst ist wirklich Mangelware, weil man die Bäume mit der Hand bestäuben muss und bei uns kaum Obstbäume wachsen, der Boden ist offenbar nicht mehr dafür geeignet. Das Obst kommt aus dem ehemaligen Spanien hoch, oft in getrockneter Form oder als Saft. Noch öfter haben wir es einfach gar nicht, und ja, wir hatten auch schon Winter mit Skorbutproblemen. Aber nicht nur Azmi und Riika sind findig, was Medikamente angeht: Wir nutzen nicht nur den alten Scheiß vergangener Zivilisationen, sondern es gibt auch neue, handgedrehte Vitaminpillen, die von der Iberischen Halbinsel zu uns kommen.

Mit den Saftkanistern waren die beiden uns jedenfalls ziemlich willkommen, aber wir begriffen schnell, dass sie eigentlich nicht gegen Batterien tauschen wollten, sondern sich nach Mtoto umsahen. Loke muss ihr Wort halten, weil ich das verachtenswerte Duell gewonnen hab, aber offensichtlich hat sie willige Marionetten gefunden.

Ich verbringe viel Zeit mit Mtoto drinnen, sie ist schlecht gelaunt deswegen, aber ich bin in einer Stimmung, in der ich ihr Genöle ertragen kann. Es ist kälter geworden, kalt und bewölkt, und es regnet oft. Das Paar versuchte, möglichst viel herumzuschnüffeln, scheiterte jedoch an Dünyas, Lindas und Riikas verschachtelter Heimstatt.

Als sie ihre Geschäfte abgewickelt hatten, verließen sie den Markt, und kaum zwei Tage später stand ein ganzer Trupp dieser Gestalten vor unseren Toren. Alle hatten einige kleinere Dinge zum Handeln dabei, alle konnten Passierscheine von Loke vorzeigen, aber Jess wies sie direkt an der Baracke ab. Größere Organisationen weisen wir meistens ab. Einzelne Leute sind uns willkommen, solange sie sich an unsere Regeln halten. Gruppen von mehr als vier Menschen bleiben draußen und treiben von dort aus Handel. Das schien ihnen nicht zu gefallen. Sie zankten sich mit Shan über unsere Regeln, aber ser war unerbittlich.

Das Problem: Es kamen weitere Sektenmitglieder dazu, immer in kleinen Trupps und mit Fahrzeugen, und nun sind viele von ihnen sichtbar bewaffnet. Und wurden wir vor wenigen Wochen von den Brokes und ihrem G-MAX belagert, so sind wir jetzt von einer Sekte umzingelt. Die die Brokes sicherlich als Rückhalt haben, sonst hätten Lokes Kids sie längst aus dem Weg geräumt. Sie lässt sie mindestens gewähren, behält sie im Auge und verspricht sich etwas davon.

Die Sekte hat ein paar Zelte aufgebaut, außerdem besitzen sie alte Caravans und Wohnwagen, manche von ihnen bedrohlich ausgebaut, sodass man es nicht für möglich hält, dass sie nicht umfallen, wenn sie losfahren. In manchen wohnen sie zusammen mit ein paar Nutztieren. Auf dem vordersten Wohnwagen, einem beigefarbenen, vielfach geflickten kleinen Ding, thront eine aus Stacheldraht gewundene Krone, auf dem Blech der Karosserie prangen die Worte *Kingdom Kome*.

Als sie ankamen, bin ich wie alle anderen, die auf dem Markt wohnen, zum Zaun gegangen, um mir die Gestalten anzusehen. Jess und ich witzelten darüber, dass wir »Cingdom Cum« für den gelungeneren Namen hielten. Seit ich auf dem G-MAX beinahe gestorben wäre, ist Jess wesentlich gnädiger gestimmt. (Falls ihr wissen wollt, welcher Beef da zwischen uns bestand: Jess und Bo waren sich vor einem halben Jahr einig darin, beide ein wenig verliebt in mich zu sein. Es stellte sich aber heraus, dass Jess das eher für einen unterhaltsamen Zeitvertreib hielt, während Bo so wirklich ernsthaft in mich verknallt war, und wir haben zwar auf dem Markt das ungeschriebene Gesetz, dass niemand Besitz von einem anderen Menschen ergreifen darf – nein, auch nicht in einer Beziehung –, aber in der Praxis ist das nicht immer so leicht durchzusetzen. Und als Jess Bo sagte, er müsse sich jetzt – hochdramatisch – zwischen mir und ihr entscheiden, hab ich gesagt, dass es gar nicht zur Debatte stehe, dass Bo sich »für mich entscheidet«, weil ich echt nicht Bos nächste hochdramatische Beziehungskiste sein will, und seitdem wachte sie über seine Blicke, Gesten und sein nettes Lächeln, als würde es ihr gehören. Sie hat erst damit aufgehört, als ich vor Queen Loke stand. Feindschaften können zusammenschweißen.)

So, zurück zum Status quo: Der Handgebunden-Markt wird vom Kingdom-Kome-Klan belagert – und alle so yeah.

Ihr Anführer ist ein zahnloser, alter Weißer in den bescheidenen braunen Lumpen, die sie alle tragen. Shan sagt, er hat grauenhaft schlechte Zähne und so einen Mundgeruch habe ser noch nie erdulden müssen. Jedenfalls wissen wir jetzt endlich, was die Witzfiguren von uns wollen, denn sie sind auf der Suche nach der Erbsünde. Shan sagte ihnen schon, dass wir leider nicht mit kruden Konzepten handeln, sondern nur mit handfester Ware, aber dann sprach der Alte von der jungen Frau, die den Wald betreten habe, und von dem Baby, das von dort stamme, und seitdem sind wir wieder alle in höchster Alarmbereitschaft.

Mtoto darf diesen Leuten nicht in die Hände fallen. Shan sagte ihnen, dass das Baby ein aus Broke-Destillat geborenes Hirngespinst und das Mädchen längst mit ihrem Vater geflohen sei, aber die Geschichte geht noch weiter: Sie glauben, dass wir das Baby aus Unwissenheit schützen, dass es aber von den Menschen abstammt, die das Wasteland geschaffen und die große Cingdom-Cum-Katastrophe, oder wie auch immer sie das nennen, verursacht haben und sich selbst gegen die Wastelandkrankheit immunisieren konnten. Was natürlich sein kann, so rein theoretisch, aber was kann das Baby dafür?

Dass sie von Erbsünde faseln, spricht dafür, dass ich das nicht beantwortet bekommen möchte. Vermutlich glauben sie, dass die wahre Läuterung unserer Welt erst eintreten kann, wenn auch die letzten Schuldigen, die einen Vorteil aus der Katastrophe ziehen, zur Rechenschaft gezogen wurden oder etwas ähnlich Abstruses, was Mtotos Ableben zur Folge hätte.

Wie schon bei der Belagerung durch die Brokes bewachen wir nun unsere Grenzen und fragen uns, was passiert, wenn sie beschließen, uns zu überrennen. Wir sind bewaffnet, sie sind bewaffnet – aber würden wir all das, was wir hier haben, für Mtoto aufs Spiel setzen? Würde irgendwer sie ausliefern?

Oder würde Loke dann doch einschreiten, weil der Markt auch ihr Kapital ist? Hofft sie, dass die Sekte uns angemessen einschüchtert?

Das Einschüchtern gelingt jedenfalls gar nicht schlecht, außerdem vertreibt die Sekte alle, die mit uns Handel treiben wollen, und langsam wird hier alles knapp. Es ist Winter – wann werden wir Babys gegen Leben tauschen?

Ich halte an dem Teil des Markts Wache, der früher ein Flussufer war, zusammen mit Keshi, meinem jüngeren Bruder-in-allem-außer-Blut. Der, der immer mein Fleisch aus dem Eintopf isst, ich hab schon mal von ihm erzählt. Man hat uns hier positioniert, weil an dieser steilen Flanke keine Zelte dieser Man-kann-uns-nur-ganz-zufällig-mit-KKK-abkürzen-Leute stehen und sie von dieser Seite auch schlecht angreifen können. Aber unser Blick geht von hier aus übers Land, und wir sehen die Broke-Patrouillen, die unseren Konflikt hier im Auge behalten. Es ist später Nachmittag. Keshi quasselt schon seit einer halben Stunde ohne Unterlass, und ich schleppe mich so durch dieses Gespräch. Es geht gerade um einen Schach-

Hack, den er vorgenommen hat, und dazu hat er die neue Figur der Mopedfahrerin erfunden, die vor den feindlichen Linien horizontal hin und her fahren kann. Er schlägt vor, dass wir es mal spielen, und ich sage, dass ich mich im Moment nicht wirklich gut konzentrieren kann, und da sehe ich eine Gestalt auf einem Motorrad, die sich langsam von Norden her nähert.

Im Norden ist nichts. Die Talsperre. Die Wastelandgrenze. Mein Herz schlägt schneller, und mein Blick geht zur Broke-Patrouille zurück, auf die Keshi mich gerade hingewiesen hat. Sie haben das einsame Motorrad noch nicht gesehen, weil sie selbst gerade von Norden am Markt vorbeifahren.

Ich ziehe am Ärmel von Keshis Jacke und deute mit dem Kinn in die Richtung. Falls wir unsererseits beobachtet werden, möchte ich niemanden darauf aufmerksam machen.

Geistesgegenwärtig nimmt sich Keshi seine Linda-Decke, in die er sich gehüllt hat, und plustert sie noch mal auf, breitet sie wie ein Zelt um sich und mich. Ich bin größer als er, sodass er nur gerade so daraus hervorlugt, wenn sie über meinen Schultern liegt. Er kramt in seiner Jacke, und dann holt er ein kleines, selbst zusammengeklebtes Fernglas hervor und späht damit aus der Decke hervor. Ich versuche, ihm Deckung zu geben, sodass es aussieht, als wäre uns einfach nur scheißekalt – von der Position der Zelte und grimmigen KKK-Soldaten ist sein Fernglas unsichtbar. Ja, Soldaten: Die Bewaffneten sind alle Männer oder werden zumindest männlich wahrgenommen, was in der Sekte einfach ist, denn da gibt es rein äußerlich die binäre Einteilung Brauner-Lumpendress-für-Frauen und Brauner-Lumpendress-für-Männer. Wenige von ihnen tragen Schusswaffen, sie haben sich lange Lanzen aus ehemaligem Feldgerät zusammengeschraubt, Pflugscharen zu Schwertern sozusagen.

»Crossmaschine. Schwarz, mit aufgeschraubten zusätzlichen Metallteilen um den Tank. Wie die vom Doc«, flüstert Keshi, und ich bin versucht, ihm das Fernrohr aus der Hand zu reißen.

»Wie vom Doc«, zwinge ich mich zu murmeln. »Oder ist es *die vom Doc?*«

»Kein Beiwagen«, sagt Keshi.

»Wer sitzt drauf?« Ich kneife die Augen zusammen, aber das bringt nichts, die kleine, zögerliche Schleifen fahrende Gestalt ist praktisch nicht zu erkennen.

»Schwarzer Helm, dunkelblauer Parka. Mehr kann ich nicht sehen.«

»Parka? So ein Ding mit mehreren Nähten, wie nennt man das …«

»Gesteppt«, antwortet Keshi. »Ja, so ein Ding.«

Ich schlucke, es kommt mir vor, als hätte ich Scherben im Rachen. »Scheiße, ist das Laylay?«

»Keine Ahnung. Ist auch außer Sicht jetzt. Willst du durchgucken?«

»Nein. Zu auffällig. Scheiße. Sie wird der Sekte mitten in die Arme laufen.«

Keshi schweigt. »Na und? Die kennen sie doch nicht.«

»Wenn die Brokes sie vorher finden …«

»Nicht alle Brokes wissen, wie sie aussieht.«

»Aber sie hat womöglich keinen Passierschein, das heißt, es ist scheißegal, ob sie das wissen, sie werden sie einsammeln und nach Turf-Town bringen, ihr all ihren Kram wegnehmen und sie zur Sklavin machen. Spätestens da werden sie merken, wer sie ist, und ich hab keine Ahnung, ob sie sie dann der Sekte übergeben oder was weiß ich, einkochen und ihr Blut trinken, weil sie glauben, das macht sie immun.«

»Zee, du spinnst«, sagt Keshi. »Das passiert nicht.«

»Wir werden gerade belagert, weil es das *Gerücht* gibt, dass hier ein Baby ist, das im Ödland überlebt. Passiert so was auch nicht?«

Keshi grummelt etwas Unverständliches. Schließlich richtet er sich auf. »Dann müssen wir ihr helfen, Zee. Arsch hoch.«

Wir lassen Lindas Decke liegen und laufen los, denn es gibt nur eine einzige Stelle, an der Laylay den Markt betreten kann, und das ist die Baracke. Die Zäune um den Markt herum sind zu hoch und zu stachelbewehrt, um sie zu erklettern, und wenn wir ihn an einer Stelle zerstören, um Laylay reinzulassen, haben wir schnell auch ein paar durchgeknallte Sektenmitglieder auf den Zehen stehen. Da Laylay ohnehin nicht weiß, womit sie es zu tun hat, wird sie vermutlich einfach versuchen, das Zelt- und Wohnwagenlager zu durchqueren. Sie weiß ja nicht, dass man sie da für den Untergang der Welt verantwortlich machen wird.

Andererseits: Vielleicht wird man das ja auch nicht.

Wir müssen sie einfach schnell in den Markt schleusen. Schnell, bevor die Brokes sie bemerken.

Und »einfach«. Ha ha.

Eine Viertelstunde hat Laylay abgewartet, bis die Broke-Patrouille außer Sicht des Sektennests ist, und tut nun, was Keshi und ich vermutet haben: Sie fährt langsam, nicht bedrohlich und völlig selbstverständlich durch die Reihen der schäbigen Zelte und Wohnwagen Richtung Wachbaracke vom Handgebunden-Markt.

Die Sektensoldaten, ich nenne sie mal Drohnen, sind wirklich auf Zack. Laylay kommt ungefähr zwanzig Meter weit, dann verstellen ihr fünf von ihnen mit ihren langen Lanzen, die an beiden Enden mit Klingen gespickt sind, den Weg.

Keshi und ich stehen mit Bo und Tobbs im Tor der Baracke, und mein Herz hüpft wie ein Karnickel in meiner Brust: Das ist wirklich Laylay, ich erkenne das Moped, ihre Jacke, ihren Helm. Ich erkenne ihre Schultern und ihre Haltung und die Art und Weise, wie sie langsam und unbeeindruckt die neue Bedrohung mustert, die ihr den Weg abschneidet.

Tobbs hält mich am Arm fest. Seine Pranke reicht fast ganz um meinen kaum vorhandenen Bizeps herum.

»Mach keine Dummheiten«, brummt er. »Wir gucken uns das erst an. Shan hat gesagt, wir haben Frieden mit dieser … ungünstig siedelnden Gemeinschaft.«

»Wenn sie sie zu den Brokes schleppen …«, flüstere ich.

»… schon klar, dann greifen wir ein«, erwidert er. Sein bärtiges Gesicht sieht bewölkt drein, und das liegt nicht nur an seinem zottigen Grauhaar.

»Helm ab!«, schreit eine Drohne.

»Okay, klar, kein Ding«, sagt Laylays Stimme, und ich hab gedacht, ich sehe sie in diesem Leben nicht mehr wieder (und an ein anderes als dieses glaube ich streng genommen nicht), also macht es mich geradezu schwindlig, ihre Stimme zu hören. Sie zieht den Helm ab und fährt sich kurz mit den behandschuhten Fingern durch die kinnlangen Strähnen. Sie sieht ziemlich, ziemlich fertig aus, das kann ich auch auf die Entfernung sehen.

»Was ist euer Problem?«, fragt sie. »Ich bin vom Markt.«

»Du bist nicht vom Markt«, beharrt der Drohnensprecher. »Den Markt hat niemand seit Tagen verlassen.«

»Okay, ja, ich bin schon ein paar Tage unterwegs.«

»Hey!«, rufe ich. »Sie gehört zu uns!«

Einige Drohnen drehen sich um, wir stehen im Schatten, hinter der Schwelle der Wachbaracke. Ich hoffe, irgendwelche günstigen Sonnenstrahlen blinken auf unseren Waffen, sodass wir unberechenbar und gefährlich aussehen.

Laylay sieht zu uns hinüber, sie bleibt cool.

Der Drohnensprecher tritt näher an sie heran, ich höre, dass er etwas zu ihr sagt, kann das Gesagte aber nicht verstehen – und auch nicht, was Laylay antwortet. Sie muss das Spiel so mitspielen, wie Keshi und ich es uns überlegt haben, wir müssen ihr irgendwie Zeichen geben, die nur sie versteht!

Ich will aus dem Schatten der Baracke heraustreten, aber Bo hält mich auf: »Die Brokes wissen, dass du mit ihr zusammen unterwegs warst. Vielleicht wissen diese Gestalten das auch. Wenn du ihr jetzt zu Hilfe kommst, müssen sie nur eins und eins zusammenzählen. Lass mich das machen.«

»Ich geh mit«, sagt Keshi. »Zee und ich haben uns was überlegt.«

Ich nicke ohnmächtig, und die beiden treten aus dem Tor.

»Hey!«, ruft Bo mit seinem ganzen natürlichen, entspannten Charisma. »Jetzt lasst sie in Ruhe, Leute, sie gehört zu uns.«

Aus dem vordersten, stacheldrahtkronengeschmückten Wohnwagen tritt ihr Anführer, diese alte Rosine. Er zieht sich einen zerlumpten Wollmantel in augenschmeichelndem Braun an und hüllt sich gegen die Kälte darin ein. Dann tritt auch er zu Laylay, sagt etwas zu ihr, und ich sehe, dass sie die Nase rümpft. Er hat also immer noch Mundgeruch. Cengiz stellt die Zahncreme, die wir auf dem Markt tauschen, selbst her, dieser Obermotz hätte nur mal nett fragen müssen. Und uns vielleicht nicht belagern.

Bo und Keshi kommen bei der Plaudertruppe an, und ich habe Ameisen im Körper, als beschwöre die Sekte Insekten in mir. Tobbs steht neben mir und wirft mir ab und zu Blicke zu, als fürchte er, dass ich etwas Dummes tue.

»Hey, Süße, alles klar? Wie ist es gelaufen?« Bo legt einen Arm um Laylay und gibt ihr einen Kuss. Sie reicht ihm gerade mal bis zum Kinn und schmiegt sich kurz an ihn. Ich grinse nervös, bin gespannt, was Jess dazu sagt. Vielleicht findet sie es lustig.

Lustiger werden wir es finden, wenn Laylay durchkommt.

Keshi schaltet sich mit seiner hellen Stimme ein. »Samma, *nasılsın?*«, fragt er sie nach ihrem Befinden und nennt sie dabei bei einem Namen, den gleich zwei unserer jüngeren Geschwister tragen – Samma. Spätestens jetzt sollte sie checken, dass wir etwas vorhaben. Dünya spricht Türkisch, und all ihre Enkelkinder, blutsverwandt oder nicht, können ein paar Bruchstücke, aber Keshis Kenntnisse werden nicht ausreichen, um Laylay zu erklären, was wir vorhaben. Aber vielleicht zeigt ihr sein unübliches Verhalten, *dass* wir etwas vorhaben.

»Iyiyim«, antwortet Laylay und sieht kurz ein wenig verwirrt zwischen Keshi und Bo hin und her.

»Ist sie das?«, fragt der Sektenanführer ziemlich nervös. Er befürchtet offenbar, dass sie etwas bereden, was er nicht verstehen kann. Ich grinse – gut, der Fakkero spricht kein Türkisch. »Ist das das Mädchen, das wir suchen?«

Bo lacht. »Unsinn«, sagt er. »Das Mädchen, das ihr Vögel sucht, ist längst über alle Berge.«

Keshi sieht ihn ertappt von der Seite an.

»Ja, das Mädchen«, sagt er dann gedehnt.

Bo sieht ihn verwundert an. Er hat keine Ahnung, und auch Laylays wachsendes Unbehagen verstärkt die Wirkung, die Keshis Spielchen auf die Sekte hat.

»Was soll das heißen?«, fragt die Oberdrohne.

»Nichts!«, sagt Keshi rasch und wirft Laylay wieder einen vielsagenden Blick zu. »Samma war nur auf einem längeren Abstecher nach Turf-Town. Ihr müsst sie zu uns durchlassen. Das war die Vereinbarung mit Loke.«

»Welche Vereinbarung mit Loke?«, fragt der Alte und packt Laylay am Arm.

Sie entwindet sich ihm. »Nichts!«, sagt sie rasch.

»Was wird hier gespielt?«, fragt der runzlige Kerl und winkt noch ein paar seiner Drohnenschergen heran. Sie umstellen Keshi, Laylay und Bo in einem lockeren Kreis. Ich beginne mich zu fragen, ob es doch keine gute Idee war, Keshi da rausgehen zu lassen.

»Okay!«, ruft Keshi aus und hebt die Hände. »Hey, wir können nichts dafür. Ihr wisst, wie es läuft, die Gangs rufen und wir hören, so ist es nun mal!« Er wirft Bo einen raschen Blick zu. »Wenn … wenn ich es euch sage, lasst ihr uns dann zurück zum Markt?«

»Das entscheide ich, wenn ich es gehört habe!«, grollt dieser Prediger, fährt herum und packt Keshi am Kragen. Er wird irgendwas Schreckliches mit ihm tun, irgendeinen Toxxer-Scheiß, ihn anfassen und behaupten, er sei ein Mädchen oder so was, und mir wird eiskalt bei dem Gedanken, dass Keshi meinetwegen da raus ist. Ich bin einfach immer *zu wenig* – als Azmi die Brokes erschossen hat. Als ich mit Mtoto im Wald feststeckte. Und jetzt hab ich meinen kleinen Bruder zu dieser Toxxer-Sekte geschickt!

Und ja, Selbstvorwürfe und Minderwertigkeitskomplexe sind im Depressionsgesamtpaket mit dabei.

»Samma war … war bei den Brokes«, bringt Keshi hervor. »Sorry, Samma.«

»Schon okay«, sagt Laylay und packt die dürren Arme des alten Mannes, der immer noch Keshi gepackt hält. »Lass ihn los, er kann nichts dafür!«

»Fass unseren heiligen Mann nicht an!«, schreit die Oberdrohne.

Handgemenge.

Ich sehe so gut wie nichts, jetzt sind auch Frauen und Kinder näher getreten.

»Schon gut, Samma, ist okay!«, ruft Keshi, und Bo schubst jemanden in die Menge und baut sich dann zwischen der Oberdrohne und Laylay auf.

Ich trete einen Schritt aus der Baracke heraus. Tobbs packt mich. »Bleib drin, Zee, du tust ihnen keinen Gefallen, wenn du auch noch da rausgehst!«

»Ich weiß«, stoße ich hervor und trete wieder zurück.

»Bo hat das unter Kontrolle«, sagt Tobbs. »Und wenn nicht«, er zeigt auf sein Gewehr, »dann haben wir noch das hier.«

Wenn Tobbs schießt, zerteilen die Sektendrohnen Laylay, Bo und Keshi mit ihren Sensen, aber das nur so am Rande. Ich beiße die Zähne zusammen.

»Okay, hör zu, alter Mann, ich sag es dir!« Keshis Stimme wird jetzt laut und hektisch. »Samma ist los, bevor ihr hier wart, okay? Weil sie das Baby zu den Brokes gebracht hat, *abi*.«

Es wird vollkommen still. Ich sehe nichts außer Laylays Gesicht zwischen den sie umgebenden kuttentragenden Gestalten. Ihre Augenbrauen schießen kurz nach oben, dann hat sie ihre Mimik unter Kontrolle.

»Was. Soll. Das. Heißen«, sagt der alte Mann gerade laut genug, dass es bis zu mir trägt.

»Die Brokes wollten das Baby. Die Brokes haben das Baby«, sagt Keshi. »Shan musste es ihnen ausliefern, sie hätten uns sonst plattgemacht.«

»Ich sollte es zu Loke bringen«, gestand Laylay zerknirscht. »Bitte, wir haben nur Befehle befolgt.«

»Das kann nicht sein!«, schreit der Alte.

Laylay weicht vor ihm zurück, ich sehe ihn nur von hinten, aber entweder sein Gesichtsausdruck oder sein Mundgeruch sind beängstigend. Ich fühle mich, als müsste ich dringend pinkeln, das hier wird schiefgehen, und ich muss zusehen!

»Wir haben eine *Abmachung* mit Loke!«, schreit er.

»Hey, hey!«, ruft Bo und hebt die Hände. »Wir können nichts dafür! Es sieht so aus, als hätte Loke mit uns beiden ein Spiel gespielt. Euch mit uns abgelenkt, um das Baby selbst zu haben. Was weiß ich, was sie damit vorhat! Ich will es gar nicht wissen, es ist ein Baby, verdammt! Zischt ab und zankt euch mit den Brokes, ihr Fakks.«

»Was hat sie damit gemacht?« Der Obermufti sieht schon von hinten aus, als wäre er kurz davor, völlig zu eskalieren.

»Das wollte ich gar nicht so genau wissen!«, ruft Laylay. »Lasst mich jetzt endlich durch und nach Hause!« Und damit fängt sie an zu weinen, wow, sie drückt sich an Bo und schluchzt, und er legt den Arm um sie und funkelt die Umstehenden so richtig wütend an.

»Lasst sie jetzt in Ruhe, es ist schwierig genug für uns!«, knurrt er. »Wenn euch was am Leben dieses Babys liegt, macht es mit den Brokes aus.«

Ich bezweifle, dass ihnen was an Mtotos *Leben* liegt, aber so oder so schreit der Alte jetzt seine Drohnen an, und Bo bricht im wahrsten Wortsinne mit Laylay und Keshi durch, bevor die Sektenmitglieder einen klaren Gedanken fassen können: Bo rempelt zwei von ihnen mit seinen Schultern aus dem Weg, Laylay stößt einen zur Seite, und Keshi rennt einfach in ihrem Kielwasser, schmal und flink, wie er ist.

Kann sein, dass sie uns jetzt überrennen – dass dieser alte priesterliche Typ seinen Drohnen befiehlt, den Markt zu stürmen. Wie das ausgeht, kann ich natürlich nicht sagen, soweit ich es bislang gesehen habe, haben sie kaum Feuerwaffen, aber dafür den Feuereifer von Leuten, die drauf brennen, für eine Sache zu sterben. Der geht uns eher ab.

Aber dann rempelt Bo mich aus dem Weg, packt Laylay und Keshi an den Armen und schleudert sie geradezu ins Innere der Baracke. Tobbs und er bauen sich im Eingang auf, mit der Linken reicht Tobbs Bo eine modifizierte Flinte, und dann stehen die beiden wie eine lebende Mauer im Eingang. Von hinten kommen weitere von unseren Leuten heran, es gibt Geschrei von draußen *und* drinnen, aber unsere – Keshis! – Finte scheint den KKK-Klan schwer aus der Fassung gebracht zu haben. Außerdem drücken sich plötzlich sehr angenehme, von einem schmuddeligen Parka gepolsterte Körperformen an mich.

»Zeeto, du lebst!« Laylays Stimme, etwas unterhalb meines linken Ohrs. Es ist dunkel in der Baracke, und ich hab zu lange angespannt nach draußen geblinzelt. Sie drückt mich so fest, dass ich nicht antworten kann, wow, immer fallen unsere Wiedersehen so dramatisch aus!

»Dein Moped«, bringe ich hervor.

»Kacke, ich weiß …« Sie löst sich von mir, etwas Glitzerndes baumelt an ihrem Zeigefinger. »Aber ich hab den Schlüssel und ohne werden sie nicht damit abhauen können. Sie können es natürlich ausschlachten oder auf einen Hänger packen, aber vielleicht haben sie es jetzt auch eilig, bei was auch immer.«

Wir drehen uns beide gleichzeitig zu Keshi um, der außer Atem hinter uns steht.

»Keshi, das hast du total großartig gemacht!«, stammle ich, und ein breites Grinsen erobert sein blasses, schmales Gesicht.

»Das war doch deine Idee«, gibt er zurück.

»Ich hätte sie nie so ausführen können.«

»Ich hatte allerdings schon Angst, Mann«, gibt Keshi zu.

»Ich hatte auch Angst um dich, Mann«, sage ich und umarme ihn. Er ist ein paar Zentimeter größer als Laylay und dürr wie ein Grashalm.

Laylay versucht, zwischen Tobbs und Bo hindurchzulinsen. Kallie und Liona stehen hinter ihnen, alle bewaffnet, und es gibt kaum eine Möglichkeit, durch die einzelne geöffnete Tür der Baracke nach draußen zu schauen.

»Was machen die?«, fragt Keshi und schaukelt aufgeregt von den Fersen auf die Zehenspitzen und wieder zurück.

»Die diskutieren«, klärt Liona ihn auf. Sie ist weißhaarig und fast zahnlos, aber die selbst geschmiedeten Waffen in ihren Händen und an ihrem Gürtel haben Biss.

»Was ist mit meinem Bike?«, fragt Laylay.

»Unbeachtet, noch. Ist aber 'n gutes Ding, wenn sie schlau sind, nehmen sie es mindestens auseinander.«

»Ich brauch es. Gebt mir eine Waffe, und ich hol es.«

Ich greife nach Laylays Hand. »Das geht nicht, damit würde die Situation eskalieren, lass uns abwarten, was sie machen.«

Sie sieht hin- und hergerissen aus, fährt sich mit der Zunge über die aufgesprungenen Lippen. »Wenn sie das Moped mitnehmen und die Brokes es erkennen, dann wissen sie, dass ich hier bin!«

»Aber doch nur, wenn es einer von denen sieht, die … deinem Vater entkommen sind.« Das wiederum bringt mich auf ein anderes Thema. »Warte … wo ist dein Vater? Wo ist der Beiwagen?«

Sie windet ihre Hand aus meinem Griff, lehnt sich mit dem Rücken an die Schuppenwand.

»Weg von der Wand«, meckert Kallie, die ganz schön bossy ist. »Wenn sie mit irgendwas schießen, seid ihr dahinter nicht sicher. Verzieht euch am besten einfach, Zeeto, bring sie in den Markt!«

»Mein Moped!«, protestiert Laylay.

»Wir haben es im Blick, geh, ich will euch hier nicht haben, wenn es brenzlig wird.« Sie funkelt mich strafend an. »Besonders dich nicht, Zee, du solltest gar nicht hier sein, wenn du uns hier zusammenklappst, müssen wir uns mit Riikas Vorwürfen rumschlagen!«

»Komm …«

Laylay wehrt sich kurz, aber Keshi wird auch aus der Baracke beordert und zieht Laylay am linken Arm mit sich.

Keine ihrer Hände wird gebunden – ich glaube, das sieht gerade niemand allzu eng, die Bewaffneten vor dem Tor sind das dringendere Problem.

Draußen bestürmen uns erst einmal drei Dutzend Marktleute mit Fragen – einige davon verstärken sofort die Wachhabenden an den Zäunen und in der Baracke. Es ist ein richtiger Kriegszustand. Keshi beantwortet alle Fragen, Laylay und ich stehen einfach auf dem Marktplatz und sehen zum Monitorturm auf. Die Sonne scheint, eine Dokumentation über die alte Erde läuft, aber diesmal sieht niemand zu. Bilder, die aus der Luft, von Flugzeugen oder sogar Satelliten aus aufgenommen wurden, flimmern über die Bildschirme. Ganz kurz überkommt mich die Vorstellung, uns, den Markt, von oben als winzigen Punkt zu sehen, winzig klein, als hätte nichts hier Relevanz.

Hat es auch nicht. Wir sind einfach nur ein Haufen Leute, der versucht, nach dem Zusammenbruch von … einfach allem eine Art Leben auf die Reihe zu bekommen. Nichts, was wir hier tun, hat Bedeutung für ein weiter entferntes Morgen.

Ja, ich weiß schon, was ihr denkt. Toller Hoper bin ich. Hoffen ist im Moment nicht so meine Stärke, ich bin total erschöpft. Laylay steht neben mir und zittert, ich spüre es, weil wir die Hände verschränkt haben, das reißt mich wieder ins Hier und Jetzt.

Sie sieht mich nicht an und auch nicht die Monitore, sondern starrt auf ihre Stiefelspitzen.

»Zeeto, ich hab Azmi zurückgelassen«, sagt sie dann, und ich kann ihre Augen nicht sehen, aber ich bin mir sicher, dass sie zu weinen anfängt. Es dauert nicht lange, da tropfen Tränen auf ihre Stiefel und die platt getretene Erde daneben.

»Er hat es verdient«, sage ich kalt.

»Er wollte mich in Sicherheit bringen, und ich hab ihn irgendwo … in Kroatien gelassen. In einer Gegend voller Toxxers, in der wir uns nicht auskennen und in der es keine sichere Route gibt. Mit nichts als einem Beiwagen.«

»Er wollte dich in Sicherheit bringen vor den Konsequenzen, die ihm gedroht haben, weil er Leute abgeknallt hat«, fahre ich gnadenlos fort.

Sie hebt jetzt doch den Blick. Ihre Augen sind gerötet, und generell sieht ihr Gesicht aus, als wären die weichen Linien verschwunden; verschattet und knochig irgendwie.

»Ich weiß das alles!«, stößt sie hervor. »Aber das macht *mich* nicht besser, Zeeto. Ich hätte ihn trotzdem nicht zurücklassen dürfen.«

»Warum bist du hier?«, frage ich. Ich will eigentlich nett sein, wirklich, aber irgendwie geht mir gerade die Kraft aus, innerlich wie äußerlich. Ich lasse mich auf einen der Klappstühle fallen. »Meinetwegen?«

Bitte sag Nein, bitte sag Nein, flehe ich in Gedanken.

»Nein« sagt sie, und ihre Augen sagen: *Lüge.* »Nicht … nur. Ich … ich muss wissen, was hier passiert. Ob es was mit mir zu tun hat. Mit meiner *anne,* meiner Mom.« Sie lässt sich auf einen anderen Stuhl fallen und starrt mich an. Vorwurfsvoll beinahe. Oder ich interpretiere das wieder mal nur falsch, wie immer, wenn ich mich selbst so gering schätze, dass ich denke, alle anderen müssten meiner Meinung sein.

»Wie geht es Mtoto?«

»Gut«, sage ich.

»Wie geht es dir?«

Ich antworte nicht. Ich starre auf die Dokumentation, eine Herde Karibus läuft durch die Tundra – ich kenne den Film, die Auswahl ist zwar groß, aber begrenzt. Als Kinder lernen wir mit dem Zeug, auch wenn es entsetzlich veraltet ist.

»Du lebst noch«, beantwortet sie sich ihre Frage schließlich selbst.

»Ja«, sage ich. »Das Rezept, das dein Dad Riika aufgeschrieben hat, wirkt noch ganz gut.«

»Was … was wird mit dir passieren?«, fragt sie leise.

Bei allen ausgestorbenen Karibuherden, ich will nicht darüber reden.

»Das ist wie Tuberkulose. Meine Atemwege und meine Lunge zerfressen sich irgendwann selbst und geben den Geist auf. Vielleicht wenn im März wieder diese übliche Erkältungswelle einmal durch den Markt rollt.«

»Aha«, sagt sie.

Wir schweigen. Keshi und eine Gruppe Neugieriger stehen ganz in der Nähe, mehr als eine Person wirft uns Blicke zu, aber sie lassen uns in Ruhe. Es ist, als hätte ich Laylay mit in meine Aura der Unansprechbarkeit hineingenommen.

»Bist du wütend?«, fragt Laylay schließlich.

»Was, auf dich?«

»Auf jemand anders?«

Ich schüttle den Kopf. »Bin mies drauf. Das Übliche, aber die Wastelandkrankheit macht es eher schlimmer.«

Sie sieht mich so an, *for fakk sake,* wie ich Mitleid hasse!

»Zeeto«, murmelt sie und steht von dem Plastikstuhl auf. »Ich bin nicht deinetwegen hier. Aber ich bin hier, weil ich glaube, dass ich hier noch nicht fertig bin. Als ich … weggebracht wurde, waren die Brokes an einer Sache dran, die mit den Bunkern zu tun hat. Du hast eine Tote und ein Baby gefunden! Und jetzt komme ich zurück und diese Gestalten stehen vor eurer Tür und wollen – was? Mtoto? Zee, was passiert hier?«

Sie kommt näher, tritt zwischen meine ausgestreckten Beine und stützt ihre Hände auf die Lehnen meines Stuhls. »Was ist, wenn es eine Möglichkeit gibt, das Wasteland zu betreten, und es hat mit denen zu tun, die es schon können? Wollen wir das dann den Brokes überlassen, die sich bis auf wenige Ausnahmen das Hirn weggeraucht, -gespritzt und -gesoffen haben? Oder vielleicht diesen durchgeknallten Sektenmitgliedern, die euch belagern?«

Unsere Gesichter sind sich ziemlich nah, sie spricht so, dass nur ich sie verstehen kann. Ich sehe sprachlos zu ihr auf. Will sie mir Hoffnung machen? Mein Herz schlägt wie ein auf einem Ast hüpfender Vogel, als wäre es ihr schon gelungen, ohne dass das in meinem Kopf angekommen ist.

»Welches Leben könnten wir führen, wenn wir das Wasteland betreten könnten! Weißt du, was da drin alles wartet? Weißt du, welche Zufluchten wir da finden, welche Möglichkeiten wir da haben, welches Wissen darauf wartet, zurückerobert zu werden?«

»Wir erobern nicht«, murmle ich.

»Aber ihr hofft«, flüstert sie, und dann küsst sie mich – beugt sich das letzte Stückchen vor, bis ich ihre rauen, vollen, warmen Lippen auf meinen spüre, doch noch ein bisschen was von den Laylay-Kurven, die ihrem Gesicht abhandengekommen sind. Ich schließe die Augen, das ist einer dieser Momente, in denen es mir absurd scheint, jemals sterben zu müssen. In denen ich glaube, dass Momente eigentlich nie vorbeigehen, dass Zeit eine Illusion ist. Dass ich einfach nur viele, viele Zeetos unterschiedlichen Alters, eingefroren in vielen, vielen einzelnen Momenten bin.

»Laylay ist wieder da«, sagt Big-Sammas Stimme – die richtige Samma diesmal, kein Deckname. Sie ist aus Riikas Haus getreten, eine ganze Horde Mit-Enkelkinder im Schlepptau.

Laylay löst sich von mir. Bye, Zeeto-der-gerade-in-einem-Stuhl-sitzt-und-geküsst-wird.

»Ja, wo warst du?«, fragt Agidi, die vielleicht vier, fünf Jahre jünger ist als Laylay und sie ziemlich bewundert.

Laylay zieht sich ein Lächeln an, so ein zuversichtliches Lächeln, ich wünschte, ich hätte das auch dabei, aber heute nicht.

»Hab eine ganz schön idiotische Runde gedreht«, sagt sie.

»Wo ist der Doc?«

»Haben uns gestritten.«

»Wie lange bleibst du?«

»Weiß ich noch nicht …«

Und dann der Ruf, es ist Kallies Stimme, kratzig von den Pfeifen, die sie sich immer stopft, wenn sie an irgendetwas Genießbares kommt. »Die ziehen ab! Die Sekte zieht ab.«

»Kingdom Goes Clan«, sage ich vor mich hin, Agidi sieht mich kurz verwundert an, und dann bricht sie in Lachen aus, und es ist ein ansteckendes Lachen, selbst mich verschont es nicht.

»Mein Moped!«, schreit Laylay und rennt los.

Die Karibuherde hat sich zerstreut, ein Wolfsrudel hat sie auseinandergetrieben, oder vielleicht eine neue Spielfigur: die Mopedfahrerin im Schach-Hack. Falls das eine Metapher ist, weiß ich auch nicht so recht, was ich davon halten soll.

HANDGEBUNDEN-MARKT
LAYLAY, 10. FEBRUAR 2064

Ich wusste immer noch nicht, wie ich damit klarkommen sollte, dass ich Azmi zurückgelassen hatte, aber mit Liona und Bo rechts und links von mir hatte ich mir zumindest das Moped zurückgeholt.

Die Sekte brach nicht vollständig ihre Zelte ab: Sie errichteten aber eine Barrikade von Karren – zum größten Teil den unmotorisierten – zwischen dem Kern ihres Lagers und dem Eingang zum Markt und zogen mit einer ganzen Menge anderer Fahrzeuge los, aufgepeitscht von einer Rede ihres Anführers, aber im Schneckentempo hinter dem mit der Stacheldrahtkrone versehenen altersschwachen Wohnwagen. Was dabei herauskommen würde, wenn sie mit Keshis Lügengeschichte bei Queen Loke aufliefen, wusste ich nicht. Kingdom Kome gegen Queen Stays, vermute ich. Im Zweifelsfall würden sie weniger reden und mehr schreien und schießen und schlagen, und dann würde sich das Problem von selbst lösen.

Das Motorrad wurde zusammen mit den anderen Fahrzeugen des Markts in einem Schuppen im hinteren Teil in Sicherheit gebracht – normalerweise parkte all das in der Baracke, aber da wäre es im Falle eines Überfalls durch die Sekte ganz schnell verloren. Danach bat Dünya mich, in Riikas Haus mit ihr, Riika und Shan zu sprechen. Zeeto war nirgends zu sehen, und ich erhielt einen warmen Eintopf, der nach Knoblauch und Koriander schmeckte, was den Rübengeschmack überdeckte. Einiges baute der Markt selbst an und bestäubte die Blüten per Hand – breite Zöpfe aus Knoblauch hingen vom Deckengestell; »für die Abwehrkräfte«, hatte ich Linda sagen hören, als ich zuletzt hier war.

Niemand sagte etwas dazu, dass ich Azmi zurückgelassen hatte. Niemand fällte ein Urteil über mich oder ihn. Nachdem ich möglichst nüchtern von meiner Reise erzählt hatte, sagte Shan knapp:

»Wir müssen dafür sorgen, dass geheim bleibt, dass sie hier ist. Wir verstecken sie wie Mtoto.«

Riika musterte erst mich, dann sin. Shans Gesicht war ziemlich besorgt, natürlich, niemand konnte wissen, wie lange ihnen das gelingen und was es für den Markt bedeuten würde.

»Ich bleibe nicht«, sagte ich. »Ich will zu den Bunkern.«

»Nicht jetzt«, sagte Riika streng. »Das bringt uns in Schwierigkeiten. Du musst den Kopf unten halten, Laylay, bis diese Faschosekte weg ist.«

Das Wort hatte ich noch nie gehört.

»Vielleicht habe ich nicht viel Zeit«, erwiderte ich und trank ein Glas dunkler Flüssigkeit, von der ich nicht recht sagen konnte, ob es Bier mit beerigem Geschmack war oder Beerenwein, der nach Hopfen schmeckte.

»Wegen Zeeto?«, mutmaßte Riika mit strengem Blick, und Shan zog neugierig die dünnen, mit Kohlestift nachgezogenen Brauen hoch.

Obwohl ser wie alle auf dem Markt die Kleidung trug, die gerade da war, wirkte Shan ein wenig eitel: Sir Haare waren eine gepflegte schwarze glatte Mähne mit einem Undercut, und ser rasierte sich sämtliches Gesichtshaar inklusive Wimpern. Sir Augen hatten etwas Hypnotisches: von kleinen, wellenartigen Tätowierungen umgeben blitzten sie dunkel und klug unter den nachgezogenen Brauen hervor. Ich konnte mich sirem Blick nicht entziehen.

»Ja, auch wegen Zeeto«, sagte ich unbehaglich. »Aber … aber ich muss es einfach *wissen*. Auch meinetwegen.«

Shan legte mir die Hand auf den Arm. »Laylay, du warst zu lange da draußen.« Ser lächelte. »Warum, glaubst du, ist es das bessere Argument, dass du das für dich tun willst als für jemanden, den wir alle lieben?«

Ich blieb sprachlos zurück, als ser aufstand und das Haus verließ. Riika lächelte mich an, und auch Dünya, die still zugehört hatte, zog sich zurück.

»Zeeto ist im Moment stabil«, sagte Riika. »Ich glaube, mehr als die Wastelandkrankheit macht ihm gerade die Depression zu schaffen. Überstürz es nicht. Wir sind abgeschnitten. Sobald du versuchst durchzubrechen und zur Ödlandgrenze entkommst, werden sie wissen, was los ist. Das ist weder für uns noch für dich gut.«

»Ich weiß«, murmelte ich.

»Ich glaube, Zeeto ist in seiner Ecke. Er hat Mtoto ins Bett gebracht. Gesell dich ruhig zu ihm.«

»Wie geht es Mtoto?«

Nun wandte Riika den Vogelblick ab. Etwas Seltsames lief über ihr Gesicht. Zweifel? Ein innerer Streit, ob sie sagen sollte, was sie sagen wollte? Dann erlangte sie die Fassung zurück, aber meinem Blick begegnete sie nicht.

»Sie … entwickelt sich. Gut. Rascher, als ich vermutet hätte.«

»Ist das … unnormal?«

Jetzt sah sie mich wieder an und brach in ein geradezu heiteres Gelächter aus. »Unnormal!«, sagte sie zwischen zwei Atemzügen. »Ungewöhnlich. Unerwartet. Weißt du, ich habe so viele Enkelkinder, und eines weiß ich: Jedes Kind ist vollkommen unnormal. Und das steigert sich im Erwachsenenalter eher.«

»Und dass sie sich rascher entwickelt, beunruhigt dich?«

Sie schüttelte entschieden den Kopf. »Mich beunruhigt so schnell nichts. Sie entwickelt sich schnell, aber Orinka konnte auch mit neun Monaten schon laufen, von daher …«

Ich grinste und stand auf. »Hat Zeeto schon gegessen? Kann ich mir was mitnehmen und ihm auch?«

Sie nickte. »Er hat mit Sicherheit nichts gegessen; wenn wir uns nicht darum kümmern, lässt er es einfach sein. Nimm was mit.«

Und das tat ich. Mit zwei Schalen in den Händen manövrierte ich mich durch den Vorhang, der die Nische mit seiner Hängematte vom Rest des Hauses abtrennte. Er hatte umgeräumt – im Licht einer kleinen Lampe mit Solarzelle und Akku sah ich, dass die Hängematte niedriger hing, beinahe auf dem Boden, und dass daneben eine Art Lager aus Kissen, Decken und Polstern errichtet war. Darauf saß er und stupste mit einem nackten Fuß die Hängematte an. Er hatte ein dickes, aus mehreren Notizbüchern zusammengeklebtes Buch in der Hand, aber ich hatte nicht den Eindruck, dass er darin las oder schrieb. Er starrte nur hinein.

In der Hängematte lag Mtoto – gurrend begutachtete sie ihre Hände, die sie vor ihrem Gesicht verknotete. Sie war unfassbar süß, ich musste beinahe ein Quietschen unterdrücken, als ich sie sah. Als sie mich sah, ließ sie ihre Hände in Ruhe, ihr Gesicht wurde knallwach, als habe sie nur auf diese willkommene Abwechslung gewartet, und sie setzte sich auf, wodurch die Hängematte bedrohlich ins Schaukeln geriet. Zeeto stöhnte.

»Sie pennt einfach nicht«, sagte er, als würden wir zusammenwohnen und es wäre völlig normal, dass ich mit Eintopfschüsseln in der Hand in der Tür stand.

Was ist schon normal?, dachte ich und trat näher, die Situation ließ mich grinsen.

»Hey, Mtoto, meine Süße! Natürlich schläfst du nicht, hm, du willst Tante Laylay doch noch Hallo sagen!« Und zu Zeeto quietschte ich: »Sie erkennt mich noch, Zeeto!«

Zeeto sah mich verblüfft an. Ich stellte die Schalen auf den Boden und hob Mtoto aus der Hängematte.

»Ich wusste gar nicht, dass du deine Stimme auf Kleinkindermodus umstellen kannst«, sagte er, und etwas wie ein Lächeln ließ eine Ahnung vom alten Zeeto, den, den ich kannte, zurückkehren.

»Alle Menschen können das, Big Zee. Das ist evolutionär.«

»Ich mach das nicht.«

»Dann mach es halt nicht, aber es ist Evolution, und du bist doch der mit den tausend Mit-Enkelkindern, also solltest du eigentlich wissen, dass ich recht habe.« Ich setzte mich vorsichtig zwischen Schalen, Kissen und Zeetos langen Beinen auf den Boden. Mtoto gierte sofort nach meinem Eintopf.

»Iss was. Soll ich dir von Riika ausrichten.«

»Okay«, erwiderte er gehorsam und unterbrach sein Lächeln mit einem Löffel voll Eintopf. Ich gab Mtoto etwas ab, hatte aber selbst immer noch einen Bärenhunger, und die Schalen waren rasch und schweigend geleert.

Zeeto gab mir eine Plastikflasche mit Wasser. »Hier.«

Ich trank, Mtoto griff danach, ich half ihr, und aus der Öffnung schwappte ihr Wasser über das unförmige Kittelchen. Mtoto prustete erst erstaunt, als es kalt durch den Stoff sickerte, dann lachte sie, und ich lachte auch.

»Hast du ihr deine Hängematte vermacht?«

»Meistens schläft sie da drin ein, und ich quartier sie dann um. Du weißt schon, Babys und Einschlafen, danach richtest du am besten dein ganzes Leben aus.« Er grinste wieder, und das machte mich irgendwie glücklich.

»Kümmerst du dich immer um sie?«

»Bloß nicht, nein!«

Wir lachten wieder. Mtoto turnte auf mir herum, und ich begriff, was Riika gemeint hatte, sie war schwerer, geschickter und mobiler als noch vor wenigen Wochen. Und sie hatte mindestens zwei neue Zähne bekommen. Und während ich sie betrachtete und aus dem Augenwinkel Zeeto dabei betrachtete, wie er mich betrachtete, sackte mir ein riesiger Klumpen Erleichterung neben den Eintopf in den Magen, und ich musste kurz mit den Tränen kämpfen.

Ich hatte es geschafft. Der Weg lag hinter mir. Ich war an einem Ort, an dem ich mich sicher fühlte.

Azmi, Azmi, Azmi, flüsterte das schlechte Gewissen gegen die Erleichterung an, aber für den Moment war ich mir sicher, dass es auch ihm gut ging. Er war ein Überlebenskünstler.

»Alles okay?«, fragte Zeeto, und ich stapelte die beiden Schüsseln, stellte sie in die eine Ecke der Kammer und setzte Mtoto möglichst weit davon entfernt in die gepolsterte andere Ecke. Dann rückte ich näher an Zeeto heran.

»Ist das okay?«, fragte ich zurück. »Wenn ich näher komme?«

Ich hatte schon bei unserer Umarmung, bei unserem Kuss gemerkt, dass etwas anders war.

Er rümpfte die Nase. »Nun, deine Klamotten riechen, als wärst du drei Wochen damit unterwegs gewesen.«

Ich sah ihn schockiert an, obwohl sein Lachen schon eine Note alberner ausfiel. Natürlich hatte er völlig recht: Ich hatte zwar auf dem Weg nach Norden meine Periode bekommen und allein deshalb schon jeden Tag ein wenig vom Trinkwasser für eine Katzenwäsche abzweigen müssen, aber ich hatte keine Möglichkeit gehabt, meine Kleidung zu waschen. Ich hatte sie immer mal wieder gewechselt und über Nacht gelüftet, aber mittlerweile war ich wohl olfaktorisch taub für meinen eigenen Schweiß.

»Kann … kann man noch ins Waschhaus trotz Belagerung?«, stieß ich hervor und fühlte, dass mir das Blut ins Gesicht schoss.

»Bleib«, sagte er. »Es war ein dummer Witz. Oder, wenn du willst, zieh einfach was von mir an.«

Er deutete auf einen unordentlichen Stapel in der Ecke, ich sprang auf, griff mir einen ausgeleierten Wollpulli und schälte mich aus meinen verschwitzten Klamotten. Zeeto sah mir zu, aber nicht auf die Art und Weise, von der ich gedacht hätte, dass er mir zusehen würde. All die winterlichen Schichten Kleidung landeten auf einem eigenen Stapel, ich zog den Pulli über meinen nackten Oberkörper – er kratzte, besonders an meinen Brustwarzen und an meinem Hals, und dann zog ich mir auch noch die Unterhose aus und eine von Zeetos zusammengestückelten an. Ich bekam sie kaum über die Hüfte, er hat eben einfach keinen Arsch in der Hose. Wir kicherten, während ich sie mit kleinen Hüpfern hochzog, und Mtoto, die vor Müdigkeit umgefallen war und an ihren Händchen herumsabberte, gluckste auch.

»Besser?«, fragte ich und hockte mich wieder zwischen Zeetos ausgestreckte Beine. Er nickte, winkelte die Beine an und zog mich in ein Nest aus Zeeto-Gliedmaßen. Kurz mussten wir uns ordnen, quetschten uns gegenseitig irgendetwas bei der Gewichtsverlagerung, und dann lehnte ich an ihm und er an der Wand, und meine Hände wanderten durch seine Haarknötchen, und seine Lippen streiften von meinem Kinn zu meinem Ohrläppchen.

Mtoto gab kleine Laute des Unmuts von sich.

»Die pennt gleich«, murmelte Zeeto.

»Willst du mir damit irgendwas sagen?« Ich grinste und konnte dann die Antwort nicht abwarten und küsste ihn. Seine Hände blieben diesmal auf meinem Rücken, obwohl ich sie überall hinsehnte. Vielleicht hätte ich doch auf die Suche nach einem Waschzuber gehen sollen, ging es mir durch den Kopf.

»Dann lege ich sie in die Hängematte, und wir legen uns auf die Matratze«, schlug er vor.

»Klingt nach einem guten Anfang«, erwiderte ich und ließ meine Hand von seinem Kopf an seinem Nacken über seine Schulter an seiner Brust bis zu seinem Bauch hinunterwandern. Da verharrte sie. Dann sah ich ihn herausfordernd an. Wenn er mich nicht anfassen würde, würde ich ihn anfassen, gar kein Problem. Ich ließ die Hand tiefer gleiten. Er küsste mich sacht, seine Lippen auf meinen. Ich ließ meine Hand herausfordernd über seinen Schritt gleiten. Er nahm meine Hand und verschränkte unsere Finger.

»'tschuldigung«, murmelte ich, mit dem mulmigen Gefühl, alles ruiniert zu haben.

»Quatsch, alles okay«, sagte er und zog mich enger in die Umarmung. »Laylay. Ich … ich bin wirklich froh, dass du hier bist.«

»Aber?«

»Aber ich … ich weiß nicht …« Er seufzte. »Es ist nur so 'ne Phase. Ich würde dich gern festhalten und nie wieder loslassen.« Er legte seine Stirn an meine. »Aber ich will nicht mit dir schlafen.«

»Verdammt«, flüsterte ich. »Ich hätte einfach mit dir schlafen sollen, statt mit dir in der Karre zur Ödlandgrenze zu fahren. Das wäre die Gelegenheit gewesen, und Azmi hätte währenddessen vermutlich niemanden erschossen.«

Er lachte und sah mich dabei mit einer ganz ehrlichen Verzweiflung an. Aber immerhin, ehrliche Verzweiflung war besser als diese gefühllose Distanz, die ich kurz nach meiner Ankunft in seinem Blick gesehen hatte.

Er hielt mich noch eine ganze Weile, und wir küssten uns, aber ich konnte nichts dagegen machen, mein Körper *reagierte* nun einmal auf ihn, ich wurde immer atemloser, und in meinem Unterleib schrie mir eine Stimme deutliche Anweisungen entgegen, denen ich nicht nachkam.

»Mtoto schläft«, sagte er plötzlich. »Ich leg sie in die Hängematte.«

Als er sich von mir löste, wurde mir klar, wie heftig mein Herz schlug. Außerdem würde ich diese Unterhose wohl waschen müssen, bevor ich sie ihm zurückgab. Während er noch im schwindenden Licht der Solarlampe Mtoto in eine Patchworkdecke wickelte und in die Hängematte bugsierte, legte ich mich auf die Polster und hoffte, dabei nicht ganz so auszusehen, als würde ich mich nach ihm verzehren. Als er sich neben mich setzte und mich ansah mit einer hochgezogenen Augenbraue und diesem schnell aufflammenden Lächeln, das ich so von ihm kannte, das so sehr ein Teil von ihm war und das ich doch heute kaum gesehen hatte, wurde mir klar, dass es mir offensichtlich misslungen war. Ich lag vermutlich da wie in Schlabberpulli und Flickenboxershorts hingeblättert. Mit fettigen Haaren vom Motorradhelm. Er legte sich neben mich und zog seine eigene Patchworkdecke über uns. Die Matratze und die Kissen schirmten uns nicht ganz von der Kälte in Wänden und Boden ab, aber das machte ich wett, indem ich mich an ihn schmiegte.

»Zeeto, ich weiß, es ist vermutlich ziemlich viel verlangt«, sagte ich in seine Halsbeuge. »Aber würdest du … wär's okay, wenn du … also …«

Er lag auf der Seite und ich auf seinem linken Arm. Ich nahm seine rechte Hand, die sachte auf meiner Hüfte lag, und schob sie am Strickpulli herab zur Boxershorts. Er murmelte etwas Wortloses, das ich als Zustimmung deutete, und dann begann er, mich vorsichtig, zurückhaltend zu streicheln. Ich öffnete meine Beine ein wenig, zu meinem flatternden Herzen gesellten sich kurze Atemzüge, während ich versuchte, geduldig zu sein.

»So?«, fragte er mich, halb ernsthaft, halb neckend.

Ich nickte, dann wisperte ich aber doch: »M-mehr.«

Er ließ seine Finger weiter nach oben wandern, bis zum Bund der Unterhose. Es würde sehr entwürdigend sein, sich nun im Liegen herauszukämpfen, aber um die Taille saß sie etwas lockerer, es war noch Platz für seine Hand. Zentimeter für Zentimeter ließ er sie tiefer wandern, bis er wieder da angekommen war, wo er mich vorher auch gestreichelt hatte, nur ohne störenden Stoff zwischen seiner Berührung und meinem Körper.

»Besser?«

Ich verkroch mich geradezu in seiner Umarmung, presste mein glühendes Gesicht an seine Brust und fühlte, wie mir unter seinem Pulli frischer Schweiß ausbrach. »M-mh«, bestätigte ich und bewegte mich ein wenig im Rhythmus seiner Berührung.

Es dauerte nicht lange, bis ich kam, mein Atem war heiß und stoßweise an seinem Hals, mein ganzes Bewusstsein auf diesen einen zeitlichen, räumlichen Punkt zusammengezogen, an dem sich Ekstase und Erfüllung die Hand geben.

Ich entspannte mich danach in seinen Armen. Als ich die Augen öffnete, begriff ich, dass das Licht erloschen war. Auch hinter dem Vorhang war es dunkel.

»Fühlst du dich sehr missbraucht?«, flüsterte ich.

Er lachte. »Ach was«, hörte ich ihn an meinem Ohr. »Ich hab es genossen.«

»Willst du auch?« Ich wagte nicht, ihm wieder in den Schritt zu tasten. Dieser Moment war zu kostbar, um ihn mit einer Profanität wie »Steht er oder steht er nicht?« zu verderben.

»Ich werde darauf zurückkommen«, erwiderte er ernsthaft. »Aber ich glaube, am allerliebsten will ich hier mit dir liegen.«

»Ja? Trotz ungewaschener Haare?«, neckte ich ihn.

»Wenn ich mies drauf bin, kann ich mich oft gar nicht erinnern, wie es möglich ist, glücklich zu sein«, flüsterte er. »Aber wenn ich es dann wieder bin, ist es das Einfachste auf der Welt.«

Ich küsste ihn vorsichtig. *Er ist schon ein seltsamer Typ,* schoss es mir durch den Kopf. Aber in gewisser Weise hatte ich den Eindruck, dass wir beide etwas hinter uns gelassen hatten. Ich einen Höhepunkt – und er einen Tiefpunkt.

»Was wollen die denn jetzt?«, fragte Queen Loke mit würdevoller Distanz, während sie die Übertragung von Alek-za auf dem gesprungenen Tablet betrachtete.

Der Bildschirm zeigte eine Front aus etwa zwei Dutzend Wohnwagen, die eine Menge Staub aufwirbelten, während sie sich dem G-MAX näherten. Zoom. Das Symbol der Stachelkrone, was auch sonst. Kingdom-Kome-Klan. Artoo übertrug ein Bild von allerhand Karren und Wagen, die von Viehzeug gezogen wurden. Sie folgten weit abgeschlagen und waren damit erst einmal unwichtig.

»Sie sehen aus, als kämen sie, um eins aufs Maul zu kriegen«, seufzte Loke. »Das sollte nicht sein, Root. Wir haben einen Deal. Wir haben einen Deal mit diesem Bischofsmesner, der sie anführt.«

»Erzbischofsmesner, Pronomen *er*«, korrigierte Root sie behutsam und respektvoll.

Loke war ein besonderer Mensch, sogar er begriff das, und er hatte wenig Ahnung von Menschen. Sie wusste so genau, was sie wollte und welcher Weg sie dorthin bringen würde, es war bewundernswert. Ohne ihre Brokes wäre sie keine Queen, aber ohne ihre Queen wären die Brokes nichts.

Loke lachte leise. Als die KKKs vor einigen Wochen im Broke-Turf eingerollt und bei Queen Loke vorstellig geworden waren, hatten sie Erzbischofsmesner wie bei jedem Gespräch in Frieden nach seinem Namen und seinem Pronomen gefragt, und er war schier ausgerastet. Erzbischofsmesner sei ein Titel, der jeden Namen überflüssig machte, und man sähe ihm ja wohl an, dass er ein Mann sei. Loke hatte gelächelt. Zwei Flammenwerfer hatten sich auf die runzlige Hohlbirne des Alten ausgerichtet, und er hatte sein Gefasel bescheidener werden lassen.

»So oder so gibt es einen Deal. Sie sind nicht nur die verlängerte Hand ihres Gottes. Sie sind meine verlängerte Hand. Sie belagern den Markt für mich«, sagte Loke und betrachtete die Karawane aus baufälligen Wohnwagen und bewaffneten Autos mit der

Distanz, die ihr das Tablet gewährte. Der Zwei-gehen-rauf-Kampf machte es den Brokes unmöglich, den Markt selbst zu belagern, außerdem war es schlecht für die Geschäftsbeziehungen. »Das geht so nicht, Root. Erinnere sie an ihren Job.«

Was sie wohl so aufgebracht hatte, dass sie mit der ganzen Bagage hier anrückten? Sicherheitshalber loggte sich Root in die Remote-Steuerung der Vulkanrotze am G-MAX ein.

»Was, wenn sie den Deal nicht geachtet und ihren Job nicht gemacht haben werden?«, fragte Root mit gesenktem Blick. Er sah Loke nicht gern in die Augen, sie hatte so eine Art, eindringlich zu starren. Er spürte, dass sie auf seinen Helm schaute. Ihr Blick hatte Schwingungen wie bestes WiFi.

»Kümmer dich drum, Root. Mach das Empfangskomitee. Und sag den Kindern, sie sollen ihre Waffen griffbereit haben. Sicher ist sicher.« Mit diesen Worten reichte Loke ihm das Tablet zurück.

Wenige Minuten später stand Root, umgeben von vier Trupps Brokes, zu Fuß, auf Bikes und auf Quads – also mit vierzig Leuten – vor den heranrollenden Wohnwagen. Keinesfalls zu früh. Mit einem Ruck kam der zentrale Wagen, der den anderen ein wenig vorausfuhr, zwischen dem Steppengewächs zum Stehen, das Turf-Town auf seinem langsamen Weg vom Markt zermalmt hatte. Die Türen platzten auf und spuckten eine Horde dieser verstrahlt wirkenden Sektenspaten aus. Wie ein Stein, der ein Gewimmel von Asseln freigibt, wenn man ihn aus dem Erdreich hebt.

Ganz prominent profilierte sich dieser Alte, Erzbischofsmesner, ihr Anführer und Chefprediger. Er schrie rum und forderte seine Leute auf, ihm »das Baby« zu bringen. Dabei flog ihm Sabber von den Lippen, die etwas von Gottes Wille faselten. Keine Ahnung von WiFi, der Kerl, ganz im Gegensatz zu Loke.

Und diese verdammten Sektenspaten hielten sich nicht an die Regeln. Wozu gab es Regeln für so etwas? Ob aufgeschrieben oder nicht war nebensächlich – jede Person im Turf sollte wissen, wie das hier zu laufen hatte, wie ein Deal zu laufen hatte, den man mit Loke traf, verdammt! Root hatte erwartet, dass sich die Spaten ein wenig in die Brust werfen, mit ihren Waffen rumfuchteln und drohen würden, abartige Dinge mit den Kindern und Eltern der Brokes anzustellen. Diese würden dem Ganzen natürlich in nichts nachstehen, man würde sich ein bisschen anschreien, und am Ende würde man schon irgendeinen Kompromiss finden, ohne dass es zu mehr Ärger als ein paar aufgeplatzten Lippen und verletzten Egos kam.

Aber nein, diese Sektenleute hielten sich einfach nicht an Regeln, an Deals, an zwischenmenschliche Übereinkünfte! Der kronengeschmückte Wagen des alten Knackers hatte in etwa zwei Dutzend Metern Entfernung angehalten – Root hätte die Drohne die Entfernung messen lassen können, doch der Aufwand lohnte sich nicht. Weil alle Motoren noch liefen – ihre und die der Brokes – konnte Root ihn kaum verstehen, und er erwog, Rosies Trupp auf Bikes hinüberzuschicken, um diesen Erzmesner einzusammeln und ihm ein paar Lektionen zu erteilen, die ihn davon überzeugen würden, seinen verdammten Deal einzuhalten!

Doch als er Rosie und ihrem Trupp gerade ein Handzeichen gab, vorzurücken und sich drum zu kümmern, preschte einer der nachrückenden Wohnwagen vor – schwer gepanzert, laut hupend, *zero tolerance* gegenüber den Broke-Straßensperren auf Rädern. Wer auch immer am Steuer saß, hielt nicht an, sondern krachte einfach in Rosies Trupp – Henkel und sein Sozius und Fickfreund Mick schafften es nicht, auszuweichen und kamen unter die Räder – Geschrei, berstendes Metall, das Wohnmobil wurde nicht mal merklich langsamer.

Root schrie auch – diese Asseln wollten Krieg? Den konnten sie haben! Doch noch bevor Root ein Zeichen zum Angriff geben konnte, fuhr ein Speer durch Nuknuks Brust. Das erkannte Root von seiner Position auf einem Quad hinter Nuknuk nur, weil die Spitze an sir Rücken wieder herauskam. Schreie. Stahl schnitt auch an anderer Stelle durch Stoff und Haut. Der Geruch von Blut in der Luft.

Natürlich wehrten sich seine Brokes, auch ohne dass er dazu kam, es ihnen zu befehlen. Gute Leute, Agilität wurde bei den

Brokes großgeschrieben. Schüsse aus Pistolen. Gezückte Messer. Das Donnern einer Schrotflinte mit improvisierter Munition und das Rattern einer Kalaschnikow. Kampfgebrüll. Die Leute aus dem Turf hatten ein paar mehr Kanonen als diese Sektenfuzzis, aber durchweg männlich aussehende Kingdom-Kome-Krieger schwangen Lanzen und Äxte an langen Stöcken, waren zahlenmäßig überlegen und hatten Wohnwagen mit Stacheldraht an den Motorhauben und Stahlplatten vor den Windschutzscheiben am Start.

Zero tolerance. Root wusste genau, was Loke von ihm erwartete. Loke wusste, wann man Stärke und Überlegenheit zeigen musste.

Nämlich immer.

Zeit, das hier zu beenden. Er stellte sich hin und kletterte auf einen Ausguck, der aus Stangen auf dem Quad montiert war. Mithilfe seiner AR-Brille markierte er die Ziele und sandte der Vulkanrotze den Feuerbefehl.

»Zurück!«, schrie Root und verstärkte seine Stimme mit der Boombox, die am Ausguck hing. *»Rotze incoming!«* Das begriffen seine Brokes, gute Brokes, gute Leute.

»Ihr hättet *uns* doch das verfickte Baby gegeben haben sollen, nicht wir euch«, knurrte er, mehr zu sich selbst, aber es kam grollend und knackend aus der Boombox wie das Murmeln eines schlafenden Riesen.

Ebenfalls ein schlafender Riese war die Rotze. Gutes Zeug, bestes Tech.

Kurz nur mussten sich die sechs Läufe der Gatling-Maschinenkanone warmlaufen, die die Hurdas, die früher Krieg gegen die Brokes geführt hatten, aus einem abgestürzten Titanen der Vergangenheit geborgen hatte. Jetzt waren alle Hurdas tot, und die Rotze klebte vorn am G-MAX.

Roots Brokes wussten, was zu tun war, ein paar rissen die Maschinen herum, Deek, der Poser, fuhr sogar auf dem Hinterrad – sie wussten, dass sie nicht weiter vordringen durften, wenn sie überleben wollten, egal, wie heiß sie auf die Schlacht waren.

Da spuckte die Rotze auch schon aus einem halben Kilometer

Entfernung und mehreren Dutzend Metern Höhe ihre höllische Ladung aus Zwanzig-Millimeter-Urangeschossen auf die Sekte. Ein Pfad aus Leuchtspurgeschossen pflügte einmal durch die Reihe der Wohnwagen hindurch, zerfetzte sie wie Kinderspielzeug.

Die Brokes ululierten ihren Siegesschrei: Sie waren unbesiegbar, niemand unterwarf die Brokes und ihre Rotze!

Wie die Faust der Schrottgottheit, nach der die Altvorderen ihre Titanenwaffe benannt hatten, hatte Root die Bedrohung für den Broke-Turf zerschmettert.

Er hob sein Megafon an den Mund und schrie: »Ihr werdet die Fresse gehalten haben!«, und das übersteuerte die Boombox so sehr, dass ein herrlich kreischendes Geräusch die Aussage unterstrich.

Dann senkte sich Grabesstille über die von den Rädern und der titanischen Waffe des G-MAX zerfurchten Ebene.

Gerade hatte es noch zwei Fronten und eine drohende Schlacht gegeben, nun war Ruhe.

Wer vorn gewesen war, war tot. Wer von hinten nachrückte, hatte schlagartig alles Interesse an einer bewaffneten Auseinandersetzung verloren.

Die Ruhe dauerte nur eine Sekunde, vielleicht weniger, denn die Leute in und auf den zerfurchten Wohnmobilen hatten einfach nicht den Anstand, ihrem eigenen Tod Respekt zu zollen, indem sie leise verreckten.

Seine Brokes brauchten ebenfalls einen Moment, um sich zu fangen, um zu begreifen, dass sie Zeuge des selten eingesetzten Rotzenwunders geworden waren. Manche von ihnen sahen ungläubig an sich herab: Sie hatten wirklich ein wenig mehr Wi-Fi-Vertrauen nötig, denn natürlich hatte die Rotze sie nicht einmal mit einer Kugel gestreift.

»Ihr werdet erklärt haben, was diese Scheiße hier gewesen sein soll!«, brüllte Root, sprang vom Quad und in die Rauchschwaden, die nun von Gebüsch, Fahrzeugen und gefällten Menschen aufstiegen.

Er suchte ein wenig, und mit Artoos Hilfe fand er ihn rasch:

Nicht weit entfernt lag ihr Erzbischofsmesner und jammerte vor sich hin, was daran liegen mochte, dass sein rechtes Bein bis fast zur Hüfte hinauf nur noch ein blutiger Klumpen war. Root kicherte. Vielleicht würde Erzbischofsmesner jetzt doch noch lernen, dass man für das Pronomen *er* keinen Pimmel brauchte.

Das Matschbein war seine einzige Verletzung, aber sie war schlimm genug, dass er nicht mehr viel Zeit hatte. Vermutlich würde er also doch nix mehr lernen.

»Das Baby«, stammelte der Typ nur. »Das … Baby!«

So viel Blut und kostbare Munition für ein *Baby*. Nicht hier und nicht dort, dieses Baby, nicht bei der Sekte und nicht auf dem Markt und ganz sicher nicht bei den Brokes.

Vielleicht gab es das Baby gar nicht.

Vor seinem inneren Auge, wie ein Bild in der AR-Brille, tauchte der strenge Blick von Loke auf.

Es gibt ein Baby, und wir werden es kriegen. Das Wasteland-Baby für die Brokes.

HANDGEBUNDEN-MARKT
LAYLAY, 11. FEBRUAR 2064

Langsam begann draußen so etwas wie Frühling, ich konnte ihn spüren. Vielleicht war ich auch nur ein wenig verliebt, denn normalerweise kann ich Frühling nicht *spüren,* sondern brauche schon Anhaltspunkte wie sprießendes Gras oder blühende Bäume und so was. Da es um den Handgebunden-Markt herum nicht viele Bäume gibt, schied das aus – vielleicht waren aber mehr Vögel in der Luft und zwitscherten ab und zu. Grundsätzlich gab es um den Markt herum aber ähnlich viele Vögel wie Bäume, also ... wenige. Die meisten Vögel brauchen Krabbelviecher zum Fressen, und selbst die Arten, die Körner fressen, haben keine gute Nahrungsgrundlage. Außerdem sind Vögel essbar, und besonders dieser Teil Europas hat nicht mehr viele Wildtiere zu bieten, also hängen sowohl die Gangs als auch die Hopers Fangleinen auf. Nicht besonders nachhaltig, aber wenn es im Winter eng wird und dank Belagerung durch Sekten und andere Unwägbarkeiten wenige Handeltreibende eintreffen, dann fällt es schwer, wählerisch zu sein.

Es hilft natürlich, dass nur noch so wenige Leute in den Ödland-Breiten leben. Es sind nicht viele Mäuler zu stopfen.

Jedenfalls saß ich neben Zeeto (der übrigens so wählerisch wie möglich ist, was Essen angeht), in eine gemeinsame Decke eingewickelt draußen vor den Monitoren – die Sonne schien, und ich hatte die Augen geschlossen und genoss die Sonnenstrahlen. Wir hatten uns zwei Stühle nebeneinandergestellt. Meine Haare waren noch ein wenig nass, ich hatte sie gewaschen, und langsam wurde mir kalt, aber ich nutzte das, um einfach noch ein bisschen näher an Zeeto zu rücken.

Der Frühling drang tiefer vor als die Kälte und säte ein seltsames, untrügliches Gefühl von Unbesiegbarkeit. Nicht meiner eigenen, sondern von etwas Größerem. Es war eigenartig – für einen kurzen, halbschläfrigen Moment war mir zumute, als würde ich etwas verstehen, es kroch durch meine Stiefelsohlen an mir herauf, aber als es in meinem Hirn ankam, erwachte ich schlagartig, und es war verschwunden. Ich war müde gewesen, Mtoto hatte nachts nicht nur einmal gemeckert und war auf uns herumgeklettert, bis sie eine Position irgendwo auf einem meiner Beine fand, mit der sie zufrieden war. Ich kam mir leicht ausgenutzt vor, aber es war auch irgendwie süß, und Zeeto hatte schon gesagt, dass er sie nicht in jeder Nacht in seiner Ecke beherbergte, nur wenn sie quengelte und nicht bei den anderen Kindern schlafen wollte. Ich fragte mich, ob Azmi und meine Mutter ähnliche Nächte mit mir gehabt hatten, aber das brachte Gedanken hoch, um die ich mich gerade nicht kümmern wollte.

Der Markt war nicht mehr belagert, nur einige Zelte wurden noch bewohnt, und als von den Wagen, die nach Turf-Town aufgebrochen waren, nur noch wenige zurückkehrten, sahen die verbliebenen Sektenheinis nicht mehr so aus, als wollten sie Streit – die Waagschalen hatten sich auf unserer Seite gesenkt, was die Schlagkraft anging. Die Brokes hatten sie hart erwischt.

Keshi machte sich ziemliche Vorwürfe, was ich nicht ganz verstand. Die KKKs hatten den Markt belagert und Mtoto ans Leben gewollt, und es war ganz allein ihre Entscheidung gewesen, bewaffnet gegen die Brokes zu ziehen.

»Warum vertreibt ihr sie jetzt nicht ganz? Die Brokes haben es euch doch einfacher gemacht. Ich meine … notfalls mit Gewalt?«, hatte ich am Morgen gefragt, aber Zeeto hatte nur die Braue gehoben, als wäre das eine sehr seltsame Idee. Keshi hatte gesagt, dass die Rückseite der Baracke bereits Broke-Turf sei und dort anzugreifen würde den Broke-Pakt brechen, aber ich glaube, das war nicht die eigentliche Antwort.

Jedenfalls streckte ich mich in meinem Stuhl, und die Müdigkeit der vergangenen Nacht verflog und ließ mich in einem Zustand zurück, den Azmi »Ameisen im Hintern« nannte. Ich weiß natürlich, was Ameisen sind, ich habe sie schon mal im Ödland am Boden gesehen, da wimmelt es nur so von den Biestern und man muss aufpassen, dass man sie nicht in die Schuhe bekommt.

Aber Azmi ist noch vor dem Insektensterben geboren, und damals befanden sich wohl noch mehr Insekten in unserer Sprache als heute.

Insektensterben? Wir sind nicht tot, murmelten die Viecher in meinem Hintern. (Sie fühlten sich eher an, als wären sie in meinen Adern.) *Wir sind nur woanders.*

Das sagten sie natürlich nicht wirklich, aber vielleicht war ich nun prophetisch begabt. Ich glaube eigentlich nicht an solchen Scheiß, aber vielleicht kamen die Ameisen wirklich irgendwann zurück. Vielleicht würde die Grenze zwischen Ödland und Leute-Land nicht für immer bestehen. Diese Ahnung von etwas Größerem wimmelte mit den Ameisen durch meine Adern: Vielleicht gab es Möglichkeiten, wieder mehr zu sein als das, was wir im Moment waren. Vielleicht konnte ich einen Teil dazu beitragen, vielleicht war nur nötig, dass ich etwas Mut hatte und dass ich hier war.

Ich sagte es Zeeto, zumindest zum Teil. Zu dem Teil, der nicht komplett verquer klang. Er sah mich an, nicht skeptisch, obwohl ich nach Anzeichen dafür suchte. (Aber die Marktleute sind anders als alle anderen Leute, die ich kenne. Wenn du ihnen etwas erzählst, sehen sie dich an und hören dir zu. Wenn du fertig bist, sagen sie dir, was sie davon halten, und manchmal fragen sie dich sogar vorher, ob du es hören möchtest. Und sie sind phänomenal ehrlich. Manche sagen dir sogar von Zeit zu Zeit, was sie an dir schätzen. Verrückt, ich weiß.)

»Vielleicht«, sagte Zeeto zögernd.

»Vielleicht auch nicht?«, fragte ich, und er grinste.

Er sah müde aus, aber mehr auf eine grundlegende als auf eine momentane Weise.

»Ja, vielleicht auch nicht. Aber ich glaub schon, dass du … dass du. Du wirst der Welt mehr hinterlassen als ich, da bin ich mir sicher. Du bist diese Sorte Mensch.« Er lachte, aber ich sah in seinen Augen, was er meinte. Er war nicht diese Sorte Mensch, weil er vermutlich dieses Jahr nicht überleben würde.

»Du packst das«, murmelte ich und sah auf die Bildschirme.

Die Sonne stand hinter uns, und ich konnte nichts erkennen. Der Sound lärmte blechern aus kleinen Lautsprechern, zwei Leute unterhielten sich – ein Mann und eine Frau, aber ich bezweifelte, dass sie Relevanteres zu besprechen hatten als wir. »Jedenfalls, deswegen bin ich vor allem hier. Und da ich jetzt hier bin, heißt das, dass das passieren wird.«

Er lachte. »Der Logik kann ich nicht folgen.«

»Es ist ganz einfach, Zee. Es gibt nur eine mögliche Zukunft. Bis sie mir etwas anderes bewiesen hat, gehe ich davon aus, dass es die ist, die ich erreichen will.«

»So einfach.«

Ich nickte ernsthaft und sah ihn wieder an, auch wenn es mir schwerfiel, weil ich natürlich wusste, dass es nicht so einfach war.

»Mir explodiert manchmal der Kopf vor lauter Zukünften und du hast nur eine?«

»Solltest du auch mal versuchen«, empfahl ich ihm und küsste ihn auf den Mund, nur ganz kurz, ich wollte ihn nicht zu sehr mit meinen liebeshungrigen Forderungen überlasten, und ich wusste zwar schon, dass er Küssen gerade durchaus genoss, aber ich wusste auch, welche fatalen Auswirkungen es auf meine Selbstkontrolle hatte.

Eine Stimme riss mich aus den Gedanken. Es war Iggel, etwa in unserem Alter, weiß, mit struppigen kurzen Haaren und ein bisschen dick. Er tippte Zeeto auf die Schulter und sagte: »Wir haben zusammen Wachdienst, Zee. Ist das okay, oder soll ich mir jemand anderen suchen?«

Das ist keine Frage, die man nur Zeeto stellt. Wenn du einen Dienst im Handgebunden-Markt nicht verrichten kannst, springt jemand anders ein. Der soziale Druck ist aber offenbar groß genug, dass sie keine Probleme damit haben, Leute zum Arbeiten zu motivieren. Ich hatte mich für eine Runde Gemüseschnippeln gemeldet, an den Grenzen durfte man mich nicht sehen. Wir standen auf, Zeeto faltete die Decke, und ich nahm sie, um sie auf dem Weg bei Riikas Haus vorbeizubringen. Ich fühlte die Ränder der aneinandergenähten Stofffetzen unter meinen Fingern. Lindas

Kunstwerk war groß genug, dass sich selbst Zeeto mit seinen langen Beinen mehrmals darin einwickeln konnte.

»Bis später«, sagte ich, und ein paar Minuten darauf stand ich mit der jungen Frau, die mir bei meiner Ankunft vor einigen Wochen vom Shampoo erzählt hatte und Jinx hieß, an einem großen Holzbrett und schnippelte … Rüben. An einer anderen standen Mo und ein älterer Mann namens Tony und wir stellten uns einander samt Pronomen noch einmal kurz vor.

Jinx benutzte weibliche Pronomen wie ich, Tony männliche und Mo die gängigen Enby-Pronomen, aber das wusste ich schon von meinem Besuch im letzten Jahr. Ser war recht unscheinbar, auf den ersten Blick hatte ich sin für einen Mann gehalten mit früh ergrauten, lichten Haaren und nachdenklichem Gesicht mit breitem Kiefer. Die beiden schnitten Petersilienwurzeln klein, außerdem ein paar Chilischoten, um das langweilige mitteleuropäische Wintergemüse etwas aufzupeppen.

Riika stand an der Kochgrube und heizte den riesigen Kessel auf. Die Kochgrube wird meist mit Gas betrieben, aber lässt sich auch auf Holz umstellen, und sie ist deshalb ein Loch im Boden, weil der Topf, den sie darüber aufhängen, so riesig ist, dass er auf keinen Herd oder Gaskocher oder anderes Instrument aus der Vergangenheit passt, das hier auf dem Markt zu finden ist. Ich glaube, ich könnte in diesem Kessel baden.

Trotzdem reicht der Inhalt nicht für alle, immer wieder werden neue Zutaten hinzugegeben, um den Markt satt zu kriegen.

»Du kannst mir jetzt schon mal eure Schüssel bringen, Laylay«, sagte sie.

Öl zischelte am Boden des Kessels, und sie gab Zwiebeln und Knoblauch dazu, was der Kessel gierig und lautstark zur Kenntnis nahm. Der Geruch machte auch mich gierig, und dann rührte Riika eine Mischung aus rotem und orangefarbenem Pulver hinein, was das Ganze noch mal besser machte. Mein Magen knurrte, ich hatte das Frühstück ausgelassen, um mit Zeeto auf der Matratze herumzugammeln. Ein zweiter Orgasmus war im Spiel gewesen.

Ich nahm die Schüssel und ging zu Riika hinüber, die den Inhalt zu den etwas scharf qualmenden Gewürzen schüttete.

»Darf ich dich etwas fragen, Laylay?«, sagte sie, während sie mit einem großen Holzschaber alles zusammenrührte. Die Rübenstücke nahmen das Rotorange der Gewürze an.

»Klar«, sagte ich.

»Die Medikamente, die dein Vater bei mir immer für dich getauscht hat. Nimmst du sie?«

Ich sah von den Rüben in ihr altersfaltiges Gesicht, in ihre so klugen Augen. Das Brutzeln im Topf übertönte unsere Unterhaltung beinahe.

»Nein«, sagte ich.

»Weißt du, was es war?«

»Methylphenidat. Ich hab es bei Azmi zurückgelassen.«

»Du hast es früher alle zwei Tage genommen, richtig?«

Ich nickte.

»Wie lange schon?«

»Schon immer. Also, so lange ich mich erinnern kann. Als Kind einmal die Woche, aber seit ungefähr zehn Jahren alle zwei Tage.«

»Weißt du, warum? Weißt du, was es macht?«

»Azmi sagte …« Nun sah ich mich doch zu den anderen um, aber Jinx, Mo und Tony schnitten unbeeindruckt weiter Gemüse. Ich fasste Mut – sollten sie es doch hören, die Marktleute kamen mit ganz anderen Herausforderungen klar. »Azmi hat gesagt, ohne wäre ich … könnte ich nicht unter Menschen leben. Irgendwie. Ich wäre dann nicht … ich weiß auch nicht. Er hat mehr so um den heißen Brei herumgeredet. Ich glaube, eigentlich *wollte* er nicht unter Leuten leben, und deshalb hat er einen Grund erfunden.«

»Es wirkt sich auf die Dopaminübertragung aus. Weißt du, was Dopamin ist?«

Ich schüttelte unbehaglich den Kopf.

»Nun, es ist ein Hormon, das bei sehr vielen körperlichen Prozessen beteiligt ist, auch bei der Verarbeitung von Reizen im Hirn. Hast du eine Aufmerksamkeitsstörung?«, fragte Riika.

»Was?«, fragte ich. Ich verstand nicht, was sie damit meinte. Dass ich nicht aufmerksam war? Dass man mir nicht genug Aufmerksamkeit schenkte? Was sollte das heißen?

»Ich kenne zwei Gründe, aus denen Leute, besonders Kinder, früher Methylphenidat genommen haben. Ein Grund war zur Konzentrationssteigerung, zur Steigerung der mentalen Leistungsfähigkeit. Zum Beispiel haben es auch Kämpfende in Kriegen genommen und Studierende vor Prüfungen, oft illegal.«

»Hä?« Mehr bekam ich nicht heraus. Hatte er es mir gegeben, damit ich wachsamer war, bei unserem Weg durch unwägbares Toxxerterritorium?

»Der andere Grund war zur Behandlung von ADS und ADHS, das waren Aufmerksamkeitsdefizitstörungen mit oder ohne Hyperaktivität.«

Ich war mir plötzlich sehr sicher, dass Riika mit Medikamenten handelte, weil sie in der Vorzeit irgendetwas gelernt hatte, was damit zu tun hatte. Nicht so wie Azmi, der nur zusammengesammeltes Wissen kombiniert, sondern sie war vermutlich das, was sie eben noch erwähnt hatte: eine Studierte.

»Waren?«, fragte ich. »Gibt es das nicht mehr? Was macht es?«

Sie lachte und rief dann zu Mo: »Bring mir mal die Wassereimer, die neben euch stehen, bitte!« Dann fuhr sie in meine Richtung fort: »Ach, natürlich gibt es das noch. Aber wir leben heute in einer Gemeinschaft, in der es nichts Wichtiges ist; nur eine andere Art zu lernen. Ein Kind oder ein erwachsener Mensch mit ADHS hat Schwierigkeiten, das Gehirn stundenlang auf einen bestimmten Punkt zu fokussieren und lange dieselbe Arbeit zu machen. Das war früher ein Problem, heute nicht mehr. Hast du Schwierigkeiten, dich zu konzentrieren, jetzt, wo du die Medikamente nicht mehr nimmst?«

Ich half, das Wasser in den Kessel zu füllen. Wir brachten damit das Brutzeln zum Schweigen. Die Gasflammen leckten am Gusseisen und machten sich daran, das Wasser zum Kochen zu bringen.

»Ich weiß nicht«, antwortete ich schließlich. »Nicht, dass ich es gemerkt hätte. Aber ich muss mich ja auch nicht konzentrieren.«

»Na ja, man muss sich bei jeder Arbeit konzentrieren. Brauchst du schnell Abwechslung?«

»Ich weiß nicht!«, wiederholte ich. »Ich war seitdem mit dem Motorrad unterwegs und habe Rüben geschnippelt, das ist alles, ich weiß nicht, ob ich mich dabei schlechter oder besser oder gleich gut konzentrieren konnte!«

»Du merkst also keine Veränderung an dir? Du hast … du hast keine Entzugserscheinungen?«

Ich sah zu Jinx, die nun ganz allein schnippelte. »Ich müsste vielleicht noch mal konzentriert an diesen Rüben arbeiten, um das sagen zu können«, sagte ich, und Riika lächelte, aber auf eine schmallippige Weise, als sei es nur eine Nettigkeit von ihr. Mir war kalt geworden, irgendwie.

»Welche Entzugserscheinungen wären das denn?« Ich fragte mich, ob die Ameisen in meinen Adern etwas damit zu tun hatten.

»Ich weiß es nicht genau. Aber du nimmst es ja schon sehr lange, eigentlich gibt es bei so etwas immer Entzugserscheinungen.«

Ich wollte es in Worte fassen. Dass es sich irgendwie anders anfühlte, *ich* zu sein, in den letzten Tagen. Vielleicht auch schon Wochen. Meine innere Anspannung auf dem Weg von der Adria nach Norden war so groß gewesen, dass ich gar nicht genau sagen konnte, was davon eine Entzugserscheinung war und was blanke Verzweiflung darüber, den Weg nicht zu finden und Azmi zurückgelassen zu haben. Ich *wollte* mit Riika darüber reden. Aber ich fand irgendwie keine Worte dafür. Nicht jetzt.

Ich habe den Eindruck, dass es anders ist, ich *zu sein. Ich habe den Eindruck, es ist irgendwie … anstrengender, als müsste ich mehr von mir selbst auf kleinerem Raum zusammenquetschen. Es festhalten, damit es mir nicht entgleitet.*

Ich sagte das nicht. Es war wirr. Und es war vermutlich nur Einbildung, der Tatsache geschuldet, dass ich zum ersten Mal in meinem Leben von Azmi getrennt war.

»Es … es kann nicht sein, dass das Methylphenidat einfach gemacht hat, dass ich nicht krank werde, oder?«, fragte ich nach.

Azmi hatte vielleicht irgendwas herausgefunden, was er niemandem gesagt hatte. Aber dann hätte er es doch selbst auch genommen, oder?

»Du meinst die Wastelandkrankheit?«

Die Kälte wühlte sich in meinen Magen vor, aber ich musste es ihr sagen. »Ich werde nicht krank. Generell nicht. Nie.«

Sie hob ihre dünnen, grauen Augenbrauen. Ihre Wimpern, schwarz, waren so lang wie Zeetos.

»Methylphenidat hat keine Auswirkungen auf das Immunsystem«, sagte sie langsam.

»Okay«, sagte ich. »Dann weiß ich es nicht. Sorry.«

»Egal. *Sorun değil*«, sagte sie. Ich schnippelte weiter, aber die Kälte ließ mich selbst dann nicht los, als ich den warmen Eintopf endlich in mich hineinlöffelte.

HANDGEBUNDEN-MARKT
ZEETO, 13. FEBRUAR 2064

Ich weiß nicht genau, worauf Laylay wartet. Ich habe das seltsame Gefühl, dass die Zeit stillsteht, dass die Zeit selbst darauf wartet, dass etwas Äußeres, Unzeitliches von sich aus passiert, und erst dann wird die Uhr weiterlaufen. Sobald die Sekte nur den Haupteingang zum Markt im Auge hat, wäre das die Gelegenheit für Laylay, ihn zu verlassen, die Gelegenheit, mit dem Moped ins Ödland zu fahren und in den Bunkern zu erfahren, dass sie einem Hirngespinst anhängt. Ich war schon da – ich würde ihr ja sagen, dass ihre Hoffnung eine Illusion ist. Andererseits habe ich Mtoto im Wald gefunden, also ist es offenbar kein vollkommenes Hirngespinst. Mein Kopf schwirrt, zu viele Gedanken: Laylay sollte gehen und tun, weshalb sie hier ist, Laylay sollte bleiben, unerkannt auf dem Markt, solange es geht. So lange, bis ich …

Nein, diese Gedanken fühlen sich schlecht an. Meine innere Jahreszeit verändert sich, könnte das wärmere Wetter sein, die Vögel, die zu tschilpen beginnen, könnte auch an Laylay liegen. Vielleicht steht die Zeit also doch nicht still, meine eigene Uhr ist von dreiundzwanzig Uhr neunundfünfzig auf einen neuen Tag gewechselt oder von Nacht auf Sonnenaufgang. Die Gedanken an mein eigenes Ende, das Hadern mit meiner Nutzlosigkeit, meiner Bedeutungslosigkeit sind in den letzten drei Tagen, seit Laylay hier angekommen ist, in den Hintergrund getreten.

Vielleicht ist es auch einfach der Sex. Nicht, dass ich bislang sonderlich … nun ja. Beteiligt war ich schon. Angenehm war es auch. Aber ich hatte kein wirkliches Interesse daran. Trotzdem hat es mich nicht kaltgelassen, sie in den Armen zu halten und ihr liebestrunkenes Geflüster an meinem Ohr zu hören, gefolgt von Seufzen und Stöhnen und … Also, was ich damit sagen will: Irgendetwas in den letzten Tagen hat dafür gesorgt, dass die depressive Phase sich verpisst, und ich finde das gut und habe gleichzeitig Angst, dass mir eine manische Phase bevorsteht. Das wechselt sich natürlich nicht immer ab. Manchmal vergehen Monate zwischen den Phasen und sie haben natürlich auch keine Reihenfolge, aber sie sind von mir selbst gut genug dokumentiert, um zu ahnen, dass eine bevorsteht.

Während sich in depressiven Phasen die Zeit zu klebrigem Schleim zu verlangsamen scheint, rast sie in einer manischen Phase nur so dahin, es ist wie eine Fahrt mit Laylays Moped. Innerlich wehre ich mich schon dagegen, dass die Tage dann nur so dahingaloppieren. Ich brauche nicht *weniger* Zeit, ich brauche mehr!

In einer manischen Phase habe ich allerdings einen wesentlich raumgreifenderen sexuellen Appetit, das immerhin wäre jetzt nicht das Schlechteste. (In meiner letzten manischen Phase fand beispielsweise die … Episode mit Bo und Jess statt.) Aber in manischen Phasen neige ich dazu, mich

a) zu überschätzen,

b) zu überarbeiten und

c) zu unterschlafen.

(Und noch einiges Optionales mehr, aber diese drei Dinge scheinen die Grundpfeiler zu sein.)

Jedenfalls betreibe ich nun den Tag über ein wenig Innenschau, während ich mit Laylay Geschirr spüle. Wir schauen uns dabei zu oft und zu lange in die Augen, machen zu viele dumme Witze, über die wir zu lange lachen, und alle anderen an den Spülbottichen sind sich einig, dass wir das peinlichst-verliebteste Paar seit Langem sind.

Ich weiß.

Es ist irgendwie verrückt. Ich habe mich gar nicht richtig in Laylay verliebt. Vielleicht im letzten Jahr, und es ist deshalb so verrückt, weil zwischen dem Sichverlieben und dem beiderseitigen Einverständnis, dass wir unsere eigenen Väter füreinander im Stich lassen würden, eine sehr lange Pause lag, in der wir einander nicht gesehen haben. Und dann sind wir einfach sehr steil und Hals über Kopf wieder eingestiegen. Inklusive Vater-im-Stich-Lassen. Ich bin mir nie sicher, ob Liebe nicht vielleicht ein soziales Konstrukt ist. Körperliche Anziehung plus Entschlossenheit, miteinander auszukommen. Bei manchen lässt eins davon nach oder beides, bei anderen hält es Jahrzehnte – aber hier auf dem Markt ist das selten, und oft finden sich neue Konstellationen. Also, eigentlich halte ich Liebe für eine soziale Erfindung, die in unserer Kultur jahrhunderte-, vielleicht jahrtausendelange Tradition hat und in anderen Kulturen nicht auf diese Art und Weise zu finden ist.

Und trotzdem bin ich ziemlich in Laylay verliebt. Unlogisch? Ich weiß es nicht, man kann nicht alles logisch lösen. Eigentlich verliebe ich mich ungern, ich weiß, dass meine Neurodivergenz mich schwierig macht, ich denke manchmal, vielleicht zu schwierig? Möglicherweise will ich irgendwie andere vor mir selbst beschützen, und deshalb vergucke ich mich nur ab und zu, bin auch nicht ungern der überflüssige Dritte in einer Polybeziehung – dann braucht mich niemand, wenn es wieder Zeit ist, in mein Schneckenhaus umzuziehen. Aber ich rede zu viel, richtig? Also – wie auch immer es sich sonst mit mir und Beziehungen verhält, Laylay hat so eine brutal ehrliche Art, und deshalb kommen wir nach dem Spülen aus dem Kochhaus, und über uns stehen fantastische Sterne, keine Wolke am Himmel, und knusprige Kälte hat die Milde des Tages abgelöst.

Laylay atmet ein, die Kälte erfasst sie und lässt sie zittern, und ich lege von hinten die Arme um sie. Sie drückt ihren Rücken gegen meine Brust und ihren Kopf unter mein Kinn.

»Schläfst du vielleicht heute mit mir? Ich hab ein Kondom«, sagt sie.

»Was, wenn nicht?«

»Auch in Ordnung.« Sie schweigt kurz. »Ich bin in dich verliebt, Zeeto, weißt du das?«

Und ganz ehrlich, klar weiß ich das. Ich nicke und grinse. Dann frage ich: »Warum?«

»Wie unfair. Du hättest mit ›Ich bin auch in dich verliebt, Laylay‹ antworten sollen, und dann hätten wir uns geküsst, und mehr hätte dieser Moment wirklich nicht gebraucht.« Sie dreht sich in meiner Umarmung herum. »Du riechst nach Spülpaste.«

»*Darum* liebst du mich? Das ist ungewöhnlich, aber es gibt Leute, die stehen auf Seltsameres, also, warum nicht?«

Sie knufft mich in die Seiten.

»Ich weiß nicht, warum ich in dich verliebt bin«, sagt sie dann. »Vielleicht, weil du in mich verliebt bist.«

»Warum bin ich in dich verliebt?«, frage ich und grinse. Ich muss es ihr nicht mal sagen. Sie ist sich so sicher. Vielleicht ist das das Fantastischste an ihr.

»Weil … weil ich hübsch bin. Und ein Motorrad habe. Weil ich dein Leben interessanter mache. Weil ich dich im Wald gerettet habe. Weil du nicht auf unglückliches Verliebtsein stehst, sondern dich nur verliebst, wenn du weißt, dass jemand anderes sich zurückverliebt.«

»Was, das stimmt nicht!«, protestiere ich, aber natürlich stimmt es. »Außerdem ist das unlogisch, du willst doch nicht sagen, ich bin in dich verliebt, weil du in mich verliebt bist, weil ich in dich verliebt bin? Das ist ein Paradoxon!«

»Genau so kann man es zusammenfassen.« Sie löst sich ein wenig von mir und sieht mich an. »Was ist denn deine Antwort?«

»Du bist genug du selbst, um auszuhalten, dass ich ich selbst bin«, sagt irgendetwas in mir, ohne dass ich richtig darüber nachgedacht habe.

»Wow«, sagt sie. »Schlaf mit mir.«

Ich sehe zu den Sternen hinauf. Ohne zu blinzeln, sehen sie mich an, ohne Urteil, ohne Befindlichkeit zu diesem Thema.

»Okay«, sage ich.

Unser Dienst im Kochhaus dauerte lange genug, dass sich jemand anderes Mtotos angenommen hat. Sie findet mich zwar ziemlich gut, und ich wiederum finde es vollkommen okay, dass sie mich aus meiner Lethargie zwingt, aber ich genieße die Nächte, in denen ich durchschlafe, denn sie wacht nachts nach wie vor auf und quakt. Sie will zum Glück keine Mahlzeit mehr, aber irgendwie finden Babys eine tiefe Befriedigung darin, dafür zu sorgen, dass Erwachsene sich nachts aus dem Bett quälen, irgendetwas *tun,* damit die allgemeine Situation sich verändert, und sie dann weiterschlafen können. Und das kann heute jemand anders machen. Als Laylay und ich ein wenig liebestrunken in meiner Ecke ankommen, beginnt sie ohne viel Federlesens in ihrem Gepäck zu wühlen und findet schließlich, was sie sucht.

»Ich habe dieses eine Kondom«, sagt sie.

»Wow«, erwidere ich.

Diese Dinger werden zu wirklich guten Preisen gehandelt. Wir müssen uns meistens mit unzuverlässigeren Methoden zufriedengeben, und wenn die fehlschlagen, gibt's wiederum mehrere Optionen, die medizinisch unterschiedlich heikel sind. Die letzte Möglichkeit ist Riika-kriegt-es-schon-groß, aber auch wegen aller anderen Optionen geht man zu Riika.

»Azmi hat's mir gegeben. Er dachte wohl, es fällt mir leichter, von hier aufzubrechen, wenn ich dich vorher vernascht habe.«

»Du könntest es tauschen.«

»Klar. Ich könnte es auch benutzen.« Sie setzt sich auf meine Matratze und grinst. Sie sieht nervös aus. Verdammt, ich bin auch nervös! Ich setze mich neben sie, und sie sieht mich eindringlich an, und als ich nichts tue, greift sie nach meinem Kragen und zieht mich zu sich heran. Sie lässt sich rückwärts mit mir in Kissen und Decke fallen.

Ich will eigentlich gar nicht viel beschreiben, aber ich tue es doch, es kommt mir wichtig vor.

Also, zuerst küssen wir uns, und alles ist völlig normal, auf diese Art und Weise, bei der einem leicht unbehaglich ist, weil man sich fragt, was passiert, wenn man diesen Teil einer frisch knospenden Partnerschaft verkackt. Es ist voll klar, dass es gar nicht wirklich auf Anhieb der absolute Hammer sein kann, aber weiß die andere Person das auch? Außerdem schraubt die Anwesenheit von genau *einem* Kondom die Erwartungshaltungen direkt ein wenig höher. Was, wenn ich diese einzige Gelegenheit versemmle, es ohne größere Bedenken miteinander zu tun?

»Vielleicht sollten wir es für später aufheben«, schlage ich daher vor, während sie mein Gesicht zwischen die Hände nimmt und mich auf ihre unermüdliche, ausführliche Weise küsst. »Es ist einfach hier, und wir überlegen uns, was wir damit machen.«

Sie kichert an meinen Lippen. »Ich schlage vor, dass wir keinen Ballon für Mtoto daraus machen, das wäre irgendwie Verschwendung!«

Ich lache auch. Alles ist leichter als gestern. Ich liege halb auf ihr, und ich bin mir sehr sicher, dass sie die Veränderung in meinem Wesen besonders gut an ihrem Oberschenkel bemerkt, denn sie schiebt ihre Hand zwischen uns und tastet nach meinem Schwanz, der versucht, ein Loch durch ihre Klamotten zu bohren. Ich bin etwas angespannt, aber sie lacht es weg und beißt in mein Kinn. Ihre Zähne machen seltsame Geräusche an meinen Bartstoppeln.

»Ich glaube, du bist anders drauf als die letzten Tage.«

»Glaub ich auch«, erwidere ich.

Ich denke außerdem seit vorgestern von allein an Azmis Stärkungsmittel, das muss ich hier auch mal betonen. Ihre Hand an meiner Hose trägt zu meinem Gesamtbefinden bei. Nun – ihr könnt euch sicher vorstellen, wie es weitergeht. Sie windet sich ein bisschen unter mir, weil sie mit der anderen Hand versucht, sich aus ihrer Kleidung zu befördern, während ich, noch etwas im Zweifel darüber, wie schnell und wie weit das hier heute gehen sollte, an ihr herumküsse, an ihren Lippen, ihrer Nase, ihrem Kinn, ihrem Hals. Sie lässt meinen Schwanz los und befreit sich jetzt aus der guten Hälfte ihrer Kleidung. Meine Hände wandern unter ihr Shirt und finden ihre warmen weichen Formen. Das macht irgendwas mit mir, wie Alkohol, der – *bämm* – in meinem Kopf ankommt.

»Zieh dich auch aus!«, flüstert sie, und dann lösen wir uns kurz, es wird kalt, und wir schälen uns aus der Kleidung.

»Was wäre das Beste, was heute passieren könnte?«, fragt sie.

»Müssen wir die Latte so hochlegen?«, frage ich, und nein, *pun not intended*, aber sie prustet natürlich trotzdem los.

»Vielleicht ist das Beste für heute ja auch etwas eher Bescheidenes?«, schlägt sie vor. »Aber wir können die *Latte* natürlich auch hochlegen.« Sie wackelt herausfordernd mit den Augenbrauen, dann packt sie meine Schultern und wirft mich auf den Rücken. »Oder die Latte bleibt, wo sie ist, und ich gehe einfach nur tiefer.« Wenig später spüre ich ihre Zunge, ihre Zähne, ihre Lippen an meinem Schwanz. Die Decke ist verrutscht, und mir ist obenrum sehr kalt und untenrum wirklich heiß.

»D-das Beste«, bringe ich hervor, während mein Hirn in diesem Gegensatz aus Heiß und Kalt schmilzt, »wäre, wenn wir uns nicht mit Superlativen stressen.«

»Hey …« Sie hebt den Kopf, im spärlichen Licht vom Gemeinschaftsraum sehe ich ihre Augen glänzen. »… das ist keine schlechte Idee.«

In dem Moment wackelt der Vorhang, und Lil'Samma streckt den Kopf rein. »Seid ihr wieder hier? Mtoto hat gebrüllt.«

Laylay reißt sich die Decke über den Kopf und verkriecht sich irgendwo zwischen meinen Beinen. Ihre Finger kraulen dabei die Innenseiten meiner Oberschenkel, und ich spüre, wie sie kichert.

»Samma, wir möchten zu zweit sein«, sage ich, schon etwas atemlos.

»Ich weiß«, sagt Samma altklug, »aber Mtoto hat immer *Zee* gefordert.«

»Kann nicht sein«, bringe ich hervor, »dafür ist sie noch zu klein.«

»Riika sagt das auch!«, rechtfertigt sich Samma.

»Dann reden wir darüber morgen«, grunze ich, denn Laylay macht unter der Decke einfach weiter, und es fällt so wenig Licht rein, dass Samma vermutlich schon Eindeutigeres gesehen hat. (Vermutlich sogar von mir. Lasst uns nicht davon reden, ich war auch mal ein Teenager …)

Samma lässt den Vorhang zurückfallen, und mich überfällt unter Laylays herausfordernd-liebevollen Zungenbewegungen ein plötzlicher, heftiger sexueller Heißhunger wie ein Fieberschub.

»Ich will dieses Kondom benutzen«, murmle ich in Richtung der Decke. »Das wäre das Beste.«

Die Berührungen ihrer warmen, lebendigen Zunge und ihrer Lippen enden, dann spüre ich ihren Körper an meinem, als würden Funken zwischen uns hin und her springen, zwei Kräfte, die sich aneinander aufladen.

»Jetzt?«, fragt sie. »Oder soll ich erst weitermachen?«

»Wärst du nicht langsam mal dran?« Meine Hände zittern, als sie an mir hinaufgleitet, Stück für Stück, bis meine Linke sich ganz automatisch um die Rundung ihrer rechten Pobacke legt. Die Finger meiner Rechten tasten sich durch das lockige kurze Schamhaar, dann zwischen ihre Beine – uns trennen nur noch Zentimeter. Ich bewege meine Finger neugierig, und sie beugt sich vor und stöhnt in meine Haare.

»Ich war doch schon ein paar Mal dran«, seufzt sie. »Ich würde jetzt auch wirklich gern mit dir schlafen.«

Das Kondom macht mich nervös. Es setzt so einen Erwartungsdruck. Das einzige seiner Art, auf dem ganzen Markt, vielleicht im ganzen Broke-Turf. Sie greift danach und reißt die Verpackung mit Zähnen und linker Hand auf – stimmt, sie ist Linkshänderin, das hatte ich ganz vergessen.

Sie zieht es raus, ein labbriges, weißes Ding, aber ihr Gesicht, nur dunkle Schatten und Linien und das Glitzern ihrer Augen, hängt wie ein zuversichtlicher Mond über mir, sie lächelt mich an.

»Hast du schon mal eins benutzt?«, fragt sie.

»Nee«, sage ich.

»Ich auch nicht.« Sie klingt aufgeregt, ihre Stimme ist belegt. Meine Finger machen ohne Anleitung vom Kopf weiter, und ihr Atem ist jetzt so rasch wie meiner. »Es ist selbsterklärend, denke ich.« Sie demonstriert mir, wie selbsterklärend es ist, und es ist wirklich selbsterklärend. Außerdem habe ich dieselben alten Aufklärungsfilme gesehen wie alle im Markt.

Dafür müssen wir uns kurz lösen, ich wische meine Finger ein wenig an einem abgelegten Kleidungsstück ab. Zum Geruch ihres Körpers und meines Körpers (auch wenn ich mich selbst nicht wirklich rieche), dem Geruch nach Spülpaste und Feuerholz und diesem Prä-Sex-Geruch gesellt sich der Gummigeruch des Kondoms.

Laylay fackelt nicht lange, pinnt mich mit ihren Händen auf

meiner Brust in die Matratze und versucht, uns zu manövrieren. Freihändig gelingt es ihr nicht auf Anhieb, sie lässt eine Hand los, und dann spüre ich, dass ich in ihr bin und schnappe nach Luft. Ich will sie packen und an mich drücken, es ist kalt, und ich fühle mich seltsam, wie abgehoben vor Hunger, außerdem brauche ich ihre Nähe, aber sie nimmt mit der Linken die Decke und legt sie sich um die Schultern, und mit der rechten Hand auf meiner Brust sorgt sie dafür, dass sie auf Abstand bleibt.

»K-kann ich dich vielleicht umarmen?« Ich fühle mich irgendwie verloren zwischen ihren und meinen eigenen Begierden. Sie zögert, sie hat bereits begonnen, sich auf mir zu bewegen, und sie wirkt, als wüsste sie absolut, was sie will, und meine Bedürfnisse wären ihr ein wenig im Weg. Aber sie lockert den Arm, ihre Fingernägel haben sich in meine Brust gebohrt, und sie beugt sich vor und lässt zu, dass ich die Decke über uns beide ziehe und mich an sie schmiege. Mein Schwanz kriegt nichts von meiner Verwirrung mit, er freut sich über alles, was da unten so passiert.

»Zeeto«, flüstert sie heiser an meinem Ohr.

»Ist alles okay?«, versuche ich mich zu vergewissern.

Sie stößt ziemlich überzeugende Laute aus und bewegt sich weiter. Ich bin mir nicht sicher, ob mein Hirn einfach an einem anderen Ort ist, irgendwie haben ihr Körper und mein Körper ziemlich viel Spaß miteinander, aber ich fühle mich trotzdem etwas allein. Sie beißt mich ins Ohr – kurz jagt es einen aufregenden Stoß durch meinen Körper, dann tut es weh, und ich war noch nie jemand, dem Schmerz Spaß gemacht hat. Als sich ihre Zähne lösen, reiße ich den Kopf zur Seite.

»Wäre … wäre mir lieber, wenn du das nicht … nicht machst«, stammle ich, und ich sehe ihre Zähne in ihrem Lächeln aufblitzen. Warum bin ich mir plötzlich nicht mehr sicher, ob ich hier richtig bin? Warum macht sich eine meiner dummen Ängste in meinem Stammhirn breit, irgendeine seltsame, immer noch erregte Furcht vor dem, was wir hier tun?

Wir ficken!, sagt mir der Homo-sapiens-Part und legt mir nahe, es zu genießen – und mein Körper gehorcht.

»Lass mich nach unten«, sagt sie nach einigen stummen Sekunden, in denen sie mich heftig vögelt und mir die Erregung das Hirn flutet. Wir atmen einander an. Mit einer entschlossenen Bewegung rollt sie sich herum, und ich folge ihr – kurz trennen wir uns, dann sind wir wieder zusammen, ich liege auf ihr, sie bewegt sich unter mir. Generell müsste ich jetzt vermutlich schon allein aufgrund der Pose mehr Initiative ergreifen, aber sie hat eindeutig das Sagen. Ich bin nach wie vor verwirrt, aber die Angst wird von der Tatsache überschwemmt, dass ich seit etwa vier Monaten mit niemandem geschlafen habe, und wir haben es einfach wirklich nötig, wir tauchen ineinander ab und kennen kaum etwas außerhalb und auch das meiste innerhalb nicht mehr. Wir schmelzen auf etwas Urtümliches zusammen.

»Komm noch nicht«, bettelt sie an meinem Ohr, aber durch all die im Konflikt liegenden Impulse bin ich mittlerweile in einer Art Zen-Zustand angelangt, einem Hin und Her der Wenn und Aber in meinem Kopf, alle unterlegt mit dem *Tu es! Tu es! Tu es!* meines Pimmels.

Laylay ist alles andere als Zen – sie bewegt sich unter mir immer rascher, zwingt mich in ihren Rhythmus, »Zeetozeetozee« an meinem Ohr, dann nur noch ein heftiges Keuchen, und dann kicken hunderttausend Hormone bei mir ein, als ich merke, wie sie kommt, wie sie mich packt, um mich einfach genau da zu haben, wo sie mich gerade braucht, und ich gehorche, und dann *spüre* ich – Zen! –, wie sie den Höhepunkt erreicht, sie stöhnt und versucht, den Laut an meiner Schulter zu unterdrücken, aber *fakk* eh, ich fühle schon wieder ihre Zähne, und dann packt sie mit einer Hand meine Arschbacke und mit der anderen meinen Rücken so auf Hüfthöhe und gräbt ihre Fingernägel in meine Haut, während sie so heftig unter mir kommt, dass ich den natürlich rein subjektiven Eindruck habe, es erschüttert nicht nur sie und mich und die Matratze, sondern müsste Riikas Haus zum Einsturz bringen. Aber so interessant und urgewaltig dieser Gedanke ist: Schmerz durchfährt mich, als sie mit ihren Fingernägeln an mir *reißt*, und ich stelle einmal mehr fest, dass Schmerz mir einfach nichts gibt. Glühendheiß graben mir ihre Nägel Striemen in den Rücken, und dann bäumt sie sich ein letztes Mal gegen meinen Körper auf, hält mich so fest, ich kann ihr nicht entfliehen, und dann wird sie wieder leise und warm und atemlos. Ich bin nicht gekommen. Mein Rücken brennt wie Feuer. Meine Arschbacke ebenfalls. Mein Pimmel schrumpft in sich zusammen, und ich weiche vor ihr zurück, aus ihr raus, mitsamt Kondom, das aber jetzt nicht mehr hält. Ich will mich hinsetzen, aber *for fakk sake,* tut mir der Hintern weh! Ich kauere mich hin, wickle mich in die Decke und taste dann an die Stellen, an die ich am besten drankomme – meine Schulter und mein Ohr. Ich bin völlig verwirrt, mein Herz rast, mein Hirn weiß nicht, was es daraus machen soll. Der plötzliche Stimmungswechsel lässt mir Tränen in die Augen steigen.

Im spärlichen Licht sehe ich Blut an meinen zitternden Fingerspitzen.

»Fakk, Laylay«, flüstere ich mit erstickter Stimme – ist das überhaupt meine?

»Hm?« Sie rollt sich vor mir auf der Matratze zusammen und zupft an der Decke, die ich ihr weggenommen habe. »Mir ist kalt!«

»Du … du hast mir wehgetan!«

Wir starren uns kurz an. Sie ballt die Hände zu Fäusten, und kurz glaube ich, dass sie mir noch mehr wehtun wird. Sie ist nicht die Person, für die ich sie gehalten habe. Sie ist mir überlegen, sie wird mir wehtun.

Dann öffnet sie ihre Hände. »Meine Finger schmerzen«, murmelt sie überrascht. Ich sehe, dass ihre Hände auch zittern.

Ich sehe noch mehr.

Dunkle, gebogene Fingernägel, wo vorher die hellen, kurzgenagten Laylay-Fingernägel waren.

»*Aman Allahım*«, flüstert sie, und ich kann kein Türkisch, aber ich kann mir vorstellen, was das heißt. *Was im Namen aller fliegenden Fakks ist gerade passiert?*

Ich lehne mich an die Wand und spüre ziemlich deutlich, dass sie mir mindestens sechs tiefe Kratzer zugefügt hat, die bluten. Ich fühle mich hundserbärmlich und wickle die Decke fester um mich.

»Zee«, flüstert sie. »Was … hab … hab ich dir wehgetan?«

»Das hab ich doch gesagt«, murmle ich, und ich kann meine Tränen nicht länger zurückhalten, diese plötzliche Ernüchterung lässt alles in meinem Körper kopfstehen.

»Das versteh ich nicht.« Sie sieht mich mit großen Augen an, was ist das da vor mir? Ist das Laylay und diese … Klauen, sind die eine optische Täuschung? Oder ein … ein … etwas anderes?

Sie beginnt jetzt auch zu schluchzen. »Methylphenidat«, flüstert sie. »Z-Zeeto, es tut mir leid, wirklich, es tut mir leid.«

»Was heißt das?«, flüstere ich, immer noch auf Abstand. Können diese Wunden mich umbringen? Wird die Wastelandkrankheit mich schneller erwischen, wenn sie sich entzünden? Was tue ich jetzt? Rufe ich jemanden zu Hilfe? Was wird Laylay machen, muss ich mich vor ihr fürchten? »Was heißt Methylphenidat?«

Wir starren einander an.

»Ich weiß nicht«, wimmert sie, und dann kommt kleinlaut: »Dad hat es immer hier getauscht.«

Alles, was ich gedacht habe, was das mit ihr und mir ausmacht, bröckelt in diesen Momenten. Sie ist fremd, ich habe Angst, und plötzlich kommt mir ein irrwitziger Gedanke, ein urtümlicher Instinkt, den mein Hirn ausliest: das seltsame, beunruhigende Gefühl, es mit einem Raubtier zu tun zu haben.

Laylay starrt ihre Hände an.

»Was *ist* das?«, schluchzt sie oder ich oder wir beide. Dann stehe ich auf, die Kratzer tun beunruhigend weh, wickle mich in die Decke und stolpere aus meiner Ecke, durch den Vorhang hindurch, in den Schlafraum, in dem gerade nur aufgerollte Matten liegen, an mehreren anderen abgetrennten Kojen vorbei und in den Gemeinschaftsraum.

»Zeeto, warte!«, ruft Laylay mir hinterher, es geht verloren im abendlichen Stimmengewirr der Erwachsenen, die noch wach sind.

Ich finde Riika in ihrer kleinen Tee-Ecke. Sie trinkt mit ihren beiden Frauen Kräutertee, die drei spielen ihr Erzählspiel, wie jeden dritten Abend. Es hat niemals ein Ende, geht weiter und weiter, schon seit vierzehn Jahren, sagen sie. Sie sehen alle drei ziemlich entsetzt auf, als ich hereinplatze. Dünya lehnt an Riikas Schulter, Linda sitzt vorgebeugt und sieht von einem handgeschriebenen Zettel auf.

»Du blutest am Ohr!«, platzt Linda heraus.

»Du hast nichts an«, bemerkt Riika, und Dünya sieht ziemlich alarmiert drein.

»Kann ich mit dir reden?«, frage ich Riika, ich kriege es kaum raus. Ich liebe auch meine anderen beiden Großmütter, aber Riika ist meine Großmutter der Wahl, wenn es um all meine seelischen Nöte geht – und in diesem Fall auch körperliche.

»Natürlich, Mtoto«, sagt sie und gibt mir in ihrer Fürsorglichkeit das Kosewort, das all ihre Kinder und Enkelkinder erhalten. Sie steht auf, legt einen Bleistift ab und stellt ihre Teetasse auf den Tisch. Sie kommt langsam auf mich zu, abends tun ihr die Knochen weh. »Was ist passiert?«

»Na ja«, murmle ich leise, aber Dünya und Linda können mich vermutlich noch hören. »Ich habe mit Laylay geschlafen, und dann sind Sachen passiert, und sie glaubt, dass es wegen der Medikam…«

Riika ist an mir vorbei, bevor ich noch mehr sagen kann. Ich schlurfe hinter ihr her.

Als wir in meiner Ecke ankommen, sitzt Laylay mit ihrem Schlabberpulli da und zieht sich gerade ihre Hose an. Sie sieht auf, mit einem Blick, als bereue sie, nicht schnell genug abgehauen zu sein.

»Was ist hier los?«, fragt Riika brüsk.

»Weiß ich nicht«, sagt Laylay und wischt sich mit dem Ärmel über die Augen. Ihre Wangen sind gerötet, ich glaube, sie hatte einigermaßen Spaß, aber der Auswurfschock war groß. Sie versteckt ihre Hände in den Ärmeln.

Ich lehne mich gegen die Wand. Mir ist schwindlig. Ich sehe, dass das schlabberige Kondom auf dem Bett liegt, und das sehe ich so deutlich, dass es auch aus sich heraus leuchten könnte. Ich habe das Bedürfnis, die Decke drüber zu legen, aber dann wäre ich nackt.

»Sie hat Krallen gekriegt. Oder so was. Klauen. Lange, fiese Fingernägel. Die vorher nicht da waren«, fasse ich die ganze Angelegenheit zusammen. »Es tut … es tut ziemlich weh.«

»Wem, dir oder ihr?«

»Ihm«, flüstert Laylay und mustert ein Kissen zwischen ihren Füßen.

»Wo hat sie dir wehgetan? Brauchst du was?«

»Am Rücken. Keine Ahnung, du müsstest wohl mal gucken, ob das desinfiziert oder genäht werden sollte, aber zuerst will ich wissen, was das zu bedeuten hat. Was hat Azmi mit ihr gemacht? Welche Medikamente hat er hier getauscht? *Was ist los?*«

»Zeigst du mir deine Hände?«, fragt Riika und geht mit knirschenden Knien vor Laylay in die Hocke. Sie streckt auffordernd ihre eigenen, alten Hände aus, auf deren Rücken die Adern und Sehnen vorstehen.

Laylay schnieft und streckt dann ein wenig die Arme, bis die Fingerspitzen aus ihren Ärmeln lugen. »Bitte, sag es niemandem«, flüstert sie dann. »Bitte, sag es niemandem!«

Riika nimmt Laylays Finger und betrachtet sie. Ich trete näher – Riika hat die Präsenz, auch ein Raubtier zu zähmen, ich fühle mich mit ihr wesentlich sicherer als zuvor.

»Er hatte recht«, sprudelt es fast unhörbar aus Laylay heraus. »Azmi hatte recht, oder? Er hat gesagt, dass so was passieren würde, also, er hat es nie wirklich *gesagt*, aber er hatte recht, dass ich nicht hier sein sollte, nicht unter euch sein sollte, er hatte recht, aber er hätte es mir erklären müssen – was *ist* das? Was … was passiert mit mir?«

»Schhht«, macht Riika und streicht über Laylays Fingerkuppen.

Ich beuge mich nach vorn, obwohl das nichts Gutes mit den Wunden an meinem Rücken anstellt. Der Schmerz, der durch meinen Körper schießt, macht, dass ich mich roh und seltsam fühle. Aber nachdem die Sterne vor meinen Augen verschwunden sind, sehe ich klarer. Laylays Fingernägel sind dick, schwarz glänzend, leicht gekrümmt und oben gewölbt. Meiner Freundin sind beim Sex Klauen gewachsen. Wow, danke, Schicksal.

»Seit wann sehen deine Fingernägel so aus?«, fragt Riika.

»Seit fünf Minuten«, antwortet Laylay leicht ungnädig, als wäre die Frage bescheuert, dabei ist eher der Grund der Frage das Bescheuertste in einer langen Reihe bescheuerter Ereignisse.

»Kannst du dir vorstellen, warum?«

Laylay schweigt und sieht mich zum ersten Mal an, seit ich mit Riika hereingekommen bin.

»Weil sie irgendein Medikament genommen hat und nun nicht mehr nimmt, und in Wirklichkeit ist sie irgendwie ein … was weiß ich, ein Tigermensch oder so was?«, sage ich, und am Ende des Satzes wird meine Stimme leicht schrill, ich weiß gar nicht, warum …

»Das heißt, ihr habt miteinander geschlafen, und dann sind ihr beim Sex Klauen gewachsen?«

Ich entgegne Laylays Blick, dann nicken wir beide zerknirscht. Sie lässt ihren Daumen über diese Krallen wandern, auf beiden Seiten, eine Kralle nach der anderen.

»Und du hast Zeeto damit verletzt? Warum?«

»Ich hab … ich wollte das nicht. Ich hab mich … vielleicht festgeklamm… also, …gekrallt.« Sie ballt die Hände zu Fäusten und presst sie gegen ihre Augenlider.

»Ist so was schon mal passiert?«

»*Aman Allahım,* nein!«, stößt sie hervor.

»Kannst du … kannst du es rückgängig machen?« Riika bleibt sehr sachlich, ich bewundere das. Ohne diese Sachlichkeit würde ich längst schreiend im Kreis laufen. Ich bemerke, dass mir Blut am Bein runterläuft, nicht viel und ganz, ganz langsam. Die Wunden werden sich entzünden und mein wastelandkrankheitsgebeutelter Körper wird darunter schlappmachen. Death-by-Sex-Spätfolgen. Immerhin bin ich mit dieser Diagnose nicht allein. Ich glaube, sogar Nietzsche ist an Sex gestorben, aber er hat es mehr verdient als ich.

Laylay starrt jetzt wieder ihre Finger an. »Du … du meinst, sie … sie einziehen oder was?«, stammelt sie, und ich glaube, auch sie wird nur von Riikas Sachlichkeit auf dieser Seite der geistigen Gesundheit gehalten. Sie sieht verloren und blass und zerzaust aus und ganz und gar nicht wie ein Tigermensch.

»Kannst du ihr einfach wieder dieses Phenylidad geben, und dann ist alles wieder okay?«, frage ich. Ausnahmsweise bin ich es, der die einfache Antwort sucht.

»Sie hat keins mehr«, murmelt Laylay. »Azmi hat alles. Und ich hab's bei Azmi gelassen.«

Riika schüttelt den Kopf. »Das hier kann nicht daran liegen, dass du kein Methylphenidat mehr nimmst. Es kann einfach nicht.«

»Aber offenbar ist es so!« Jetzt klingt ihre Stimme schrill. »Und Azmi wusste es, und niemand sonst *auf der Welt* weiß es!«

»Ich muss darüber nachdenken«, sagt Riika leise. »Seid still und erzählt niemandem davon. Und jetzt zeig du mir deine Kratzer, Kind. Ich brauche etwas zu tun.«

Ich wickle mich aus der Decke – sie klebt schon an meinem Rücken, und es ist sehr schmerzhaft, sie zu lösen – und drehe mich um. Laylay und Riika geben beide diesen Laut von sich, den ich auf keinen Fall hören wollte: ein Zischen von eingesaugtem Atem zwischen den Zähnen.

»Das ist tiefer, als ich dachte«, sagt Riika. »Leg dich hin, ich hole Jod, Nadel und Faden.«

Ich schlucke und gehorche, und weil ich einmal dabei bin, schließe ich schicksalsergeben meine Augen und vergrabe mein Gesicht in den Kissen. Warum immer ich?

Ich höre, dass Laylay sagt, dass es ihr leidtut, aber ich reagiere nicht. Es ist angenehmer im Kissen. Ich habe Angst vor Blut und vor Nadeln und Fäden, die sich in Haut bohren, weil das einfach grässlich ist, und klammer mich angespannt in das Kissen, als Riika wieder hereinkommt und diesmal ein Licht und Linda mitbringt. Auch Linda stößt dieses Zischen aus.

»Bitte, macht dieses Geräusch nicht«, sage ich dumpf.

Und dann gehen sie an die Arbeit, und ich beiße in das Kissen, um nicht zu schreien. Laylay fasst mich nicht an. Das ist gut so, denn ich habe Angst vor ihrer Berührung.

Währenddessen schießen mir Gedanken durch den Kopf.

Ich fasse sie hier mal zusammen:

Mtoto.

Resistenz gegen die Ödlandkrankheit.

Mtotos Wachstumsschub.

Azmis Frau. Laylays Mom.

Die Bunkerleute.

Die Sekte und die Brokes.

Sie wissen.

Etwas.

Was ich nicht weiß.

Boom, und dann sind Linda und Riika fertig – es waren nur ein paar Stiche, nur an den tiefsten Stellen, aber ich zittere am ganzen Körper und kann gerade keinen Finger rühren. Meine Gedanken hingegen brodeln nur so.

Ich will Laylay nie wiedersehen.

Ich will Laylay umarmen und ihr verzeihen.

Ich will herausfinden, was mit Laylay passiert.

Ich will es aufhalten, so wie sie die Sache mit mir aufhalten will. Vielleicht vergehen wir beide, beide auf unsere eigene Weise.

Vielleicht hat es miteinander zu tun.

Ich brauche mein Notizbuch, ich muss alles aufschreiben und mit Notizen und Pfeilen und noch mehr Notizen versehen. Und ich muss aufschreiben: *13. Februar: Wechsel von Depriphase in manische Phase ohne Atempause dazwischen in 3-2-1 …*

HANDGEBUNDEN-MARKT
LAYLAY, 14. FEBRUAR 2064

Ich schlief nicht in dieser Nacht. Zeeto hatte mich nicht mehr angesehen, kein Wort mit mir gesprochen, mich aber auch nicht weggeschickt, also saß ich in seinem Räumchen, starrte meine Hände an und dachte stundenlang: *Steh auf, hol das Moped und verschwinde.*

Aber ich tat es nicht. *Fühlt es sich manchmal so an für Zeeto?*, fragte ich mich. Etwas tun zu wollen, zu wissen, was das Richtige wäre, und dann daran zu verzweifeln, dass man nicht dazu in der Lage ist? Ich konnte nicht einfach so abhauen, nicht, nachdem ich Zeeto verletzt hatte. Zehntausendmal erinnerte ich mich daran, wie ich die Tablette zu Boden warf an der kroatischen Küste. Zehntausendmal sah ich vor mir, wie ich die Dose bei Azmi zurückließ. Ich wünschte, ich könnte zurückgehen zu diesem Moment. Könnte anders entscheiden. Könnte vertrauen, dass das, was er tat, das Richtige für mich war. Aber ich hatte keinen Grund mehr gehabt, ihm zu vertrauen.

Ich starrte meine Hände an, und noch etwas fiel mir auf, was mir schon seit Tagen hätte auffallen müssen: Ich konnte sie sehen, obwohl es mittlerweile sehr dunkel war. Zeeto schlief unruhig auf der Matratze, ich sah den Umriss seines Kopfes mit den Bantuknoten. Ich sah, wie sich der Vorhang in einem Lufthauch bewegte. Ich sah die schwarzen Nägel – Klauen – gegen meine hellere Haut.

Ich presste die Lider aufeinander: *Lânet olsun,* verdammte, verdammte Kacke, ich konnte im Dunkeln sehen!

Natürlich waren in den letzten Wochen *Dinge* mit mir passiert. Ich hatte sie alle einzeln bemerkt – meine Kraft, als ich mich gegen die Gang-Typen gewehrt hatte, die Tatsache, dass mir die Nächte weniger dunkel schienen, diese Frühlingsgeräusche, die ich wahrgenommen hatte, die Ameisen in meinem Blut, der Eindruck, mehr zu sein, als in mich hineinpasst – und dann hatte ich alles einzeln wieder vergessen, weil es einfach nicht normal gewesen wäre, wenn ich gedacht hätte: *Holy shit, ich verwandle mich offenbar in eine Art Tier!*

So was denkt man einfach nicht, alles klar? Kein Mensch hat sich je in ein Tier verwandelt, also war der Gedanke, dass die Erfahrungen der letzten Tage darin mündeten, völlig abwegig.

Jetzt nicht mehr so sehr.

Kannst du es rückgängig machen?, hörte ich Riikas Stimme.

Und mein erster Gedanke war: *Nein.* Aber erste Gedanken waren nicht immer die richtige Schlussfolgerung.

Ich hatte beim Sex, genauer, beim Höhepunkt, Krallen bekommen. In einem geistlosen Moment instinkthafter Triebbefriedigung. Was war das Gegenteil davon? Schach spielen? Philosophische Texte lesen? Meditieren? Ich versuchte mich an Letzterem, was auch immer das bedeuten mochte. Versuchte, mich in einen tiefen Zustand des Grübelns zu versetzen, doch das hatte keine Veränderung zur Folge. Waren es Muskeln, mit denen ich die Krallen wieder einziehen konnte? Konnte ich sie finden und willentlich bewegen? Ich tastete mich durch die Empfindungen meiner Unterarme und Hände. Nichts.

Rückgängig, rückgängig, rückgängig!, beschwor ich mich, und schließlich betete ich zu Allah. Was ich so selten tat, dass ich nicht mal wusste, ob ich es richtig machte. Ich tat es nur, wenn ich wirklich in der Scheiße saß und bereit war, aller Logik den Rücken zu kehren. Allah lacht sich vermutlich kaputt über Egofakker wie mich.

Und dann, vielleicht so gegen vier Uhr morgens, zur dunkelsten, kältesten Stunde, die ich ohne Decke auf dem nackten Betonboden verbrachte, hörte ich das Tapsen schmaler Füße. Sah den raschelnden Vorhang. Eine winzige Hand, die sich hindurchtastete. Die kleine Gestalt fiel vornüber, fing sich mit den Händchen ab und robbte dann auf mich zu.

»Zee-zee«, lallte die Babystimme, sie klang eingeschnappt und quengelig.

»Zee-zee schläft«, flüsterte ich und fing Mtoto auf dem Weg zu

Zeeto ab. Sie würde ihm wehtun, wenn sie auf ihm herumkletterte, und er schlief endlich tief. Die Scham, ihn verletzt zu haben, loderte wie ein Flächenbrand einmal durch mich hindurch. Ich sollte los. Mit dem Motorrad. Tun, weshalb ich hier war.

Und dann traf es mich, ein emotionaler Schlag, der mich betäubt zurückließ, eine plötzliche Woge wie ein starker Geruch oder kaltes Wasser, das mir ins Gesicht klatschte. Mtoto nölte in meinen Armen, ließ sich gegen mich sinken, und ich wiegte sie – zu mehr war ich nicht imstande. Vor, zurück, vor, zurück, das Baby und ich schrumpften auf den kleinstmöglichen Punkt gegenseitiger Vertrautheit zusammen.

Du bist wie ich, dachte ich, als ich wieder einen klaren Gedanken fassen konnte. Meine Sinne waren übermüdet, und diese Müdigkeit hatte einen Punkt erreicht, an dem sie klar und scharfkantig war, und Mtoto fühlte sich an … nein, sie *roch* wie etwas durch und durch Vertrautes.

Sie war die letzten Nächte immer zu uns gekrochen – ich hatte gedacht, weil sie sich daran gewöhnt hatte, bei Zeeto zu schlafen. Aber sie war stets quer auf mir liegend eingeschlafen. Sie hatte sich an mich geschmiegt.

Ich war … Was? Ihr Rudel? Ihre Herde? Ihr Schwarm? Etwas, das sie instinktiv akzeptierte, während ich mich mit aller Macht dagegen sträubte? Ich erschauderte und vergrub meine Nasenspitze im Flaum ihres Haars.

»Wer sind wir, Mtoto?«, flüsterte ich, und dann merkte ich, dass dieser Einschlag der Empfindung so hart gewesen war, dass ich zu weinen begonnen hatte. Ich weinte lautlos, lud all meine Traurigkeit und Verwirrung auf einem wenige Monate alten Baby ab, und sie tastete mit ihren kleinen runden Fingern nach den Tropfen, die mir übers Gesicht rannen und in ihr Haar gerieten.

»Passiert das Gleiche mit dir, Kleine? Was macht das aus uns? Was machen wir jetzt?« Mich schüttelte ein Schluchzer. »Wären … wären wir besser tot?«

Die Brokes – die Sekte … Ich wusste nicht, was sie mit uns vorhatten, warum sie nach uns suchten, aber hätten sie in diesem

Moment mit Fackeln und zusammengetapten Waffen vor Riikas Haus gestanden, hätte ich weniger Angst gehabt. Die Ungewissheit ließ keine einzelne, klare Zukunft zu, und das versetzte mich in schiere Panik.

Wollten sie uns lebendig? Experimente an uns durchführen? Wollten sie uns auseinandernehmen, unser Blut trinken, unsere Knochen zu Puder stoßen, wie manche Gangs es mit Tieren machen, weil sie sich davon irgendetwas versprechen? Würden sie mich vergewaltigen, um wastelandkrankheitsresistente Babys zu zeugen? Würden sie uns töten, um uns auszurotten, und wenn ja: wie?

Wo war Mom, und warum hatte Azmi mir nie erzählt, dass er sich aus *diesem Grund* von ihr getrennt hatte – denn was konnte es jetzt noch anderes sein?

Ich weinte heftiger, und Mtoto gurrte mir etwas zu und schmiegte sich an mich und sah mich sehr aufmerksam an. Ja. Ich war mir ziemlich sicher, dass wir einander sehen konnten, ihre riesigen Pupillen hefteten sich an meine vermutlich riesigen Pupillen.

»Wir müssen abhauen, M.«, schluchzte ich. »Azmi hatte recht. Wir können hier nicht bleiben.«

Erst da bemerkte ich, dass Zeetos Gesicht mir zugewandt war. Seine Augen waren geöffnet und suchten in der Dunkelheit nach mir.

»Lay?«, fragte er mit müder, heiserer Stimme. Eine plötzliche, verzweifelte Zuneigung durchfuhr mich. *Ich liebe dich, Zeeto, weißt du das eigentlich? Aber du bist besser dran ohne mich.* »Tu … tu nichts Dummes, hörst du?«

Ich schüttelte heftig den Kopf, nicht, weil ich nichts Dummes tun wollte, sondern weil ich wollte, dass er schlief, und ich endlich die Kraft hatte aufzustehen.

»Zee!«, quiekte Mtoto und wand sich in meinen Armen.

Wir schwiegen, dann sagte Zeeto nach langen Sekunden: »Legst du dich zu mir, bitte? Lass mich noch ’ne halbe Stunde schlafen, dann reden wir darüber.«

»Was, wenn ich dir wehtue?«

Er zögerte. Dann sagte er: »Ich glaube nicht, dass du das tust. Nicht einfach so. Vertrau dir!«

Ich vertraute mir nicht, aber er tat es, und für den Augenblick war ich zu müde, um zu widersprechen. Ich legte mich vorsichtig neben ihn, und er gab mir etwas von seiner Decke ab. Ich wandte ihm den Rücken zu, nur für den Fall, und Mtoto rollte sich an meinem Bauch zu einer kleinen Kugel zusammen.

Wir schliefen beide sofort ein. Mtotos kurze, seufzende Atemzüge versetzten mich in einen beinahe hypnotischen Zustand, und dann schlugen die Wellen des Schlafs auch über mir zusammen.

Im Traum lag ich nicht in einer Hütte aus Beton, Blech und Holz, sondern auf Waldboden. Ich spürte Würmer in der Erde unter meinen Fingern, Ameisen und Spinnen. Ich spürte die Lebendigkeit und das ewige Streben nach mehr, mehr, mehr. Eine Kraft, die immer und immer mehr hervorbrachte im Versuch, ein ewiges Leben aus vielen kleinen kurzen Leben aneinanderzureihen. Und eine Kraft, die es abschnitt, ein Leben nach dem anderen. Ich spürte den Moder im Boden, Pilzgeflecht und weitere, kleinere Tiere, die sich vom Sterben ernährten. Ich spürte einen großen, gewaltigen Frieden, ein Gleichgewicht, das in alle Muskeln meines Körpers sickerte.

So geht es, dachte ich, während ich im Traum einfach nur dalag und zu schlafen träumte. *So geht es, weiter und weiter und weiter. Nichts ist öde. Alles ist lebendig.*

Keine Kraft der Welt war groß genug, das Leben enden zu lassen.

Als wir nach beinahe drei Stunden Schlaf von Mtotos Bewegungen geweckt wurden, blieb noch einige Minuten lang der tröstliche Eindruck an mir haften, ein Teil zu sein, unvermeidlich *da,* so wie der Geruch von Shampoo im Haar bleibt oder der von Spülpaste an den Händen.

Als Mtoto davonkrabbelte und ich mich umdrehte, blinzelte mich Zeeto an. Leute regten sich im Gemeinschaftsraum, erste Kinderstimmen wurden laut, Licht flackerte auf.

»Du bist noch da.«

»Ich war zu müde zum Weglaufen«, flüsterte ich.

Wir schwiegen.

»Es tut mir wirklich leid.«

»Ich weiß. Es fühlt sich nicht mehr so schlimm an, ehrlich.«

Ich schob die Decke ein wenig zurück, mir war warm. Der erdige Geschmack des Traums lag auf meiner Zunge.

»Deine Finger«, sagte er.

Ich folgte seinem Blick: kurzgeknabberte rosige Hornnägel. Ich holte Luft. Wie konnte das sein? Hatten … hatten wir das nur geträumt?

Waldboden. Das Gefühl von Harmonie. In allen Muskeln und Knochen …

Hatte der Traum geschafft, was ich mit Willen nicht vermocht hatte?

Ich schob die Decke weiter herab, vorsichtig über Zeetos Rippen und zu den drei langen Kratzern, die ich ihm oberhalb der Hüfte in die Haut gegraben hatte. Einen davon, den mittleren, hatte Riika mit einigen Stichen genäht, kleine schwarze Knoten hielten die Wundränder. Die anderen waren ein Gemisch aus braunen Krusten und roten Jodrückständen.

»Sie sind noch da«, sagte ich mit Bedauern.

»Aber … jetzt fühlt es sich an wie ein Traum.« Er blieb auf dem Bauch liegen und sah mich aufmerksam an. »Bist … bist du so was wie eine Werwölfin?«

Quatsch, wollte ich sagen, aber ich konnte nicht. Ich zuckte mit den Schultern. »Ich kann im Dunkeln sehen«, flüsterte ich. »Mtoto auch.«

»Mtoto und du, ihr seid … keine Menschen? Oder andere Menschen? Anders als wir?«

»Ich weiß es nicht.«

»Die Bunkermenschen sind so wie ihr. Vielleicht seid ihr … einfach evolutionär angepasst. Wobei Evolution nicht so schnell geht, sagt Riika, aber vielleicht regen die Ödlandchemikalien in manchen Menschen Mutationen an. Oder vielleicht, vielleicht ist es ein Überbleibsel von vor dem Weltuntergang, vielleicht hat euch eine der Regierungen, die alles zerstört haben, gebaut, um die Welt mit euch wieder zu bevölkern, aber das hat nicht geklappt, und deine Mutter war eine davon oder deren Eltern. Und die meisten haben sich zerstreut, aber die in den Bunkern sind eine Art … Clan. Vielleicht gibt es im Ödland noch mehr, und sie halten ihre Existenz vor uns geheim …«

»Zeeto«, stoppte ich ihn.

»Entschuldigung.« Er schwieg kurz, dann tastete er nach seinem Rücken und seinem Hintern. »Ich sollte mich dir vielleicht kurz vorstellen. Depri-Zeeto war gestern, lerne Mano-Zeeto kennen.« Er stemmte sich auf die Ellbogen und gab mir eine Hand. Ich erkannte trotz seiner dunklen Haut getrocknetes Blut auf der Rückseite seines Zeigefingers.

Verwirrt ergriff ich die Hand. »Morgen, Mano-Zeeto, ich bin Wer-Laylay.«

Er lachte, seine Augen blitzten, als hätten wir beide eine sehr spannende nächtliche Metamorphose hingelegt. Und dann schob er sich ein wenig vor und küsste mich sehr vorsichtig auf die Wange und dann auf die Unterlippe.

»Du solltest Mano-Zeeto sagen, dass er das nicht tun sollte«, murmelte ich unbehaglich.

»Er ist hier, du kannst es ihm selbst sagen.«

Sein Gesicht war meinem sehr nah. Ich machte mir Sorgen um den Geruch meines Atems, der Traum-Erdgeschmack war nur eine Illusion gewesen. Ich machte mir aber noch mehr Sorgen darum, dass mir plötzlich Klauen, scharfe Zähne und vielleicht auch Fell wachsen würden und ich auf ihn losginge.

»Du solltest vorsichtig sein.«

Er lachte. »Das sagst du dem falschen Zeeto. Ich habe einen groben Plan, und dieser Plan erfordert dich, mich, das Moped und meine Fähigkeit, darauf zu sitzen. Wir müssen zu den Bunkern. Jetzt.«

»Nein, nicht jetzt.« Ich verbesserte mich: »Nicht du.«

»So sicher, wie die Hölle heiß ist: sehr wohl ich.« Er stemmte sich auf die Knie und verzog dabei das Gesicht. »Ich sollte mir meinen Hintern abpolstern. Dann geht das schon.«

»Ich fahre allein!«, protestierte ich.

»Es tut mir leid«, sagte Zeeto und probierte seine Beweglichkeit auf den Knien aus. Er war ziemlich nackt, ein bisschen zerknautscht von der Nacht auf dem Bauch, und ich musterte seinen schmalen, mageren Körper, die beinahe haarlose Brust mit den zählbaren Rippen, den in der Kälte zu kleinen Knubbeln geschrumpften Brustwarzen, die sehnigen Muskeln an Armen und Beinen, die wirklich sexy Hüftknochen und, klar, ich musterte auch, was er zwischen den Beinen hatte, und bedauerte sehr, dass ich nicht einfach unkompliziert mit ihm schlafen konnte. Unser Sexleben war verflucht und hatte vermutlich zu dem Zeitpunkt geendet, an dem ich ihn verletzt hatte.

»Das ist unverhandelbar«, sagte er. »Ich kann nicht hierbleiben. Verstehst du, ich habe *zehntausend* Gedanken in meinem Kopf, bin mir sehr sicher, dass ich das tun muss, viel Zeit habe ich nicht mehr und Geduld schon gar keine.«

»Mtoto ist sicher traurig, wenn du nicht hier bist.«

»Mtoto wird ohnehin bald traurig sein, wenn ich tot bin. Da kann sie sich direkt dran gewöhnen.«

»*Aman Allahım,* Zeeto«, flüsterte ich schockiert.

»Hilf mir mal, meinen Hintern abzupolstern«, sagte er, und ich half ihm, sich in eine Boxershorts zu quälen, die Jeans hochzuziehen, die ihm ohnehin zu weit war und nur mit einem Gürtel hielt und eine Arschbacke mit einer gefalteten Unterhose zu polstern. Danach zog er sich ein Shirt an und fuhr sich mit den Händen übers Gesicht, den Mehr-als-drei-Tage-Bart, die Augen und durch die Haarknoten.

»Brr«, sagte er. »Ich brauche Wasser, Koffein und mein Plan noch etwas Feintuning.«

TEIL 4

FERAL

HANDGEBUNDEN-MARKT
ZEETO, 14. FEBRUAR 2064

»Zeeto, das kann ich nicht machen«, sagt Riika, und es war vollkommen klar, dass sie das sagen würde, aber nicht *sie* muss etwas machen, sondern *ich*. Das Einzige, worum ich sie bitte, ist, mir die Aufpäppler mitzugeben, für ein paar Tage, drei, vielleicht vier. »Das Ödland bringt dich um. Du bist nicht *immun*, bloß weil du jetzt einmal infiziert bist! Es wird schlimmer werden, wenn du dich da drin herumtreibst, du kommst mit einer Lungenentzündung oder sich auflösendem Lungengewebe zurück, für nichts, nichts und wieder nichts!«

Sie redet schnell, sie ist wütend, aber lässt es sich nicht anmerken. Sie hat irgendwann gelernt, Wut gut zu verbergen, hinter Argumenten und Sachlichkeit, aber Wut hätte mich vielleicht mehr eingeschüchtert. Gegen Argumente komme ich an, Riika und ich haben immer schon viel miteinander diskutiert.

»Die Klauen nennst du nichts und wieder nichts?«, gebe ich zurück. »Dass Mtoto mich Zee nennt und dich Rii, das nennst du nichts und wieder nichts?« Ich lache auf.

»Sie soll dich auch noch länger so nennen können!«

»Das ist mir egal, Riika, ich habe nicht mehr viel Zeit, ich kann über diese Zeit verfügen, wie ich möchte, ob du mir helfen willst oder nicht, und ich bin absolut – nicht – mehr – in – der – Stimmung, hier herumzusitzen und zu warten. Vielleicht ist noch irgendwas drin für mich, und wenn nicht, auch gut, dann habe ich mir das so ausgesucht.«

»Zeeto«, murmelt sie und schüttelt den Kopf.

Sie hält mich nicht für unzurechnungsfähig, egal, wie ich drauf bin. Sie weiß, dass sie mir auch bei diesem Vorhaben helfen muss, weil es nun einmal das ist, was wir in dieser Familie tun.

Ich setze mich zu ihr, unter den knorrigen Stumpf einer uralten toten Weide, der ihr Lieblingsplatz ist und deshalb unangetastet am südlichen Ende des Markts steht. Laylay ist Riika aus dem Weg gegangen, sie packt das Moped. Alle denken, dass sie den Markt verlässt. Niemand weiß, dass ich mitgehen werde.

Ich unterdrücke ein Husten, ich will Riika um nichts in der Welt weitere Argumente liefern. Der Boden ist kalt, aber Riika hat sich eine Decke untergelegt und rutscht ein wenig zur Seite, um mir Platz zu machen.

»Zeeto«, versucht sie es wieder. Ich warte ab, was jetzt kommt, aber sie legt mir ihren altersdürren Arm um die Hüfte, vorsichtig, um die Wunden nicht zu berühren, und ihre Wange an meine Schulter, und ich ahne, dass sie weint.

»Riika, nicht weinen, bitte«, flüstere ich und lege auch einen Arm um sie.

»Ich weiß einfach nicht, ob es das Richtige ist.« Ihre Stimme zittert.

»Das reimt sich«, erkläre ich ihr.

»Was?«

»Ich bin ins Ödland und habe Mtoto da gefunden. Laylay hat uns gerettet. Umgekehrt muss ich ihr jetzt helfen und mit ins Ödland gehen. Um herauszufinden, woher Mtoto kommt. Was sie und Laylay so besonders macht. Verstehst du das, Riika? Wer soll mit ihr gehen, wenn nicht ich? Ich habe nichts zu verlieren, außer ein paar Monaten.«

»Und du liebst sie? Auch noch nach gestern Abend?«

Ich starre auf einige Kinder, die sich am DVD-Player streiten, was sie als Nächstes sehen wollen. Figo hat Dienst als Lehrperson und schreitet nicht ein – die Kinder dürfen selbst entscheiden; die einzige Regel ist, dass sie diskutieren und sich nicht schlagen (und danach haben sie Schreibunterricht, und die Bildschirme bleiben aus).

»Gestern Abend war blöd«, gebe ich zu. »Aber Sex ist nicht alles.«

»Da hast du wohl recht.« Riika grinst und wischt sich ein paar Tränen weg. »Du warst immer schon ziemlich schlau für dein Alter.«

»Hab dich lieb«, sage ich, und dann zwinkere ich ihr zu und füge an: »Oma.«

Sie drückt mich noch einmal fest, es tut ein bisschen weh an der genähten Wunde, aber dann steht sie auf – ebenso mühselig wie ich –, und eine halbe Stunde später habe ich das Pulver, das Linda nach Azmis Anleitung gemischt hat. Ich packe es ein, mit Wasser, Proviant und einem Schlafsack. Wir werden nicht lange brauchen, das verspreche ich allen, denen ich begegne. Laylay hat auch schon ihre Sachen gepackt. Die Sekte hat, so wie sie im Moment dasteht, ohne Anführer und ohne Drohnen, nicht die Macht, uns aufzuhalten. Morgen kann es schon ganz anders aussehen.

Als Allerletztes verabschiede ich mich von Keshi, der mit Mtoto auf dem Arm noch bis zur Grenze mitkommt. Auch Bo ist da, mit einem der wenigen Gewehre, die wir haben – sollte die Sekte doch versuchen, uns aufzuhalten, wird er sie ein bisschen beeindrucken.

Ich gebe Keshi einen Kuss auf die Wange und Mtoto einen auf den Kopf. »Ich wollte ihr noch was bauen, damit ihr ihr später erzählen könnt, dass es von ihrem coolen Findelvater ist. Aber das hab ich nicht mehr geschafft.«

»Tja«, erwidert Keshi. »Dann bleibt dir nichts anderes übrig, als wiederzukommen und das nachzuholen.« Er greift meinen Arm. »Ich mein es ernst, Zee. Komm zurück.«

»Klar«, sage ich. »Die Bunker sind nur einen Spaziergang entfernt. Wir sind vielleicht schon zum Abendessen wieder da.«

Und damit drehe ich mich zu Laylay um und gehe zu ihr und dem Moped hinüber. Ich setze mir eine Atemmaske auf und sie sich den Helm, und dann macht sie *wrommwromm* mit der Drehung ihrer Hand am Lenker, ich steige hinter ihr auf, und wir rollen zum Zaun, dessen Stacheldraht Keshi und Bo an dieser Stelle öffnen – mit Seitenschneidern. Die Sekte ist momentan unterbesetzt genug, dass Keshi und Bo das Loch danach wieder flicken können, ohne eine Invasion fürchten zu müssen. Wir ziehen die Köpfe ein, als wir hindurchrollen, und dann gibt Laylay Gas.

Spoiler: Wir sind wohl nicht zum Abendessen wieder zurück.

Die Brokes, vermutlich diese Spinner mit den fliegenden Kameras, behalten den Waldrand immer noch sehr viel besser im Blick, als ich es mir wünsche – und da der Waldrand nicht mehr aus Wald, sondern aus abgefackelten Stümpfen besteht, gibt es für uns kaum Deckung.

Die Patrouille schießt von Süden auf uns zu, fünf Gestalten auf vier Bikes, und ja, über ihnen flirrt dieses fliegende Ding in der Luft, das jedoch abdreht, bevor die Patrouille uns erreicht.

Auf einmal schießt mir die halbvergessene Erinnerung durch den Sinn, dass ich *Bewegung* im Wald gesehen habe, als ich vom hundert Meter hohen G-MAX zum Ödland geblickt habe.

Wer war das? Brokes, auf dem Weg zu Bunkern? Bunkerleute, die sich entweder von dort verzogen oder dort ankamen?

So oder so steht dieser Bereich hier unter Beobachtung, die Brokes liegen auf der Lauer – und wir wissen nicht, warum.

Laylay jedenfalls gibt Gas, als sie die Patrouille sieht – früher, als ich sie entdecke, sie muss Augen haben wie ein … nein, ich gebe ihr jetzt keine Tiernamen. Das Moped springt nur so über die Feldwegpiste zur alten Talsperre, und dann gebe ich Lay das Zeichen, abzudrehen und auf den Wald zuzuhalten.

Mittlerweile kann ich die Brokes nicht nur sehen, sondern auch hören. Sie sind wie aus dem Nichts aufgetaucht, als hätten sie nur darauf gewartet, dass wir so etwas versuchen.

Wenn wir zwischen sie und die Bunkerleute geraten …

Wenn beide uns tot sehen wollen …

Wenn die Bunker verlassen sind und die Brokes uns dort erwischen …

Wenn die Brokes Laylay in die Hände kriegen …

Und dann gerät eine Wurzel unter das Vorderrad, der Stoß vertreibt all meine Gedanken, kurz verliert Laylay die Kontrolle, aber dann rasen wir weiter, ein kurzer Satz durch die Luft – das sollen die, die uns verfolgen, erst mal nachmachen! –, und ich schreie in meine Atemmaske, als ich beim Aufprall auf den Sattel gepresst werde (meine Arschbacke!), und dann sind wir im Ödland.

Schwarze, verkohlte Stämme, einige noch aufragende Bäume, die das Feuer überlebt haben, Gestrüpp, das so schwarz und blattlos ist, dass die auf dem Boden verstreuten Zweige wie auseinandergerupfte Wollknäuel aussehen.

Ein Schuss hinter uns – aber wenn wir ihn hören, ist es schon zu spät. Wenn wir also noch leben und keine Schmerzen haben, ist die Kugel vorbeigezischt.

Laylay zieht die Maschine mal hierhin, mal dorthin.

»Weiter rechts, weiter rechts!«, schreie ich durch die Maske gegen ihren Helm, denn da kommen wir erst in eine Mulde, die wir ein Stück langfahren können – hohe Wände und steile Kurven schirmen uns gegen Verfolgende ab –, und dann geht es an einer Stelle einigermaßen passabel bergauf. Dann ist der Bunker nicht mehr weit.

Wenn wir das schaffen …

Laylay heizt hinunter in das Kerbtal, das ist einer von den Bächen, den die Brokes weiter südlich stauen, durch den wir hier rasen. Steine und Wasser spritzen auf, als das Moped in den kleinen Bach gerät, das Rad dreht durch (meine Wunden brennen wie Feuer), dann haben wir wieder Grip und weiter geht's.

Schreie am oberen Rand des Tals. Der fliegenden Kamera können wir nicht entkommen, aber unser Ziel ist der Bunker, und wir wissen nicht, was uns da erwartet und ob wir die Tür vor den Brokes werden verschließen können.

»Weiter, das Tal lang!«, schreie ich, und Laylay nickt heftig.

Ich klammere mich an ihr fest, ihr ganzer Körper besteht nur aus Anspannung, während sie versucht, nicht mit dem Bike auszurutschen, nicht die Kontrolle zu verlieren, nicht hängen zu bleiben. Aber in ihr steckt mehr, mehr als eine junge Frau mit seltsam-übernatürlichen Fingernagelmarotten, ich weiß das. Sie nimmt wahr und reagiert, sie ist eine Einheit mit ihrer Maschine, und ich bin … weiß ich auch nicht, ich schlage halbwegs nützliche Richtungen vor und bin hoffentlich nicht ganz unnütz.

Johlend steigt die Brokepatrouille hinter uns ins Kerbtal ein. Ich werfe einen raschen Blick zurück – das erste Motorrad schlittert und bricht zur Seite aus, dann überschlägt es sich, wirft die Gestalt auf dem Sattel erst ab und rollt sich dann noch einmal darüber. Meine Finger schlagen einen hämisch-nervösen Takt in Laylays Seite.

»Sie kommen!«, rufe ich gegen ihren Helm.

Wir folgen dem Bach – die Brokes verschwinden aus meinem Sichtfeld, aber ich höre sie noch, trotz des Lärms, den Laylays Maschine macht.

»Fahr, einfach weiter, fahr!«, schreie ich. »Ich sage, wenn du hoch musst.«

Hier kenne ich mich aus. Nicht besonders schlau von mir, mich hier auszukennen, aber ich habe mein ganzes Leben im Markt verbracht, und mehr als einmal musste ich der Enge entkommen, indem ich mich mit Atemmaske im Wald herumtrieb. Ich weiß, es war dumm, aber seht, wie nützlich selbst die dümmsten Hobbys sein können!

Laylay überlässt die Navigation ganz mir. Wenn ihr sie fragen würdet, würde sie behaupten, wir kommen im Schneckentempo voran, und ich *wette,* sie nimmt es genau so wahr. Geradezu quälend langsam, auf jedem moosbewachsenen Stein ausgleitend, jede Spalte zwischen Wurzeln eine Todesfalle, die Maschine unter uns ächzend, an der Grenze ihrer Belastbarkeit.

Meine Arschbacke hingegen, wenn auch gepolstert, erzählt ganz andere Geschichten. Laylay fordert dem Moped Unglaubliches ab, und das Bike liefert. Aber auch die, die es auf uns abgesehen haben, nennen eine beunruhigende Mischung aus Maschinenpower und Wahnwitz ihr Eigen – zwei von ihnen brechen hinter uns um die Biegung des kleinen Kerbtals, das uns bachaufwärts führt. Rechts und links große, schlanke Bäume mit grauen Stämmen – Buchen? –, der Boden nun bedeckt mit rotem Laub, jedes Blatt wie aus dünnem Leder geschnitten.

Auch das dritte Motorrad folgt, es schlingert jedoch bereits, das Vorderrad kracht unkontrolliert auf einen halbüberfluteten Felsen. Dann reißt Laylay ihre Maschine herum, und ich verliere die Brokes aus dem Sichtfeld, weil ich mich darauf konzentrieren muss, hinter ihr sitzen zu bleiben. Mein Kopf prallt gegen ihren Helm. Sie weicht breiten Wurzeln aus, und etwas schlägt neben uns in einen Baumstamm, das ich nur als krudes Geschoss identifizieren kann – eine Art Bolzen? Egal, wir sind rasch weiter, und als sich unsere Fahrt über ledrig-rote Blätter zwischen stillen grauen Bäumen einigermaßen stabilisiert, wage ich einen Blick zurück und sehe, dass das dritte Motorrad den Wurzelkontakt nicht überlebt hat – das Vorderrad ist zertrümmert, und das Gangmitglied liegt als verkrümmter Haufen zwischen den grünbewachsenen Steinen. Es trägt noch den Helm, aber selbst wenn es das hier überlebt, sind die Klamotten nun so zerrissen, dass die Wastelandkrankheit es nicht verschonen wird.

Ha. Ich kann dir ein gutes, lebensverlängerndes Rezept geben, wenn du nett fragst, denke ich hämisch. Dann sehe ich die Schlammschlucht – so habe ich sie genannt, als ich früher hier unterwegs war. Durch die Schlammschlucht, eine drei Meter breite, morastige Rampe, fließen dem Kerbtal kleine, unregelmäßige Bäche zu, die mal da sind und mal versiegen und die Schlammschlucht geformt haben.

»Da hoch!«, schreie ich.

Laylay schüttelt den Kopf, wieder trifft ihr Helm schmerzhaft meine Maske, aber dann steuert sie doch darauf zu. Ich weiß, was sie denkt: Wenn wir den Anstieg wagen, sind wir ein leichtes Ziel. Sie werden uns einfach von der Rampe schießen. Wenn wir nicht ohnehin im Morast ausgleiten und ihnen vor die Füße rutschen.

Ich sehe mich um – ich weiß nicht, nach was. Nach Deckung, nach Ideen, nach Ewoks, die die umliegenden Bäume in Todesfallen für Sturmtruppen verwandeln – überraschenderweise liefert mir das Ödland nichts davon.

Laylay sieht über die Schulter. »Wie weit?«, brüllt sie. »Die hinter uns, wie weit?«

»Hundert Meter?«, schreie ich. Wir sind ihnen ein gutes Stück voraus, aber nicht schnell genug, um ihren Kugeln und scharfkantigen Geschossen zu entkommen.

»Das reicht!«

Sie reißt das Moped herum, weg von der Schlammrutsche, um eine ausladende Buche herum, beschleunigt in dieser Kurve, und ich halte den Atem an. Die, die uns verfolgen, nähern sich, plötzlich aufgeregt, da es kurz so scheint, als kämen wir ihnen entgegen. Auf einem der beiden Bikes sitzt eine zweite Gestalt, hektisch lädt sie etwas mit einer unverschämt großen Mündung nach, während sie versucht, sich auf dem Bike zu halten. Dann verschwinden sie aus meinem Blickfeld, Laylay reißt das Moped in die nächste Kurve, hat nun nach der Kreisbahn eine lange, ausgefahrene Piste zur Schlammrutsche vor sich, tritt das Gefährt in einen niedrigeren Gang, was es aufheulen lässt, und beschleunigt. Die Brokes sind knapp hinter uns, ich höre ihr Geschrei – und dann …

Und dann spüre ich die Erschütterung, als das Motorrad in die Steigung schießt. Die Räder wühlen den Schlamm auf, Fontänen schießen rechts und links und hinter uns auf, wir schlittern rück- und abwärts, bevor das Reifenprofil greift.

Ein Krachen links von uns, ohrenbetäubend trotz des eigenen Lärms: Geblendet vom Schlamm ist das mit zwei Brokes beladene Motorrad schlingernd in einen Baum gekracht.

Und dann sind wir oben, so unwahrscheinlich es klingt, und direkt oberhalb der Kante reißt Laylay das gequälte, treue Moped nach rechts, und ein weiterer auf uns abgefeuerter Schuss geht fehl. Das letzte Gangmitglied schafft den Anstieg nicht.

Doch ahnt es unser Ziel und wird tun, was eine gute Patrouille in solch einer Situation tun sollte: Verstärkung holen.

Laylay wird langsamer, die Anspannung ist selbst für sie zu viel. Ich zeige ihr mit einigen Gesten den Weg, und nach wenigen Minuten, in denen wir alle Knochen im Körper zu spüren beginnen, kommen wir an der Bunkertür an, die ich vor wenigen Wochen unverhofft offen vorgefunden habe.

Eine offene Bunkertür.

Hat mein ganzes Leben verändert.

Gerade als ich anfange, das zu bereuen, denke ich an Mtoto.

Ohne die offene Bunkertür, ohne meine Neugier (ohne meine Mischphasen-Angst) wäre sie tot.

Oder nicht?

Hätten sich andere Leute um sie gekümmert?

Hätten sie wieder in den Bunker geholt?

Oder war niemand mehr da?

Hat niemand die Tür hinter mir geschlossen, waren es nur Wind und Zufall und Gravitation?

Wir werden es herausfinden.

Diese Bunkertür hier steht nach wie vor offen, sie ist so gründlich beschädigt, dass man sie nicht mehr schließen kann. Die Schwelle ebenerdig, und wir sind drin.

Als die Schmerzen in meinen genähten und nicht genähten Wunden so weit nachlassen, dass ich atmen kann, ohne zu glauben, dass ich bei jeder Bewegung verglühe, nehme ich den Benzingeruch sogar durch die Maske wahr, und der Motor erlischt im Zwielicht des Zugangstunnels.

Laylay gleitet vor mir aus dem Sattel. Sie reißt sich den Helm vom Kopf und umarmt mich – oder hilft mir, vom Moped zu klettern. Vielleicht beides. In der Atemmaske stöhnend baue ich meinen zerschlagenen Körper irgendwie aus dem Sattel ab und vor ihr wieder auf, wie ein erbärmliches, eingesunkenes Zelt.

Sie stützt mich. Ich sehe im Standlicht, das das Motorrad uns spendet, auf ihre Hände an meinen Armen herab.

Schwarze Krallen an Fingern, die aus fingerlosen Lederhandschuhen ragen. Ich schaue in ihr Gesicht und bemühe mich, der Angst keinen Raum zu geben.

Aber ihre Augen …

Ich weiß gar nicht genau, was an diesen Augen anders ist. Ist ihre Pupille oval? Sind ihre Iriden größer, ist das Weiße in ihren Augen kleiner? Genau kann ich es in diesem Licht ohnehin nicht sehen. Es ist vielleicht einfach prähistorischer Instinkt, der mir sagt: *Raubtier, Raubtier, Raubtier.*

Sie atmet heftig, atmet Sauerstoff ein und Adrenalin aus. Sie zittert. Es ist ihre eigene Angst, begreife ich. Ihre eigene Angst, die sie verändert. Ich erwidere ihre Umarmung, obwohl *meine* Furcht mich fast umbringt.

»Schon gut«, sage ich, und sie nickt mit einem schluchzenden Einatmen. Sie hyperventiliert, jetzt, da die Anspannung unserer Flucht nachlässt. Ich drücke sie an mich, ihren Mund und ihre Nase an meine Schulter, und sie atmet in den Stoff meiner Jacke hinein. »Keine Angst«, sage ich, diesmal in ihre Haare, und wir gehorchen mir beide, zumindest ein kleines bisschen.

IM BUNKER
LAYLAY, 14. FEBRUAR 2064

Es dauerte eine Weile, bis ich mich wieder beruhigt hatte. Mir war schleierhaft, warum Zeeto keine Angst vor mir hatte – ich hatte definitiv Angst vor mir. Ich hatte sogar Angst, mich zu verlieren, ich wusste nicht, an wen oder wie, aber diese Furcht schüttelte mich ganz tief innerlich, wo das, was ich dachte, was mich ausmacht, mit etwas rang, das mich ausmachen wollte.

Erst als ich in Zeetos Jacke atmete und allmählich nicht mehr ungefähr hundertzwanzigmal in der Minute nach Luft rang, bekam ich mich wieder in den Griff. Ja, das waren ganz schöne Stunts gewesen da draußen, und ich hatte einen Preis dafür gezahlt.

Ich starrte meine Fingernägel an – meine Klauen – und fragte mich, warum sie da waren. Was löste diese Veränderungen aus?

Ich konnte es mir natürlich denken. Es war eigentlich ziemlich einfach. Wann immer ich mein Hirn abschaltete und mich mehr oder weniger meinen Impulsen überließ, geschah neuerdings etwas mit mir. Seit ich das Methylphenidat nicht mehr nahm. Ich hatte keine Ahnung, wie das mit diesem Dopamin zusammenhing, von dem Riika gesprochen hatte, aber falls diese ganze Sache eine schrittweise Entwicklung war, hat das Methylphenidat meinen Körper vielleicht daran gehindert, den ersten Schritt zu tun. Beunruhigenderweise war ich nun über den ersten Schritt hinaus und wusste nicht, wie lang die Treppe noch war. Nur dass sie abwärts führte, das ahnte ich.

Miese Impulskontrolle machte mich zu … zu einem Tier?

Aber jetzt war weder der Ort noch die Zeit, um mich darüber zu wundern, deswegen verschob ich es auf später und sah zum ersten Mal, wovon Zeeto erzählt hatte: ein Betongang, der sich leicht in die Tiefe erstreckte, in dem gekämpft worden war. Keine Leichen waren zu sehen, aber die Spuren des Kampfes – Einschusslöcher, Kerben von Klingen an den Wänden, Blutspritzer,

Schlimmeres als das – hatte niemand entfernt. Ich schob das Motorrad vorwärts, das eingeschaltete Abblendlicht erhellte den schmalen Gang, an dem in regelmäßigen Abständen Lichter angebracht waren, die wir jedoch nicht anknipsen konnten.

Zeetos Atemgeräusche in der Maske und unsere Schritte waren das einzig Wahrnehmbare. Beides hallte und hallte und hallte – und das verriet mir, dass weiter vorn Gänge vom Hauptstollen abzweigten. Offenbar waren auch meine Ohren besser geworden, verflucht noch mal, Evolution, das kannst du nicht ernst meinen! Ich tastete (vorsichtig wegen der Klauen) nach meinem linken Ohr, auf der von Zeeto abgewandten Seite, und fand auf der Ohrmuschel flaumige Haare.

Fakk. Ich legte die Hand wieder an den Lenker.

Das würde sich wieder zurückbilden. Und sobald Riika an neues Methylphenidat kam, würde ich mir eine ganze Dose auf einmal hinter die Binde kippen, das schwor ich mir.

»Wo bist du beim letzten Mal langgegangen?«, fragte ich, als wir an die Stelle kamen, an der ein Gang kreuzte.

»Geradeaus«, sagte Zeeto. »Bin immer geradeaus gegangen.«

»Dann lass uns jetzt einen anderen Weg nehmen. Wir wollen ja nicht wieder am anderen Ende raus.«

Er deutete in den linken Gang und grinste. »Im Dungeon immer links.«

»Was heißt das?«

»Sagt Dünya immer. Es gehört irgendwie zu diesen Spielen, die sie immer spielen.«

Also bogen wir links ab, hier führte der Gang deutlich steiler bergab. Ich begann mich zu fragen, ab wann ich das Motorrad würde zurücklassen müssen. Die Brokes hatten sicherlich die Chuzpe, uns hier hinein zu folgen, und dann würde ich das Moped nie wiedersehen.

Aber nach einer Weile – ich vergaß, die Schritte zu zählen, weil ich immer nur *Ohren, Fell, Ohren, Fell* denken konnte – endete dieser Gang an einer weiteren Bunkertür, daneben war eine kleine Plastiktafel mit einer *3* darauf angebracht.

»Hier geht's nicht weiter«, sagte ich überflüssigerweise *(Ohren, Fell!)*.

»Da ist eine Art Loch.« Zeeto deutete auf eine dunkle Stelle in der Wand neben der Tür, darunter befand sich so etwas wie ein zerstörtes Bedienpanel; zersplittert hing es an Kabeln aus einer groben Öffnung im Beton. An den Kabeln war herumgespielt worden, aber offenbar hatte das kein Öffnen der Tür bewirkt. Auf Kopfhöhe befand sich das Loch, nach dem Zeetos Finger tasteten: Ich sah die Reflexion, bevor sein Finger darauf traf.

»Glas«, sagte er.

»Eine Linse? Eine Art … Guckloch?«

Zeeto beugte sich vor und brachte sein Auge davor. Er blinzelte und verengte die Lider, als versuchte er, darin etwas zu erkennen. »Ich seh nichts«, schloss er.

»Lass mich.« Ich stellte das Moped auf den Ständer, den Scheinwerfer auf die Tür gerichtet, als würde die Maschine den Kopf wenden wie ein neugieriges großes Rindviech. »Ich kann besser sehen.«

Er machte mir Platz, und ich spähte in das Loch. Nein, das Loch ging nicht durch die Wand, da war kein Licht zu sehen, vielleicht war es einfach eine alte Kamera, die nicht mehr funktionier…

Da flammte plötzlich etwas Rotes auf, ein Lichtbalken lief so schnell von oben nach unten über meine Iris und meine Pupille, dass ich nicht reagieren konnte. Als ich wegsprang, sah ich nur noch das Nachbild, so schnell war es gegangen.

»Was …!«

Diese Silbe wurde durchschnitten von einem widerstrebend ratschenden Klacken. Ich verstummte. Wir erstarrten beide. Die Tür hatte sich zitternd, mit offenbar verzogener Mechanik, einen Zentimeter verschoben. Nach vorn. Sie ragte an der linken Kante einen Fingerbreit über den Betonrahmen.

»Oh Gott«, sagte Zeeto.

»*Aman Allahım*«, flüsterte ich wie eine Simultanübersetzerin ins Türkische.

»Sie ist auf. Warum ist sie auf? Wie kann sie auf sein?«

»Da war ein Licht an meinem Auge!«

»Sie hat dein Auge abgetastet? Wie in einem Film?«

»Ja, verdammt!«, stieß ich hervor.

»Meins nicht!«

»Vielleicht hast du nicht lange genug reingeguckt!«

Wir schwiegen beide und starrten einander und die Tür an.

»Gehen wir da rein?«, flüsterte Zeeto dann.

»Klar. Oder willst du zurück zu den Brokes?«

Er hob drei Finger. »Drei Worte.« Er klappte alle drei nacheinander ein. »Nope. Nope. Nope.«

Ich lachte, und er lachte auch, und dann atmeten wir tief durch.

»Wir sind hier, um da reinzugehen, oder?«, versicherte ich mich.

Seine Augen blitzten auf, als er nickte. Er griff nach meiner Hand, seine Finger zitterten ein wenig, ich wusste nicht, ob es an der offenen Tür oder meinen Klauen lag. Ich legte meine andere Hand an die glatte Kante der Tür, die weder Knauf noch Klinke hatte. Sie wirkte schwer, aber ich konnte sie mit den Fingerspitzen weiter auf mich zubewegen. Und dann schwang ich sie auf – nur zur Hälfte, aber es genügte, um das Motorrad hineinzuschieben. Das Licht tastete sich in einen weiten dunklen Raum voller Metalltische und unordentlich herumstehender Stühle, die lediglich aus gezogenen Metallröhren und Sitzflächen zu bestehen schienen.

»Machen wir hinter uns zu?«, flüsterte Zeeto hohl in seiner Atemmaske.

Wir sahen beide zweifelnd zur Tür, die nun nur noch eine gähnend schwarze Öffnung in den Gang dahinter darstellte. Wir waren hier. Ich hatte es getan, ich war ins Ödland gegangen und hatte den Bunker betreten, und ich hatte nichts, gar nichts mehr zu verlieren, außer vielleicht mein Leben, aber diesem drohte mehr Gefahr durch die Brokes, die uns unweigerlich folgen würden. Hier drin würden wir Erklärungen finden oder auch nicht. Ein Heilmittel für Zeeto oder auch nicht.

Ich nickte.

Als Zeeto die schwere Panzertür an einem Handgriff ins Schloss zog, dröhnte es in der Wand, und die Riegel schlossen sich klackend. Ich sah, dass er nach einer ähnlichen Linse im Türrahmen suchte. *Kein Zurück jetzt, kein Zurück. Es gibt nur eine mögliche Zukunft.*

Wir befanden uns in einer Art Gemeinschaftsraum, aber hier war lange niemand mehr gewesen. Die Luft war trocken, und das Öffnen der Tür hatte hauchdünnen Staub aufgewirbelt. Es gab einen Monitor, nein, eine Leinwand und einen ausgeweideten Projektor an der Decke. Metallene Lampen hingen über den Tischen herab. Spinde und Schränke verdeckten fast alle betongrauen Wände. An anderen Stellen hingen verblichene Poster mit Landschaftsbildern, oft hatte sich das Klebeband gelöst und sie hingen schief oder nur noch an einer Ecke gehalten und vornübergekippt an der Wand.

»Sollten wir nicht in die Schränke gucken? Oder auf die Poster?«, murmelte Zeeto.

»Da finden wir nichts.« Ich war mir ziemlich sicher.

Er nickte nervös und sah sich um, als wollte er dennoch so viel aufnehmen wie möglich.

Ich schob das Motorrad durch den Saal und durch eine Tür am anderen Ende in einen Korridor. Hier gab es auf der rechten Seite Oberlichter, drei lang gezogene, schmale Dinger, auf denen eine dünne Schicht Erde – oder Asche? – lag, durch die trübe das Tageslicht schimmerte. Links zweigten vom Korridor weitere metallene Türen ab, diesmal ganz einfache mit Klinke und Schlüsselloch und Türangeln. Zeeto stieß eine nach der anderen auf.

Ein großer Raum mit mehreren Waschbecken und abgetrennten Kabinen. Zeeto ging hinein und drehte einen Wasserhahn auf – nichts. Es roch nach abgestandenem Wasser, aber alle Leitungen waren leer.

»Da sind Kloschüsseln in den Kabinen. Richtige Kloschüsseln«, sagte er staunend, als er wieder herauskam.

Einige Räume mit zwei oder drei Einzeltischen und Stühlen auf kleinen Rollen. Schränke, manche ebenfalls rollbar, und Regale an der Wand (nicht zum Rollen). Wieder Poster und Plakate.

»Lass uns nachsehen, was in den Schreibtischen ist und in den Schränken!«, drängte Zeeto.

»Uraltes Zeug«, knurrte ich. »Glaub mir, ich war im Ödland in genug Räumen wie diesen, da ist nie was drin, was man heute noch gebrauchen kann. Außer Elektronik. Aber die ist weg.« Ich wies auf die leeren Steckerleisten und die Stellen, an denen Monitore und Computer gestanden hatten.

»Was glaubst du, was wir hier sonst finden?«, entgegnete Zeeto. »Einen Raum mit einem großen Reagenzglas, auf dem ›Heilmittel‹ steht und es leuchtet schön blau? Wir müssen uns die Informationen über diesen Ort zusammenpuzzlen, und am besten fangen wir hier an!«

»Ich habe keine Zeit für so was!«, fuhr ich ihn an. »Wenn du staubige Akten lesen willst, fein, bleib hier, aber ich will mehr herausfinden, als dass es hier unterirdische Büros gegeben hat! Die Brokes kriegen den Trick mit dem Augenschloss vielleicht auch raus, oder hier sind noch Leute, die uns jeden Moment entdecken. Ich gehe weiter.«

»Was, soll ich alleine hierbleiben?«

Ich zuckte mit den Schultern. »Wenn du es für nötig hältst.«

»Wow.« Zeeto musterte mich durch die Atemmaske, die ihm etwas Insektenartiges gab. »Du bist ein Arschloch.«

Ich starrte ihn an, eine Wut, die eigentlich Scham war, durchzuckte mich. Dann riss ich am Lenker des Motorrads und schob das schwere Ding wortlos weiter.

Zeeto folgte mir, ebenso wortlos. Drei Büros weiter hielt er es nicht mehr aus.

»Bist du das immer oder nur, wenn du dich in Wer-Laylay verwandelst?«

»Ich verwandle mich nicht in Wer-Laylay!«, stieß ich hervor.

»Deine Stimme ist tiefer.«

»Ist sie nicht.«

»Deine Augenbrauen sind zusammengewachsen.«

Meine Finger fuhren zu meiner Nasenwurzel. Er hatte recht, ich fühlte flaumiges Haar unter meinen Kuppen, spürte die Klauen hart und schwer auf meiner Stirn. »Verfakkte Scheiße!« Mein Herz klopfte wild. »Okay, keine Ahnung, ich bin angespannt, okay?«

»Ich bin auch angespannt«, sagte er, Schweiß bildete sich am Rand der Atemmaske. »Aber ich bin nicht arschig zu dir.«

»Ich denke, du kannst die Scheißmaske absetzen. Hier drin sind keine Bäume und kein Wasser und nix. Und infiziert bist du schon.«

Als hätte er nur auf diesen Vorschlag gewartet, riss er sich die Maske vom Kopf und atmete ein paar Mal tief durch. Er lockerte das Band und ließ sie sich um den Hals baumeln.

Dann sah er mich an. »Du solltest dich bei mir entschuldigen.«

»Wofür? Dafür, dass ich mich in eine Werwölfin verwandele?«

»Dafür, dass du dich wie ein Arschloch verhältst«, erklärte er beharrlich, und kurz schoss eine ungeduldige Wut in mir hoch. Warum hielt er uns mit diesem Scheiß auf, mit Befindlichkeiten und Akten und …

Er packte meinen Arm, und kurz war ich versucht, ihn von mir wegzustoßen.

»Lay«, sagte er. »Ich hab Angst vor dir. Es wäre gut, wenn du mir sagen würdest, dass ich das nicht muss.«

Er presste die Kiefer aufeinander, ich sah die Muskeln in seinen Wangen, seine dunklen Augen, in denen ich die braunen Sprenkel erkennen konnte, weil ich so verfakkt gut sehen konnte in diesem beschissenen Halblicht vom Motorradscheinwerfer, in dem man so etwas eigentlich überhaupt nicht sehen kann.

»Ich hab auch Angst vor mir. Vielleicht ist es besser, wenn du Angst hast. Vielleicht ist es besser, wenn ich weitergehe und du hierbleibst und Akten wälzt.«

»Lass uns einfach zusammen weitergehen.« Er seufzte und stieß eine Tür so zu, dass sie laut knallte. Super Umgebung für einen Streit, ganz hervorragend.

»Kannst du das lassen?«

»Klar«, sagte er, wütend, aber leiser. »*Özür dilerim.*«

»Auch sorry.«

»Okay.«

Wir gingen weiter. Im nächsten Korridor verzweigte sich die unterirdische Anlage in drei weitere Richtungen.

Treffsicher wählten wir den gleichförmigen, nun von grauen und weißen Platten aus einer Art Plastikmaterial ummantelten Flur, der zu den Laboren führte.

Ja, ich weiß. Ein Gemeinschaftsraum, ein Raum mit Toiletten, Büros – ich hätte auch gleich zu dem Part kommen können, in dem wir die *Labore* finden, richtig?

Die Türen waren nun so schmal, dass ich das Moped im Flur stehen ließ, das Licht der Vorderlampe warf unsere Schatten ominös voraus, und Zeeto holte eine Taschenlampe aus seinem Rucksack, um uns ein bisschen mehr Licht zu spenden. Ich sah am Zittern des Lichtstrahls, wie nervös er war.

»Wir hätten alle Räume vermerken sollen«, flüsterte er, als ich die Tür aufschob, deren Fensterchen aus mit Gitterdraht durchwirktem Glas bestand. Ich musste einen Knauf drehen, aber ansonsten ließ sie sich einfach öffnen. »In meinem Notizbuch.«

»Wozu?«

»Um nichts zu vergessen.«

»Sag Mano-Zeeto, dass das überflüssig ist«, flüsterte ich.

»Er ist hier, du sagst es ihm gerade selbst«, erwiderte er und grinste versöhnlich.

Ich grinste auch, und dann lugte ich sehr, sehr vorsichtig in den Raum hinter der Tür. Es war eindeutig ein Labor. Ich habe Filme gesehen. Er war gekachelt, es befanden sich silberne Pritschen darin und darüber diese seltsamen Lampen, die aus mehreren runden Lichtern bestehen und wie Alienaugen aussehen und so herabgezogen werden können, dass sie dem Patienten direkt in die Bauchhöhle schauen. Es gab auch hier Schreibtische an den Wänden und große, stabile Tische mit Anschlüssen für Gas und Wasser oder so etwas. Weitere Räume gingen von hier ab, und da diese Türen offen standen, konnte ich im schwankenden Schein der Taschenlampe sehen, dass sie ähnlich eingerichtet waren.

In dem ganzen Trakt, den wir uns bisher angesehen hatten, war schon vor langer Zeit die Technik herausgerissen worden, und der

Rest hatte Staub gesammelt, doch diese Räume hier waren geradezu geplündert worden. Und zwar vor nicht allzu langer Zeit. Verwischte Fußspuren im Staub, Finger- und Handabdrücke auf Oberflächen – offenbar war hier alles bis auf das Gröbste hastig eingesammelt und fortgebracht worden.

»Du musst nichts aufschreiben von dem, was wir bisher gesehen haben«, sagte ich und betrachtete mit der Taschenlampe einen Schreibtisch, dessen Schubladen offen standen und teils schief in ihren Schienen hingen. »Alles, was wir bisher gesehen haben, ist vermutlich unwichtig. Hier ist das Wichtige. Oder vielmehr: war.«

Es sah nicht so aus, als hätte hier einmal ein großes, blau leuchtendes Reagenzglas mit der Aufschrift »Heilmittel« gestanden, doch dass wir tatsächlich Labore gefunden hatten, beunruhigte mich zutiefst. Wie alt waren diese Schutzräume? Eigentlich mussten sie vor dem Freisetzen des Wastelandgiftstoffs erbaut worden sein – aber zu welchem Zweck? Oder waren sie im Nachhinein hier ins Ödland hineingegraben worden, trotz der Gefahr, die vom Kampfstoff ausging? Ich betrachtete beunruhigt die Liegen. Sie waren menschengroß und strahlten etwas aus, das ich … instinktiv erfasste? Wer-Laylay konnte vielleicht noch eine Nase voll erschnüffeln, was weiß ich. Ich glaubte, hier Ahnungen aufzuschnappen von … von Menschen, natürlich. Aber auch von Tieren.

Mir wurde schummrig, mein Magen drehte sich, als ich versuchte, mich tiefer in diese Ahnungen hineinfallen zu lassen. Ich musste taumeln, denn vor mir wackelte der Lichtstrahl der Taschenlampe, als Zeeto den Arm ausstreckte, um meinen zu greifen.

»Setz dich hin«, sagte er und betrachtete mich prüfend. Er wirkte gestresst, Schweiß auf der Stirn, trockene Lippen, flatternde Augenlider. *Lânet olsun,* ich konnte seinen verdammten Herzschlag hören, vielleicht wegen des Fells auf meinen Ohren! All das schnürte mir die Kehle zu. Ich setzte mich widerstrebend auf einen Stuhl mit Rollen und versuchte, die meditative Ruhe zu finden, die mir bisher nur im Traum gelungen war.

Ich wollte die Haare auf den Ohren und den Nasenwurzeln loswerden, die Klauen, die zu scharfen Augen, die … ich fuhr mit der

Zunge über meine oberen Eckzähne. Ich musste sehr an mich halten, um nicht auszuflippen. Sie standen immer schon ein bisschen zu weit vor, aber jetzt waren sie größer und … spitzer. Das war auf keinen Fall schon vor fünf Minuten so gewesen, das wäre mir aufgefallen. Das war passiert, als ich Panik schob.

»Zeeto«, brachte ich hervor. »Das hier ist eine ganz, ganz schlechte Idee.«

Etwas mühselig hockte er sich vor dem Stuhl hin und nahm meine Hände. »Hauen wir ab?«

»Ich weiß nicht. Hauen wir ab?«

Er sah mich ernst an und schüttelte dann den Kopf. »Ich glaube nicht, dass wir das tun.«

»Okay«, flüsterte ich. »Ich … ich glaube, hier wurde an … an Tieren und Menschen herumge… ge…«

»Experimentiert?«

Ich nickte stumm. Die weißen Kacheln, die spiegelnden Oberflächen, alles fing Zeetos Taschenlampenlicht und warf es zurück. Das Licht sang auf meinen Sehnerven. Ich schloss die Augen.

»Wozu?«, murmelte ich.

»Wir finden es vielleicht raus, wenn wir weitergehen.«

Ich drückte seine Hände, konzentrierte mich darauf, ihm nicht wehzutun. »Meinst du … meinst du, hier haben Leute … das geschaffen, was das Ödland … öd macht?«

»Vielleicht. Möglicherweise haben sie aber auch irgendwie … irgendwas geschaffen, wie man das Ödland überlebt.«

»M-mich?«, stellte ich die unweigerliche Frage.

Aber das konnte nicht sein, oder? Azmi war mein leiblicher Vater, wir sahen einander ähnlich, und wenn er mich in irgendeinem Labor zusammengebastelt hatte, dann wäre er garantiert nicht unbedarft alljährlich zu einem Markt ganz in der Nähe gefahren, das ergäbe keinen Sinn. Azmi wusste nichts von diesem Labor. Weil es nichts mit mir zu tun hatte. Das hier war etwas ganz anderes.

Ich raffte meine Sinne zusammen. Zeeto musterte mich zweifelnd.

»Lass uns weitergehen«, stieß ich hervor.

Er stand auf, vorsichtig und ungelenk, er hatte vermutlich noch Schmerzen, und dann gingen wir einfach weiter, als wüssten wir, wohin.

Es gibt schließlich nur eine Zukunft.

Meine Zunge tastete immer wieder nach meinen Zähnen. Hätte ich nicht *spüren* müssen, wie sie gewachsen waren? Hätte das nicht irgendwie wehtun oder wenigstens etwas ziehen müssen?

Aber die Klauen hatte ich ja auch nicht bemerkt, ein Kribbeln vielleicht, aber untergegangen im Adrenalin der Verfolgungsjagd oder dem Hormoncocktail beim Sex. Was würde noch alles passieren? Veränderte sich mein Körperbau? Mein Schädel? Und wenn ja: *zu was denn?*

Ich nahm kaum wahr, dass wir einen gekachelten Raum nach dem anderen durchquerten. Nur im ersten hatten sich Liegen befunden, im zweiten und dritten waren Tiere aufbewahrt worden – wir sahen Terrarien mit verfallenem organischem Material darin, schmutzige, leere Aquarien und Käfige unterschiedlicher Größe, manche noch mit den Resten von Sand oder Stroh darin. Keine Tiere, nur der Geruch, die Ahnung, der Instinkt …

Zeeto sah sich um, während ich wie betäubt in der Mitte stand. Er schaute nicht nur in die Schränke und Schreibtische, sondern auch hinter die Türen und wurde so fündig: Hinter einer der Türen war etwas vergessen worden, eine Art Plakat. Es war verblichen und eingerissen, aber als der Lichtstrahl seiner Taschenlampe darüberglitt, erkannten wir Buchstaben. Bis auf die Überschrift und mehrere Zwischenüberschriften war es mit kleiner Schrift vollgeschrieben, dazwischen einige Illustrationen oder Fotos.

Zeeto löste es vorsichtig von der Tür. »Das nehm ich mit.«

»Worum geht es?«, fragte ich. Mein Kopf war zu voll, um den Text zu lesen, und es war so viel davon.

Er betrachtete es. »Es ist was Wissenschaftliches. Irgendwas über DNS. Auf Englisch, muss ich mir genauer ansehen, ich kann nicht so gut Englisch. Du?«

»Schon, durchs Herumreisen mit Azmi.« Ich trat näher und überflog die Überschrift. »*Merging,* das heißt Verschmelzen, glaub ich. *Merging of mammal DNA*, ich denke, *mammal* hat irgendwas mit Tieren zu tun.« Ich konnte meine eigene Stimme schon nicht mehr hören, mir entglitt die Luft. Es war wie in einem schlechten Film, einer mit Genexperimenten, bei denen Mutationen herauskommen und – *Plottwist!* – die Protagonistin merkt, dass sie selbst dazugehört. Ich räusperte mich und zwang meine Stimme, wieder lauter zu werden: »Pack es weg, wir gucken es uns nachher an, wenn … wenn es ein Nachher gibt.«

Zeeto faltete das Poster und packte es in seinen Rucksack. Er gab mir vorher die Taschenlampe, und ich ließ ihr Licht voraustasten. Der nächste Raum war eine Sackgasse. Das war ja klar – Labore als Durchgang wären tatsächlich seltsam gewesen.

»Da kommt nichts mehr«, sagte ich leise und drehte mich zu Zeeto herum. »Was … was machen wir? Nehmen wir einen der anderen beiden Gänge? Oder … gehen wir doch wieder? Fahren zurück?«

»Und dann?« Er zog eine Augenbraue hoch.

»Ja, keine Ahnung.« Keine Antworten zu haben bedeutete nicht, dass die Fragen sich änderten.

Also gingen wir in den Korridor, in dem das Moped auf uns wartete – wieder wie ein Rindviech –, ich wendete es und schob es zurück bis zur Kreuzung zum Bürotrakt.

»Welchen nehmen wir jetzt?«

Zeeto deutete auf die Mitte. »Der rechte sieht langweilig aus.«

»Sie sehen beide gleich aus.«

Er grinste, und wir nahmen den mittleren. Es war der richtige – ihr wisst schon, meine einzig mögliche Zukunft und so. Der mittlere war eine Abkürzung dorthin.

Das Moped mussten wir im breiteren Flur stehen lassen, dieser Gang hier war schmal, und es folgten einige Treppenstufen. Ich zog den Schlüssel ab und nahm alles Nützliche aus der Tasche, die am Sattel befestigt war. Unter anderem ein Handbeil. Zögernd tätschelte ich den Sattel.

»Ich plane, zurückzukommen«, flüsterte ich dem Moped zu.

Mit erloschenem Blick sah es mir nach.

Dieser Gang endete an einer verschlossenen Tür aus dunklem Glas. Zeeto drückte die Stirn dagegen und spähte hindurch. Eine zweite verschlossene Tür weiter links bestand aus weiß angestrichenem Stahl. Sie hatte ein kleines, mit Gitterdraht und Glas verschlossenes Fenster, wie wir es zuvor schon gesehen hatten. Ich leuchtete mit der Taschenlampe hindurch.

»Das ist eine Treppe, glaub ich. Nach unten.«

»Das hier ist ein … ein Aufzug«, sagte Zeeto und entfernte sich vom Glas, das kurz den Kondensabdruck seines Gesichts trug.

»Nennt man das so?«

»Glaub schon. Oder Lift?«

»Ist das dasselbe?«

»Möglich.« Im Scheinwerferlicht suchte er die Umfassung der dunklen Glastür nach einem Mechanismus ab. »Vielleicht gibt es hier wieder irgendeine Art Kamera. Die … uns erfasst und einfach reinlässt?«

»Oder wir schlagen diese kleine Scheibe da ein und klettern durch ins Treppenhaus.«

Wir sahen kurz das Fensterchen an, dann einander, Zeeto öffnete den Mund, um etwas zu sagen, und seine Blicke glitten hilflos, unkontrolliert an mir herab und dann eilig wieder nach oben. Er schwieg.

»Du willst sagen, dass du durchpasst, du Bohnenstange, aber dass ich zu dick bin.«

»Nein!«, sagte er viel zu schnell, und dann lachte er. »Du … du bist nicht zu dick!«

»Zu dick für das Fenster.«

»Okay. Du … du bist vielleicht zu dick für das Fenster.« Sein Grinsen war sehr charmant.

Ich kicherte. »Ja, gut möglich.«

Ich trat an die Aufzugtür. »Meinst du, der hat noch Strom?« Meine Finger tasteten über die Seiten, den Rahmen der Eingangstür in die gläserne Kapsel. Ein Bereich fühlte sich anders an, *wärmer* unter meinen Fingerkuppen. Ich strich darüber, und tatsächlich, blassgrüne Buchstaben flammten im Glas auf. Ich zuckte zurück. Alte Tech, mit intakter Stromversorgung.

»*R-restricted area*«, las ich vor. »Verbotener Bereich oder so. *Requires identification.* Warum … warum ist das überhaupt alles auf Englisch, ich dachte, hier wurde früher Deutsch gesprochen?«

Zeeto zuckte mit den Schultern. »Vielleicht war es ein Team aus mehreren Ländern?«

Das klang logisch. Oder der Aufzug war aus Großbritannien importiert.

»Kannst du … kannst du das wieder aufschließen? Mit deinem Auge?«

»Das lag nicht an meinem Auge«, widersprach ich. »Das … das hätte auch mit deinem –«

»Hat's aber nicht«, unterbrach er mich.

Ja, schon klar, ich wollte einfach nicht wahrhaben, dass mein Ich-kann-im-Dunkeln-sehen-Auge die Tür aufgeschlossen hatte. Ich war definitiv noch nie hier gewesen. Es ergab einfach keinen Sinn. Und eben weil es keinen ergab, beugte ich mich tief über dieses Bedienfeld, ließ mir das grüne Licht der Buchstaben in die Augen scheinen, legte meine Finger und meine Hand darauf, probierte verschiedene Stellen und suchte nach einer Kameralinse überall im Türrahmen.

Zeeto tippte derweil auf dem Bedienfeld herum, aber es tat sich nichts. Er wies nach rechts. »Gleiches Display ist auch an der anderen Tür.«

»Schlagen wir dann einfach eine dieser Türen ein?«, fragte ich ungeduldig. Ich hatte schließlich ein Beil dabei, auch wenn wir es normalerweise fürs Zerkleinern von Feuerholz benutzten. »Und hoffen, dass auch im Lift noch Strom ist?«

»Fährt der noch, wenn die Tür kaputt ist? Und fährt der überhaupt, wenn …« Er spähte auf die Anzeige »*Requires … identification*«.

Seine englische Aussprache war so falsch, dass ich die Worte nur verstand, weil ich sie zuvor gelesen hatte. Ich habe mal gehört,

Reisen bildet. Offenbar mehr als Immer-an-einem-Ort-dieselben-DVDs-Schauen.

Ich hob das Beil. »Vielleicht nehmen wir lieber die Treppenhaustür. Um eine Treppe runterzugehen, braucht man immerhin keine *›identification‹!*«

Zeeto sah skeptisch zwischen den beiden Türen hin und her. »Aber die ist aus Stahl.« Dann nickte er. »Na ja. Versuch es mal.«

»Okay, ich mach das jetzt. Einfach … einfach hier, auf das Schloss, ja?« Ich wog das Beil in den Händen, fixierte einen Punkt zwischen dem unbeweglichen Türknauf und dem Kontrollpanel an der Seite. Hob das Beil. Ließ es herabsausen.

Etwas piepte hinter mir. Ich hatte schon so viel Schwung, dass ich mir einen Muskel zerrte, als ich den Schlag mit dem Beil stoppte.

»Laylay, da steht was Neues!«, rief Zeeto.

»Autsch!« Ich rieb mir die Schulter. Wir lugten beide auf das Tastenfeld neben dem Aufzug.

Access granted, blinkte es uns entgegen, und dann öffnete sich die Aufzugtür mit einem hohlen Zischen. Als das dunkle Glas sich in die Wand zurückgezogen hatte, lag die Aufzugkabine vor uns; Boden, Rückwand und Decke silbrig ausgekleidet.

»Was machen wir jetzt?«, fragte ich, und ein plötzlicher Fluchtimpuls breitete sich in meinem Magen aus. Das hier war eine schlechte Idee, der Platz reichte gerade einmal für drei oder vier Leute – es gäbe keinen Fluchtweg, wenn wir einmal eingestiegen wären.

»Reingehen, Lay«, sagte Zeeto und nahm meine Hand – die, die nicht das Beil hielt.

»Ich … ich weiß nicht.« Ich musste plötzlich dringend pinkeln, Blut rauschte mir in den Ohren. *Falle, Falle, Falle,* schrie mich mein Stammhirn an. Ich trat dennoch in die Kapsel, oder vielleicht trat Zeeto hinein und zog mich mit. Er war ziemlich zielgerichtet, dieser leicht andere Zeeto.

Dann schloss sich das dunkle Glas, und wir fuhren in die Tiefe.

Es kam mir wie eine lange Zeit vor. Lange genug, dass unsere Handflächen schwitzig wurden, während wir Händchen (und in der anderen Beilchen und Taschenlampe) haltend abwarteten. Ich hatte ein seltsames Gefühl in der Magengrube, entweder durch das Abwärtsfahren oder den Hall der *Falle-Falle-Falle*-Rufe oder beides.

Als sich die Tür öffnete, war ich so angespannt, dass das Eintreffen meiner Befürchtungen geradezu ernüchternd wirkte, als hätte ich die Sehne eines Bogens einfach wieder abgenommen.

In dem Korridor vor uns standen drei Leute, und alle zielten mit Schusswaffen auf uns.

»Umpf«, machte ich leicht enttäuscht.

Zeeto schrie auf, rempelte mich hinter der verschwindenden Tür in eine sehr vorläufige Sicherheit und hämmerte dann mit der Hand auf das Bedienfeld ein, das auch auf der Innenseite im Rahmen der Glastür grün vor sich hin leuchtete.

Keine Schüsse.

Die Tür öffnete sich ganz, und ohne Deckung standen wir zusammengedrängt vor den Mündungen der Gewehre.

Ich hob einfach nur die Hände.

»Erschießt ihr uns jetzt direkt?«, fragte Zeeto schließlich. »Oder ist das mehr eine Art Drohkulisse?«

Ein in dieser Situation bizarr wirkendes Grinsen zuckte um seine Mundwinkel. Aber es war ja auch bizarr, mit einem Aufzug direkt vor ein Erschießungskommando zu fahren.

Jedes zweite Licht in der metallverkleideten Korridordecke glomm, es erleuchtete die Leute darunter auf ominöse Weise, und ich sah ohnehin mehr die Details ihrer Waffen als die ihrer Körper. Es waren Erwachsene, zwei Weiße und eine Schwarze, zwei Frauen und ein Mann, dem Aussehen nach zu schließen. Sie trugen einheitlich hellgraue Overalls – wie das Ding, das Mtoto angehabt hatte, als ich sie zum ersten Mal gesehen hatte!

»Das entscheiden wir gleich«, sagte die Schwarze.

»*Ihr* habt uns hier runtergelassen«, sagte Zeeto, dem offenbar gerade ein Geistesblitz zur Funktionsweise des Lifts gekommen war. »Ihr habt den Aufzug gesteuert!«

»Was dachtest du denn, dass ihr ihn mit dem Beil beeindruckt habt?«, fragte der Weiße, ein hochgewachsener Typ mit eisgrauem Vollbart und etwas, das man nur sehr selten sah: einer Brille.

»Na, aber dann habt ihr uns sicher nicht reingelassen, um uns zu erschießen«, erwiderte Zeeto. Diese neue Seite von ihm war ganz schön selbstbewusst. Oder leichtsinnig. Oder er versuchte, die Situation mit Reden zu deeskalieren. »Sondern um mit uns zu reden. Wäre vielleicht gut, wenn wir das nicht gerade in diesem ungemütlichen Gang tun. Ihr seht aus, als lebt ihr hier unten.«

»Wie seid ihr reingekommen?«, fragte der Weiße.

Ich musterte die kleine Gruppe, aber die auf uns gerichteten Mündungen ihrer Gewehre machten mich nervös. Meine Nackenhaare standen zu Berge (Hilfe – war auch irgendwas mit meinen Nackenhaaren los?), und die Gänsehaut auf meinem Körper war geradezu schmerzhaft. War ich eben noch ernüchtert gewesen, überlegte es sich mein Körper offenbar gerade wieder anders und pumpte noch das eine oder andere Quäntchen Adrenalin in meine Blutbahn.

Nicht, befahl ich mir selbst. *Keine superseltsamen Veränderungen vor diesen Leuten!*

Denn die hier sahen nicht verändert aus. Es waren ganz normale Menschen. Kein *Merging of mammal DNA* oder so etwas, keine Tiermenschen mit Klauen und Zähnen.

»Ihr habt uns doch reingelassen«, beantwortete Zeeto die Frage etwas verspätet.

»Ich meine oben, die obere Tür!«

»In … in den Bunker? Die Tür ist aufgebrochen.«

»In die obere Anlage!«, stieß die Schwarze ungeduldig hervor.

Ihre Haare waren zu einem kurzen Afro geschnitten, auch die der anderen waren kurz, die Weiße hatte glattes braunes Haar, das dünn um ihre strengen Züge lag. Sie hatte noch keinen Ton gesagt.

»Diese … diese zweite Tür? Die habt ihr nicht aufgemacht?«, fragte Zeeto.

Die beiden Frauen wechselten Blicke. Das sagte mehr als alle Worte.

»Die Notüberbrückung«, murmelte die Schwarze dann.

»Kann nicht sein«, erwiderte der Weiße.

»Es hat … es hat in ihre Augen geleuchtet«, erwiderte Zeeto hilfreich. Er stand ziemlich relaxed da, dafür, dass er mich eben noch außer Schussweite hatte bugsieren wollen. Mir hingegen lief der Schweiß den Rücken hinunter.

»Zee, nicht«, flüsterte ich, aber er blinzelte mir kurz zu, als wollte er mir sagen: *Ich hab die Lage im Griff.*

»Dann kommen sie jetzt also hier rein«, flüsterte die Weiße in der Mitte, sie hatte eine kratzig-heisere Stimme und warf einen Blick nach links und rechts. »Das können wir nicht riskieren, dass der Irisscanner sie reinlässt.«

»Was … was sollen wir jetzt machen?«, fragte der Mann.

»Wir haben keine Optionen«, erwiderte die Weiße.

Zeetos Augenbrauen schossen hoch, als ihm klar wurde, dass er die Lage *nicht* im Griff hatte.

»Es tut mir leid, aber wir erschießen sie lieber jetzt als später«, stieß die Weiße mit harter Stimme hervor, und zu meinem Entsetzen nickte ihre Kameradin entschlossen.

Zeeto wedelte abwehrend mit den Händen. »Nein, nein, wartet, wir sind keine Toxxers, wir wollen nicht …«

Aber das war ihnen egal. Der erste Schuss ging daneben, schlug zwischen uns ins Metall des Fahrstuhls ein, ich sah wie betäubt, dass Rauch aus der Mündung der Weißen aufstieg. Und dann passierten mehrere Dinge auf einmal, und ich weiß nicht mehr ganz genau, wie was warum geschah, aber wenn ich es in eine Reihenfolge bringen müsste, würde ich sagen, ich hörte den ersten Schuss, ich sah den Rauch an der Mündung, ich packte Zeeto und riss ihn mit mir zu Boden, und dann befand ich mich *vor* ihm, halb mit dem Rücken zu diesen Leuten, die uns abknallen wollten, und dann hallten zwei weitere Schüsse, aber erst, nachdem ich sie in meinem Brustkorb spürte.

Dumm-dumm, lang gezogen in meiner Wahrnehmung, als würde sich die Zeit nur ungern weiterbewegen. *Doom-doom,* sozusagen.

Ich spürte Kugeln. In. Meinem. Brustkorb. Ich spürte die unaufhaltsame Energie, mit der sie beschleunigt waren, wie sie meine Muskeln, eine Rippe und ein Schulterblatt durchschlugen und sich danach mit beinahe unverminderter Wucht tief in mich hineinfraßen – und dann, auf der anderen Seite meines Brustkorbs, seitlich und vorne, wieder heraustraten.

Aman Allahım, es hatte sich noch nie etwas so beschissen angefühlt in meinem Leben!

Erst wie ein Hammerschlag, nein, zwei, schräg gegen meinen Rücken, ein Teil meines Hirns dachte, jemand tritt mich, obwohl ich eigentlich *wusste*, dass es Schüsse sein mussten, dann brannte sich dieses Gefühl von etwas ganz und gar Falschem einmal quer durch mich durch, und dann war auch schon heißes Blut überall, es schoss nur so aus mir raus, und es gellte in meinem Kopf: *Herz! Lunge!* Ich war mir ziemlich schnell ziemlich sicher, dass ich das nicht überleben konnte, auch wenn der Schmerz noch gar nicht in meinem Kopf ankam.

Der erste Atemzug war eine Katastrophe. Etwas stimmte ganz und gar nicht, und dieses Etwas waren zwei durchlöcherte Lungenflügel, vier Ein- und Austrittswunden in meinem Brustkorb, Knochensplitter, die sich mit den Schüssen nach innen bewegt hatten und meine Lunge weiter verletzten, und die Tatsache, dass Luft und Blut meine Lungenflügel kollabieren ließen.

Ich hatte einmal am Rand einer Siedlung einen verletzten Straßenköter gefunden. Zuerst dachte ich, er hätte sich mit einem anderen Hund bekriegt und die Wunden an seinem Brustkorb seien Bisswunden. Ich versuchte, sie ihm zu verbinden, aber Azmi fand mich und den schrecklich röchelnden Hund und stellte fest, dass ihm jemand mehrmals einen spitzen Stock zwischen die Rippen gestochen haben musste. Er hatte gesagt, dass es nichts bringen würde, die Blutung zu stoppen – die Lunge des Hundes kollabierte. Azmi hatte nichts dagegen tun können, das Tier war in meinen Armen verendet. Ich hatte danach für kurze Zeit ein paar seiner Parasiten übernommen. Fragt nicht.

Jetzt hatte ich ganz andere Probleme. Ich fiel der Länge nach über Zeeto, und das Letzte, was ich sah, war sein Gesicht. Er schrie nicht, er wirkte nicht schockiert oder verletzt – die Kugeln waren was weiß ich wo gelandet, aber nicht in ihm, seine Augen waren aufgerissen und die Lippen zusammengepresst wie in großer Konzentration.

Und dann wurde es schwarz, und dann wurde es rot.

Root war wirklich verzweifelt.

Ohne Boomba als Anführerin der Kids waren diese zu nichts mehr zu gebrauchen. Boomba hatte deren Dummheit irgendwie durchschaut, verstanden, für sich genutzt, ohne dabei selbst über die Maßen klüger zu sein. Vielleicht war es nötig, dass sie selbst ihren Trupp nicht allzu sehr überflügelte, um ganz eins mit ihm zu werden, mit ihm zu einer schlagkräftigen Einheit zu verschmelzen.

Root konnte das nicht. Er war eine schlagkräftige Einheit mit dem WeWeWe, beziehungsweise er wäre es, wenn nicht das Zeichen wie stets in der Ecke seines Sichtfelds blinken würde.

No WiFi.

Shinto und Stronz standen vor ihm. Shinto hatte den Kopf erhoben und funkelte Root streitlustig an, den in Blau und Gelb angesprayten Helm unterm Arm. Stronz sah eher peinlich berührt auf seine löchrigen Boots.

»Was wird das geheißen haben: ›Er hatte einen Schein‹?«, knurrte Root sehr langsam und, wie er hoffte, sehr bedrohlich. Er würde sie noch lehren, dass er nicht nur Lokes oberster WLAN-Schamane war, sondern auch ein kompetenter Ersatz für Boomba, die so episch in den Tod gestürzt war.

»Er hatte einen Passierschein von Loke«, murmelte Stronz.

»Wie alt?«

»Januar. Noch gültig, echt.«

»Monatsfrist«, ergänzte Shinto altklug. Sire kurzen Stoppelhaare waren im gleichen Blau-Gelb-Muster angesprüht. Vermutlich sogar mit derselben Farbe, sie klebte wie Lack an siren Ohren, der Stirn und dem Nacken.

»Wir werden keinen hindurchgelassen haben«, stieß Root hervor.

»Doch, werden wir, weil wir schon haben«, sagte Shinto und zuckte mit den Schultern. »Root, sieh mal, *abi,* wir haben niemanden durchgelassen, aber dann kamen die KKK-Leute. Und die hatten Passierscheine. Also sind Passierscheine wieder gültig.«

»Passierscheine werden nicht mehr gültig gewesen sein!«, schrie Root.

»Wenn sie das nicht mehr gewesen sein werden, dann ist das so, aber jetzt im Moment sind die gültig, und das war so 'n alter Knacker auf 'ner schäbigen Honda. Kam von den Maramaribos hoch, die hatten ihn schon ausgenommen, sagt er. Hatte nichts dabei, nur den Passierschein. Abgehalfterter Typ. Keine Ahnung, will wahrscheinlich beim Markt einen auf Heuliheuli machen, denn zum Tauschen hat er nix mehr. Vielleicht tauscht er die Maschine und geht zu Fuß weiter.«

Root ließ sich nicht auf Spitzfindigkeiten zu seiner Grammatik ein. Er hatte die Patrouillen zu dünn gesät, früher waren sie immer in Boombas Horde unterwegs gewesen, aber dann hatten die Geister des WiFi (und Loke) befunden, dass der Waldrand niedergebrannt werden musste, und dann hatte die Horde ein zu großes Gebiet überwachen müssen, und dann der Konflikt mit der Sekte und – ach, es war alles eine große Scheiße, Root wünschte, sich in WeWeWe-Meditation zurückziehen zu können, statt sich um Truppenstärken und Straßenüberwachung kümmern zu müssen.

»Ich werde Alek-za losgeschickt haben«, stieß er hervor. »Um die Straße zu überwachen, wenn ihr zu verfakkt dämlich gewesen sein werdet, das zu tun!«

Shintos Lächeln ging ihm auf die Nerven, und die waren dünn genug in den letzten Tagen. Loke wollte das Baby, doch sie zögerte, den Markt einfach plattzumachen. Es war der einzige große Markt auf dem Broke-Turf, Root wusste so gut wie alle anderen, dass sie ihn brauchten, aber wenn Loke das Baby wollte, dann musste sie eben Stärke zeigen. Und Boombas Opfer ehren. Und den Deal brechen und den Markt einnehmen. Alles nehmen, was dort war. Alle Leute versklaven. Und dann mal gucken, ob sie den Markt wirklich *brauchten* oder ob das mehr so eine alte, schlechte Angewohnheit war.

Root rief Alek-za zu sich, beschwor sie auf seine Hand und flüsterte ihr etwas mit der Stimme des WeWeWe zu. Sie kippte leicht, als er sie in die Lüfte steuerte und über das nördlichste Broke-Lager aufsteigen ließ. Das Lager war Lokes Speerspitze, jawohl: das Lager, er und Alek-za auf ihrem Weg über die Straße. Die Spitze war genau auf den Handgebunden-Markt gerichtet – der würde sie bald zu spüren bekommen.

Er flüsterte, wisperte, zirpte und pfiff in der Sprache des WeWeWe, er tanzte auf der Stelle und schüttelte seinen Stab. Alek-za schwirrte davon und nahm sein drittes Auge mit in die Höhe. Root verengte seine beiden menschlichen Augen zu Schlitzen, schielte ins Innere seiner Brille, in die Weiten der Welt, die Alek-za ihm zeigte.

Da – eine Staubspur auf der Straße. Er beschleunigte Alek-za, ließ sie weiter steigen und vergrößerte zugleich sein drittes Auge. Er sang, er summte.

Ein Mann auf einer langsamen, schwerfälligen Maschine, dunkel gekleidet, ein schwarzer Helm auf dem Kopf.

Root starrte. Seine Sinne sangen, das WiFi war zwar abwesend, aber es sprach aus der göttlichen Dimension zu ihm. Alek-za brauchte noch einige Zeit, um näher heranzufliegen, fast geriet sie dabei aus Roots spiritueller Reichweite.

Dann schnappte er nach Luft, ganz kurz, bevor er sie zurückholen musste.

Der Jackenärmel des Mannes war zerfetzt. Darunter war ein Verband sichtbar. Alek-za durchfuhr tiefe Trauer, denn ihr Bruder war dafür, für dieses zerrissene Textil und diese offenbar oberflächliche Fleischwunde, draufgegangen! Diese Trauer fuhr Root bis ins Mark. Wenn er sich dem WiFi auf diese Weise öffnete, war er so empfänglich für Emotionen! Tränen schossen ihm in die Augen.

»Quadros«, flüsterte Root. »Dein Opfer wird nicht vergebens gewesen sein.«

Es war der Vagabund. Er war zurückgekehrt, kackendreist mit seinem alten Passierschein, und Stronz und Shinto hatten ihn einfach nicht erkannt, weil er jetzt eine andere Maschine hatte und einen verfakkten Helm trug, wie blöd konnte man sein!

»Los!«, gellte Roots Stimme über das Zeltlager, die Speerspitze, das Ödland-Abfackel-Kommando. »Das ist der Pisser! Der Pisser!« Er vergaß sogar das Futur II. Es gab nur noch die Gegenwart. »Der Pisser ist auf dem Weg zum Markt, alle auf die Maschinen, Abfangkurs, *Abfangkurs!*« Seine Stimme kippte, Wut und Rachsucht mischten sich in ihm zu Selbstgebranntem, der blind machen würde.

Noch bevor alle im Lager einsatzbereit waren, kehrte der kümmerliche Rest der Waldrandpatrouille zurück und brachte ihm das letzte Puzzlestück: Der Pisser war nicht allein hier. Das Mädchen war ebenfalls zurückgekehrt – oder niemals fort gewesen.

Root sah rot.

AN DER SCHWELLE DES TODES
LAYLAY, 14. FEBRUAR 2064

Ich würde gern irgendwie *erklären,* was passiert ist. Da ich noch nicht aufgehört habe zu erzählen, werdet ihr euch wohl schon denken, dass ich nicht tot bin.

Ich kann mich an Schmerzen erinnern, erst in meinem Brustkorb, aber dann eigentlich überall, sie schossen nur so durch mich hindurch, ich konnte *hören,* wie mein Hirn sich ausschaltete, es machte *klack* oder *plöpp* oder so, ich kann es nicht richtig beschreiben. Ein roter Schleier vor meinen Augen, ich bewegte mich, ich *spürte,* dass ich mich bewegte – und zwar schnell, gedankenlos schnell, nur rückgratgesteuert. Schreie, aber keine Schüsse mehr, und dann kippte einer der Schreie in ein Brüllen, das in meinem ganzen Körper widerhallte. Hatte ich so gebrüllt? Nein, ich glaube nicht, ich konnte nicht einmal richtig Luft holen. Dieser lang gezogene Laut jedoch machte zwei Dinge mit mir: Zum einen weckte er irgendeinen tiefen, tiefen Impuls oder Instinkt, sagte mir, wo mein Platz war, und zwar nicht da, wo ich mich gerade befand – ich fühlte, roch Blut, ich stürzte mich auf etwas – auf jemanden! – und zermalmte es – ihn, sie! – unter meinen Klauen, oder zumindest wollte ich das gern, mein rückenmarksgesteuerter Wille war mit aller Kraft darauf ausgerichtet, mehr Blut zu fühlen, zu riechen, zu schmecken. Zum anderen riss das Gebrüll mein Hirn zurück in die Realität – ich weiß nicht, warum und wie es funktionierte, aber der rote Vorhang wurde langsam durchlässiger, ich begann Schemen wahrzunehmen, die Welt drehte sich, der Gang drehte sich, und dann spürte ich Kälte unter mir, sah grelles Licht über mir, hörte Stimmen, roch fremde Körper und Angst und Adrenalin. Schmeckte Blut, aber mein eigenes, aus meiner Lunge …

»Sie muss noch …«

»Verdammte Scheiße, gottverdammt!«

»Sie könnte uns alle zerlegen, sie ist eine Erste!«

»Sie stirbt, wenn sie sich zurückverwandelt!«

»Wenn sie in dem Zustand bleibt, zerlegt sie uns alle!«

»Runter von ihr, *runter von ihr!*«

Das Letzte war Zeetos Stimme, er klang panisch, aber nicht vollkommen kopflos. Nicht so kopflos, wie ich mich fühlte, in diesen roten Schleiern und weißen Schlieren und schwarzen Momenten. Wenn er nicht verletzt war, wenn sie ihn nicht erwischt hatten, dann musste er irgendwie mit dem Aufzug wieder hoch, er musste aus der Anlage entkommen – ich war ohnehin tot, zwei Kugeln durch die Lunge, das war mein Todesurteil, auch wenn ich immer noch ächzend Luft in meinen Körper sog und wieder ausstieß.

»Wir können den Jungen eh nicht laufen lassen, Louis, mach ihm ein Ende«, raunte eine tiefe, weibliche Stimme direkt über mir, ich versuchte, sie statt des hellen Deckenlichts zu fokussieren, und kam langsam zu der Erkenntnis, dass ich auf dem Boden lag, mit den Armen über dem Kopf, und dass diese Arme von einem massigen Körper festgepinnt wurden und dass diese Streckung Schmerz durch meinen Körper branden ließ wie heftige Wellen gegen aufragende Felsen. Ich keuchte, aber nicht deshalb.

Ich keuchte, weil die Gestalt über mir *anders* aussah als noch zuvor. Ich erkannte die kleine Weiße mit den braunen Haaren, aber irgendwie auch nicht. Sie war grässlich verformt, mein Blick aber so verschwommen, dass ich es nicht richtig festmachen konnte. Ihr *Gesicht* war irgendwie verzogen, der Kiefer nach vorn geschoben, die Nase wie zu Nüstern verlaufen. Ich wollte panisch schreien, aber ich konnte nicht. Stattdessen stieß ich hervor: »N-nicht, Z-Zeeto! Bitte!«

»Du bist Zeeto, oder was?« Ich erkannte die Stimme des Mannes – Louis, offenbar.

»Ja. Erschießt du mich jetzt?« Zeetos Stimme war ruhiger, die Frage klang beinahe interessiert, aber nicht angsterfüllt. Er war näher gekommen, *Zeeto, nicht, kümmer dich irgendwie um den Aufzug!* »Das musst du gar nicht, meine Augen können diese Notüberbrückung nicht … auslösen. Nur ihre. Und offenbar wollt ihr sie nicht töten. Also müsst ihr mich auch nicht töten.« Ich *hör-*

te, dass er lächelte, dieses leicht aufflammende Lächeln von ihm. *Zee, wie kannst du so cool bleiben?*

»Er hat recht, Vic«, sagte Louis, und er klang nicht so, als würde er noch einmal auf Unbewaffnete schießen wollen. Es war schon beim ersten Mal eine blöde Idee gewesen.

Zeeto trat in mein Sichtfeld, blieb stehen und sah auf mich herab, sein Gesicht verriet, dass er sich nicht so cool fühlte, wie er sich anhörte. Seine Augen waren aufgerissen, das Lächeln verflogen. Ich blickte zu ihm auf, wusste nicht, was er sah.

»Wenn euch ihr Leben lieb ist, was es jetzt offenbar ist, solltet ihr vielleicht dafür sorgen, dass sie durchkommt, in diesen … diesen Operationssälen, die ihr da oben habt. Falls ihr das könnt.«

»Das müssen wir nicht«, knurrte Vic, immer noch mit dieser tiefen Stimme, die sich schon bei ihren ersten Worten an uns seltsam kratzig und dunkel angehört hatte. »Die Ersten sterben an so was nicht.«

Damit beugte sie sich über mich und schlug meinen Parka zur Seite, dessen Reißverschluss ich in der stickigen Luft der Bunkeranlage geöffnet hatte. Ihr Zeigefinger schob sich in ein Loch in meinem Pulli und den Schichten darunter, ich spürte, wie sie auf mir herumtastete, und mir wurde beinahe schlecht, als ich eine Klaue an ihrer Fingerkuppe spürte und erwartete, dass sie in diese große, zerfetzte Austrittswunde eindringen würde. Sie drückte gegen die Rippen oberhalb meiner rechten Brust. Genauer: Gegen die Haut oberhalb der Rippen.

»Ihr Körper heilt schon.«

»Z-Zeeto«, versuchte ich es erneut. »Hau … hau ab …«

Ich schmeckte Blut in meinem Mund, und es war nicht einfach ein Geschmack, es wallte in meiner Kehle auf, provozierte einen Würgereflex, und mein Blickfeld wurde an den Rändern schwarz, als ich keine Luft mehr bekam, Blut und grässliche kleine *körperliche* Stückchen in Mund und Nase hatte, und dann hustete ich einen schwachen, erstickten Schwall Blut in meinen eigenen Mund, aber ich lag auf dem Rücken, und als ich nach Luft rang, atmete ich die Schweinerei zu einem Großteil wieder ein, meine

Lunge wehrte sich, zog sich heftig zusammen, die Muskeln meines Brustkorbs verkrampften.

»Dreht sie um, verdammt, stabile Seitenlage, ihr Pfeifen!«, schrie Zeeto sie an – ein distanzierter Teil meines Hirns fand es interessant, dass er in einer solchen Situation die Nerven behielt: unbewaffnet, im Angesicht von … von … was auch immer ich bin.

Der nicht so distanzierte Teil meines Gehirns war mit Ersticken beschäftigt, da ließ das Gewicht auf meinen Armen endlich nach, Vic rückte von mir ab, und Hände drehten mich auf die Seite. Ich hustete und würgte Blut, Knochen- und Gewebestückchen hervor, und als ich das sah, erbrach ich auch noch mein Frühstück, mein Körper rebellierte und rebellierte, bis ich nur noch aus Krämpfen bestand, es schien Ewigkeiten zu dauern.

Dann sah ich auf meine Finger herab, ich hatte mich halb auf alle viere gestemmt und stand kurz davor, in meine eigene Suppe zu kippen. Meine Hände waren blut- und kotzebespritzt. Und hatten Klauen. Die Gelenke waren so fremd, irgendwie … knotig, wulstig, als wären die Knochen größer und gröber als zuvor. Und bis auf die beiden obersten Glieder meiner Finger und meine Handflächen bedeckte ein feiner brauner Flaum meine Hände.

Ich zitterte. Ich wollte nach meinem Gesicht tasten, nach den Wunden in meinem Brustkorb, aber ich konnte nicht. Ich begann zu heulen, meine Stimmbänder schmerzten, meine ganze Kehle fühlte sich an wie einmal auf links gedreht und dann wieder zurückgekrempelt, und ich stotterte ein schluchzendes, kurzatmiges Hecheln vor mich hin.

Jemand drehte mich herum, sodass ich auf dem Hintern saß und an der Wand des Gangs lehnte. Ich blinzelte.

Zeeto kniete sich vor mich hin. »Hey.«

Ich las Angst in seinen Augen, ja, auch Angst vor mir, ich roch sie in der Luft. Er blinzelte häufiger als sonst, ich konzentrierte mich auf seine langen Wimpern. Seine Hände lagen rechts und links an meinen Schultern. Erst jetzt ging mir auf, dass alle Farben blass waren und dafür die Kontraste größer, sodass alles im Gang überdeutlich wirkte.

Mussten nicht Rippen fehlen? Teile meines Schulterblatts? Der Gestank meines Körperinhalts hing dick in der Luft.

»Hey, Laylay. Bist du da?« Er flüsterte.

Ich nickte schwach, zu schwach zum Sprechen.

Die drei Bunkerleute hatten Verstärkung bekommen, keine Ahnung, woher. Sieben oder acht Leute standen mittlerweile um mich herum.

Jemand sagte: »Ihr habt einfach auf sie geschossen?«

Louis ging vor mir in die Knie und sah mich prüfend an.

»Was sollten wir denn machen, sie könnten die Gangs mit der Notüberbrückung reinbringen!«, knurrte er über die Schulter, dann sagte er zu der, die den Schießbefehl gegeben hatte: »Vic, jetzt lass sie uns mit reinnehmen, wir müssen wissen, wo sie herkommt.«

»Verdammte Scheiße, seit wann sind Ferales bei den Gangs?«, knurrte Vic, und als ich sie ansah, war sie wieder die kleine, dunkelhaarige Frau, die auf uns geschossen hatte. Kein verformter Kiefer, keine seltsamen Nüstern, keine Augen, in denen das Weiße nicht mehr zu sehen war neben der dunklen Iris und den noch dunkleren Pupillen …

»Wir gehören zu keiner Gang. Wir sind vom Handgebunden-Markt«, sagte Zeeto.

»Wir müssen sie mit reinnehmen, egal, wo sie herkommen«, entschied eine Stimme, ich konnte sie nicht zuordnen.

Ich wimmerte. Louis wollte mich packen und hochziehen, aber Zeeto stieß seine Hand beiseite.

»Finger weg von ihr«, sagte er bestimmt. »Sie kann allein laufen. Ist richtig, oder, Lay?«

Ich nickte wieder, und dann stand ich tatsächlich auf. Wacklig, wie auf Sand, meine Knie waren weich, mein ganzer Körper fühlte sich an wie ausgespuckt. Ich versuchte, die Tatsache zu ignorieren, dass ich fast so groß war wie Zeeto, wie konnte das sein?

Ignorieren. Einfach ignorieren. Wenn es jemand erklären konnte, dann diese Leute hier.

Zeeto half mir den Gang hinab, folgte Leuten vor uns, die ich kaum erkennen konnte, so sehr lauerte die Schwärze am Rand meines Sichtfelds. Er führte mich durch eine Panzertür und einen weiteren Gang. Ich setzte einfach nur einen Fuß vor den anderen.

Richtig denken konnte ich erst wieder, als ich in einen Metallstuhl mit gepolsterten Lehnen bugsiert worden war. Hier kam ich mehr oder weniger zu mir, den Blick fest auf die dunklen Klauen an meinen Fingerkuppen gerichtet. Blieben die jetzt da? Würden sie verschwinden, wenn ich schlief? Würde ich je wieder schlafen oder würden sie jetzt ohnehin beschließen, mich zu erschießen?

Zeeto saß auch in einem Stuhl. Er sah mich unbehaglich an. Der Raum war größer als jeder Raum in Riikas vielfach unterteiltem Gemeinschaftshaus, wirkte aber dennoch kleiner. Ein großer, größtenteils blanker Metalltisch mit ein paar Stockflecken darauf nahm den meisten Platz ein, die fünf Stühle standen nah beieinander. In die rückwärtige Wand war in eine Nische ein Stockbett eingebaut, in die rechte eine Reihe metallener Schränke. Es war duster, nur eine Deckenlampe spendete etwas Licht, die anderen Lichtpaneelen im Raum waren nicht eingeschaltet. Zeeto folgte meinem Blick.

»Woher habt ihr Elektrizität?«, fragte er Vic, die uns gegenübersaß. Neben ihr blickte die andere Frau vom Empfangskommando finster drein. Ich hoffte, dass sie bereute, auf uns geschossen zu haben! Eine weitere Frau stand hinter uns an der Tür, ich sah sie nicht, aber ich nahm sie wahr.

»Geothermie«, sagte Vic.

»Was ist das?« Zeeto sah sich um, als könnten wir jeden Moment hochgehen. »Irgendwas mit Strahlung?«

»Energie aus Erdwärme«, sagte Vic ungeduldig, und nach einer kurzen Pause: »Aber uns gehen die Ersatzteile aus.«

»Also spart ihr Strom.« Zeeto deutete auf die ausgeschalteten Lampen, dann wechselte er das Thema: »Was für Typen seid ihr?«

Vic wechselte einen Blick mit der Frau, die neben ihr saß.

»Hat sie sich schon mal verwandelt?«, fragte Vic Zeeto, ohne auf seine Frage einzugehen.

»Nur diese … Klauen an den Händen«, antwortete Zeeto. »Aber ich glaube, sie ist wach und spricht dieselbe Sprache.«

»Dann soll sie antworten«, sagte die andere Frau barsch.

»In … in was hab ich mich denn verwandelt?«, flüsterte ich. Meine Stimme war heiser, und ich misstraute meinen Atemzügen.

Vic und die andere wechselten erneut Blicke. Vic streckte ihre Finger, ihre Nägel waren rund und akkurat bis zur Kuppe abgeschnitten. Sie spannte die Hand an, ihre Muskeln zitterten, und ihre Sehnen standen hervor, und dann *sah* ich zum ersten Mal, wie es geschah: Ihre Nägel schienen bleigrau zu werden und irgendwie flüssig, sie sickerten unter ihrer Haut wie Quecksilber an den Fingerknochen entlang, und dann schnellten sie lautlos auf drei Zentimetern Länge heraus. Ein weiteres Anspannen der Muskeln, ein tiefes Durchatmen, dann zog Vic sie wieder ein und ließ das Quecksilber zu ihren hellen, kleinen Nägeln gerinnen. Nichts zeugte davon, keine Wunde, keine aufgerissene Haut, keine Unebenmäßigkeit. Sie lächelte.

»Als Homo sapiens feralis bist du in einem gewissen Maße zu einer kurzfristigen Transformation fähig.«

Ich starrte auf meine eigenen Nägel. »Ich kann es nicht rückgängig machen.«

»Weil du nicht weißt, wie«, sagte sie.

»Moment«, unterbrach uns Zeeto. »Homo sapiens feralis, was zur Hölle soll das heißen?«

»Dass wir eine andere Spezies sind als du«, sagte die Frau neben Vic und zuckte mit den Schultern. Sie sah aus, als fügte sie in Gedanken an: *Und für dieses Wissen musst du sterben.*

»Alle … alle, die hier wohnen, sind das, oder wie?«, fragte Zeeto und starrte mich von der Seite an. Ich las Angst, Faszination, Abscheu und ein großes, fettes AUCH MTOTO? in seinem Blick.

Ich fühlte mich erbärmlich. Wie konnte das sein? War ich gar kein Mensch? War ich eine Art Endzeitexperiment, auf irgendeinem Labortisch zusammengekreuzt? War Azmi überhaupt mein Vater? Waren die Erinnerungen an meine Mutter echt, oder hatte er mir oft genug von ihr erzählt, dass ich an sie glaubte, obwohl ich in Wirklichkeit aus irgendeinem Menschenversuch stammte?

Ich wollte sie das alles fragen, ich wollte wütend sein, Antworten fordern. Stattdessen stiegen mir Tränen in die Augen, dieser Blick von Zeeto, die Klauen an meinen Händen, die Tatsache, dass ich noch lebte, das alles machte mich vollkommen fertig. Ich wollte auf die Austrittslöcher blicken, aber ich trug ein pulloverartiges Oberteil, meine Hände und mein Gesicht waren gewaschen. Ich erinnerte mich nur schemenhaft daran. Ich hatte auch Wasser getrunken. Mein Mund schmeckte schrecklich.

»Bin ich … bin … bin ich hier gebaut worden, oder was?«, brachte ich hervor.

Vic lachte auf, ihre heisere Stimme machte es freudlos. »Nein, ganz sicher nicht. Wir sind alle nicht *gebaut* worden.«

»Was macht ihr dann in einer Laboranlage, in der Plakate über DNS-Verschmelzung an den Türen hängen?«, fragte Zeeto, holte das Poster aus seiner Tasche und wollte es als Beweis auf dem Tisch ausbreiten, aber Vic gebot ihm, es nicht zu tun. Er wirkte wie jemand, der ganz dringend etwas erklärt bekommen wollte, jedoch am liebsten alles selbst erklären würde. Kurz vertrieb das meine Tränen, und ich musste grinsen.

»Lass es stecken. Genau das ist hier versucht worden, aber es hat nicht geklappt«, sagte Vic. Sie sprach etwas anders als wir, fiel mir erst jetzt auf. Irgendwie … deutlicheres, weniger umgangssprachliches Deutsch.

»Aber du hast doch gerade gesagt –«

Vic seufzte laut.

Unzufrieden lehnte sich Zeeto im Stuhl zurück und starrte über den blanken Tisch. Ich sah ihn an, versuchte, in der Realität zu landen, mit ihm als Positionslicht, steuerte auf ihn zu, aber ich verfehlte die Realität einfach immer wieder.

»Erklär es ihr, Reza«, forderte Vic ihre Begleiterin auf.

Die wortkarge Reza runzelte die Stirn, aber die Wahl war einleuchtend: Sie erklärte es mir – in so wenigen Sätzen und so emotionslos wie möglich.

BUNKER
ZEETO, 14. FEBRUAR 2064

Das ist viel auf einmal, ich gebe es zu, und meine Finger zucken, weil ich das am liebsten alles aufschreiben würde, um es später … ich weiß auch nicht, an eine Wand zu pinnen und mit Reißzwecken und Schnur zu einer großen Verschwörungstheorie zu verarbeiten? Aber wenn ich jetzt hier an diesem Tisch anfange, es aufzuschreiben, erschießen sie mich vermutlich. Ich muss beinahe lachen, ich weiß, es ist nicht die richtige Zeit, nicht der richtige Ort, aber wisst ihr, was am aller-aller-bemerkenswertesten ist, wenn ich in diesem Zustand bin? Ich fühle mich im Prinzip unkaputtbar. Unbesiegbar. Und wenn es einen Tag gibt, an dem dieses Gefühl der Unbesiegbarkeit angebracht ist, dann heute, denn erstens bin ich wie durch ein Wunder nicht erschossen worden, und zweitens ist Laylay zwar erschossen worden, hat danach aber *ihre eigenen tödlichen Wunden geheilt* – und jetzt sind wir in einem Bunker mit verbotenen Experimenten, und ich beginne zu glauben, dass man mir in etwa einer halben Stunde ein Gegenmittel gegen die Wastelandkrankheit geben wird, und dann bin ich wirklich ziemlich unbesiegt aus einer unrettbaren Situation gekommen.

Laylay sieht schrecklich aus. Ihre Haare sind schmutzig, blutverkrustet, ihr Gesicht bleich und ihre Lippen eingerissen und bläulich. Außerdem diese … also. Diese Veränderungen. *Zeitlich begrenzte* Veränderungen. Ich versuche, das zu ignorieren. Sie sieht nicht aus, wie Vic aussah, nachdem sie sich … *verwandelt* hatte, sondern sie ist irgendwie … unfertig, wie grob aus Ton geformt, als wären die Knochen zu groß und unpassend für das, was sie umgibt. Ihr Kiefer hat sich verändert, ihre Zähne sind länger oder größer oder einfach *anders,* ich kann es gar nicht richtig festhalten, aber es macht mir natürlich eine Scheißangst. Und obwohl das *Klauen* an ihren Fingern sind und vermutlich *Reißzähne* in ihrem Mund, sieht sie nicht aus wie ein Tier. Nicht so richtig. Sie ist schon noch menschlich, aber *anders menschlich.* Homo sapiens … wie war das? *Feralis?* Latein. Kein Mensch kann mehr Latein.

Ich hefte meine Aufmerksamkeit auf Reza, alle sehen gerade Reza an, die sich sichtlich überwinden muss, aber dann lehnt sie sich leicht vor, konzentriert sich auf ihre gefalteten Hände und fängt an zu erzählen. Leise, aber perfekt ausformuliert, als würde sie einen Vortrag halten. Wenn diese Leute hier als Gemeinschaft leben, haben sie vermutlich Rollen in dieser Gemeinschaft, und wer weiß, vielleicht ist Reza die Geschichtenerzählerin oder die Wissenshüterin oder beides. Bei uns im Markt ist das der alte Phil mit seiner kleinen Bibliothek und seinen E-Readern, auf denen der Gegenwert einer großen Bibliothek gespeichert ist und die einer nach dem anderen verschleißen. Er lässt die Texte abschreiben oder auswendig lernen, selbst das, was Bullshit ist, und eine Zeit lang dachte ich, ich könnte vielleicht sein Lehrling werden, aber wie es bei mir so oft ist, hatte ich diese Idee ein paar Monate lang und danach eine neue. Es lernen aber eine ganze Menge Leute bei ihm, meistens Jugendliche, aber auch ein paar Erwachsene.

Reza jedenfalls beginnt zu reden.

»Ihr seid durch den oberen Teil der Anlage gekommen und habt Grund zur Annahme, dass hier Ferales im Experiment entstanden sind, durch die Manipulation menschlicher Gene. Tatsächlich sind hier Experimente durchgeführt worden, und wir sind die Überlebenden dieser Experimente. Die Generation unserer Eltern ist freiwillig aus der ganzen Welt hierhergereist – oder, nun, wenn nicht freiwillig, so wurden sie zumindest bezahlt. Es war ein streng geheimer medizinischer Sonderforschungsbereich im Auftrag der Regierung der Europäischen Union, der Menschen mit Resistenz gegenüber dem Wastelandkampfstoff ausstatten sollte beziehungsweise auf kurze Sicht eine Art Impfstoff generieren sollte. Zu dem Zeitpunkt, zu dem diese Anlage hier entstand, hatten Geheimdienste die Zusammensetzung des Kampfstoffs bereits in Erfahrung gebracht. Es wurden die beiden Präventivkriege geführt, doch da die Initiatoren keine Nation waren, sondern ein globaler … Interessenzusammenschluss, haben diese die Konflikte nur geschürt, die schließlich zur Freisetzung des Kampfstoffs geführt haben. Jedenfalls, seit die Zusammensetzung des Kampfstoffs bekannt wurde, forschten die Universitäten der verbliebenen EU-Staaten erst an einer Neutralisierung, dann an einem Impfstoff und schließlich an einer genetischen Prädisposition, die zwar nicht die aktuelle Generation, aber vielleicht einwandernde Generationen würde bewahren können. Zu diesem Zeitpunkt waren die großen Migrationen schon auf ihrem Höhepunkt angekommen, sowohl aufgrund des Klimawandels in Richtung Europa als auch aufgrund der Bedrohungslage wieder von Europa weg.«

Ich wünsche mir so sehr, ich könnte mitschreiben … Vielleicht haben sie das noch irgendwo als Poster herumliegen?

»In diesem Chaos musste die Anlage verborgen werden – es herrschte im Prinzip bereits Krieg ohne Kriegserklärung. Hier befand sie sich im Einfluss- und Wirkungsbereich mehrerer deutscher Universitäten, aber weit genug entfernt von großen Städten, um von erwarteten Erstschlägen verschont zu bleiben. Hatten die Leute, die für die Errichtung zuständig waren, zumindest gehofft. Die Existenz der Ferales war seit einigen Jahren nachgewiesen, aber außerhalb von gewissen biomedizinischen Zirkeln nicht öffentlich gemacht worden. Es gab bereits Anfänge einer genetischen Aufschlüsselung und die Kategorisierung in die verschiedenen Ordnungen, erste, zweite und so weiter.«

»Moment«, interveniere ich. »Kannst du das so sagen, dass ich es auch verstehe? Du hast gemeint, dass das *top secret* war, das heißt, für mich Hinterwaldpostapokalyptiker ist es das immer noch.«

»Was genau soll ich genauer erläutern?«, fragt sie höflich. Ich schätze sie auf vielleicht fünfunddreißig Jahre – ist sie also hier in der Anlage geboren? Auf mich wirkt sie in ihrem grauen Overall gerade wie eine Wissenschaftlerin, die ihr eigenes Experiment erklärt. (Ich kenne so etwas aus Filmen.)

»Ich habe vor allen Dingen eine Frage: Was zum Fakk sind Ferales? Und diese Kategoriesache hab ich auch nicht gecheckt.«

Sie blinzelt ein wenig irritiert, sie spricht auf andere Weise als ich, das ist mir schon aufgefallen, als würde sie alles ablesen.

»Von Ferales als Spezies zu sprechen ist nicht, nicht mehr oder noch nicht ganz richtig«, setzt sie an. »Die Forschung geht davon aus, dass Homo sapiens feralis und Homo sapiens neanderthalensis sich ähnlich zum Homo sapiens sapiens – deiner Spezies – verhielten. Verhalten im genetischen Sinne, nicht im sozialen.«

In meinem Kopf spricht sie mit Fußnoten.

»Die vorherrschende Theorie war lange Zeit, dass Doppelsapiens Neanderthalensis kriegerisch ausgerottet hat, doch eine Vermischung beider Spezies war möglich, sodass es ebenso gut denkbar ist, dass die zahlenmäßig kleinere Spezies der Neanderthalenses einfach assimiliert wurde und im Genpool von Doppelsapiens aufging. Okay?« Sie sieht mich fragend an, ich soll ihr signalisieren, ob das schon meinen begrenzten Doppelsapiensverstand übersteigt.

Ich nicke. »Okay.«

»Den Ferales als noch kleinere Population geschah vermutlich ebendas: Die Spezies wurde zu einer genetischen Anomalie innerhalb der Doppelsapiens-Spezies. Es gab schon früh in der Menschheitsgeschichte kaum noch isolierte Ferales-Populationen, denn die, nun ja, viele der Feralis-Gene wurden von den Doppelsapiens-Genen im doppelten Chromosomensatz unterdrückt, sodass Menschen mit Feralis-Genen nach einigen Generationen in gemischten Gemeinschaften wie Doppelsapiens-Menschen erschienen.«

»Wow, ja, da war mal was«, sage ich. »Doppelte Chromosomensätze und … Farbenblindheit oder, oder … angewachsene Ohrläppchen, ich hab da mal einen Film gesehen.«

Sie nickt, es wirkt halbwegs anerkennend, aber auch ein bisschen versnobt.

»Offenbar ist es aber immer wieder dazu gekommen, dass Menschen mit Feralis-Genen sich Menschen mit Feralis-Genen gesucht haben, um Nachkommen zu zeugen, sodass es periodisch in der Menschheitsgeschichte immer wieder zu gehäuftem Auftreten von Ferales gekommen ist – letztlich sind sie also nie ganz assimiliert worden. Das letzte gehäufte Auftreten fand in den frühen Zweitausendern statt, das war dann auch der Punkt, an dem die Gene der Spezies biologisch nachgewiesen wurden. Von diesem Zeitpunkt an wurde natürlich daran geforscht.« Sie zögert kurz. »Zu Forschungszwecken wurde forciert, dass Ferales miteinander Nachkommen zeugen, teils durch künstliche Befruchtungen und teils durch monetäre Entschädigungen.«

»Durch was?«, frage ich.

»Geld. Es wurde Geld gezahlt.«

Hey, von Geld hab ich schon gehört. »Fürs Kinderkriegen?«

»Fürs Kinderkriegen mit anderen Ferales, ja.«

»Das kommt mir irgendwie *fishy* vor.«

Sie verzieht keine Miene, keine Ahnung, ob sie das auch so sieht. Letztlich haben sie hier im Bunker ja auch kaum Auswahl – falls sie denn wirklich hier leben und nicht ein heimliches Ödlandimperium aufgebaut haben.

»Dadurch initiierten sie jedenfalls eine neue Generation von Ferales, deren genetische Disposition in vielen Fällen so ausgeprägt war, dass sie sie als eigene Spezies klassifizierten.«

»Dann ist es Interpretationssache«, schließe ich nicht ohne Triumph. »Es sind seltsame Gene, und ob ihr jetzt Menschen seid oder etwas Eigenes ist Interpretationssache.«

Vic verzieht abschätzig den Mund. »Würde dich das trösten? Oder euch, vielmehr?«

Ich denke kurz darüber nach, Laylay sagt gar nichts.

»Meine Neurodivergenz ist auch irgendwie … genetisch. Damit bin ich trotzdem ein normaler Mensch: Doppelsapiens und nicht irgendwie Homo sapiens bipolaris oder so was. Genetische Abweichungen machen keine eigene Spezies.«

»Es gibt Abgrenzungen für den Begriff Spezies, die bei Ferales überschritten sind und bei … Neurodivergenz nicht.« Reza hebt abschätzig eine Augenbraue. »Tatsächlich gibt es Gründe, den Begriff Spezies oder Art als kleinste Unterkategorie abzulehnen. Ich weiß aber nicht, ob wir beide die richtigen Leute sind, die das diskutieren können.«

Sie meint, ob ich der richtige Leut bin, mit dem sie es diskutieren kann.

»Denen, die an der Spezies forschten, war diese Kategorisierung noch nicht kleinteilig genug, sie haben die Ferales in Ordnungen unterteilt, die darstellen sollen, in welchem Maße sich die Feralis-Gene ausprägen.«

»Sagst du das mal mit i und mal mit e?«, frage ich nach.

»Singular. Plural«, zischt Vic zwischen zusammengebissenen Zähnen hervor. Der ungeduldigen Anführerin dieser seltsamen overalltragenden Bande scheinen die Erklärungen – oder mein Verständnis derselben – nicht schnell genug zu gehen.

Ich lächle. »Bedankt.«

»Soweit ich das sagen kann, gab es sehr lange keine Ferales der Ersten Kategorie. Sie sind erst dokumentiert, seit in den Zweitausendern Zweier-Ferales untereinander gekreuzt wurden.«

Wow. Das hört sich jetzt doch sehr nach Menschenexperiment an. Ich zwinge mich, Reza weiter anzusehen, statt einen Seitenblick auf Laylay zu werfen.

»Was … was heißt das?«, frage ich trotzdem nach, ich kann nicht anders, ich *will* das alles wissen!

»Das heißt, dass die Veränderungen, zu denen die Ferales ihren Körper zwingen können, unterschiedlich ausfallen, je nachdem, wie viel feralisspezifisches Erbgut im Spiel ist.«

»Ah.«

Mir wird sehr viel auf einmal klar, und ich traue mich diesmal wirklich nicht, irgendetwas davon zu sagen, aus Angst, dass es Wahrheit wird, wenn ich es ausspreche. Ich nicke einfach und überlege mir, ob es irgendeine … *irgendeine* Möglichkeit gibt, von hier zu entkommen. Denn mir ist plötzlich mehr als sonnenklar, dass wir das müssen. Ich muss mit Laylay allein sprechen, ich muss ihr all das sagen, hören, was sie darüber denkt, und dann müssen wir uns etwas überlegen, wir müssen weg von hier …

»Ihr habt gesagt, ich bin eine Erste.«

Ich zucke zusammen. Verdammt, Laylay, tu das nicht, ich verstehe, dass du Antworten brauchst, aber diese Antwort willst du nicht!

Vic nickt, und ja, es blitzt belustigt und kalkulierend in ihren Augen auf, mir wird beinahe schlecht.

»Und was genau wurde jetzt hier geforscht?«, hake ich ein. Vic sieht mich an, betont ausdruckslos. »Aus den … den Genen der Ferales sollte hier ein Impfstoff entwickelt werden oder eine Resistenz oder was?«

»Ja, genau.« Reza redet weiter, ich bin froh darüber, sie lenkt Vics Raubtierblick kurz von mir ab. »Als die Universitäten an dem Kampfstoff forschten, wurde ihnen irgendwann um Zwanzigzwanzig herum klar, dass die Lungen und Atemwege der Ferales erhöhte regenerative Fähigkeiten haben, die der tuberkuloseartigen Erkrankung widerstehen. Das heißt, wir *haben* diese Erkrankung, aber die Symptome, die schlussendlich tödlich sind, bleiben aus.«

»Und? Konnten sie daraus irgendein Heilmittel entwickeln?«

Reza hebt ihre dünnen Augenbrauen. »Wir leben in einer abgeschotteten Bunkeranlage, und alle Menschen ohne Feralis-Gene hier drin sind tot. Was würdest du vermuten?«

»Okay, also nein.« Hm, das heißt dann wohl für mich, dass ich nicht ganz so unbesiegbar aus dieser Angelegenheit hervorgehen werde. Die kurze, verrückte Hoffnung auf ein Heilmittel war eine Seifenblase, kurzes buntes Schillern, dann – *plopp* – ist sie weg, als wäre sie nie da gewesen. Ich müsste irgendwas dazu empfinden, tu ich aber nicht. Die Tatsache, dass ich eine tödliche Atemwegserkrankung hab, steht ohnehin gerade etwas im Schatten der Tatsache, dass Vic, Louis und Reza geradezu jubiliert haben, als sie feststellten, dass Laylay eine »Erste« ist.

»Und warum seid ihr hier unten geblieben und nicht irgendwo anders hingegangen?«, frage ich in dem Versuch, mich und sie abzulenken. Ich bezweifle, dass ich und sie mich und sich ablenken lassen.

Sie schweigen und tauschen Blicke.

»Kommt … meine Mutter …«, beginnt Laylay, aber sie ist zu leise, der Satz geht in Rezas Ausführungen unter.

»Wenn wir das Ödland verlassen … Die meisten von uns gehören höheren Kategorien an, sodass wir letztlich fürchten müssen, dass man uns nicht duldet aufgrund der Veränderungen, zu denen wir fähig sind. Es gibt Grund zur Annahme, dass die Werwolfmythen der Vergangenheit von Ferales erzählen. Und bei solchen Gelegenheiten haben sich die meisten Doppelsapiens in ihrem Sozialgefüge als nicht besonders tolerant erwiesen. Die andere Alternative ist, dass wir versklavt werden, wenn sie begreifen, dass wir resistent gegenüber der Wastelandkrankheit sind. Wir sind nur wenige, und körperliche Transformation hin oder her – wir sind nicht dumm genug, anzunehmen, dass wir den marodierenden Bewaffneten da draußen überlegen sind. Sie könnten auf die Idee kommen, uns zu versklaven, damit wir ihre Kinder zeugen oder austragen.«

Ach, verdammt, von diesem Thema wollte ich doch ablenken, und jetzt sind wir genau da angelangt.

Stumm starre ich Reza an. Sie sieht Laylay an und Vic mich. Eine Art Mexican standoff mit Blicken statt Knarren.

»Deshalb haben euch die Brokes angegriffen?«, fragt Laylay plötzlich.

Vic nickt, die Augen zu Schlitzen verengt. »Ja. Es gab … wir waren nicht vorsichtig genug. Uns war nicht bewusst, dass sie … dass sie wieder über Drohnen und derlei verfügen. Sie haben uns beobachtet, dann angegriffen, und als das nicht erfolgreich war, alles niedergebrannt, um uns auszuräuchern oder herauszutreiben. Was unsere Theorien bestätigt und uns darin bestärkt, uns hier zu verschanzen.«

»Und sitzt ihr das einfach noch ein paar Generationen aus?«, fragt Laylay. »Oder wollt ihr hier raus?«

Vic sieht Reza alarmiert an, aber die checkt es nicht und sagt: »Wir müssen«, bevor ihre Anführerin sie mit einem Blick zum Schweigen bringen kann.

»Ah. Okay«, sage ich und lehne mich etwas zurück.

Letztlich soll mir das recht sein – vielleicht gehen ihnen die Ressourcen aus, vielleicht versagt langsam diese Erdwärme, die ihnen irgendwie Strom liefert, vielleicht wird ihr Genpool zu klein. So oder so würden sie nicht Laylay als Fortpflanzungsressource behalten und mich um die Ecke bringen. Oder?

Oder?

»Ihr könntet tiefer ins Ödland«, sagt Laylay. Ihre Stimme klingt immer noch, als wäre sie halb betäubt, als würde sie träumen.

Beide zögern kurz, dann ergreift Vic das Wort: »Da gibt es Gifte, gegen die wir nicht immun sind. Radioaktive Strahlung. Industrieabfälle. Verseuchtes Wasser, verseuchte Nahrung. Leute haben es versucht. Leute von uns. Glaubt mir, das Ödland ist für uns zwar weniger tödlich, aber es hat Gründe, warum niemand aus der ersten Generation dieser Anlage mehr am Leben ist. Niemand … niemand von uns ist älter geworden als dreiundfünfzig. Es fordert auch von uns einen Preis, hier zu sein und nicht … und nicht auf der unverseuchten Seite der Todeszone.«

Vielleicht bin ich zu misstrauisch. Sie haben sich die Mühe gemacht, unsere Fragen zu beantworten. Laylay zu erklären, was es mit diesen Veränderungen auf sich hat.

Und sie haben im Gang auf uns geschossen.

Es ist kompliziert, ich wäre gern mit Laylay allein und würde mit ihr über das alles reden, aber am liebsten mit der Laylay, die keine Klauen und seltsamen Augen und behaarte Ohren hat. Aber das Leben ist kein Wunschkonzert, sie hat schließlich auch nicht die Auswahl, welchen Zeeto sie gerade gern dabeihätte.

»Wie ist das überhaupt möglich?«, frage ich.

»Was?«, erwidert Reza.

»Dieses Transformationsding. Es gibt doch kein einziges Säugetier, dem Klauen wachsen, die dann wieder zu Fingernägeln werden.«

Die drei Ferales im Raum mustern mich. Nur Laylay starrt auf ihre Finger.

»Da muss ich passen«, sagt Reza und lächelt mich an. Sie sieht so *normal* aus. Keine gefährlichen Zähne. Keine vergrößerte Iris mit Raubtierpupille. »Das weiß ich nicht. Aber es gibt auch kein anderes Tier, das existenzphilosophische Traktate schreibt und sich selbst beinahe mit biologischen Kampfstoffen auslöscht.«

»Das ist was anderes«, sage ich, aber vielleicht ist es das nicht. Wir schweigen kurz. Dann halte ich es nicht mehr aus. »Okay, lasst ihr uns leben?«

Vic lächelt kühl. »Sieht so aus, oder? Sonst wäre das hier Zeitverschwendung.«

»Dürfen … dürfen wir also einfach wieder gehen, oder was?«

Vic steht auf.

Reza windet sich ein wenig. »Da ihre Augen die Verriegelung überbrücken …«, beginnt sie, aber Vic bringt sie mit einer Geste zum Schweigen.

Ich merke, dass ich lächle, aber eher, weil ich zufrieden mit der Zuverlässigkeit meines eigenen Pessimismus bin. Natürlich werden sie uns nicht einfach gehen lassen. »Warum ist das überhaupt so? Könnt ihr das nicht irgendwie ausschalten?«

Vic kommt auf dem Weg zum Ausgang um den Tisch herum und bleibt neben meinem Stuhl stehen. Sie beugt sich herab, und irgendwie *riecht* sie an meinen Haaren. Sehr schräg. Ihre Nase schwebt vielleicht einen Fingerbreit über meinen Bantuknoten, ich höre, wie sie die Luft einsaugt. Ich bewege mich nicht, meine Nackenhaare stellen sich auf, ich bekomme eine Gänsehaut.

Raubtier, Raubtierraubtier!, schreit mein Hirn, und ich nehme die Verhaltensweise eines Kaninchens an. Vermutlich zuckt sogar meine Nase.

»Und du?«, fragt Vic. »Wir haben dich noch gar nicht gefragt, was du hier machst. Ohne Maske, aber kein Feralis.«

»Hast du das gerochen?«, frage ich sie unumwunden.

»Das weiß ich schon, seit ich dich im Aufzug gesehen habe«, erwidert sie. »Gerochen habe ich, dass du die Wastelandkrankheit hast. Und deshalb keine Angst mehr, sie zu kriegen. Du bist todgeweiht, hm?«

Ich weiß darauf nichts zu sagen. Doch, eins fällt mir noch ein. »Ihr habt gar nicht nach unseren Namen gefragt.«

Vic verlässt den Raum und schließt die Tür. Wir bleiben mit der Wächterin und Reza allein.

»Du hast recht«, sagt Reza. »Wir kommen selten dazu, uns Fremden vorzustellen. Ich heiße Tereza Ghebrai.«

»Zeeto. Pronomen *er*. Sie heißt Laylay.«

»K-kennt ihr …« Laylay wirkt fast zu schwach zum Sprechen, oder sie wirkt nur auf den ersten Blick so. Als sie ihre eigene Stimme hört, räuspert sie sich und beginnt dann noch mal neu: »Wenn ich eine Erste bin, kommt dann meine Mutter aus diesem Experiment? Kennt … kennt ihr sie? Und meinen Dad? Azmi?«

Reza schüttelt den Kopf, aber ihre Miene ist unlesbar. Vielleicht lügt sie oder verschweigt, was sie weiß.

»Und wie kann ich wieder normal werden?« Laylay knallt ihre Handflächen auf den Tisch, die Finger gespreizt, als würde sie sie am liebsten mitsamt der Klauen daran loswerden.

Reza bemüht sich um Kompetenz, aber ihr Blick irrt zur Tür, als würde sie Vic am liebsten folgen. »Ich bin eine Dritte. Bei mir dauern die Änderungen maximal Sekunden an und sind nicht so … nicht so gravierend.«

»Aber du *weißt* all diese Sachen!« Laylays Stimme klingt flehend. »Das ganze wissenschaftliche Zeugs, du *weißt* doch bestimmt, was ich tun muss!«

»Es ist hormongesteuert.«

Jepp, das sagen mein Rücken und mein Hintern auch.

»Wie steuere ich denn meine Hormone?«

»Gar nicht, die schüttet dein Körper automatisch aus. Wenn du unter Stress stehst oder … oder …« Sie mustert Laylay zweifelnd. »Du musst das doch schon kennen, du bist … du bist doch kein Kind mehr.«

»Ich kenne es aber nicht!«

»Normalerweise beginnt das spätestens mit Anfang der Pubertät!«

»Bei … bei mir nicht!«, behauptet Laylay und verschweigt das Methylphenidat. Wer weiß, warum, aber vielleicht ist es schlau.

»Dann hattest du offenbar ein stressfreies Leben.«

»Außer beim … also beim Sex. Da. Das mit den Krallen. Die sind mir zum ersten Mal beim Sex gewachsen. War blöd.«

Reza schnaubt und verkneift sich ein Lachen. »Ja, Hormone. Sind auch beim Sex im Spiel.«

»Ist das jetzt immer so, oder was?«, stößt Laylay hervor. »Sag mir, wie ich es abschalten kann!«

»Indem du dich beruhigst.«

»Ich bin ruhig!«

Jetzt lacht Reza doch. »Dann musst du dringend an deinem Verständnis von ›ruhig‹ arbeiten.«

»Es ging beim Schlafen wieder weg. Ist das immer so?«

»Kommt drauf an. Manche Träume machen es eher schlimmer.«

»Bin ich … bin ich *gefährlich?*«

Meine Wunden trällern ein Lied, das nur aus dem Wort »Ja« besteht. Auch Reza sieht Laylay an, als zweifle sie an ihrem Verstand. Laylay hingegen scheint gleich in Tränen auszubrechen.

»Was mach ich jetzt?«, flüstert sie. »Ich … ich will nicht gefährlich sein. Nicht so. Ich will es ausschalten.«

»Du kannst es nur versuchen, Laylay.« Reza steht auf. »Wollt ihr was essen? Trinken? Euch ausruhen?«

Sie sieht nicht so aus, als wäre sie versessen darauf, uns weiter Gesellschaft zu leisten.

»Sind wir eure Gefangenen?«, frage ich rasch, bevor auch sie um den Tisch herumgegangen ist.

»Willst du hier bei ihr bleiben oder lieber nicht?«, fragt Reza, und in ihrer Stimme liegt derselbe Stahl, den Vic in den Augen trug. Das hier sind knallharte Leute, nur weil sie freundlich waren, darf ich nicht glauben, ich wäre unter meinesgleichen, unter Hopers, wie auf dem Markt.

Ich sehe Laylay von der Seite an. Sie erwidert meinen Blick nicht.

»Geh besser«, sagt sie.

»Ich bleib«, sage ich. Ich glaube nicht, dass sie mir etwas tut. Und wenn doch – was hab ich zu verlieren? Ein paar Tage oder Wochen mehr oder weniger.

»Der Rucksack«, sagte Reza und deutet neben meinen Stuhl. »Atemmaske und deine Jacke.«

»Warum?«

»Um auf Nummer sicher zu gehen. Wir durchsuchen das.«

Die Wächterin tritt nach vorn, sie ist eine kompakte, kleine Frau mit Tränensäcken unter den Augen. Sie könnte auf die fünfzig zugehen. Sie nimmt den Rucksack, die Atemmaske und meine Jacke, und zusammen verschwinden die beiden Frauen durch die Türen nach draußen.

Wir bleiben einfach sitzen.

Wir schweigen ziemlich lange. Ich sehe sie immer noch nicht an, zumindest nicht länger als ein paar Sekunden. Irgendwie fühlt es sich so an, als wollte sie das auch nicht.

»Kann ich irgendwas tun?«, frage ich sie schließlich.

Sie versteift sich auf ihrem Stuhl. »Was denn? Die haben die Tür abgeschlossen.«

»Okay, falsche Frage.« Ich denke kurz drüber nach, es gibt dabei einen einfachen Trick. Er fällt mir wieder ein. »*Was* kann ich für dich tun?«

»V-vielleicht solltest du gehen.« Okay, es funktioniert bei ihr nicht. Sie ist offenbar zu wenig unter Menschen, um mir sagen zu können, was zur Hölle jemand anders für sie tun kann. »Und ich schlafe einfach. Und hoffe, dass es dann weggeht. Das … das alles.« Sie wischt sich mit den Handflächen durchs Gesicht, vorsichtig, um sich mit den Klauen nicht selbst zu verletzen.

»Willst du mit mir reden? Wir setzen uns auf das untere Stockbett und reden.« Ich zeige auf ein metallenes Waschbecken in einer Wandnische neben den Betten. »Außerdem sieht das so aus, als hätten sie hier Wasser. Vielleicht trinkbar, zumindest für dich.«

»Okay«, murmelt sie und steht auf.

Sie schleppt sich zum Bett, ein Metallrahmen in der Wandnische, darauf eine Matratze und eine gefaltete Wolldecke. Kein Kissen. Sie setzt sich so weit zurück, dass sie wie in einer kleinen Höhle sitzt, an ihrem Rücken die Wand und direkt über ihrem Kopf das obere Stockbett. Ich setze mich neben sie, mit etwas Abstand.

Sie überlegt es sich anders, steht wieder auf, geht zum Waschbecken und dreht den Hahn auf. Skeptisch betrachtet sie dieses Wunder der Technik (wir kennen es beide nur aus Filmen, schätze ich). Dann hält sie ihren Kopf unter den Hahn, bis ihre Haare einmal komplett nass sind. Sie wringt sie über dem Waschbecken aus, wäscht sich das Gesicht, wieder, wieder und wieder, und zieht schließlich diesen sauberen Pulli aus, den die Leute hier ihr anstelle ihres zerschossenen gegeben haben, und wäscht sich die Stellen, an denen die Kugeln ausgetreten sind. Sie zittert, das Wasser ist kalt, und es läuft ihr über den Bauch und in den Hosenbund, aber sie wirkt nicht so, als würde sie damit aufhören wollen.

Ich stehe auch wieder auf. »Soll ich dir am Rücken helfen?«

Sie nickt heftig, ihre Zähne klappern aufeinander, und ich tauche meine Rechte in das klare, kalte Wasser aus der Leitung und reibe vorsichtig über die Stellen an ihrer Schulter und an ihren Rippen, wo die Kugeln sie getroffen haben. Ich wasche getrocknetes Blut ab, bronzefarbenes Wasser läuft ebenfalls zum Hosenbund. Meine Fingerspitzen fühlen Narbengewebe darunter – aber auch Knochen, wo eigentlich Löcher hätten sein müssen. Es ist unheimlich, sie sind etwas … uneben, nicht ganz zusammengefügt vielleicht oder noch wachsend. Ich drücke nicht fest, aber ich komme beim Waschen nicht umhin, sie zu berühren.

Sie starrt derweil vorn an sich herunter, genauso fassungslos wie ich.

»Okay, muss heftig sein zu merken, dass man so was überlebt, hm? Aber vielleicht dem Todsein vorzuziehen?«

Sie kichert, es plätschert aus ihrer heiseren Kehle, und dann kippt es um, und sie beginnt zu heulen. Ich bugsiere sie zum Bett, wickle sie in die Decke und setze mich neben sie, diesmal mit weniger Abstand, lege einen Arm um sie, und sie rutscht das letzte Stück näher und vergräbt ihr Gesicht an meiner Schulter.

Ich habe ein wenig Angst. Angst vor ihr. Ja, gerade habe ich mehr Angst vor ihr als vor diesen Fremden da draußen, die uns womöglich nie wieder gehen lassen und mich vielleicht irgendwann als wertlos deklarieren und entsorgen. Aber ich atme tief ein. Das ist eine – zumindest größtenteils – irrationale Angst. Ich will sie loswerden. Ich will sie Laylay nicht spüren lassen. Nicht … riechen lassen. Ich will keine Angst vor ihr haben.

Es ist verdammt schwierig, einzuatmen und Ruhe zu finden.

Nicht nur wegen der Angst. Wegen der manischen Phase. Normalerweise brauche ich immer etwas zum Drauf-herum-Denken, etwas zu tun, etwas, um das meine Ruhelosigkeit kreist, in immer kleineren und kleineren Kreisen. Ich brenne darauf, das alles aufzuschreiben – aber mein Buch ist weg – oder zumindest mit Laylay zu bereden, und ich habe die panische Angst, dass ich alles sofort wieder vergessen werde, auch wenn das irrational ist. Diese Angst ist fast noch größer als die vor dem Raubtier-Homo-sapiens neben mir. Meine Gedanken sind wie kleine, garstig aussehende Küken in einem sehr struppigen Nest, die alle gellend nach Futter schreien.

»Schhh«, mache ich.

Küken werden von Raubtieren gefressen, haha, fantastischer Vergleich. Ich streiche über Laylays Haare, als würde ich über die Köpfe meiner Gedankenküken streichen. Seid still, ihr alle. Damit euch niemand hört. Schnäbel zu, Köpfe runter. Ich schließe die Augen. Atme aus. Meine Gedanken vor ein leeres Nichts zu stellen, funktioniert nicht, das weiß ich schon, das macht sie rasend. Stattdessen denke ich an das Erste, was mir einfällt. Es ist eine Straße. Bäume rechts und links. Auf dem dunklen Teer sind noch die weißen Markierungen zu sehen. Ich stelle sie mir vor, wie sie kleiner und kleiner werden in der Entfernung. Weit hinten blauen bewaldete Berge aus, statt Grün ist dort ein dunkles Aquamarin, das einen Himmel mit weißen Wolken berührt. Die Streifen auf dem Teer fliegen nur so dahin.

Ich ergebe mich dem Bild eine Weile, atme ein und aus, und natürlich geben die Gedankenküken keine Ruhe, aber wir sind schneller als alle Raubtiere, und ich lasse sie einfach schreien. Irgendwann passiert etwas auf der Straße, das mich nicht erschreckt, das aber das Bild verändert, woran ich mich schon eine Sekunde später nicht mehr erinnern kann: Ich glaube, die Straße führte einfach an die Grenze zum Traumland, und da bin ich ausgestiegen.

Ich atme wieder ein, bin wach, komme mit einer angenehmen Schwere in meinem eigenen Körper an. Dumpf spüre ich die Wunden, die ich vergangene Nacht davongetragen hab, und fühle die Irritation meiner Lunge, die mich jetzt schon seit Wochen stets begleitet, aber in diesem kurzen halbwachen Moment lediglich ein Teil von mir ist. Und dann öffne ich die Augen. Laylay bewegt sich an meiner Schulter.

Sie guckt mich an. Diese wuchernde Monobraue ist verschwunden und der Flaum auf ihren Ohren. Ihre Iriden sind wieder daumennagelgroß, ihre Lippen passen zu ihren Zähnen. Sie hebt ihre Hände. Die Klauen haben sich zurückgezogen und kleine, wenn auch dunkler schimmernde Fingernägel zurückgelassen.

»Warst du das oder war ich das?«, fragt sie.

»Hey, ich bin nicht gut darin, mein inneres Zen zu finden, also musst du es wohl gewesen sein«, sage ich und zwinkere ihr zu, aber wir wissen eigentlich beide, dass wir es irgendwie zusammen hingekriegt haben. Wir sitzen eine Weile so zusammen, der riesige silberne Tisch erschlägt mich optisch schier.

»Laylay, kennst du Geschichten von zu kleinen Gemeinschaften, die ganz scharf sind auf frisches Blut?«

»Was? Zum Trinken oder was?«

Ich lache. »Nee, zum Fortpflanzen. Du weißt schon.«

»Ah ja, klar. Azmi sagt immer, das ist einer der Gründe, warum man sich von Sekten fernhalten soll.«

»Hm.«

»Du glaubst, das hier ist eine?«

»Du musst vorsichtig sein, Lay.« Ich flüstere und hoffe, dass sie uns nicht irgendwie abhören. »Sie haben Stress, nicht nur wegen der Brokes von außen. Warum war Mtotos Mutter allein vor den Bunkern mit ’nem Baby? Warum haben sie ihre Leiche nicht in Sicherheit gebracht? Warum haben sie nicht wenigstens Mtoto in Sicherheit gebracht?«

»Keine Ahnung!«

»Ja, ich auch nicht. Meine Lieblingslösung wäre, dass wir von hier verschwinden, sobald es geht. Und wenn wir zurück sind, besorgt Riika dir dieses Medikament wieder. Und du haust ab. Und nimmst es für den Rest deines Lebens.«

Sie schweigt.

»Ist … nicht deine Lieblingslösung, oder?«

»Hab keine Lösung«, murmelt sie. »Zee, ich …«

Ich warte ab. Sie spricht weiter, so leise, dass hoffentlich nur ich es höre, direkt an meinem Ohr: »Azmi hat das hier unterdrückt. Das … was ich bin … Wenn er das nicht getan hätte, könnte ich es vielleicht längst kontrollieren. Wie Vic und Reza. Vielleicht …«

»Willst …« Ich räuspere mich. »Willst du hierbleiben, oder was?« Das klang ziemlich ruppig, ich hoffe, es lockt nicht gleich wieder irgendwelche Klauen- und Zahnwachstum begünstigenden Hormone hervor.

»Nein«, sagt sie. »Ich will *nicht* hierbleiben und irgendwelche Kategorie-eins-Babys mit denen hier machen.«

»Okay, ich denke, das ist schlau.«

»Aber es ist auch schlau, so viel zu lernen, wie ich kann. Etwas herauszufinden. Über mich. Woher ich komme. Wer ich bin – *was* ich bin, Zeeto!«

Woher ich komme, war mir nie so wichtig. Ich meine, es sollte eigentlich wichtig sein, Riika erzählt ab und an von unserer Familie, von postkolonialer Ausbeutung und der afrikanischen Diaspora, sie hat noch Kindheitserinnerungen an Kenia und spricht ein wenig Kiswahili. Als Kind ist sie beinahe auf der Flucht nach Europa im Meer ertrunken, vor den Festungen eines Kontinents, der nicht einmal Kindern helfen wollte. Natürlich macht mich die Vorstellung wütend, aber es ist so lange her, und alle Festungen sind geschleift.

Eigentlich heißt sie Rukiya, eins ihrer Kinder hat ihr den Spitznamen Riika verpasst, weil sie sich von keinem ihrer Kinder je hat »Mama« nennen lassen. Eigentlich verknüpft Riika mich mit meiner Vergangenheit, der Zeit vor den Katastrophen, mit den Migrationen, von denen Reza eben gesprochen hat. Es sollte irgendeine fortlaufende … Straße von damals bis zu mir geben, aber irgendwie ist mir der Gedanke fremd. Ich bin Zeeto, und das meiste aus der Vor-Zeit hat seine Bedeutung verloren. Es gibt nur das Jetzt, das Jetzt, das Jetzt, eine lange, lange Kette von Jetzts. Und deshalb sage ich: »Ist es nicht egal, woher wir kommen?«

Ihr Blick wird distanziert. »Du kannst das nicht verstehen.«

Und sie hat vermutlich recht. Ich kann es nachvollziehen, aber ich kann es nicht verstehen. Ich habe keine Gefühle für eine Vergangenheit, die mir so abwegig, so ungerecht, so weit entfernt vorkommt.

Ich erinnere mich daran, als die Stimmungsschwankungen meiner Teenagerzeit sich zum ersten Mal als ausgewachsene Depression zeigten. Riika sagte mir, dass ich damit nicht allein sei. Dass sie ihr halbes Leben gebraucht hat, um damit zu *leben*. »Das liegt in der Familie.« Ich hab mich damals gefragt, warum ich nicht ich selbst sein kann. Warum ich unbedingt meine Familie sein muss.

Ich sage nichts. Laylay sagt nichts.

Schließlich setzt sie sich aufrecht hin, mit dem Rücken an die Wand. Ich denke, dass sie sauer ist, aber sie sagt: »Vielleicht … vielleicht können sie dir auch helfen.«

»Können sie nicht.«

»Vielleicht doch.«

Ich grinse. »Okay. Vielleicht doch. Ich will das nicht unrealistisch nennen, nicht nach so einem Tag!«

»Wir sind hierhergekommen, weil ich wissen wollte, was das alles hier mit mir zu tun hat. Ich kann jetzt nicht abhauen, obwohl es hier noch so viel mehr gibt. Was soll ich dann machen? Medikamente nehmen und immer auf der Flucht vor mir selbst sein, so wie früher mit Azmi?«

Sie hat natürlich recht. »Ich glaube nicht, dass du hier Freundschaften knüpfen kannst, Laylay. Sei vorsichtig. Azmi hat sicher recht mit seiner Meinung über Sekten.«

»Ja, ich weiß. Aber ich kann auch nicht direkt wieder von hier verschwinden, selbst wenn sie uns nicht eingeschlossen hätten.«

Ich nicke. Es wäre verrückt. Nur weil das hier für mich eine Sackgasse ist (und wenn ich mich herumdrehe, wartet die Endstation), heißt das nicht, dass es für sie eine ist.

Mir ist kalt. Ich weiß, dass ich wieder leichtes Fieber habe, wie immer, wenn ich Azmis Cocktail nicht zweimal am Tag nehme. Meine Lunge fühlt sich schwer und nass und auf ungute Weise lebendig an in meiner Brust. Als hätte ich zwei Kugeln hineinbekommen und nicht sie.

Sackgasse. Endstation. Ich hab vorher noch was zu tun, meine Hände kribbeln schon wieder vor lauter Untätigkeit. Wenn ich einen einzigen Wunsch frei hab, dann möchte ich all das, was wir hier herausgefunden haben, an Riika weitergeben. Wegen Mtoto. Damit sie Bescheid weiß. Damit sie nicht auf der Flucht sein muss. Riika wird sich drum kümmern, dass sie das nicht muss.

Riika kümmert sich immer.

BUNKER
LAYLAY, 15. FEBRUAR 2064

Es gab irgendwann etwas zu essen. Die Tür öffnete sich (wir hatten gar nicht überprüft, ob sie sich von innen öffnen ließ), und Louis und ein jüngerer Mann mit blondem Pferdeschwanz, der Louis ziemlich ähnlich sah, traten mit zwei Tabletts ein. Darauf befanden sich Teller und auf den Tellern eine viskose, rotbraune Masse mit Stückchen darin. Mir stieg ein Geruch in die Nase, der nicht unangenehm war, aber der Anblick war besonders eklig, wenn man gerade erschossen worden war.

Ich hatte mir nach dem Waschen den grauen Pullover wieder angezogen. Zeeto und ich hatten eine Zeit lang geschwiegen, ich hatte gedöst und dabei versucht, den rasenden Hunger zu ignorieren, der sich in mir breitmachte. Knochen nachzubilden schien mich auszulaugen, wer hätte das gedacht?

Die beiden Männer stellten die Tabletts auf den großen Tisch und setzten sich dazu. Louis räusperte sich.

»Es tut mir leid, dass ich auf dich geschossen habe«, sagte er dann betont neutral. »Auf euch.«

Ich wusste nicht so richtig, was ich dazu sagen sollte.

»Schon gut«, sagte Zeeto, seine Worte trieften vor Ironie. »Toxxers sind halt so.«

Der Mann zog eine grauweiße Augenbraue hoch. »Was heißt das?«

»Was heißt was?«

»Toxxers.«

Zeeto schaute ihn an, als habe er nie eine dümmere Frage gehört, antwortete aber sachlich. »Es gibt die Gangs, die Sekten, euch – Toxxers. Und es gibt uns, die Marktleute. Wir durchschauen euren Scheiß, und wir sind auch noch da, wenn ihr euch wieder alle gegenseitig in die Luft gejagt und abgeknallt habt. Wir überdauern.«

»Seid ihr alle … Feralis?«, unterbrach ich Zeetos Ausführungen nach dem ersten Löffel Pampe. Die Pampe schmeckte nicht schlecht, manche Bröckchen erwiesen sich als weich gekochte Fleischstückchen, dazwischen schwammen einige Kartoffeln oder so etwas. Die dickflüssige Soße bestand vielleicht aus Tomaten. Sie war jedenfalls ordentlich gewürzt, und ich schlang die Pampe nur so herab. Zeeto pickte darin herum und trennte Fleisch von Kartoffeln.

»Ferales«, verbesserte mich der Jüngere. »Ja.«

»Woher habt ihr dieses Essen?«, fragte Zeeto mit einem Tonfall irgendwo zwischen angewidert und misstrauisch.

»Das Essen ist eingelagert. Konserven, Pulver, Riegel, alles noch von damals. Vic hat euch was Gutes zugedacht. Gulasch. Was machst du da, du musst das nicht auseinanderpicken!« Der Jüngere schien entsetzt von Zeetos Auseinandersortieren des Eintopfs.

»Ich mag kein Fleisch«, sagte Zeeto.

»Das Tier ist schon ewig tot, das ist alles schon Jahrzehnte eingelagert«, protestierte der Blonde beinahe verzweifelt. Offenbar hatten sie uns wirklich etwas Gutes kredenzt.

Zeeto sah von seinem Löffel auf und musterte den Burschen so lange, bis dieser unbehaglich den Blick abwandte, dann seufzte er. »Hör zu. Erstens mag ich den Geschmack von Fleisch einfach nicht, okay? Und zweitens, ja, finde ich den Gedanken daran, dass ich nichts esse, was lebendig und mit Sinnen ausgestattet herumgelaufen ist, irgendwie ganz gut, egal, wie viele Jahrzehnte das her ist. Und drittens hilft mir das Sortieren von diesem Essen gerade, weil ihr mir mit meinem Rucksack alle Möglichkeiten weggenommen habt, mit denen ich normalerweise versuche, mich zu einem halbwegs erträglichen Mitmenschen zu machen. Lass mich also einfach mein verfakktes Essen umräumen, okay?«

Er wurde richtig laut, und mir wurde erst jetzt klar, wie sehr ihn dieser Zustand des Eingesperrtseins fertigmachte. Ich kam mir selbstsüchtig vor, aber nur kurz, denn *Hunger!* und die sehr nachdrücklichen Erinnerungen an meinen Beinahetod ließen mich denken, dass es gerade gerechtfertigt war, selbstsüchtig zu sein.

Der Blonde stieß einen abschätzigen Laut aus.

»Wir haben keine Waffen dabei«, sagte ich mit vollem Mund. »Ihr könnt uns unseren Kram einfach zurückgeben. Wir sind doch nicht eure Gefangenen, oder?«

Die beiden tauschten Blicke, dann sagte Louis ruhig: »Schon, doch.«

»Schon klar, ich weiß«, knurrte ich und löffelte Zeetos Fleischstückchen von seinem Teller. »Aber wie lange soll das gehen? Reza sagte, ihr könnt nicht mehr lange hierbleiben. Was dann?«

»Das entscheidet Vic.«

»Wenn ihr Zeeto umbringt, bring ich euch um«, sagte ich, und ich wusste gar nicht, woher es kam, aber es fühlte sich sehr wahr und dunkel und bedrohlich in mir an. Klar, sie würden mich am Leben lassen, weil ich nun einmal von Geburt an Teil ihrer kleinen Gen-Sekte war. Aber Zeeto würden sie nicht zu seinen Leuten zurückkehren lassen, nicht mit dem, was er jetzt wusste.

Louis musterte mich, als suchte er nach Anzeichen, ob ich es ernst meinte. »Er ist ohnehin tot, hab ich gehört«, murmelte er dann.

»Da sind Medikamente in meinem Rucksack, mit denen ich euch noch eine Weile auf die Nerven gehen kann. Ist das Wasser hier für mich eigentlich trinkbar?«, fragte Zeeto, stellte die leere Schüssel ab und wies mit dem Daumen über die Schulter zum Wasserhahn.

»Es kommt aus einem Grundwasserreservoir. Also vermutlich nicht.«

»Grundwasserschichten sind okay«, sagte Zeeto. »Sonst hätten wir im Broke-Turf auch ein Problem.« Er stand auf und trank am Hahn. Er musste ordentlich Durst gehabt haben, denn er trank lange und mit tiefen Schlucken. Dann setzte er sich wieder.

»Du bist doch eh schon infiziert«, sagte der Jüngere. »Was hast du zu befürchten?«

»Im Moment hab ich es nur mit ein bisschen eisenhaltig schmeckendem Husten zu tun und fände es gut, wenn es noch eine Weile so bleibt. Genau genommen bin ich nicht *infiziert*. Ich bin vergiftet, und die Dosis erhöht sich, je mehr Gift ich zu mir nehme. Ihr seid auch vergiftet, aber es macht euch nichts aus. Oder weniger aus.«

Ich hatte aufgegessen und musterte die Tabletts, ob sich vielleicht von mir übersehenes Essen darauf befand, aber das war natürlich nicht der Fall.

»Wenn du fertig bist … du sollst mit mir kommen«, sagte der Blonde zu mir.

»Wozu?«

»Reza sagt, du hast Schwierigkeiten bei der Kontrolle. Ich trainiere bei uns die Jungen.«

»Die Mädchen auch?«, fragte ich.

»Die Jungen. Im Sinne von die jungen Ferales.«

»Also die Jungtiere?«, warf Zeeto ein.

»Die jungen. Menschen. Hier. Bei uns«, stieß der Blonde hervor, aber Louis grinste amüsiert.

»Ich gehe nicht ohne Zeeto«, sagte ich.

»Reza sagt, ich soll nur dich mitnehmen.«

»Dann musst du entweder Rezas Befehle missachten oder austesten, ob meine Kontrolle besser ist, als du denkst.«

Wir starrten einander an. Während er starrte, verwandelten sich seine Augen, die Iris wuchs, bis kaum noch das Weiße in den Augen zu sehen war. Eine Raubtierpupille verengte sich, als sie sich der veränderten Wahrnehmung anpasste.

Das kann ich auch!, dachte ich, auch wenn ich nicht wusste, ob ich es tatsächlich konnte – und eigentlich wollte ich auch nicht, es war so schwer, wieder zurückzufinden, so verdammt schwer! Aber etwas in seinem Blick forderte mich heraus, ein dämlicher Instinkt, der mich anbrüllte, klarzustellen, wer wem überlegen war. *Toxxer,* dachte ich.

»Schon gut, Lay. Ich bleib hier«, unterbrach der einzige anwesende Hoper unser Kräftemessen, und das reichte, ich schüttelte den Impuls fürs Erste ab. »Wenn ihr mir meinen Rucksack gebt, ich möchte meine Dosis lebensverlängernder Maßnahmen nehmen, bevor das Fieber steigt. Und ich hätte wirklich sehr gern mein Notizbuch.« Er sah mich an und tippte sich an die Stirn. »Vielleicht schlaf ich ein wenig, wenn ich das hier sortiert hab.«

Ich funkelte den Blonden noch einmal an, dann küsste ich Zeeto rasch und weigerte mich, darüber nachzudenken, dass sie uns vielleicht aus bestimmten Gründen trennten. Dass ich ihn vielleicht nie wiedersehen würde.

»Wirklich, ich zerlege hier alles, wenn ihr ihm irgendwas tut«, fuhr ich Louis an, der beschwichtigend die Hände hob.

Der Blonde hieß Jaro und führte mich ein paar Minuten durch die unterirdische Bunkeranlage. Begleitet wurden wir von Louis, der kompakten Wächterin von vorhin und noch einer zweiten Frau, die vielleicht vier, fünf Jahre älter war als ich und die Augen zusammenkniff, weil sie offenbar ziemlich kurzsichtig war (und es für sie offenbar keine Brille gab).

Ich kriegte verschiedene Gemeinschaftsräume, eine große, blank polierte Küche, mehrere kleinere Zimmer mit geschlossenen Türen in einer langen Reihe und immer wieder neue Gänge zu Gesicht. Manche waren gefliest, andere bestanden aus blankem Beton. Manchmal waren sie mit größeren Wandbildern oder Kinderzeichnungen verziert, aber so spärlich, dass ich mich fragte, ob sie damit mal angefangen hatten und dann war ihnen die Fantasie ausgegangen.

Kein Wunder, wenn man immer an einem Ort war. Unter der Erde.

An einer Wand standen Namen, manche mit Linien verbunden, an manchen hing mit einer weiteren Linie ein dritter Name – es musste eine Art Ahnentafel sein, wenn auch nur über zwei Generationen, seit den Anfängen des Experiments. Es sah nach unübersichtlich vielen Leuten aus, aber sicherlich die Hälfte war bereits mit einem zweiten Datum versehen – einem Todesdatum. Ich blieb stehen, auch wenn die Wächterin mich voranschieben wollte, und überflog die Namen: Anders als Zeeto und ich hatten sie zusätzlich zum Vornamen Familiennamen. Insgesamt waren es irgendetwas zwischen fünfzig und hundert Namen, also hatten wir es hier mit etwa drei, vier Dutzend Leuten zu tun? Zu wenige, als dass sie irgendeine Chance gehabt hätten, so ganz ohne den Rest der Welt. Zu viele, als dass ich irgendeine Chance gegen sie gehabt hätte.

Eine Antwort auf die drängende Frage nach meiner eigenen Herkunft fand ich nicht: Ich wusste nicht einmal, wie meine Mutter hieß – und ich glaubte auch irgendwie nicht, dass sie oder ich von hier stammten.

Aber Erste … Erste sind nur durch das Experiment entstanden, und wenn ich eine bin …, flüsterte eine Stimme in meinem Kopf. Wie konnte Azmi, der kein Feralis war, Vater einer Ersten sein? Oder war er ein Feralis, und das war ein weiteres Geheimnis, das er vor mir bewahrt hatte?

Hinter der Ahnentafel bogen wir in einen Tunnel ab, der leicht abschüssig war. Louis benötigte einige Zeit, während derer wir im dunklen Flur unter flackerndem Licht standen, um eine elektronische Tür zu öffnen. Die Stromversorgung war erneut lückenhaft, die Kurzsichtige drängte sich vor, um sich hinzuknien und das Bedienfeld zu lösen. Sie überbrückte irgendetwas, das so aussah, als sei es schon mehrfach überbrückt worden, und die Tür öffnete sich einen Spalt. Louis zog sie mit Muskelkraft auf. Unnötig zu sagen, dass ich jetzt begriff, warum sie alle diese zu groß aussehenden Overalls trugen: Louis' Körperbau wurde etwas bulliger, er füllte den Overall auf einmal sehr viel besser aus als zuvor, stemmte die Tür auf und schrumpfte danach wieder. Ich hätte es für eine optische Täuschung gehalten, wenn ich es nicht besser gewusst hätte.

Dahinter wartete eine Art Trainingstrakt – oder vielleicht war das, im Gegensatz zu den Laboren oben, tatsächlich eine Versuchseinheit speziell für die Ferales gewesen. Verspiegelte Wände, hinter denen ich Beobachtungsräume vermutete, ein großer Raum voller Laufbänder und anderer Geräte, an denen Kabel und Monitore irgendwelche Körperfunktionen messen konnten, Zimmer, die unmöbliert, aber mit Polstern ausgekleidet waren und eher wie Zellen wirkten. In eines schimmerte die spärliche Deckenbeleuchtung so herein, dass ich zerfetzte Polster erkannte. Ich bekam eine Gänsehaut. War das alles hier eine Art Gefängnis gewesen, in denen Experimente mit den Eltern oder Großeltern dieser Leute durchgeführt worden waren, weil sie *anders* waren, von dem abwichen, was *normal* war? Und jetzt war es einfach so ihre Heimat?

Durch das mit Draht vergitterte Fenster in der geschlossenen Tür sah ich Vic und drei weitere Leute um einen Bildschirm herumstehen, ansonsten war dieser Teil der Anlage verlassen. Vic sah kurz auf, als wir vorbeigingen.

Louis betrat vor mir einen größeren Raum, auch dieser war mit Polstern an den Wänden und Matten auf dem Boden ausgestattet, außerdem lehnten Stangen und Stöcke an der Wand, größtenteils aus Holz, aber auch ein Schläger aus Aluminium war dabei. Auf einem Regal lagen Boxhandschuhe. Der Raum war weitläufig, doch die Decke hing niedrig, und die zwei intakten Leuchtröhren, die aufflackerten, als Louis einen Schalter betätigte, ließen ihn klein erscheinen und bedrückend. Ich roch Schweiß, auch Blut, und sofort fiel mein Blick auf einige alte, braune Flecken, kleine Spritzer auf dem Boden. Ich wusste, dass sich schon wieder etwas in mir veränderte – transformierte –, denn dass ich das riechen konnte und noch mehr (Angst. Aggression. Oh, so viel Aggression!), war nicht normal. Die Nackenhaare stellten sich mir auf, und ich tastete unwillkürlich nach meinen Ohren. Meine Fingerkuppen erspürten Flaum.

»Was ist das hier?«

»Ein Trainingsraum. Hier kannst du nicht viel kaputt machen«, sagte Jaro mit einem Lächeln.

»Ich will nichts kaputt machen. Worin wollt ihr mich trainieren?«

»Na ja, du willst lernen, es zu kontrollieren, oder?«

Ich nickte, nervös, skeptisch. Er lächelte immer noch, und es erschien mir nicht verschlagen oder bösartig. Im Gegenteil, er hatte ein nettes Lächeln. Ja, ich fand ihn attraktiv, und vermutlich taten seine Ferales-Pheromone das ihre, um diesen Eindruck zu verstärken, aber ich bin gleichzeitig Homo sapiens genug, um nicht auf jemanden reinzufallen, der nett lächelt und gut riechende Pheromone hat.

»Ja?«, sagte ich mit fragendem Unterton.

»Hier lernen wir das.«

»Es riecht nach Blut.«

»Die Situationen, in denen wir uns transformieren, sind eine physische Angelegenheit«, erklärte er mir mit dem gleichen breiten Lächeln.

»Das heißt, du schlägst mich mit diesem Schläger da, während die anderen mich festhalten, und wenn ich mich dann … transformiere, dann gibst du mir gute Tipps, wie ich es wieder rückgängig mache.«

»Nein!« Er lachte, aber es war ein wenig Scham dabei, ich merkte es. Ich *roch* es. »Aber es sind Kontrollverlust und Kontrolle notwendig, immer im Wechsel.«

»Und du unterrichtest das, oder wie? Bist du da gut drin? Was für eine … Kategorie bist du denn?«

»Ich bin ein Erster«, sagte er, und seine Stimme wurde tiefer, als er seine Kehle dazu *brachte*. Ich wurde nervös. Nein, ich war schon brandnervös, und ich war mir sicher, dass er damit spielte. Dass er mich auf die Kante meiner Beherrschung zutrieb.

Die anderen beiden hielten sich im Hintergrund. Sie standen zwischen mir und dem Ausgang.

Jaro tat gar nichts, er sah mich nur unverwandt an.

»Wartest du jetzt darauf, dass ich die Kontrolle verliere?«

»Du hast sie schon verloren, ich muss gar nichts tun«, sagte er und lächelte wieder.

Ich nahm das zum Anlass, meinen Blick von seinem zu lösen. Meine Finger veränderten sich, ich konnte dabei zusehen. Ich hielt den Atem an. Stieß ihn wieder aus im Versuch, damit auch die Klauen loszuwerden, die sich formten. Es gelang mir nicht.

Vielleicht war das besser so. Azmi und ich haben genug Erfahrungen mit Toxxers gesammelt, wir wissen, wie sie sich ordnen. Die Oberen brechen die Unteren, und dann bauen sie sie wieder zusammen, so, wie es ihnen passt. Mit einem Gruppengefühl, einem Ehrgefühl, das aber genau in die Richtung geht, die sie für richtig erachten. Jaro hatte das hier mit mir vor, gar keine Frage.

Wenn ich ihn ließe, würde er mich Stück für Stück auseinanderbauen, nachsehen, was für Kristalle bei Lichteinfall in meinem Inneren stumpf wurden, und mich dann so wieder zusammenpuzzlen, dass ich mich am besten dabei noch in ihn verliebte und zum Arterhalt beitrug. Ja, er hatte ein freundliches Lächeln, aber dank Azmi vermute ich in allen Menschen immer erst einmal das Schlechteste. Außer in Azmi selbst, den habe ich für den perfekten Menschen gehalten, und kein Verrat würde mich jemals wieder so tief treffen. Vor allem nicht von diesem blonden Charmebolzen hier.

»Du musst keine Angst haben, Laylay. Ich hab dich nicht hergebracht, um dir irgendwas zu tun. Du kannst ganz allein entscheiden, wie weit wir gehen.« Er zwinkerte mir zu, dieses offene, herzliche Lächeln immer noch im Gesicht.

»Das klingt sexuell«, merkte ich an.

»Hey, das hast du jetzt gesagt.« Diese deutliche, wie abgeknipste Aussprache. Das kannte ich nur aus Filmen. Wieder ein Zwinkern.

Ich drehte ihm den Rücken zu und zwang mich, zwei, drei Schritte zu gehen. Dann setzte ich mich im Schneidersitz auf die Matten und sah auf meine Hände in meinem Schoß.

»Na ja, die Krallen hab ich jetzt schon mal. Vielleicht zeigst du mir einfach, wie ich sie einziehen kann.«

»Du kannst sie nicht einziehen«, korrigierte er mich. »Nicht wie eine Katze. Nur transformieren.«

Katzen kenne ich nur von Bildern, er vermutlich auch – oder aus irgendwelchen Forschungsberichten zum Thema Krallen –, aber ich weiß, was er meint.

»Okay, danke, muss ich irgendwann einen schriftlichen Test bestehen?«

Er lachte und setzte sich mir mit einer geschmeidigen Bewegung gegenüber, sein ganzer Körper sprach davon, dass er eine andere Art Mensch war. Er war enorm heiß, dieser Sunny Boy ohne Sonne, und ich war gleichzeitig von ihm und von meiner eigenen eher animalischen Anerkennung seiner Vorzüge abgestoßen.

»Keine schriftlichen Tests. Keine Tests, wenn du nicht willst.«

»Wie ziehe ich die blöden Klauen ein?«

»Hast du sie schon mal willentlich eingezogen?«

Ich nickte. »Vor ein paar Stunden.«

»Wie ging das?«

»Ich habe mich ausge-zen-t. Aber das hat ziemlich lange gedauert, und ich war ziemlich fertig.«

»Also mit einer Art meditativem Zustand?«

»Wenn du das so sagen willst, ja.«

»Deshalb der Schneidersitz?«

Ich zuckte mit den Schultern. »Sag mir einfach, wie es geht.«

Er rückte ein wenig näher und berührte dann meinen Stiefel. »Wenn ich dir sage, du sollst das oberste Glied deines kleinen Zehs bewegen, möglichst isoliert von allem anderen, dann wirst du mir erst sagen, dass es nicht geht, und dann wirst du es so lange versuchen, bis es klappt.«

»Aha«, sagte ich und tat so, als versuchte ich gerade nicht, das oberste Glied meines kleinen Zehs zu bewegen. Er sah es im Stiefel ja nicht.

»Du kannst dich durch Entspannung und Runterfahren deiner Aggression oder deiner Angst oder der Todesgefahr, in der du dich befindest, wieder zurücktransformieren. Das geht. Aber du kannst es auch wie einen Muskel anwenden. Du musst nur diesen Muskel finden und trainieren.«

»Macht mich das unabhängig von diesem ganzen Angst- und Aggressionsscheiß?«

»Nicht unabhängig. Doppelsapiens sind auch nicht unabhängig. Körperliche Reaktionen sind nun einmal körperliche Reaktionen. Aber es nimmt dein Hirn wieder mit in die Gleichung.«

Bewegte sich da gerade ein Stück meines kleinen Zehs?

»Ich vermute, es ist nicht mein kleiner Zeh, oder?«

»Nee, der ist es nicht. Es ist leider nicht einmal ein Muskel. Mach deine Augen zu.«

Skeptisch sah ich ihn an.

»Ich tu dir nichts!«

»Ich hab heute zwei Lungendurchschüsse überlebt …«

»Gestern.«

»Gestern dann. Ich habe keine Angst vor dir.«

»Du hast Angst vor mir. Und das ist gerechtfertigt«, sagte er leise, fast grollend, und mein Stammhirn, uh, ja, das hatte Angst, es legte sich fast vor ihm auf den Rücken und entblößte die Kehle, aber ich war nicht mein Stammhirn.

»Hör auf mit dem Bullshit«, sagte ich harsch. »Wem auch immer du sonst hier drin aufs Maul haust, ich gehöre nicht dazu. Ich hab einundzwanzig Jahre da draußen mit meinem Dad und einem Motorrad überlebt. Zeig mir diesen verfakkten Muskel, und dann übe ich das selbstständig.«

Dieses *nette* Lächeln zog wieder an seinen Mundwinkeln. »Wenn du einundzwanzig Jahre da draußen warst, wie kommt es, dass du es dann nicht längst kannst?«

»Ich bin offenbar etwas entwicklungsverzögert. Muss am Essen liegen«, gab ich zurück.

Er schloss resigniert die Augen. »Nun gut.« Er atmete ein und aus. Ich strapazierte gerade sein Zen. »Dieser *Muskel,* von dem ich sprach: Versuch, ihn zu finden. Die Transformationsfähigkeiten von uns Ferales sind etwas, das sich niemand so richtig erklären konnte in der Zeit zwischen der Entdeckung und dem Zeitenende.«

Zeitenende. Das klang sehr episch, aber auch komplett übertrieben. Die Zeit war nicht zu Ende. Es hatten nur ein paar hirnverbrannte Gestalten ein paar globale Katastrophen hintereinander gezündet.

»Biologisch ist die Transformation eigentlich nicht möglich. Außer dass sie es eben doch ist. Das heißt aber, biologisch gibt es keinen Muskel, mit dem du diese Klauen wieder in deine Fingernägel verwandeln kannst. Aber es gibt eine Verbindung, es gibt Bahnen in deinem Körper, wie Adern – vielleicht kannst du sie dir wie dein Gefäßsystem vorstellen. Finde die Adern, die mit den Klauen verbunden sind, und unterbrich den Fluss.«

»Lay-Linien«, scherzte ich.

Azmi und ich hatten einmal einen Winter bei einer komplett durchgeknallten Schamanin auf irgendeiner dänischen Insel verbracht. Sie hatte ihre Tochter nicht mithilfe ihres Herumgependels und ihrer Mantras von einer Lungenentzündung heilen können, daher kam Azmi ins Spiel, der das Mädchen mit Antibiotika gesund pflegte. Außerdem hatten die Schamanin und er was am Laufen, wie zwei Teenager; sie fielen ständig übereinander her, wenn sie dachten, ich checke es nicht. Sie tickte aber eben trotzdem nicht ganz sauber, und irgendwann reisten wir auf Nimmerwiedersehen ab. Jedenfalls hatte sie ihre Insel in Lay-Linien unterteilt, auf deren Scheitelpunkt sie sich einen Drachentempel errichtet hatte, und das hatte ich sehr lustig gefunden.

»Von mir aus«, sagte Jaro gedehnt.

Ich schloss die Augen und versuchte, meine eigene Lay-Linie zu finden.

BUNKER
ZEETO, 15. FEBRUAR 2064

Ich schlafe natürlich nicht. Ich habe eine Portion von Azmis Pulver geschluckt, zusammen mit Wasser aus der Leitung, aber das Fieber sinkt nur langsam, ich bin unruhig und eingesperrt und frage mich, was sie gerade mit Laylay anstellen. Ich war so müde und geschafft, als sie ging, dass es mich gar nicht richtig interessiert hat, wo dieser sonnenlos-bleiche blonde Typ mit ihr hin will, wie groß die Anlage ist und wie es darin aussieht. Wie viele Leute hier wohnen. Was sie den ganzen Tag lang tun.

Aber jetzt will mein Hirn das alles wissen, und deshalb kann ich nicht schlafen, bin hellwach und irgendwie überdreht (und die Zeit *rast* nur so dahin). Ich sitze an diesem Tisch und kritzle einen zittrigen Satz nach dem anderen in mein Buch. Ich kann kaum einen zu Ende bringen, meistens fehlen die Verben, aber das ist egal, ich muss irgendwie Ordnung in meine Erkenntnisse bringen – aber das, was ich da zu Papier bringe, hat auch keine Ordnung, ich brauche ein neues System! Ich mache eine Pause und überlege, wie ein ganz neues und sehr viel übersichtlicheres System, meine Gedanken zu ordnen, aussehen könnte. Ich komme zu dem Schluss, dass es am besten dreidimensional wäre, was mich zu der Frage führt, welche Technik sie hier wohl beherrschen und ob es eine Art dreidimensionale Aufzeichnungsmöglichkeit gibt.

Und dann öffnet sich die Tür, und ich überlege, ob ich die Hereinkommenden mit dieser Frage überfordern würde. Es sind Vic und eine dürre, große Person mit sehr kurzen Haaren, ostasiatisches Aussehen.

»Hallo Zeeto«, sagt Letztere. »Ich bin Clarissa Liu.«

»Welches Pronomen benutzt du?«, frage ich, und ich weiß, es ist unhöflich, das nur bei einer Person zu fragen, bei der man nicht auf den ersten Blick Rückschlüsse zieht, aber mir kam bisher nicht der Gedanke, nach den Pronomen der Leute zu fragen, die auf mich geschossen haben.

»Was?«, fragt sie.

»Also … dein Pronomen«, wiederhole ich.

»Ich glaub, er will wissen, ob du ein Mann oder eine Frau bist, Rissa«, sagt Vic und fängt an zu lachen.

»Haben in deinem Steinzeitdorf noch alle Frauen lange Haare, oder was?«, zischt Clarissa.

»Nee«, sage ich. »Gibt es in deiner Faschosekte nur zwei Geschlechter, oder was?«

»Wir wollten dich fragen, Zeeto, ob du eine Blutprobe für uns hast«, mischt sich Vic ein.

»Ha ha, sicher. Aber nett, dass ihr fragt. Nein.«

»Wir haben hier drin noch intakte vor-endzeitliche Ausrüstung und ob des … Problems mit unserer eigenen Lebenserwartung forschen wir an Gegenmaßnahmen«, führt Vic aus. »Möglicherweise können wir dir helfen.«

»Was?«, frage ich in Ermangelung einer besseren Erwiderung.

Clarissa sieht so aus, als hätte sie es sich anders überlegt.

»Wir haben noch keine Möglichkeit für uns selbst gefunden, aber Clarissa sieht Chancen darin, wenn du eine kompatible Blutgruppe hast, den Lungenzerfall drastisch zu verlangsamen.«

»Bei mir?«

»Bei dir.«

Ich warte, bis meine Gedanken durch alle Zukünfte gewatet sind, die mein Hirn fluten, dann sage ich: »Ist es das, was die Brokes bei euch suchen?«

Sie starren mich an. Ihre Gedanken waten gerade auch. Sie tauschen nicht mal Blicke, aber sie sind beide so angespannt, dass ich nur darauf warte, dass sich Vic wieder so verändert wie im Gang. Sie hat eine Hand zur Faust geballt.

»Ich biete dir hier eine Chance an, länger zu leben als nur ein paar Wochen, bevor sich deine Lunge auflöst«, sagt sie betont ruhig.

»Es wäre irrwitzig, mich am Leben zu lassen. Wenn ihr mich zu meinen Leuten zurückkehren lasst, wird es Fragen geben. Spätestens, wenn ich nicht demnächst sterbe, wird es Fragen geben. Und falls es dann Antworten auf diese Fragen gibt, habt ihr bald die Brokes, diese Kingdom-Kommer und vermutlich alle anderen Gangs im Umkreis von hier bis zu den Alpen auf dem Turf stehen, weil *alle* nach der Möglichkeit suchen, das Ödland unbeschadet zu betreten.«

Vic nimmt sich einen Stuhl und setzt sich betont lässig. Clarissa bleibt in der Tür stehen.

»Zeeto, du bist clever«, sagt Vic.

»Ich hab meine Momente«, gebe ich zu.

»Du hast begriffen, dass wir ... Probleme mit den Brokes haben. Wir haben außerdem Probleme mit der Elektrizität und den Nahrungsvorräten. Wir können nicht hierbleiben.«

»Woher wissen die Brokes von euch?«

Vic seufzt. »Ich will ehrlich mit dir sein. Die Probleme mit Nahrung und Strom haben zu ... Konflikten in der Gruppe geführt. Konflikte, die darin resultierten, dass ... dass sich einige von uns von der Gruppe trennten und die Anlage verließen. Ich weiß nicht, was aus ihnen geworden ist, aber die Brokes waren wenig später hier. Wir haben einige von ihnen töten müssen und die oberen Bereiche versiegelt.«

»Außer dass man reinkommt, wenn man in einen Scanner guckt.«

»Das ist richtig, aber wenn wir das ausschalten, kommen wir selbst nicht mehr raus. Es war unser Pech, dass Laylay mit Ferales-Augen vor der Tür stand. Die nächste Ebene ist ja ebenfalls leer geräumt und verschlossen.«

»Aber sie kommen früher oder später durch.«

»Das kommen sie. Wenn sie sich mit Sekten und Gangs von hier bis zu den Alpen zusammenschließen. Oder wenn jemand von uns in ihrer Gewalt ist.«

»Also? Haut ihr ab.«

»Ja, aber wir sind uns noch uneins, ob wir die Flucht nach vorn antreten oder nicht. Zeeto, wenn wir entscheiden, uns nicht weiter ins Ödland zurückzuziehen, dann müssen wir von Anfang an zeigen, dass wir stark sind. Das können wir nur zum Teil durch physische Überlegenheit tun. Wenn wir in der Lage wären, die Wastelandkrankheit zu bekämpfen, wäre das eine Verhandlungsmasse, die uns stark machen würde. Es würden sich uns Leute anschließen. Wir könnten den Gangs etwas entgegensetzen.«

»Mit meinem … meinem Steinzeitdorf, oder wie ihr es eben genannt habt.«

Sie lächelt und nickt.

»Woher wisst ihr davon?«

»Nun, wir wissen es halt. Wir hatten eine Zeit lang Drohnen, bevor sie uns abhandenkamen oder den Geist aufgaben. Und wir haben eine Zeit lang die Möglichkeit gehabt, das Umland zu erforschen, bevor die Brokes misstrauisch wurden.« Sie zuckt mit den Schultern. »Ihr müsst ein Abkommen mit den Brokes haben, denn ihr seid ihnen an physischer Stärke etwa hundert zu eins unterlegen. Ihr habt *anderes,* was sie an euch genug schätzen, um euch weder zu töten noch zu versklaven.«

»Das ist richtig«, sage ich vorsichtig.

»Und so etwas hätte ich auch gern.«

»Ihr seid nicht wie ich. Und damit meine ich nicht, dass ihr Ferales seid.«

»Damit meinst du, dass wir *Toxxers* sind.«

»Hierarchisch. Brutal. Geordnet. Es wäre leichtsinnig von uns, euch bei uns reinzulassen. Ihr würdet uns zerstören.«

»Und du glaubst nicht, dass wir dazulernen können? Vielleicht waren wir nur sehr lange abgeschottet und müssen die Welt, wie sie ist, neu verstehen.« Sie sagt es ganz nüchtern, und ich weiß wirklich nicht, ob Ironie darin steckt, echte Verzweiflung oder ob es einfach nur eine Überlegung ist. Ein Blick auf die grimmige Clarissa bringt mich auch nicht weiter.

»Die Welt, wie sie ist, kann man nicht verstehen«, sage ich leise. »Man kann nur beschließen, als der Mensch darin zu leben, den man ihr zumuten will.«

Sie lacht. »Das lässt alle möglichen Interpretationen zu. Aber im Ernst, Zeeto, vielleicht brauchen wir nur die Gelegenheit, *in* dieser Welt zu leben. Und nicht neben ihr.« Sie wird schlagartig wieder ernst, ihr kleines, kantiges Gesicht ganz im Griff der Linien ihrer Ernsthaftigkeit. »Du hast es in der Hand.«

»Ich hab es im Blut, meinst du?«

»Ganz genau. Vielleicht klappt es auch nicht. Dann … sieh es als Zeichen des Schicksals.«

»Ich glaube nicht an Schicksal. Ich glaube an irrwitzige Zufälle.«

An Zufälle, die machen, dass ich ein Baby finde, kurz bevor ihr eine – ferngesteuerte? – Tür versiegelt. An Zufälle, die machen, dass ich nicht genau sehen kann, ob die Mutter eine ziemlich grausige Schusswunde am Hals hat oder ob das eher die Spuren von Klauen sind, die ihr die Kehle aufgerissen haben.

Kann ich ihnen trauen? Wer sind diese Leute?

»Okay, fein«, sage ich zögerlich. »Ihr kriegt eine Blutprobe.«

Clarissa nickt zufrieden und holt ein Mäppchen mit einer Spritze aus ihrer Overalltasche.

BUNKER
LAYLAY, 15. FEBRUAR 2064

Okay«, sagte Jaro, als wir wieder zu dem Raum kamen, in dem ich Zeeto zurückgelassen hatte. Jaro wandte sich an die Wächterin. »Ich denke, es ist nicht mehr nötig, diese Tür abzuschließen, oder?«

Sie zuckte mit den Schultern – vermutlich machte das für sie keinen großen Unterschied; selbst wenn sie die Tür nicht abschlossen, würde uns irgendwer im Auge behalten, und es sah ganz so aus, als wäre sie das.

Jaro öffnete die Tür noch nicht und lehnte sich an den Rahmen. »Wenn du Fragen hast oder weitere … Übungsstunden brauchst, sag einfach, dass du mich sprechen willst.«

»Klar«, sagte ich und blickte auf meine Finger.

Die Nägel waren noch dunkel, als sei etwas von der quecksilberartigen Masse, die sich unter meiner Haut bildet, wenn die Klauen wachsen, darauf haften geblieben. Jaro hatte gesagt, das sei ein typisches Anzeichen dafür, dass ich diese verdammte Lay-Linie gefunden hatte, die Transformation aber nicht ganz abwürgen konnte. Also, er hatte es anders formuliert. Er sagte, ungeschulte Kinder hätten manchmal das Problem, in einer Transformation stecken zu bleiben. Daher kam vermutlich sein freundliches Angebot weiterer *Übungsstunden.*

»Danke, ich bin müde.«

»Aller Anfang ist schwer.« Er lächelte und öffnete die Tür – nicht elektronisch, sondern mechanisch, indem er den Türknauf drehte. Ich sah, dass außen ein einfacher Riegel aus Metall prangte. Wir waren nicht die Ersten, die sie hier einsperrten.

Ich ging durch die Tür, blieb so stehen, dass ich ihm den Weg versperrte, damit er mir nicht folgen und mich weiter vollquatschen konnte, und zog die Tür hinter mir zu.

»Bis bald, Laylay«, sagte er mit Feralis-dunkler Stimme, als sie ins Schloss fiel.

Ich sah auch auf der Innenseite einen Metallriegel, der sich in ein nachträglich geschnittenes Loch im Türrahmen schieben ließ. Die Tür war also von innen verschließbar, wobei es vermutlich wenig Aufwand kosten würde, diesen Verschluss aufzubrechen. Zudem gab es ein elektronisches Display an der Seite, mit dem die Tür sicherlich verlässlicher verschlossen werden konnte, aber das blieb dunkel und regte sich nicht.

»*Bis bald, Laylay*«, hauchte Zeeto hinter mir in Imitation von Jaros Stimme.

Ich schob den Riegel vor und drehte mich um. Seine Lippen zuckten, weil er selbst noch nicht wusste, ob er laut loslachen sollte. Ich grinste, und er prustete los.

»Hat er die ganze Zeit so geredet?«

»Ja, so ziemlich.«

»Der ist ziemlich heiß. Findest du ihn gut?«

»Bist du eifersüchtig?«

»Nee«, sagte er. »Hab ich mir abgewöhnt. Mit sechzehn.«

Er saß auf der Kante des Tischs, und ich trat näher heran.

»Ich glaub, du hast abenteuerlichere Bettgeschichten auf Lager als ich. Bei mir endete es meistens damit, dass Azmi sagte, wir müssten weiterfahren, und wir dann weitergefahren sind.«

»Bist du bei anderen etwa nicht zurückgekommen?«, fragte er.

»Nee. Irgendwie nicht.«

Ich trat noch einen Schritt näher und stand zwischen seinen Knien. Er war genauso groß wie ich, aber diesmal, weil er auf dem Tisch saß, und nicht, weil ich gewachsen war. Ich war so klein wie immer. Mit den Daumen berührte ich die Nägel derselben Hand, sie waren hart und kühl.

Er folgte meinem Blick. »Du hast es hingekriegt?«

»Hm. Mehr oder weniger.«

»Was … habt ihr so gemacht?«, fragte er, und dann grinste er wieder. »Nicht, weil ich eifersüchtig bin! Nur neugierig!«

»Schon klar.« Ich zögerte. »Wir haben nur so ein bisschen … theoretisch herummeditiert, würde ich sagen. So was wie … nach Muskeln suchen, die man bisher noch nicht kannte, und sie bewegen. Aber ich glaube, dass er das nicht immer so macht.«

»Wie meinst du das?«

»Ich denke, sie ... Also, ganz ehrlich? Ich glaube, sie trainieren da die Kontrolle ihrer ›Jungtiere‹. Durch ... durch Gewalt. Das war eine Art Kampfraum.«

»Also trainieren sie sie für einen Kampf?«

»Ich weiß nicht. Auch? Ich hatte den Eindruck. Hm.« Ich überlegte. »Wir haben diese Heilungskräfte, und auch die kann man kontrollieren, sagte Jaro. Man kann das alles ... *lenken,* wie Wasser in einem Fluss. Dämme bauen, Wasser stauen und woanders hinleiten. Er hat mir gesagt, ich kann Transformationen unterdrücken, ich kann sie aber auch beschleunigen. Und ich kann sie, wenn ich trainiert bin, unabhängig voneinander lenken. Das heißt, im Dunkeln meine Augen anpassen, ohne dass ich Angst habe oder wütend bin oder ... na ja, erregt. Und ohne dass mir dabei auch noch Klauen oder seltsame Zähne wachsen. Er sagte, ich solle das üben. Nur das. Genauso ließen sich auch die Selbstheilungskräfte trainieren, sagte er. Ich habe die Schusswunden geheilt, weil ich in einer Ausnahmesituation war, vollkommen unkontrolliert, aber letztlich wäre es einer ... *Ersten* wie mir auch möglich, das kontrolliert und im Vollbesitz meines Verstands zu bewerkstelligen.«

»Das klingt doch erst mal nicht schlecht«, sagte er.

»Ja, *klingen* tut's nicht schlecht, aber riechen, aussehen und ... anfühlen tat's danach, dass sie Kindern da die Knochen brechen, damit sie lernen, sie wieder zusammenzufügen, ohne dabei auszuflippen.«

»Okay, wow.« Er sah mich skeptisch an.

Ja, es klang auch für mich ein bisschen misanthrop. Warum sollten sie das tun? Und eine andere Stimme hielt dagegen: *Wie sollten sie es anders tun, abgeschottet von der Welt?*

»Und dein Tag so?«, fragte ich, um mich selbst abzulenken.

Ich hatte noch gar kein Kind gesehen, Jaro war der Jüngste, und er war Mitte, vielleicht Ende zwanzig. *Mtoto,* dachte ich. Sie hatten mindestens Mtoto gehabt. Ich erinnerte mich an die Ahnentafel, die ich mir kurz angesehen hatte – und glaubte mich zu erinnern, dass es auch jüngere Geburtsdaten gegeben hatte. Mir waren auf dem Weg nicht viele Menschen begegnet, vielleicht waren die Kinder woanders untergebracht.

»Sie haben mir Blut abgenommen. Vic und eine andere Frau namens Clarissa sagen, dass sie vielleicht irgendwelche, was weiß ich, Resistenzen, die ihr Ferales so habt, auf mich übertragen können.«

»Sie wollen dich *heilen?*«

»Gestern wollten sie uns noch erschießen, ich weiß. Lay, sie tun das nicht uneigennützig. Sie wollen Verhandlungsmasse, um diese Anlage zu verlassen.«

Ich dachte nach. »Was legitim ist. Beides; den Bunker zu verlassen und Verhandlungsmasse zu haben.«

»Absolut. Ich weiß nur nicht, inwieweit wir uns instrumentalisieren lassen sollten.«

Ich schwieg. *Sie. Wir. Ich. Zeeto.* Wo stand ich? Zu welchem *Wir* gehörte ich? Welches *Wir* stand mir noch offen? Gab es ein Zurück zum Handgebunden-Markt? Für Zeeto vielleicht. Aber für mich? Als Feralis? Würde ich mich für den Rest meines Lebens mit Methylphenidat unter Kontrolle bringen können? Ging das jetzt überhaupt noch? Letztlich hatte ich Superkräfte – dachte ich gerade wirklich darüber nach, ob ich sie überhaupt wollte oder nicht?

Ich war so verwirrt. Immer noch rieben meine Daumen über meine Fingernägel. Zeeto nahm meine Hände, das Geräusch hatte sogar er gehört. Mit seinen Doppelsapiens-Ohren.

»Es … es tut mir so leid, dass ich dich verletzt hab«, flüsterte ich. »Ich hab es nicht gemerkt. Ich war …«

»Ich weiß«, sagte er. »Ich weiß das, Laylay. Jetzt weiß ich es.«

»Tut's noch weh?«

»Bisschen. Wenn ich drüber nachdenke. Oder zu lange sitze.«

Ich musste grinsen. »Ausgerechnet eine Arschbacke, eh!« Wir lachten beide, aber der Knoten in meiner Brust saß nicht viel lockerer als vorher. »Hast … hast du Angst vor mir?«

Er sah von meinen Händen auf, die er immer noch hielt und daran hinderte, nach diesen verfakkten Fingernägeln zu tasten.

»Weiß nicht«, sagte er. »Gerade nicht. Wenn die hier wieder wachsen, dann vermutlich schon.« Er überlegte kurz. »Außerdem hab ich in manischen Phasen weniger Angst. Daran könnte es auch liegen.« Er zog mich näher, ich stand zwischen seinen Beinen.

»Irgendwie … ist es beinahe ähnlich, oder?«, murmelte ich, so nah an seinen Lippen, dass ich seinen Atem spürte. »Du verwandelst dich, ich verwandle mich. Wann ist man so weit, dass es einem keine Angst mehr macht?«

»Ich habe vor jeder Phase Angst«, sagte er. »Ich weiß nie, was sie mit mir anstellen. Ich merke, dass sie lauern, und je mehr Angst ich davor habe, desto näher komme ich ihnen.«

»Und wie geht es dir gerade?«

Er lachte. »Nur der Wechsel macht mir Angst. Der ist vorbei. Es geht mir gut. Weißt du, ich … ich leide nicht darunter, dass ich diese Phasen habe. Ich bin in jeder davon ich selbst. Ich bin nur anders ich selbst, und von einer Art, ich selbst zu sein, in die andere zu wechseln, ist manchmal ganz schön beängstigend und beschissen. Und manchmal ist es auch beschissen, ich selbst zu sein. Aber wer ist schon immer glücklich mit sich selbst?«

»Ich glaube, du bist weiter als ich, was das angeht«, stellte ich fest.

»Ich hatte auch mehr Zeit, damit klarzukommen.« Er tätschelte das Buch, das aufgeschlagen neben ihm auf dem Tisch lag. Seiten waren frisch herausgerissen, eine davon so geknickt, dass sie aufrecht auf den anderen stand. »Es war unfair von Azmi, dir nichts zu sagen. Was hat er sich gedacht, dass du dieses Medikament weiternehmen würdest, bis zu deinem Lebensende?«

»Vielleicht hatte er selbst zu viel Angst. Oder wusste zu wenig. Vielleicht wusste er nur, was mit meiner *anne* passiert ist, und wollte es bei mir einfach nur verhindern. Vielleicht hat er nur immer und immer weiter aufgeschoben, mit mir drüber zu reden.«

»Oder er hatte irgendetwas hier mit dieser Anlage zu tun. Mit diesem Projekt. Vielleicht nicht direkt, aber seine Eltern waren doch Docs, oder?«

»Seine Mutter. Hm.« Das war ein interessanter Gedanke. Hatte seine Mutter irgendwie von diesem Projekt gewusst? Wie hatte er meine *anne* kennengelernt und wo?

»Kennst du ihren Namen? Wir könnten Reza oder Vic einfach fragen. Vielleicht geben sie uns eine ehrliche Antwort, wo ihnen doch jetzt so viel an uns liegt.«

»Nein«, sagte ich. »Azmi ist abgehauen, als ich noch sehr klein war. Wir haben nie wirklich über sie geredet. Azmi … Azmi hat immer noch Angst, dass sie uns findet, glaub ich. Dass sie *ihn* findet, er hat mich ihr immerhin weggenommen. Und davor hat sie … ich glaube, er konnte jahrelang nicht aus einer Beziehung ausbrechen, in der es ihm schlecht ging.«

»Fakk, eh.«

Ich wich einen halben Schritt zurück, damit wir einander nicht mehr so nah waren. Plötzlich fiel mir auf, was ich hier gerade sagte. Er sah mich intensiv an. *Maşallah,* diese Wimpern …

»Laylay, das heißt nicht, dass du so bist, okay?« Seine Stimme war jetzt leiser, tiefer, aber im Gegensatz zu Jaro wirkte es nicht lächerlich.

»Ach, nein?«, stieß ich hervor und trat einen großen Schritt von ihm weg. »Warum nicht? Weil ich dich liebe, Zeeto? Alle möglichen Leute lieben einander, das hindert sie nicht daran, kontrollierende, grausame Arschlöcher zu sein!«

»Aber es zwingt sie auch nicht dazu«, konterte er.

Ich rang die Wut nieder, die durch mich schoss, Wut auf mich selbst, Wut auf Azmi, Wut auf die Angst, die ich vor mir selbst empfand. Ich schloss die Augen und versuchte, diese beschissene Lay-Linie zu finden. Ich spürte und hörte, dass Zeeto von der Tischkante rutschte. Seine Hände an meinem Gesicht, dann küsste er mich. »Hey, ich vertraue dir, Lay. Wenn sich das ändert, sag ich Bescheid.«

Mir war danach zu schreien, aber seine Lippen auf meinen stellten das Gefühl einfach auf den Kopf, oder vielleicht war es die Dauerpheromonbestrahlung durch Jaro, die irgendwelche Steine in meinen persönlichen Energietransformations-Was-auch-immer-Fluss kippte und die Strömung umleitete. Angry Laylay wurde wie durch das Umlegen eines Schalters in Horny Laylay verwandelt, und ich drängte Zeeto zurück an den Tisch und küsste ihn so gründlich, dass uns beiden die Luft wegblieb. Sein Körper an meinem, auch wenn ich meine Hände dazu zwang, an meiner Seite zu bleiben, zu Fäusten geballt, die jede Veränderung meiner Fingerkuppen bei sich behalten sollten. Seine Hände blieben hingegen nicht bei ihm, und innerhalb weniger Lidschläge wurden alle Gedanken bis auf einen ausgelöscht. *Wie tue ich es mit dir, ohne dir wehzutun?*

»Das ist eine ganz dumme Idee«, brachte ich hervor, während ich mit meiner Hüfte gegen seine Hüfte drängte und seinen Steifen durch den Widerstand von zwei Jeanshosen spürte. »Die Idee ist so dämlich, wenn das hier eine Geschichte wäre, würde ich sagen, dass es vollkommen unglaubwürdig ist, weil wir so dämlich sind.«

Er keuchte auf und nickte heftig, und wir lachten. Ich bemühte ein paar Gedanken mehr.

»Wir sollten jetzt hier aufhören. Ich glaub nicht, dass ich damit leben kann, dir noch mal wehzutun. Und ich glaub auch nicht, dass ich damit leben kann, während des Vögelns zehn Zentimeter zu wachsen und überall eklige Haare zu kriegen.« Hölle, ich hatte nicht mal in einen Spiegel sehen können – wie schrecklich sah ich überhaupt aus, wenn diese verfakkte *Transformation* einsetzte?

»Wenn das passiert, sag ich Bescheid«, murmelte er an meinem Ohr.

»Und dann?«

»Dann … hören wir auf?« Er küsste mein Ohr. Ich hoffte, dass es noch haarlos war.

»Wir haben kein Kondom mehr.«

»Wir könnten andere Dinge tun.«

»Ich will dich aber vögeln, Zeeto.«

»Du sagst völlig widersprüchliches Zeug, Süße.« Er lachte.

»Nein, überhaupt nicht. Wir *sollten* aufhören und ich *will* dich vögeln ist absolut kein Widerspruch!«

»Du hast recht.« Er sah es also ein. Das vielleicht älteste Dilemma der Menschheit: *Ich will Sex, aber es ist keine gute Idee.*

»Du könntest mir die Hände an den Bettrahmen binden«, sagte ich nach einigen atemlosen Sekunden der Pause, in denen seine Hände noch nicht ganz einsahen, dass dies eine ganz schlechte Idee war.

»Bitte, was?«

Mein Blick fiel auf seinen Rucksack. »Die Riemen vom Rucksack. Du bindest meine Hände fest, und sobald sich irgendwas an mir verändert, hörst du auf und ... übergießt mich mit kaltem Wasser oder so. Wartest ab, ob ich dagegen ankomme. Die Tür ist offen. Es ist nur von innen ein Riegel vor.«

»Lay, ich ... ich soll dich festbinden und wenn ich in Lebensgefahr bin, rennen?«

Ich lachte nervös. »Ja, ich glaube schon, genau das.«

»Ich müsste total bescheuert sein, das zu machen.«

Er zog mich auf den Tisch und auf seinen Schoß, meine Knie links und rechts von ihm, die Beule in seiner Hose direkt unter mir. Ich bewegte mich herausfordernd.

»Gott ja, ich bin total bescheuert, okay«, stöhnte er unter mir. »Lass uns das machen.«

Aufregung und die Gewissheit, dass ich verdammt, verdammt dämlich und leichtsinnig war, hämmerten im Takt meines Herzens in meinem Kopf, und trotzdem sprang ich auf, stolperte eine Spur aus Stiefeln, Socken, Hose, Unterhose und Pulli hinterlassend zum Bett und legte mich herausfordernd mit nach oben ausgestreckten Armen auf die dünne Matratze. Zeeto sah mich mit fast schon glasigem Blick an, ich musste lachen.

»Was?«, fragte er.

»Du bist sexy mit diesem fast-hirnlosen Blick.«

»Oh, danke, du stehst auf Zombies!« Er nahm seinen Rucksack. »Wie, also, wie hast du dir das genau vorgestellt?«

»Mach die Riemen lose, dann sind sie lang genug, und dann ... Also, mit dem einen bindest du meine Hände zusammen, und mit dem anderen bindest du die hier in der Mitte an dem Metallding da fest.«

»Ich bin vielleicht gerade zu dumm dafür«, gab er zu.

»Zeeto, komm schon, du wirst doch schon mal jemanden gefesselt haben?«

»Ähm. Ich fürchte, nein …«

»Ich kann das nicht selbst machen, du musst …«

»Hm.«

»Das ist zu lose. Über Kreuz. *Zwischen* meinen Handgelenken über Kreuz.« Ich begann zu lachen, und wir lachten eine gute halbe Minute, bis wir uns wieder so weit unter Kontrolle oder vielleicht auch Nichtkontrolle hatten, um weiterzumachen. Er war immer noch angezogen, konzentriert bei der Sache, und schließlich waren meine Hände so unbeweglich über meinem Kopf an einem Metallträger des Bettes festgebunden, dass ich zufrieden war.

»Ein Kondom haben wir trotzdem nicht«, murmelte Zeeto, dessen Gesicht sich mittlerweile auf Brusthöhe befand, wo er sich abwechselnd meiner linken und meiner rechten Seite widmete. »Vielleicht hättest du diesen Jaro mal nach einem fragen sollen?«

Ich kicherte. »Ziehst du dich auch noch aus, oder ist das heute unsere Verhütungsmethode?«

Er lachte, atemlos, unsicher, und dann befreite er sich aus seinen Klamotten.

»Wie macht ihr so was denn normalerweise auf dem Markt?«

»Auf den Zyklus achten und am besten noch vorher rausziehen?«, erklärte er die Methode, auf die schätzungsweise fünfundneunzig Prozent aller Menschen zurückgreifen, bei denen die Möglichkeit einer Schwangerschaft besteht. Bringt nix, was die Übertragung von Krankheiten angeht, aber seit die Menschheit sich an den Rand der Auslöschung gebracht hat und in kleinen, teils isolierten Gemeinschaften lebt, ist das Risiko geringer als früher.

»Das müsste hinhauen«, stimmte ich zu.

»Müsste?«

»Also, ich glaub, so ganz ohne Risiko kriegen wir's nicht hin.«

»Ich finde, es wird gemeinhin unterschätzt, was man so alles mit Fingern und Zungen machen kann«, sagte er und rutschte noch ein wenig tiefer, um den Beweis anzutreten.

Ich schloss die Augen. Versuchte, die Lay-Linie zu finden. Sie auf Zen und Ausgeglichenheit zu stellen. Ich war nervös, immer wieder strichen meine Daumen über meine Fingerkuppen. Ich war erregt, und ich reagierte auf all die Hormone, die im Spiel waren. Ich versuchte, meinen Atem zu kontrollieren, meinen Herzschlag.

Zen-Zen-Zen … Zeeto … Zen war scheiße, ich fühlte mich auf einmal allein und irgendwie ängstlich.

»Mir ist so ein bisschen kalt. Du könntest eine Decke nehmen und hochkommen und mich küssen«, sagte ich.

»Okay«, sagte er und tat es.

Er war warm, und es war angenehm, so dazuliegen und zu küssen, und schließlich stützte er sich auf die Ellbogen und sah mich an – diese langen Wimpern, dieser rasch lächelnde Mund …

»Ich liebe dich, los, lass uns ficken«, sagte ich, und mein Herz beruhigte sich etwas. Ich vertraute ihm. Ich vertraute mir. Er vertraute mir auch – mir und den Rucksackriemen.

Okay, um es zusammenzufassen: Wir taten es, langsam und vorsichtig und mit tausendundeiner Rückversicherung, und meine Daumen fuhren so oft über meine Fingerkuppen, dass ich dachte, ich müsste sie mittlerweile einen halben Zentimeter abgenutzt haben. Erst kam er (in seine Hand und auf meinen Bauch), dann kam ich (seine Hand war auch da im Spiel, aber natürlich die andere, wir sind ja nicht blöd). Und dann lagen wir nebeneinander, und er löste die Rucksackriemen. Wir kicherten und seufzten und sagten einander dumme Selbstverständlichkeiten. Meine Fingernägel waren bleigrau und kurz, so wie vorher auch. Ich hatte ihm nicht wehgetan. Nichts an mir hatte sich verändert. Ich fühlte mich gut.

Ja, das war sehr viel besser als unser erster Versuch. Wir wuschen uns am Waschbecken (wenn man die metallene Wandpaneele einmal umdrehte, war dahinter übrigens ein Klo, ein richtiges, echtes, funktionierendes Klo!), und danach redeten wir weiter über dumme Selbstverständlichkeiten. Und als wir eine Haaresbreite vom Gedanken an eine zweite Runde entfernt waren, versuchte jemand, die Tür zu öffnen und uns Essen zu bringen.

Während wir eine gehaltvolle Mischung aus Reis, Wasser und Trockenmilch-Proteinpulver in uns hineinschlangen, setzte sich die Frau zu uns, die sich Zeeto als Clarissa vorgestellt hatte.

»Ihr könntet übrigens einfach bei uns im Speisesaal essen«, bemerkte sie.

»Sind wir jetzt befreundet?«, fragte Zeeto, und sein breites Lächeln machte die Ironie in seiner Frage wett.

»Wir könnten darüber nachdenken«, erwiderte sie. »Wenn wir deine Krankheit lindern und ihr euch entschließt, uns zu helfen, wäre das doch ein Grundstein für eine Freundschaft.« Sie lächelte nun auch. »Ich hab dein Blut analysiert, Zeeto. Du hast Blutgruppe AB, was super ist, weil du damit Universalempfänger bist. Die meisten Ferales haben Blutgruppe B, wir nehmen an, dass B ursprünglich vom Genom der Ferales-Spezies stammt und sich aufgrund der Vermischung auch innerhalb der Doppelsapiens ausgeprägt hat. Jedenfalls heißt das, dass ich noch ein bisschen herumteste, und dann könnte ich dir im Prinzip eine optimierte Blutspende verpassen, die dir Abwehrkräfte gibt, die deine Lebenserwartung erst mal signifikant verlängert.«

Wir tauschten einen Blick. In Zeetos Augen stand Skepsis, und genauso skeptisch klang er, als er sagte: »Wirklich? Okay.«

»Okay?« Sie lachte. »Das ist alles?«

»Ich will mich nicht zu früh freuen. Reiner Selbstschutz. Hab mich jetzt schon eine Weile an den Gedanken gewöhnt, bald zu sterben.«

»Versteh ich«, sagte sie und stand auf. »Also, wie gesagt. Bewegt euch hier frei, und kommt zum nächsten Essen in den Speisesaal.«

»Wie viel Uhr haben wir?«, fragte ich.

»Das hier ist das Frühstück. In den meisten Gängen hängen Uhren.«

»Ah, okay. Danke.«

Und damit ging sie und ließ die Tür offen stehen. Ich starrte Zeeto an, mein Selbstschutz war nicht so gut wie seiner.

»Zee, wenn das stimmt … Wenn sie das hinkriegt …«

Er lächelte, aber es war ein verhaltenes, vorsichtiges Lächeln. »Dann hast du erreicht, weshalb du herkommen wolltest.«

»Das meinte ich damit nicht!«

»Schht. Ich kann mich noch nicht freuen. Zu viel, was ich nicht weiß. Wenn wir jetzt offiziell … *aufgenommen* sind, dann lass uns uns mal umsehen. Vielleicht ist alles so, wie sie sagen. Vielleicht auch nicht. Vielleicht verarschen sie uns, aus welchem Grund auch immer.«

»Ja«, sagte ich leise, aber die Hoffnung rauschte laut und wild in meinem Inneren.

Schüsse. Schreie. Chaos.

Sie haben es ja nicht anders gewollt.

Root schritt, das Kinn erhoben, über den niedergerissenen Zaun hinweg wie der Eroberer, der er war. Der Handgebunden-Markt war sein. Eine Salve aus der Vulkanrotze über die Verteidigung hinweg hatte den Widerstand gebrochen, bevor sie überhaupt etwas anderes als ein bisschen Gestrüpp damit plattgemacht hatte.

Nun gut, ein paar Wachhabende an den Zäunen hatten sie prophylaktisch erschossen, und jetzt war das Heulen und Zähneklappern groß.

Das G-MAX ragte als immense Silhouette in etwa zwei Kilometern Entfernung auf. Die Brokes darauf und darum schüchterten die Marktleute mit Schüssen in die Luft ein (nicht zu viele, Munition war ein kostbares Gut, aber genug, um sie schlottern zu lassen) und trieben sie auf dem großen, zentralen Platz nahe der Bildschirmsäule zusammen. Root hatte diese ach so smarten TVs gehackt und blendete dort Sätze wie »Leistet keinen Widerstand!« und »Hände hoch, ihr Opfer!« ein. In schriftlicher Kommunikation war er bereit, auf seine erhabene Ausdrucksweise zu verzichten, die er als Auserwählter des WiFi für gewöhnlich wählte.

Ein Kerl wurde an seinen langen Haaren durch die verängstigte Menge gezerrt, in der sich Körper an Körper aneinanderdrängte. Lustig, wie der Typ hilflos mit den Armen ruderte. Wenn es ein Typ war: Bei diesen Hopers konnte man das ja nie so genau wissen, Bart hin oder her (bei seinen Brokes konnte er es natürlich auch nicht wissen, aber die machten halt das Maul auf, wenn es ihnen nicht passte, wie er sie anredete). Kinder heulten. Ein Arschtritt beförderte eine Frau bäuchlings auf den Boden. Sie blickte sich wütend um, ihr blieb aber nichts anderes übrig, als zu ihren Heuliheuli-Hopers zu krabbeln und sich dort hinzusetzen. Sie blutete aus einer Wunde am Schienbein.

Es gab vielleicht ein halbes Dutzend Tote unter den Leuten des Handgebunden-Markts und sicher noch mal die doppelte Anzahl Verletzte.

Brokes hatte es nur zwei erwischt, soweit Root wusste; in den ersten Minuten des Überfalls. Insgesamt war die Aktion gut angelaufen und die Lage bereits unter Kontrolle. Er konnte stolz auf seine Planung sein. Loke würde zufrieden sein. Aber es war noch nicht vorbei. Er besaß noch nicht, wonach es der Königin verlangte!

Root blickte an der Säule empor, um die sich seine Gefangenen mit großem *Mimimi* drängten. Es waren wohl über dreihundert, und seine Brokes spürten immer noch Menschen in Verstecken auf, trieben sie herüber.

»Heyo, Root, *abi!*«, schrie Shinto und zerrte ein ganz besonderes Bündel aus einer der erbärmlichen Hütten. Es war der Vagabund, und Root musste sich zusammenreißen, um nicht bei seinem Anblick auszuflippen und Quadros zu rächen. »Guck, wer hier ist! Der Pisser!«

Der besagte Pisser sah ziemlich erbärmlich aus, struppig gewucherter Bart, Ringe unter den Augen, eine abschwellende Prellung an Wangenknochen und Schläfe. Er war dreckig, und ihm waren beide Hände an die Beine gebunden – und zwar nicht auf eher symbolische Weise, wie es hier üblich war, sondern mit doppelten Schlaufen, die ziemlich unbequem aussahen.

Der Vagabund war ein Gefangener des Handgebunden-Markts. Sehr interessant. Root bedauerte ein wenig, dass er nicht hatte mitverfolgen können, wie der Vagabund zum Markt zurückgekehrt war, weil die Reichweite seiner Drohnen es nicht zugelassen hatte. Aber es erfüllte ihn mit Häme, dass er nun immerhin das Ergebnis sah.

Er würde sich später um ihn kümmern.

»Du wirst ihn hierhergebracht haben, Shinto«, sagte er mit beinahe salbungsvoll-zufriedener Stimme.

Einer der Bildschirme schien Root mit seinen drei Einschusslöchern vorwurfsvoll anzustarren. Wie um den Eindruck zu verstärken, flackerte der Schirm noch einmal kurz auf, bevor er ganz erstarb.

Ja, es gab Verträge. Verträge mit diesen Schwachköpfen hier. Die Brokes ließen diese Leute hier gewähren. Dafür lockte der Markt Umherziehende an, die bei den Brokes Passierscheine erhandeln mussten. Und der Markt bezahlte Steuern in Form von Reparaturen und Tech. Das war eine nützliche Zusammenarbeit gewesen – eine Symbiose geradezu. Aber diese Zeit war nun wohl vorbei. Es zeichnete sich eine Beute ab, die größeren Profit versprach als dieser Markt, oh ja, weit größeren, und wenn sie noch etwas davon haben wollten, mussten sie *jetzt* zupacken und nicht weiter Zeit verlieren und zaudern.

Da die Brokes hier die Verträge diktierten, hatte Loke schlussendlich keinen triftigen Grund gesehen, warum sie diesen Vertrag nicht einseitig und fristlos kündigen sollte.

Root baute sich vor den Bezwungenen auf und hob das Megafon an die Lippen. »Ihr werdet meine Worte vernommen haben! Euer Bossmensch wird mit unserem Boss gesprochen haben! Also mit *mir*, ihr Losers!«

Jemand löste sich aus der Menge; der Bossmensch, mit Tätowierungen wie ein Band um die Augen. Root musste sich widerwillig eingestehen, dass das ziemlich cool aussah.

»Ich bin Shan«, sagte ser, »ich bin kein Bossmensch, aber ich spreche für den Handgebunden-Markt. Wie du ja weißt, Root.«

Root wischte dieses Detail mit einer Handbewegung beiseite. Natürlich kannte er Shan und sire Funktion. Aber nur weil man Verträge brach, konnte man sich trotzdem an gewisse Regeln beim Verhandeln von Gang zu Gang halten.

»Was soll das, verdammt? Warum bei allen brennenden Städten und herabstürzenden Satelliten überfallt ihr uns? Was ist mit dieser Symbiose, von der du immer faselst? Sind wir euch nicht immer so verfakkt nützlich? Und hatten wir nicht einen Vertrag!«, rief Shan mit fester Stimme, aber Root hörte die Fassungslosigkeit über die Gewalt und die Toten, die darin mitschwang, deutlich heraus.

»Wer ein G-MAX besessen haben wird, wird die Verträge gemacht haben. Wer eine Vulkanrotze besessen haben wird, wird sie nach Lust und Laune gebrochen haben. Genug wird genug gewesen sein«, brüllte Root ins Megafon, obwohl er gerade einmal fünf Meter von Shan entfernt stand. »Und sobald wir das Baby erhalten haben, werden wir wieder abgezogen sein!«

»Welches Baby?«, fragte Shan. »Hier sind eine Menge Babys!«

Root ließ die Flüstertüte sinken und seufzte. Dann winkte er zwei Brokes heran. Rana und Funog steckten in engen Ganzkörperanzügen aus Leder und hatten Gasmasken vor die Gesichter geschnallt. Das diente nur der Optik, sah aber ziemlich heiß aus. Auf dem Rücken trugen sie Tanks und in den Händen lange Flammenwerfer.

Sie gingen auf den Pulk Hopers zu, je eine kleine Flamme brannte bedrohlich vor den Mündungen der Waffen. Sie versprachen der dichtgedrängten Menge einen schmerzvollen, hundertfachen Tod. Sie prophezeiten Schmerz und Hitze und den Geruch nach verbranntem Fleisch.

Entsprechend erklangen nun Schreie, die Leute rückten in Panik noch enger zusammen, was nur noch mehr Tote in kürzerer Zeit bedeuten würde. Kinder suchten den Schutz von Erwachsenen. Ein paar Verzweifelte versuchten zu fliehen, wurden aber von den umstehenden Brokes zurück zu den anderen gestoßen.

Root beugte sich vor und zischte: »Du weißt verdammt genau, welches Baby ich meine. Rück es raus, sonst feiern wir hier ’ne Grillparty.«

Nackte Angst stand in Shans Blick. Ser wandte sich um, suchte in der Menge die Bestätigung einer Instanz, die offenbar mehr zu sagen hatte als ser, fand, was ser suchte, und nickte dann, die Arme in einer hilflosen Geste erhoben.

»*Fèirén!*«, fluchte Shan. »Ihr habt gewonnen! Keine Gewalt. Ihr kriegt das Baby.«

Root schnallte sich das jammernde Blag vor den Bauch. Roknug hatte so ein Ding auf dem Markt aufgetrieben, *BabyBjörn* stand drauf, und es war an den Trageriemen nur ein bisschen verschimmelt. Das Baby war so vieles: Unterpfand, Schutzschild und Indikator dafür, dass die Schaben aus ihren Bunkern krochen. Vor allen Dingen war das Baby der Schlüssel zum Aufstieg der Brokes.

Ausräuchern hat nicht funktioniert. Erpressung wird Erfolg haben. Die Brokes werden das Ödland beherrschen und damit ihren Einfluss über den Turf hinaus ausdehnen! Sie werden eine überregionale Großmacht werden, mit ihren Karren und Bikes werden sie andere Gangs und Völker unterwerfen wie Cengiz Hans Horde es getan hat. Die Brokes werden unbesiegbar sein!

»Wir werden ins Ödland gezogen sein!«, rief er seinen Leuten zu. »Ihr werdet euch Rüstungen und Schutzanzüge und Atemmasken geschnappt haben! Benzin! Sprengstoff! Unser Ruhm wird grenzenlos gewesen sein! Unsere Taten werden in die Annalen des WiFi eingegangen sein! Los! Los! Los!«

Und danach würde er wiederkommen und süße Rache am Vagabunden üben. Oh ja.

BUNKER
ZEETO, 16. FEBRUAR 2064

Einen Tag verbringen wir damit, uns in den Teilen der Anlage umzusehen, zu denen wir unmittelbaren Zutritt haben. Dazu gehören keine Labore oder seltsamen Trainingsräume. Wir schließen keine Türen kurz (es gibt viele Türen, die meisten sind verschlossen) und schnüffeln nicht in Schränken oder Privaträumen (sosehr mir auch der Sinn danach steht). Wir essen im Essenssaal, bieten in der Küche unsere Hilfe an und werden von jedem Mitglied dieser seit anderthalb Generationen abgeschotteten Gemeinschaft einmal gründlich angestarrt. Wir kommen uns einerseits vor wie Spionierende, die ihrerseits beobachtet werden, und andererseits wie Gefangene an einer langen Leine. Letzteres trifft womöglich auf alle zu, die hier leben. Es befindet sich immer jemand in unserer Nähe, niemand ist über die Maßen freundlich, und die meisten sind sehr kurz angebunden.

Es ist offensichtlich, dass Jaro auf Laylay angesetzt ist, er bietet mehr als einmal an, sie herumzuführen oder mit ihr zu trainieren oder uns Gesellschaft zu leisten.

Ich bin wirklich nicht eifersüchtig. Ich glaube, dass er ihr den Kopf verdrehen soll, weil Vic, die offenbar die Anführerin dieser Gruppe ist, will, dass Laylay ein Teil derselben wird. Und *deshalb* finde ich den Typ zum Kotzen. Laylay verhält sich ihm gegenüber kühl, serviert ihn aber auch nicht ab, was vermutlich klug ist, aber ich halte ihn kaum aus. Er ist der Einzige, der während der Mahlzeiten länger mit uns redet, und er macht mit jedem Satz, jeder Geste, jedem Blick klar, dass er zum einen denkt, dass wir quasi um ein Weibchen konkurrieren (kotz) und zum anderen weiß, dass er in der Nahrungskette über mir steht.

Ich glaube, anderthalb Generationen Langzeitversuch, wie man Menschen tierhafter züchten kann, haben Spuren bei ihm hinterlassen.

Es müsste mittlerweile der 16. Februar sein, wir sitzen beim

Mittagessen, und ich lasse meinen Blick über die nackten silbernen Tische mit Stockflecken im Raum gleiten. Der Raum ist spartanisch eingerichtet, aber ein paar Bilder hängen an den Wänden, teils Bleistiftporträts, die gar nicht schlecht sind. Vermutlich Erinnerungen. Auch die Kinder dieser Gemeinschaft sitzen beim Essen – ja, sie existieren: Es sind fünf, ungefähr zwischen zwei und fünfzehn Jahren alt, inklusive eines eineiigen Zwillingspaars. Sie reden und albern herum wie normale Kinder, aber ein erwachsener Feralis sitzt mit am Tisch und achtet darauf, worüber sie in unserer Gegenwart sprechen. Manchmal tippt er leicht mit der flachen Hand auf den Tisch, und sie reagieren sofort. Es ist ein bisschen gruselig, als hätten sie hier einfach ein Experiment an sich selbst weitergeführt und ihre eigenen Kinder konditioniert. Andererseits konditionieren wohl alle Eltern ihre Kinder.

Ich erwische mich natürlich dabei, wie ich jeden Erwachsenen mustere und mich frage, wer Mtotos Vater ist. Aber ich kann einfach keine Ähnlichkeiten zwischen dem knuffigen Baby und all diesen grimmigen Erwachsenen feststellen.

Es herrscht keine richtige Aufbruchsstimmung, obwohl Vic ja sagte, dass sie die Anlage bald verlassen müssten. Die Teile der Vorratskammern, die ich bei unseren Ausflügen in die Küche gesehen habe, wirken außerdem nicht so, als würde ihnen das Essen morgen ausgehen. Aber vielleicht das Wasser, was weiß ich.

Es gibt noch eine weitere Sache, die ich mich frage.

Ach, übrigens, meinen Versuch, mein Notizbuch dreidimensional zu erweitern, habe ich für gescheitert erklärt. Ich bin dazu übergegangen, weiterhin zweidimensional zu schreiben, auch wenn ich das Ergebnis für nicht sehr übersichtlich halte.

Also, diese Sache, die ich mich frage (beziehungsweise habe ich natürlich eine Million Fragen, aber eine davon ist drängender als die anderen): Vic und Jaro und die anderen »Ersten« sind ja nichts weiter als die neusten Ergebnisse eines Experiments der … na ja. Moment, ich fange noch mal an. Sie wollen hier möglichst, puh, reinrassige Varianten ihrer Menschenspezies hervorbringen und ordnen sich diesen Varianten außerdem hierarchisch unter, richtig?

Ja. Mir ist aufgefallen, dass drei der fünf Kinder blond sind wie Jaro. Ich halte es für gut möglich, dass die »Ersten« sich hier mit Priorität fortpflanzen dürfen, Schrägstrich müssen, vermutlich, um die besten Ergebnisse zu erzielen – was auch immer sie glauben, was das nutzt. Und mir ist klar, dass Laylay als neu angekommene »Erste« diesen Genpool um ganz hervorragendes Erbgut erweitert, weshalb sie *alles* tun werden, um sie zu behalten.

Aber wenn sie so versessen auf Arterhaltung sind, was macht das dann aus ihrer Aussage, dass sie aus dem Ödland raus und sich meinem Steinzeitdorf anschließen wollen? Wie wird das wohl aussehen?

Wenn ich zulasse, dass sie meine Wastelandkrankheit lindern, und das die »Verhandlungsmasse« ist, öffne ich damit dann Leuten das Tor in meine Heimat, die alle Menschen darin ihrem Willen zur Optimierung, ihren wissenschaftlichen Ergebnissen und ihrem Streben, eine überlegene Spezies zu werden, unterordnen wollen? Das ist so gruselig, dass ich mich am liebsten davon abhalten würde, diese Gedanken zu denken. Ich muss an Nationalsozialismus und Eugenik denken, und beides erfüllt mich mit ziemlichem Schrecken, obwohl ich natürlich nur verschwommene, unscharfe Ahnungen davon im Kopf habe.

Aber die Wahl zu haben zwischen Ich-sterbe-innerhalb-dieses-Jahres und Ich-lebe-vielleicht-noch-dreißig-Jahre beeinflusst mich doch mehr, als ich möchte, versteht ihr? Was, wenn ich ihnen unrecht tue? Denkbar, dass sie von diesem Weg abweichen wollen, den sie anderthalb Generationen gegangen sind. Dass sie einfach wieder in Freiheit leben wollen, unter anderen Menschen.

Aber die wachsamen Blicke, die angespannten kurzen Gespräche – das alles wirkt auf mich nicht so, als würden sie sich freuen, ein neues Leben anzufangen.

Letztlich werde ich mir, bevor ich Rissas Angebot annehme, ein Bild davon machen müssen, was sie vorhaben. Laylay muss sie irgendwie ablenken, auch wenn mir alle Möglichkeiten, wie ihr das gelingen könnte, nicht gefallen, und ich muss dann den Weg in diese Labore finden, von denen Laylay mir erzählt hat. Die Tür kurzschließen. Und hoffen, dass sie genauso gerne und gründlich Dinge aufschreiben wie ich (aber vielleicht übersichtlicher. Und dreidimensional!). Ach ja, und natürlich schreibe ich nichts von diesen Überlegungen auf, die müssen in meinem Kopf bleiben oder geflüstert zwischen Laylay und mir.

Jedenfalls, zurück zum Tisch, an dem wir sitzen. Denn als ich mir gerade einen Löffel seltsamer Konservenpampe in den Mund schiebe, die nach Fleisch schmeckt, das aber so klein ist, dass ich es nicht aussortieren kann (was mich ärgert), geht der Alarm los.

Ich habe bis zu diesem Zeitpunkt nicht gewusst, dass sie einen haben.

Sofort springen alle im Raum auf, die Kinder verschwinden so diszipliniert, dass sie schon aus dem Raum sind, bevor ich meinen Löffel hingelegt habe. Die Erwachsenen schlagen zwei verschiedene Richtungen ein: in einen angrenzenden Raum und auf den Gang.

Jaro sagt zu Laylay: »Komm mit«, und ich schließe mich einfach an, weil, denk nicht, dass du so tun kannst, als wäre ich nicht da, Fakkero!

Im angrenzenden Raum, einem Gemeinschaftsraum mit weiteren silbernen Tischen und abgenutzten, neu zusammengebauten Spielsachen, die sich ordentlich in Kisten auf dem Boden befinden, sind einige dunkle Bildschirme in die Wand eingelassen.

»Stromaggregat«, befiehlt Vic in die angespannte Stille von Leuten hinein, die alle genau wissen, was sie tun.

Es ist wie auf der Brücke eines Raumschiffs in einer SF-Serie. Irgendwo über uns beginnt aufs Umlegen zweier Schalter hin ein Generator zu bollern, ein tiefes, sonores Dröhnen, das durch die Wände in meine Knochen dringt.

Kurze Zeit später springen die schwarzen Bildschirme an, drei von ihnen zeigen nur Schnee, die anderen drei verpixelte Perspektiven von schräg oben in Bunkergänge hinein.

»A eins bis drei wieder ausgefallen«, sagt eine Frau, die Ezgi heißt, wenn ich das richtig in Erinnerung hab.

A vier steht schief, funktioniert aber noch, und ich sehe wie alle anderen im Raum, dass sich Menschen in diesem Gang befinden.

»Brokes«, sagt Laylay heiser.

Obwohl wir keine Farben erkennen können, ist das Spraypaint auf ihren Helmen unverkennbar, die aufgerissenen Mäuler, die Glubschaugen, die aufgesprühten Zähne.

Vic tritt näher an den Bildschirm heran, vor dem die Frau mit den zusammengekniffenen Augen steht, und deutet auf ein Detail.

»Sie haben Sprengstoff.«

»*Aman Allahım,* Zeeto!«, flüstert Laylay neben mir und bohrt ihre Finger in meinen Arm.

Kurz zucke ich zusammen, ich habe Angst vor ihren Fingernägeln, obwohl diese seit letzter Nacht wieder hell sind. Ich bin mir ziemlich sicher, dass sie etwas anderes meint als den Sprengstoff.

»Das ist ernst, die werden versuchen, hier reinzukommen«, sagt Reza, und Vic schnaubt.

»Ja, das sollen sie versuchen – die Kinder und Clarissa in die Schutzräume, alle anderen bewaffnen! Wir machen sie diesmal fertig. Wir warten nicht, bis sie die nächsten Türen aufbrechen. Hiervon werden sie sich nicht erholen!«

Clarissa stürzt in den Raum. »Ich koordiniere mit Tina zusammen«, sagt sie. »Von hier aus.«

»Rissa, Schutzraum! Und Tina auch!«, kommandiert Vic kompromisslos. Tina ist die vielleicht Fünfzehnjährige, die Älteste der dritten Generation der Bunker-Ferales. Rissa ist schwanger, das habe ich mittlerweile begriffen, auch wenn es in dem grauen Overall nicht sonderlich auffällt. »Wir brauchen dich, wenn wir mit ihnen fertig sind, Rissa!«

»Zeeto!«, stößt Laylay aus, packt mich und zieht mich auf Augenhöhe runter. »Die haben Mtoto«, flüstert sie mir zu, aber hier sind längst alle Ohren feralismäßig gespitzt, und Vic fährt zu Laylay herum. Ich hingegen starre an Vic vorbei auf den Bildschirm.

Die Brokes, von denen die ersten an der Kamera vorbeigerannt sind, sind bepackt – Rucksäcke, Kanister, Flammenwerfer, Waffen. Einer von ihnen ist nun ganz nah, und klar erkenne ich seinen verschissenen Feuerwehrhelm, verdammt, es ist dieser durchgeknallte Schamane, und jetzt sehe ich, was er an Gepäck vor die Brust geschnallt hat.

Nämlich ein kahles Baby, und es schreit wie am Spieß, und kurz bevor dieser Wichser an der Kamera vorbei ist, wirft es den Kopf herum, und ich sehe das fleckig geheulte Gesicht. Mein Herz sackt mir in den Magen. Mir wird kotzübel.

»Scheiße.«

Vic hat gecheckt, was vor sich geht, und nicht nur sie. Jaro und Clarissa stoßen einen Schreckenslaut aus.

»Das ist Mtoto!«, sagt Laylay, und jetzt schreien alle durcheinander.

»Warum haben sie ein Baby?« – »Ist das … ist das Jeanne?« – »Yvonnes Tochter?« – »Woher haben sie sie?« – »Ist Yvonne bei ihnen?«

»Yvonne ist tot«, sage ich, aber zu leise.

Wenn dieser Scheißkerl Mtoto hat – was heißt das für Riika und Linda und Dünya und den Rest der Marktleute, verdammt, will ich es überhaupt wissen? Ich presse die Zähne aufeinander.

»Wir müssen ihr helfen!«, schreit Laylay, und sie klingt, wie ich mich fühle.

»Sie hat recht, wir müssen die Kleine zurückholen!«, sagt Vic bestimmt.

»Sie werden sie aus einem Grund dabeihaben«, sagt Jaro. »Sie erpressen uns mit ihr. Sie werden sie töten, wenn wir uns nicht ergeben.«

»Dann müssen wir schneller sein.«

»Das sind mindestens fünfzig Leute, wie sollen wir schnell genug an Jeanne rankommen?«

»Verschiedene Ausgänge, wir teilen uns auf, treiben einen Keil in die Mitte und die Gruppen auseinander. Isolieren diesen Bastard«, kommandiert Vic. »Louis, wir brauchen das Scharfschützengewehr.«

»Klar«, sagt Louis.

Mein Herz stottert.

»Ich komme mit«, sagt Laylay.

»Lay, ich –«

»Nein, du nicht«, schneidet mir Jaro das Wort ab. Ich wollte auch gar nicht. Ich wollte nur Laylay davon abhalten, mitzugehen. Jaro fährt unbarmherzig fort: »Du bist verwundbar, du bist ein Risikofaktor, du kommst nicht mit.«

Ich nicke nur. Laylay sieht mich an, die Lippen zusammengepresst. Die Aufregung hat bereits angefangen, sie zu verändern, es fängt in ihren Augen an und geht an ihren Zähnen weiter. Ich fühle mich, als würde mir alles unter den Füßen weggerissen, Mtoto, Laylay, ich kann nichts für irgendjemanden tun, und das macht mich fertig.

Sie packt mich und umarmt mich kurz, ihr Mund an meinem Ohr. »Zeeto, guck dich um, während ich Mtoto rette, okay?«

Ich nicke, meine Sicht verschwimmt, vielleicht vor Aufregung, oder ich heule mal wieder, kann sein.

Und dann schreit Vic lauter als alle anderen, und es bilden sich Gruppen, und sie stampfen los, und ich verschwinde aus ihrem Interesse und ihrem Bewusstsein, ein nichtsnutziger Doppelsapiens.

Als meine Sicht wieder weniger verschwommen ist, stehe ich in einem sehr dunklen Korridor. Es ist still um mich herum – ich bin ihnen entwischt, durch die Gitterstäbe ihrer Aufmerksamkeit geschlüpft, und Laylay hat recht: Das hier könnte unsere einzige Chance sein, etwas über dieses Experiment, diese Labore, die Ferales herauszufinden.

Über Laylay und Mtoto.

Falls ich sie je wiedersehe. Ein Klumpen liegt in meinem Magen: Angst, heruntergeschluckt und verdichtet.

Ich beuge mich über das Bedienfeld der Tür, die Laylay mir gezeigt hat. Sie sagte, dass sie sich durch das Überbrücken der Kabel öffnen lassen, und ich betrachte das lose Gehäuse. Aber jetzt hat der Notfallgenerator ihrem Tastenfeld den nötigen Strom geliefert.

Jetzt reicht es, dass mein Finger die *OPEN-DOOR*-Taste wählt.

Die Tür öffnet sich lautlos. Und ich bin durch. Mein Herz rast.

Was, wenn Mtoto stirbt? Was, wenn Laylay etwas passiert, was sie nicht heilen kann? Was, wenn alle Ferales gegen die Brokes draufgehen und ich in einem Labor eingesperrt mein Ende finde?

Tausend mögliche Zukünfte. Ich drücke mich an die Wand zur Linken, als die elektronisch gesteuerte Tür sich hinter mir schließt. Nein. Nein, nur eine. Nur eine.

»Die eine Zukunft, in der ich herausfinde, was sie vorhaben. In der Laylay Mtoto rettet. In der wir auf ihrem Motorrad entkommen, sie, ich, Mtoto.« Ich murmle es vor mich hin, es hallt in dem düsteren Gang wider.

Ich konzentriere mich, laserscharf werden meine Gedanken, ich kann es spüren. Vielleicht bin ich ein dürrer, todkranker, schwächlicher Doppelsapiens, aber all meine bipolare Brainpower ist nun auf diese eine Aufgabe gerichtet, und niemand wird mich aufhalten.

BUNKER
LAYLAY, 16. FEBRUAR 2064

Azmi hatte uns immer aus Kämpfen herausgehalten. Ich wusste das erst jetzt so richtig zu schätzen. Ich hatte immer gedacht, ich sei hart unterwegs, aber als es um Leben oder einen gewaltsamen Tod ging – und um Leben oder gewaltsamen Tod anderer Leute, zum Beispiel eines Babys –, wurde mir bewusst, dass ich nicht dafür gemacht war.

Mein Körper war's vielleicht.

Jaro lief neben mir, und ich sah seine Transformation wie eine Spiegelung meiner eigenen, wie er und ich größer wurden, massiger, haariger, grober, animalischer – das Sichtfeld farbloser, aber kontrastreicher, die Gerüche tausendmal verstärkt, die Gedanken reduziert. Ich hatte Angst vor der Verwandlung, aber wie Zeeto es über sich selbst gesagt hatte: Die Furcht davor bringt einen näher heran. Die Furcht davor begünstigt sie.

»Keine Angst«, knurrte Jaro. Ich roch überall Angst, von jedem um mich herum. »Kontrollier dich. Kontrollier *es.* Wie ich es dir gezeigt hab.«

Ich versuchte es. Und behaupte, es gelang mir besser als beim letzten Mal – mit kugelzersiebter Lunge. Ich durfte mich nicht darin verlieren, es ging um Mtotos Leben!

Und hier wurde mir klar, dass mein Körper für solche Situationen gemacht war. Aber nicht mein Geist.

Du bist Hoper, Laylay, sagte Zeeto in meinem Kopf, und vermutlich hatte er recht, er musste es schließlich wissen. Aber wenn ich Hoper war, dann hoffte ich für Mtoto, und dann musste ich trotzdem in diesen Kampf und Leute verletzen, vielleicht töten, vielleicht verletzt werden, Schmerzen erleiden. Ja, verdammt, ich hatte nicht nur Angst um Mtoto, ich hatte auch Angst davor, solche Schmerzen durchzumachen wie bei den beiden Lungendurchschüssen.

Jaro, Louis, Reza und sechs andere folgten Vic, die sich vor uns ebenfalls verwandelte.

Wie weit geht das?, ging es mir durch den Kopf, als ich sie und die anderen sah, die sich schwächer verwandelten, aber ebenfalls Transformationen durchmachten. *Wenn sie so weitermachen, Generation um Generation, durchlaufen sie die Evolution dann rückwärts? Werden sie wieder zu Tieren? Oder ist das gar nicht* rückwärts, *sondern eher seitwärts?*

Dann verschluckte das Adrenalin alle Gedanken. Louis und Reza, die sich weniger stark verwandelten, hatten Gewehre in der Hand, es gab zwei Pistolen und einige Messer. Vic rannte voran, die Hände zu klauenbewehrten Mordwerkzeugen verformt, unsere Stiefel hallten, hallten, hallten in Gängen, und dann kamen wir zu einem Aufzug – einem anderen als dem, in dem ich erschossen worden war. Es war ein großes Ding, man hätte locker das Moped darin abstellen können, und Vic scheuchte uns hinein.

»Damit sind wir in ihrem Rücken. Alexander fällt ihnen in die Flanke.« Ihre Stimme grollte zwischen den Metallwänden des Aufzugs, die Türen schlossen sich.

»Wie verhindern wir, dass sie Mtoto was tun?«, brachte ich hervor, *İmdat,* wie meine Stimme klang!

»Wir müssen sie eben schneller töten«, knurrte Jaro neben mir, und dann schwiegen wir, angespannt auf das Sirren der Motoren lauschend.

Die Tür öffnete sich in einen dunklen, leeren Gang, doch an unsere Raubtierohren drang der Lärm, den die Brokes machten, die Entfernung unbestimmbar durch das Echo und die Windungen der Gänge, aber deutlich von links. An unsere Raubtiernüstern drang der Geruch von Benzin, Schwarzpulver, Schweiß und von Drogen übersteigertem Adrenalin und Pheromonen.

Vic musste nichts sagen.

Die Jagd begann.

BUNKER
ZEETO, 16. FEBRUAR 2064

Meine Jagd beginnt. Niemand ist hier. Wo auch immer der Schutzraum für die Kinder und Schwangeren ist, er ist nicht hier, und ich bin in einer weitläufigen Laboranlage und

mein

Hirn

läuft

Amok.

Der Stromgenerator liefert Licht und Elektrizität, wer weiß, wie lange noch, und ich reiße Schränke auf und werfe uralte, auf Papier ausgedruckte Kladden und Dossiers auf den Boden. Ich schalte einen Rechner an, und während er hochfährt, sehe ich mir die handschriftlichen Notizen an, die bei der Laborzentrifuge und der Kühleinheit liegen, aber ich werde nicht schlau daraus. Daher öffne ich diese Kühleinheit, die irgendwie dank Superisolierung halbwegs stromautark operiert, denn sie zischt und nebelt vor sich hin. Darin sind Blutproben.

Eine ganze Menge Blutproben, versiegelte Röhrchen in einem Plastikständer, beschriftet mit kleinen Klebezetteln. Ich beuge mich vor, als der kalte Nebel verflogen ist.

Exp. 2. Exp. 4. Zeeto.

Ah, da ist also auch meine drin, ich habe einen Namen, die anderen haben Nummern. Von wem sind sie? Ferales? Warum haben sie keine Namen?

Ich schließe die Tür, etwas anderes als Blutproben wird darin nicht gekühlt.

Der Rechner ist hochgefahren und will kein Passwort, es ist einfach nur eine Bedienoberfläche, Linux, glaube ich, aber so richtig viel weiß ich nicht darüber, nur das, was ich auf dem Markt mal mit Iggel zusammen erbastelt habe. (Ja, ich hatte schon eine ganze Menge Hobbys. Einer der Vorteile, wenn man bipolar ist.)

Es ist eine Maus angeschlossen, ich klicke und öffne ein Nachrichtenprogramm und mehrere elektronische Ordner, in denen sich Dokumente befinden. Ich sortiere sie nach Alter, und – *yes!* – es sind einige dabei, die aus diesem Jahr stammen, 2064, der Computer hat mitgezählt oder seine Systemzeit ist nach den Stromausfällen immer wieder eingestellt worden.

Ich öffne die neusten Dokumente.

Und muss mich an der Tischkante festhalten, um nicht das Gleichgewicht zu verlieren.

Erinnert ihr euch noch daran, dass ich bei meiner Expedition in die Gänge Blut und menschliche Matsche an den Wänden und am Boden gesehen habe, aber keine Leichen?

Nun, ich habe die Leichen gefunden.

Also nicht die wirklichen Leichen, sonst hätte ich mich längst übergeben, aber auch so bin ich nah dran.

Die Abgelebten sind hier dokumentiert mit Bild und Text, aber erst einmal rufe ich nur die Bilder auf. Als die Dokumentation begann, waren sie noch keine Leichen: Brokes starren wütend oder teilnahmslos, schreiend oder mit zusammengepressten Lippen in die Kamera – dass sie Brokes sind, erkenne ich an den angesprayten Haaren, den beliebten Tattoos von Haifischmäulern, verzerrten Hundeschnauzen und Raubtierzähnen, den Piercings und Metallplatten, auf die sie so stehen. Sie sind alle verletzt, außerdem auf Liegen fixiert.

Ich sehe mich unbehaglich um, das Licht fällt durch einen geöffneten Türdurchgang in den nächsten Raum, und dort stehen die Liegen, die jetzt wieder blankes Metall sind, alle Flecken davon sind verschwunden.

Die Brokes waren nicht mehr lange so lebendig.

Die Dokumentation nennt Uhrzeiten. Sie haben nicht lange gelitten.

Lungenobduktionen sind dabei und Querschnitte durch … ich vermute Nieren; ich schlucke Galle, die mir hochkommt.

Als ich es nicht mehr aushalte, rufe ich das Programm auf, mit dem Nachrichten von hier versandt wurden, und konzentriere mich darauf, bis das Pochen in meinen Schläfen, das Rauschen in meinen Ohren nachgelassen hat. Ich habe keine Zeit für so etwas, ich muss *schnell* etwas herausfinden, nein, nicht etwas – *alles!*

Im Programm gibt es keine Texte, die jünger sind als Nachrichten aus dem Jahr 2026. Ich klicke mich durch, meine Hände zittern, mein Hirn verarbeitet die eben gesehenen Bilder.

Dreidimensional, Zeeto, denk dreidimensional!

Fotos, Text, Jahreszahlen. Drei Dimensionen ergeben ein Bild.

Ich überfliege eine Nachricht nach der anderen, scrolle runter, finde Signaturen – Hinterlassenschaften einer anderen Zeit.

Meine Synapsen feuern, und das Muster beginnt, einen Sinn zu ergeben.

Ich nehme einen Stift, es ist ein Kugelschreiber, keine Ahnung, wie sie es geschafft haben, dass ihre Kugelschreiber noch funktionieren. Ich schiebe meinen Ärmel hoch und schreibe mir die Informationen, die sich in den Nachrichtensignaturen befinden, auf den Arm.

Die Nachrichten, die ich gerade versuche zu erfassen, gingen von Forschungsstation zu Forschungsstation – vermutlich, als die Datennetze, die diese von Menschen verheerte Kugel früher umspannten, noch intakt waren. In den Signaturen befinden sich GPS-Koordinaten. Und auch wenn die Satelliten nichts mehr aus dem Himmel senden: Es gibt Offline-Material, das diese Koordinaten verzeichnet, das weiß ich, denn der alte Philipp hat so etwas in seiner Bibliothek des nützlichen und unnützen Wissens.

Diese Koordinaten hier verzeichnen die Position der anderen Labore, die an der toxikologischen Bestimmung des Wastelandkampfstoffs gearbeitet haben. Die Nachrichten brechen in einer fiebrigen Phase des Austauschs ab, so viele Informationen, ich zittere am ganzen Körper. Ein Labor in Polen ist besonders weit gekommen.

Aber nur hier wurde an Ferales geforscht.

Heißt das, nur hier gab es Überlebende? Hat in den anderen Laboren niemand den Zusammenbruch der Zivilisation überlebt?

Zeeto, Zeeto, Zeeto, schrei ich mich innerlich an. *Was, wenn sie fertig geworden sind, aber niemand hat die Ergebnisse je da rausge-*

holt? Was, wenn die Lösung schon fertig ist? Was, wenn nur jemand mit genügend Arsch in der Hose einen Weg dorthin finden und sie ans Licht holen müsste?

Ich schreibe auch die anderen Koordinaten auf meinen Arm, aber die obersten lerne ich auswendig, die aus Polen.

Dann gehe ich den Inhalt genauer durch.

Anfangs arbeiteten sie zusammen, aber nicht jedes Labor hatte denselben Versuchsaufbau. Eigentlich hatten keine zwei Labore denselben, aber sie tauschten sich untereinander aus – und dann hörten sie auf damit, weil die Netze zusammenbrachen.

Und dann finde ich noch etwas.

Dieses Labor in Polen.

Es ist besonders weit gekommen, weil ein Kind mit vielversprechendem Genom dorthin transferiert worden war. Weiblich, in diesem Labor hier geboren und in das andere Labor überführt. Testperson F-0-17, Rufname Klára Molnár, geboren am 3. Juli 2023. Sie war zweieinhalb, als sie weggebracht wurde, so alt wie Orinka. Ein vielversprechendes Versuchsobjekt, eine Blutspenderin, ein Schlüssel zu einer Rettung, die es nie gab. Ein kleines Kind.

Laylays Mom?

Wie weit waren sie mit ihr gekommen? Was hatten sie mit ihr gemacht?

War es weit hergeholt, anzunehmen, dass sie aus dem Labor entkommen war, als alles zusammenbrach? Dass sie überlebte? Dass sie ein Kind mit Azmi zeugte?

Ja, vielleicht ist es zu weit hergeholt. Aber ich muss es wissen, ich schreibe mir auch ihren Namen auf den Arm, sogar ihre Nummer.

Dann klicke ich mich weiter durch die Daten – keine Nachrichten mehr von außerhalb, aber ein steter Strom neuerer Dateien, angelegt von denen, die hier überlebten.

Die Ferales forschten weiter, ich folge ihren Erkenntnissen zu ihren Abwehrkräften und zur Wastelandkrankheit, zu Lebenserwartung und im Alter einsetzendem Lungenzerfall.

Ich muss mich beeilen, ich überspringe einige Jahre, und dann kommt eine überraschende Kehre. Ich atme durch. Vic, Clarissa und andere Namen, die ich nicht kenne – sie haben hier an etwas Neuem geforscht.

Ich öffne erneut den Leichen-Ordner und klicke mich durch die Dokumente, die wie die Blutproben mit *Exp_1* bis *Exp_7* beschriftet sind. Klicke mich durch die Brokes, die hier ihre Leben gelassen haben.

Ich schreie, als es mir klar wird.

Ich bin so ein verdammter Idiot, ich hätte niemandem hier trauen sollen, *Zeeto, dir war doch klar, dass sie Toxxers sind!*

Sie hatten nie vor, mein Leben zu verlängern, aber das ist es nicht, was mich so wütend macht. Sondern dass sie sich einen Platz in der Welt da draußen schaffen wollen, indem sie das, was in meiner Lunge wütet, zu etwas Ansteckendem transformieren.

Ich verstehe nicht alles, was in den Dokumenten steht, wie auch, aber ich verstehe, dass sie Komponenten des Gifts in die RNS eines Bakteriums eingefügt haben, sodass es sich von Mensch zu Mensch überträgt.

Sie haben es mit den Gefangenen versucht, die sie nach der letzten Konfrontation mit den Brokes gemacht haben, und diese Modifikation des Gifts war zwar ansteckend, aber so sehr, dass sich ihre Lungen innerhalb weniger Stunden zersetzten. Zu schnell, um es sie in die Welt hinaustragen zu lassen.

Clarissa hat daran gearbeitet – und sie ist zufrieden mit der langsameren Reaktion in meinen Blutzellen.

Sie wird es mir als vermeintliches Heilmittel verabreichen und mich dann in den Broke-Turf zurückschicken als wandelnde Zeitbombe. Ich würde den Markt auslöschen, ich würde die Brokes auslöschen, und dann würden sich die Ferales ihren Platz in der Welt nehmen – und vielleicht mehr als das.

Fakk, ey! Je nachdem, als wie ansteckend und wie tödlich sich das erweist, erwischen sie die Menschheit auf dem echt falschen Fuß.

Außer Atem, als wäre ich meilenweit gerannt, mit einem unangenehmen Stechen in der Lunge, als wolle sie mich genau jetzt an die Wastelandseuche erinnern, lehne ich mich an den Schreibtisch. Sterne tanzen in meinem Sichtfeld.

Gut, dass ich mich nicht zur früh gefreut hab.

Ich muss hier weg. Und ich muss Clarissas verfakktes Doomsday-Experiment vernichten, das ist überhaupt das Allerwichtigste.

Ich schaue den Computer bedauernd an. Jahrzehnte der Forschung, aber ich muss jetzt gründlich sein. Ich darf es nicht zurücklassen.

Ich stöpsle Monitor, Maus und Tastatur aus, werfe den kleinen Rechner auf den Boden und greife mir einen Stuhl, stampfe wieder und wieder damit ins Gehäuse, bis es zerbricht und auseinanderreißt, und dann zerpflücke ich es, bis ich die Speichereinheiten finde, und die zerstampfe ich noch kleiner, und dann, mit pfeifendem Atem, reiße ich den Kühlschrank auf und fege die Blutproben heraus und lege Clarissas handschriftliche Notizen in eine Art Mikrowelle, die Proben erhitzen kann, stelle sie auf volle Pulle und zehn Minuten und sehe zu, wie sie schon nach einer Minute in Flammen aufgehen.

Ich kann nicht sicher sein, dass ich gründlich genug bin. Es gibt so viele Räume, der Flur geht weiter bis zu den Trainingshallen, in denen Laylay mit Jaro war.

Aber vielleicht hilft es schon, dass sie mein Blut nicht mehr haben, dass sie diese RNS nicht mehr haben … Und jetzt muss ich hier weg, wenn sie mich in diesem Chaos finden, bin ich tot, tot, tot!

Als ich das Labor verlasse, folgen mir Rauchschwaden. Nicht nur mein Atem brennt, es kommt mir so vor, als glühe mir das Blut in den Adern, als würde auch ich mich jeden Moment in einen Feralis verwandeln, so sehr ekelt mich das alles an.

Toxxers lernen es nie, Toxxers werden es niemals lernen. Mit einer wahnwitzigen Tat werden sie uns immer wieder und wieder zurückwerfen, alle Hoffnungen zunichtemachen, die wir uns Schritt für Schritt für Schritt zu Wirklichkeiten machten. Ich heule, die Tränen laufen mir übers Gesicht. Ich hasse sie, bei allen fliegenden Fakks, wie ich sie hasse!

Ich muss Laylay finden. Wir müssen Mtoto retten. Und wir müssen abhauen. Das ist die Zukunft, die wahr werden soll.

Die einzige Zukunft.

BUNKER
LAYLAY, 16. FEBRUAR 2064

Ich hatte noch niemanden umgebracht, aber das lag nicht daran, dass ich es nicht versucht hätte. Ein roter Schleier lag über meiner Welt, ich konnte kaum noch denken, nur agieren,

re

agieren.

Wir brachten eine Gruppe mit Helmen oder Atemmasken gesichtslos gemachter Brokes auf, die gerade versuchten, eine Tür zu sprengen. Vic und Jaro waren ganz vorn, sie wüteten,

sie rissen

tobten

ließen uns die Reste.

Aber der Sprengstoff ging hoch, es roch aggressiv

Gefahr

dann zerrte mich jemand zurück, brachte mich aus dem Gleichgewicht

Feuer

eine Welle aus Lärm und Hitze, schrilles Pfeifen in meinen Ohren, mein Gleichgewichtssinn gestört, aber ich umso wütender, und meine Ohren heilten, das Trommelfell wuchs. Gedankenlos trieb mich dieser Zorn voran, ich musste Mtoto finden, und ich würde alles niederreißen auf dem Weg.

Wir waren ein Rudel.

Wir jagten.

Wir waren schnell, aber das Leben eines Babys ist zerbrechlich, sie hatten es in der Hand, wie sollten wir schnell genug sein, wir waren

zu langsam.

Eine weitere Explosion, euphorisches Geschrei, aus der Deckung einer Biegung im Gang warfen sich die Brokes in den gesprengten Durchgang, ich hatte keine Orientierung, wo befanden wir uns, wo führte welche Tür hin, wann waren die Brokes drinnen, innen, was würden sie tun, wenn sie dort waren?

Sie johlten ihr Broke-Ulululu, auf- und abschwellend, und dann schrie eine von der Atemmaske verzerrte Stimme: »Stopp!« Wir waren noch nicht am Durchgang angekommen, Rauch drang uns entgegen, aber unsere Ohren zeichneten ein Bild.

Die Brokes hörten auf, wurden ganz leise, gehorchten, bis zum Bersten gespannt, als wollten sie jeden Moment loslachen, so fühlte es sich an, und dann der Schrei: »Ihr werdet euch ergeben haben, bevor ich das Baby getötet haben werde!«

Vic knurrte und setzte zum Sprung an, hinein in den Rauch, und ich wollte ihr folgen, sie war die Erste unter uns Ersten, sie war die Alpha, aber dann brandete in der gähnenden Stille, die nur vom Knurren aus transformierten Kehlen mit einem Hintergrundrauschen erfüllt wurde, der schluchzende, japsende Schrei eines Babys auf, Mtotos erschöpfter Protest gegen diesen Bastard, der sie festhielt und sich hinter ihr versteckte, und dieser Schrei ließ mein Hirn anspringen, als hätte Mtoto ein Ersatzstromaggregat eingeschaltet.

Ich tat einen übermenschlichen Satz nach vorn, meine Schulter erwischte Vic am Rücken, und ich katapultierte sie gegen die Wand neben der Tür.

Schüsse krachten, peitschten durch die Türöffnung, aber wir befanden uns außerhalb ihres Schusswinkels.

Vic fuhr zu mir herum, ihre Zähne blitzten auf, die Fänge so lang wie mein kleiner Finger, und weil ich sie aufgehalten hatte, schnappte sie mit grässlich verzerrtem Gesicht nach meiner Kehle.

»Vic!« Ich warf mich zurück, ihre Zähne erwischten mich nicht. Meine Stimme klang seltsam, so dunkel und roh. »Mtoto … Jeanne! Er tötet sie!«

Auch sie zwang Verstand zurück in sich.

Wer hat Jeannes Mutter getötet, Vic? Die Brokes? Oder ist sie verwundet vor euch geflohen und auf dem Weg verendet? Ich fragte es nicht, und ich würde es nicht erfahren. Sie war tot, aber Mtoto lebte noch.

Sie lebte noch, weil Zeeto sie gerettet hatte. Weil ich Zeeto gerettet hatte. Und ich würde sie jetzt nicht im Stich lassen.

»Willst du etwa, dass wir uns ergeben?«, spie Vic. »Soll ich unsere Leben gegen das eines Babys tauschen?«

»Die Brokes wollen uns lebend, Vic, und wir sind hart zu töten.« Ich sagte es sehr, sehr leise, ich hauchte es, die Brokes hörten mich nicht. »Wir ergeben uns – wir drei, Jaro, du, ich. Die anderen bleiben in Deckung. Und dann versuchen wir, Mtoto wiederzukriegen.«

Vic und ich starrten einander an. Vic regte sich nicht, aber ihre Augen waren hell und wach und kalt.

»Wir ergeben uns!«, rief ich, bevor sie zugestimmt hatte, und sie nahm das mit einem Blecken der Zähne zur Kenntnis.

Dann nickte sie und gab Jaro und den anderen Handzeichen.

Zwei Minuten später. Broke-Ferales-Stand-off.

Ich wusste jetzt wieder, wo wir uns befanden. Vic hatte uns über weitere, verbundene Trakte von außen zu dem Aufzug geführt, mit dem Zeeto und ich ins Allerheiligste der Ferales gelockt worden waren. Die Brokes hatten die Tür zum Treppenhaus gesprengt, die Angeln der schweren Stahltür aus den Verankerungen gerissen. Sie befanden sich in der Deckung des Treppenhauses. Als der Rauch sich verzog, erkannte ich die dunkelgläserne Aufzugtür und das leuchtende Display.

Mein Bike musste hier ganz in der Nähe stehen, falls die Brokes es links liegen gelassen hatten.

Vic, Jaro und ich betraten das rauchgefüllte Treppenhaus. Die Brokes waren ganz still, wieder lag dieses Gefühl in der Luft, diese aufgeputschte Stimmung, als würden sie gleich kichern oder losprusten.

»Das Baby«, rief ich die Treppe hinab. »Gib es uns!«

»Ich werde nicht wahnsinnig genug dazu gewesen sein«, sagte die Stimme in ihrem seltsamen Singsang.

»Was willst du dann?«

»Ihr werdet mit mir mitgekommen sein. Ohne *trouble*. Ohne Chaos, ohne Beißen und Kratzen und Schießen. Ihr werdet mich zu Queen Loke begleitet haben, sonst wird das Baby das Zeitliche gesegnet haben.«

»Was will Loke von uns?«

Er lachte. »Werdet Wastelandwarriors geworden sein, kleines Doc-Mädchen, Vagabund-Tochter. Werdet Loke alle Schätze des Ödlands aus der Todeszone geholt haben, Wunder alter Welten, ein zweites G-MAX, WiFi für den WiFi-Wizard!«

»Das mache ich«, versicherte ich ihm ruhig. Vic sah mich mit zusammengekniffenen Augen an. »Ich komme mit euch. Ich werde eure Wastelandwarrior.«

»Ihr alle.«

»Lass Mtoto hier.«

Er lachte. Klar, wenn er die Kleine ablegte, wäre er schneller tot, als er »WiFi« sagen konnte.

»Ihr werdet alle vor mir hergegangen sein«, singsangte er. »Mit den Händen hinterm Kopf.« Und damit trat er aus seiner Deckung. Ich konnte sein Gesicht nicht sehen, wusste nicht, ob ich ihm begegnet war, als die Brokes Azmi und mich kontrolliert hatten oder als sie Zeeto und mich im Auto überfallen oder im Wald verfolgt hatten. Seine Maske war beschlagen, seine Kleidung mit der angenähten Panzerung versengt und geschwärzt. Er hielt ein Messer mit handlanger Schneide gegen Mtotos Nacken gedrückt, in einer geballten, leicht zitternden Faust.

»Los, Kinder«, sagte er zu den Brokes im Treppenhaus. »Ihr werdet sie in Schach gehalten haben, und wir werden jetzt heim zu Loke gegangen sein.«

»Es fakkt mich so, *abi,* dass jeder Satz bei dir so lange dauert«, brachte eine behelmte Gestalt hervor, und dann brachen sie endlich in dieses drogeninduzierte Lachen aus, ein hysterisches, gelöstes Gelächter. Sie glaubten sich am Ziel. Sie glaubten, dass sie all das hier überleben und mit uns als Trophäen nach Hause gehen würden. Und vielleicht stimmte das ja auch. Mein Plan sah nur vor, dass Mtoto nichts geschah. Alles andere war mir egal.

Sie sprangen aus ihren Deckungen hervor, kamen lauernd die Stufen hoch. Hier befanden sich um die zwei Dutzend verschanzte Brokes, also mussten woanders noch mehr von ihnen sein – abgebogen im Labyrinth der Forschungsanlage.

Ich hob die Hände, und Vic und Jaro taten es mir mit langsamen, lauernden, gespannten Bewegungen gleich.

Als wir oben in den Gang traten, waren die anderen Ferales verschwunden – sie versteckten sich, und sie würden die Brokes sicher nicht mit uns abziehen lassen. Auf Vics Signal würden sie angreifen, aber Mtoto – *Mtoto!*

Was nun geschah, war reines unverfälschtes Glück.

Das Glück, dass Louis sich weiter unten im Gang ausgerechnet hinter meinem Motorrad in Sicherheit gebracht hatte – sogar der Lauf seines Scharfschützengewehrs war unsichtbar.

Das Glück, dass der Aufzug, der Zeeto und mich auf dieser Ebene nicht hatte eintreten lassen, sich von unten öffnen und betreten ließ.

Das Glück, dass er nach oben fuhr und sich in genau dem Moment öffnete, als der Mann, der sich Mtoto als Schutzschild umgeschnallt hatte, mit zwei anderen Brokes aus dem Treppenhaus direkt vor den Aufzug trat.

Das Zischen der Tür ließ ihn herumfahren – dabei bewegte er das Messer in Mtotos Nacken, ihr für Minuten verstummtes Geschrei brandete wieder auf, entsetzter und panischer – und schmerzerfüllter – als zuvor. Ich roch ihr Blut mit einer Deutlichkeit, als wäre mir selbst eine Klinge in die Haut gestoßen worden.

Und dann zwei, drei, vier Schüsse – mehr Blutgeruch, der scharfe Gestank abgefeuerter Schusswaffen, und sofort verwandelte sich der Korridor in ein Gemetzel.

Zeeto kam hinter der sich öffnenden Fahrstuhltür zum Vorschein, war weder vorsichtig noch bewaffnet. Er stand einfach nur da, und dann peitschten Louis' Schüsse. Der mit dem Helm wurde zurückgeworfen und ging zu Boden. Die Brokes feuerten sofort auf Vic und Jaro und mich – und Jaro fing den ersten Schuss mit seiner Schulter, weil er sich auf die erstbeste Person schräg vor mir warf. Er brüllte, riss den Mund auf und grub seine Zähne … *Aman Allahım!* Seine skurril gewachsenen Kiefer schnappten nach der Hand mit der Pistole, die auf ihn – mich – abgefeuert worden war, und dann gingen die beiden zu Boden, Knochen krachten, und Fleisch riss, und jetzt brandeten das Chaos und die Gewalt erst so richtig auf. Ich warf mich nach vorn, tauchte dicht am Boden mit verbissener, zielgerichteter Entschlossenheit nach dem Mann, der mit Mtoto gestürzt war.

Ich kam zusammen mit Zeeto bei ihm an. Ich hatte Zeeto noch nie so gesehen. Er roch nach Feuer und Blut – aber seltsamem, fremdem … *krankem* … Er fletschte die Zähne, als würde auch er sich verwandeln, das Gesicht verzerrt, und dann griff er in das Messer, mit dem der auf den Rücken gefallene Mann durch die Luft schnitt, um Mtotos kleines, kurzes Leben zu beenden.

»Du Toxxer-Arschloch«, stieß Zeeto hervor, und die beiden rangen für eine Sekunde miteinander, bis ich dem Entführer mit der Faust gegen die beschlagene Atemmaske schlug und seine Gegenwehr erschlaffte. Ich zerrte Mtoto aus dem Tragedings, mit dem der Kerl sie festgeschnallt hatte. Louis hatte ihn in die Hüfte getroffen, ich erfasste seine Verwundung, als könne ich die Schwachstelle … erspüren.

»Zee, das Motorrad«, schrie ich, und dann schlug mir jemand etwas Spitzes in den Rücken, und dieses Rot, das in mir lauerte, schwappte wieder über. Mein Schrei wurde zu einem Brüllen, ich presste Mtoto mit einem Arm an mich, fühlte die kleine Feralis wie einen Teil meiner selbst, fühlte, wie sie sich an mich schmiegte, verstummt trotz der Verletzung, trotz der Todesangst, trotz der Verzweiflung. Ich spürte all das, als wären es meine eigenen Gefühle, und vielleicht waren sie es auch. Mit der anderen klauenbewehrten Hand warf ich die Person, die mich angegriffen hatte, von den Füßen, meine Kraft reichte aus, sie noch zwei weitere mitreißen zu lassen.

Jaro und Vic gaben sich ihrer Mordlust hin, und ich schwankte haarscharf davor. Unten, tief unter der Abbruchkante erspürte ich den reißenden Bach meiner Lay-Linie. Ich musste jetzt danach greifen, bevor ich es nicht mehr konnte. Ich sog die Luft ein, rang nach der Kraft, es zu tun.

»Laylay, jetzt!«, schrie Zeeto hinter mir, und da fand ich sie, ich riss den Fluss aus seinem tief eingeschnittenen Bett, ließ ihn in meine Muskeln fließen, in die Wunde auf meinem Rücken, in meine Ohren und Augen und in die Bestimmung, die ich mir selbst gegeben hatte.

Drei, vier, fünf Sätze und ich war beim Motorrad, Schüsse peitschten um mich herum, aber die Kugeln verfehlten mich. Louis schoss nicht auf mich – er lud nach und wedelte mit einer Hand, dass ich aus der Schusslinie gehen sollte.

Vielleicht habe ich ihn umgebracht.

Denn nicht ich, sondern er war im Weg. Er kauerte hinter meinem Motorrad, und ich zog ihm die Klauen meiner Linken über den Hals, vom Nacken seitwärts bis vorn, und spürte das heiße Blut, das über meine Finger sprudelte, und hörte sein überraschtes, fassungsloses Ächzen, das zu einem Gurgeln wurde.

Ich achtete kaum auf ihn, selbst jetzt kann ich kaum Bedauern empfinden. Was sollte ich bedauern? Seinen Tod, obwohl er sicherlich wusste, was Vic und Rissa vorhatten? Mich selbst, weil ich seine Schlagader herausriss? Das wäre Eitelkeit – es war notwendig.

Vielleicht verstehe ich mittlerweile, warum Azmi die Brokes erschossen hat.

Zeeto war direkt hinter mir, lief gebückt, die Arme am Kopf, als könnten sie ihn vor den Kugeln und Klingen schützen.

Mit einem Satz sprang er aufs Motorrad.

»Schlüssel, *Schlüssel,* Laylay!«

Ich atmete, vielleicht zum ersten Mal, seit ich Mtoto aus den Tragegurten gerissen hatte, rang nach Luft, und dann griff ich mit diesen seltsamen, fremden Händen in meine Hosentasche und hielt Zeeto den Schlüssel hin, setzte mich hinter ihn, Mtoto zwischen uns.

»Los«, flüsterte ich, heiser gebrüllt.

Er trat die Maschine ins Leben, sie bockte und schoss dann den Gang hinab. Zeeto beherrschte sie nicht besonders gut, er schlingerte, aber dadurch trafen mich zwei Kugeln nur als Streifschüsse, sengten an meinen Rippen und meinem Nacken vorbei. Ich lenkte meinen Fluss, *Mtoto,* rief ich mir in meine letzten wachen Gedanken. *Bring sie hier raus.*

»Bring uns hier raus«, murmelte ich gegen Zeetos Schulter, und dann rauschten Räume und Gänge und Türdurchlässe vorbei.

Es ging alles schnell, vielleicht war ich auch nicht ganz bei Bewusstsein. Plötzlich bebte die Maschine über unebenen Untergrund, Zeetos Anspannung wuchs, sodass ich dachte, er würde einfach in der Mitte durchbrechen, so sehr strengte er sich an, die Maschine auf beiden Rädern zu halten, wir schwankten, das Motorrad buckelte, und dann war es nicht mehr weit, er erreichte den Pfad, den die Maschinen der Brokes durch das verbrannte Ödland zum Bunkereingang gepflügt hatten – nicht, dass der viel besser gewesen wäre als die Strecke querfeldein, aber Zeeto meisterte ihn.

Es war dunkel um uns herum gewesen, ich hatte gedacht, es wäre Nacht, aber jetzt erkannte ich, dass die Sonne zwar im Westen stand, es aber höchstens früher Nachmittag war. Ein paar Wolken am Himmel, und im hohen, weiten Blau stand ein Raubvogel und sah auf uns herab. Helles Licht ließ die Steppe vor uns in winterlichem Braun und erstem, wagemutigem Grün erstrahlen, als wir aus der verbrannten Todeszone hervor und auf einen der Wege schossen, die an der alten Talsperre entlangführten.

Sowie meine Augen wieder andere Farben als finsteres Rot erkannten, kehrte auch Empfinden in meine Gliedmaßen zurück. Die Wunden brannten wie Feuer, meine Finger und Zehen kribbelten, und ich spürte Mtotos Flaumhaar in meiner Hand.

Blond, blond wie Jaros Haar, als die Sonne darauf glänzte. Sie bewegte sich an mir.

Lebst du, lebst du, Kleine? Ich schluchzte auf, und sie wand sich in meinem Griff, um an mir hochzublicken mit ihren hellen, verweinten Augen. Ihr Gesicht war rotgefleckt, und sie hatte eine große, blau schimmernde Beule an der Stirn. Sie schob beinahe beleidigt die Unterlippe vor ihre etwas zu perfekten kleinen Feralismilchzähne. Ich konnte nicht sprechen, meine Kehle war heiser, und es gab keine Worte in mir.

Wir haben es geschafft, hämmerte es in meinem Kopf. *Wir haben es geschafft.*

TEIL 5

BEYOND

HANDGEBUNDEN-MARKT
ZEETO, 16. FEBRUAR 2064

Wir haben nicht viel Zeit. Es ist klar, dass sie hinter uns her sein werden, egal, ob Brokes oder Ferales diesen Konflikt überleben, und wenn sie uns im Markt finden, sind wir geliefert.

Ich habe ohnehin nicht mehr viel Zeit. Aber das ist schon in Ordnung.

In mir tobt ein einziges Chaos aus Gefühlen, als wir den Markt erreichen. Schuldgefühle, Verzweiflung, Erleichterung. Ich könnte mich in das Gewühl aus Leuten um mich herum fallen lassen, ohne am Boden aufzukommen, so dicht stehen sie, Riika und Linda und Dünya, die beiden Sammas, meine Mom, Iggel, Orinka, Tinga, Bo, Jess, Shan, ich kann sie gar nicht alle aufzählen. Wir reden lange durcheinander, bis sie mich erzählen lassen. Ich versuche, ihnen alles zu sagen – sie zu warnen, denn ich weiß nicht, ob meine Zerstörungswut die Bedrohung gebannt hat.

Und dann sage ich ihnen etwas, das sie unmöglich akzeptieren werden. Sie werden es als eine meiner Ideen abtun. Riika wird lächeln und »Ja, ja, wir sehen dann mal« sagen. Azmi – oh ja, Azmi ist hier, ich frage mich kurz, ob ich ihn mir einbilde – Azmi wird ausrasten und es nicht zulassen.

Laylay wird sagen, dass es nicht möglich ist, dass wir es nicht schaffen können. Und vielleicht werden wir es dann nicht tun.

Ich bin in diesem Moment so nackt, so schutzlos, so fragil, wenn ich ein einziges Widerwort höre, werde ich zusammenbrechen und tagelang schlafen, und vielleicht wünscht sich das ein Teil von mir sogar.

Ich schiebe meinen Ärmel hoch. Fünf lange Reihen, mit Kugelschreiber auf die Haut geschrieben. Die oberste habe ich auswendig gelernt.

Ich atme ein. Ich atme keine Luft ein, kein Sauerstoff-Kohlendioxid-Stickstoff-Gemisch, sondern Entschlossenheit. Sie füllt meine Lunge, die mich früher oder später umbringen wird, und geht mir ins Blut über.

»Das sind GPS-Koordinaten«, sage ich laut und deutlich. »In Polen. Ihr müsst uns helfen, herauszufinden, wo genau sie liegen. Es ist eine Forschungsanstalt, eine mit Ergebnissen. Ich weiß nicht, wie weit sie gekommen sind, aber vielleicht gibt es Möglichkeiten, den Wastelandkampfstoff unwirksam zu machen. Wenn es diese Möglichkeit überhaupt gibt, dann da.«

Ich hole noch mal Luft, ich brauche mehr Entschlossenheit. Gerade brennt meine Lunge von all der Anstrengung und Anspannung bei unserer Flucht aus den Bunkern, ich unterdrücke ein Husten, aber zur Hölle damit.

»Laylay und ich suchen sie.« Ich drehe mich zu ihr um, sie steht am Rand neben der kleinen Menschentraube und vergräbt sich schluchzend in Azmis Armen, noch nicht wieder ganz Doppelsapiens, aber auf dem Weg dahin. Sie sieht mich über seine Schulter hinweg an; er ist bei meinen Worten erstarrt. »Wenn sie will. Und … wir nehmen Mtoto mit. Weil … weil sie hier nicht sicher ist. Die Brokes und die Ferales … die Bunkerleute … Lay und Mtoto sind hier nicht sicher. Wir müssen ohnehin weg. Dann können wir auch gleich ein Ziel haben.«

Laylays und mein Blick treffen sich. Sie nickt. Tränen stehen in ihren Augen.

Und jetzt werden sie widersprechen, Azmi und Riika und Shan und vielleicht sogar Lil'Samma.

Stattdessen herrscht Stille, und es ist Riika, die sie bricht.

»Was … was braucht ihr?«, fragt sie, und ihre Stimme klingt klein und alt und am Rande der Tränen.

Ich lächle sie an, ach, meine liebe Riika, du weißt, dass ich vor allem brauche, dass du so für mich da bist, wie du es bist.

»Proviant. Klamotten. Einen Beiwagen. Ein Zelt. Schlafsäcke. Medikamente. Einen guten Atlas mit Philipps Anmerkungen drin.«

»Und alle guten Wünsche, die wir euch geben können«, ergänzt sie und nimmt meine Hände.

»Das wäre schön«, flüstere ich, und dann umarmt sie mich, und wir heulen beide, und Lil'Samma klebt an meinem Bein und weint, und Dünya scheucht bereits Leute herum und sagt ihnen, was sie zusammenpacken sollen.

Laylay schiebt sich zu mir durch, Mtoto wechselt von Lindas Arm auf ihren, und mit der anderen Hand greift sie nach meiner, als Riika sich schniefend von mir löst. Ich spüre Klauen auf meinem Handrücken, aber auch damit zur Hölle, so ist sie eben.

Es ist alles gut so, wie es ist. Alle Möglichkeiten schließen sich zu einer einzigen zusammen. Zu einer einzigen Straße, auf der wir unterwegs sind.

Und als es Nacht wird, fahren wir wieder durchs Ödland. Es ging alles so schnell, es gab kaum einen Abschied, es war eine Flucht, und ich spüre das wie einen großen Klumpen aus Gedanken in meiner Brust. Ich sitze im Beiwagen, eine Atemmaske vor dem Gesicht.

Laylay sitzt am Steuer. Mtoto schläft auf meinem Schoß, gut eingepackt in Lindas Decke. Laylay findet die in zwei mal drei Spuren unterteilte Straße im Norden, im Ödland, auf der sie hergekommen ist.

Das Scheinwerferlicht des Motorrads tastet sich durch die Nacht, über die leere, weite Asphalttrasse, die Wurzeln, umgestürzte Bäume und Moos langsam zurückerobern. Der Tank ist voll. Unsere Taschen und Rucksäcke und selbst der Fußraum des Beiwagens sind voll.

Ich fühle mich selbst voll, voll mit Angst und Hoffnung, voll mit den kurzen Abschieden.

Wir sind unterwegs. Es gibt kein besseres Ziel als den Weg.

Schmerzen. Das allumfassende Gefühl riss Root aus der Ohnmacht. Überall Schmerzen. Als hätte ihn das G-MAX überrollt. Sein ganzer Körper schien zu brennen, seine Hüfte war ein Quell der Agonie.

Stimmt, die Kugel. Scheiße.

Er zwang seine Augen, sich zu öffnen. Da waren Schemen, die sich wie in einem wilden Tanz um ihn drehten – nein, sie drehten sich gar nicht, sie rasteten plötzlich ein und standen still. Gesichter. Zähne. Zu lange Zähne. Verschwommen.

Da waren noch mehr, sein Kopf fiel zur Seite. Keine Brille, sein Allerheiligstes war fort! Noch nicht einmal ein *No WiFi,* um ihn zu verspotten. Nichts. Das nackte, menschliche Sichtfeld. Seine beiden bloßen Augen erfassten andere Körper um ihn herum. Drei, vier. Auf Bahren aus Aluminium.

Brokes. Seine guten Brokes!

Sie bewegten sich, sie lebten, waren aber festgeschnallt, wie auch Root selbst. Was geschah hier? Was taten sie seinen Brokes an? Seinen Kids, seinen Geschwistern! Brokes waren keine Opfer!

Was taten sie *ihm* an?

Jemand beugte sich über ihn, kurze glatte schwarze Haare wie ein Rahmen aus Schatten um das Gesicht. Diese Zähne! Sie hatte sie wie zu einem Grinsen gefletscht, aber es lag keine Freude in dem Ausdruck, nein, das waren in Konzentration gebleckte Zähne.

Leute redeten.

Sie nickte, blickte einen kleinen, dunklen Glaskolben an und schnipste dagegen, dann spürte Root eine Nadel in seinem Arm.

Schwärze.

Verfakkte Bunkerleute …

Das Geräusch von Reifen auf Kies. Sie fuhren davon, hatten ihn einfach hier ausgesetzt. Genau wie seine Brokes – einen nach dem anderen, an verschiedenen Stellen entlang des Waldrands. Irgendwo mitten im Nirgendwo. Nein, nicht im Nirgendwo.

Die Fahrt – mit den Quads und Karren und Motorrädern seiner Brokes! – war ihm ewig vorgekommen, er hatte im Liegen nur den Himmel über sich gesehen und verkohlte zerrissene Baumstümpfe. Aber jetzt konnte Root die metallomegalomanische Silhouette des G-MAX erkennen; nur wenige Kilometer nördlich musste der Handgebunden-Markt liegen. Wenn nur nicht alles so verschwommen gewesen wäre, hätte Root den Zaun sowie die Dächer der Gebäude und das Gerüst mit den Bildschirmen erkennen können.

Root stemmte sich auf die Ellbogen auf und schrie seine Wut hinaus. Die Schreie gingen bald in leises Wimmern über. Alles hatten sie ihm genommen. Das Baby, die Waffen, die Atemmaske. Selbst seine AR-Brille und seinen genialen Helm, Tage, Wochen und Monate des Betens und Schraubens und Lötens und Verdrahtens, eiserne Selbstdisziplin und die Meditation des WiFi. Einfach alles weg! Diese Fakker!

Und was sollte das jetzt? Sollte er hier verrecken in Sichtweite seiner Heimat aus Stahl und blanker physischer Macht?

Er versuchte, auf die Füße zu kommen, aber die Schusswunde schmerzte zu sehr. Sie hatten sie notdürftig versorgt und verbunden, aber er wusste nicht einmal, ob die Kugel entfernt worden war. Jede kleine Bewegung des Beins ließ Schmerzen durch seine linke Seite rasen. Und sein Hüftgelenk machte die witzigsten Geräusche, da half auch der blutgetränkte Verband nix.

Seine Beine konnten das Gewicht seines Körpers unmöglich tragen. Root spürte von Minute zu Minute, dass er durch den Blutverlust schwächer wurde. Er würde hier leise eingehen, wenn er nichts unternahm. Und ein leiser Tod war nach all dem Krach seines Lebens nicht nach Roots Geschmack. Ihm blieb nichts anderes übrig, als sich Meter für Meter mit den Armen voranzuziehen. Wie krabbelndes Ungeziefer kam er sich vor – auf dem Bauch robbendes Ungeziefer, die tränenden Augen auf das G-MAX gerichtet.

Er, der einst so stolze Root der Brokes!

Er kam nicht mal einhundert Meter weit, bevor ihn die Ohnmacht erneut in die Finsternis riss.

»Wir sollten das Arschloch einfach abknallen! Stattdessen flicken wir es sogar zusammen!«, sagte eine wütende, tiefe Stimme.

Root blinzelte. Wo war er?

Dunkler, schmuddeliger Zeltstoff über ihm, schwer und nass vom Regen. Der Geruch nach Desinfektionsmitteln.

»Das ist nicht unser Weg, und das weißt du auch«, entgegnete eine ruhige Stimme. Shan, der Bossmensch.

»Aber das ist der Fakker, der Fli auf dem Gewissen hat! Der, der seine Sätze immer so verdreht!« Die tiefere Stimme nahm einen anderen Tonfall an, verdammt, sie ahmte ihn nach! *»Wir werden ihn für seine Scheiße zum Krepieren ins Ödland gelegt haben!«*

»Nein«, entgegnete die andere Stimme, und Root war ihr dankbar dafür. Wenn sie ihn am Leben ließen, wenn sie ihn zusammenflickten, würde Loke ihn schon raushauen.

Falls sie je erführe, dass er hier war.

Wo war *Hier?* Im Handgebunden-Markt? Hatten ihn die Hopers gefunden und hierher verschleppt?

Root hustete. Die Schmerzen dieses Hustens explodierten ihm in Lunge und Kopf, und erneut wurde es schwarz um ihn.

Eine unbekannte Stimme weckte ihn. Das Zelt war leer, Root spürte das eher, als dass er es sah.

»Schlechte Neuigkeiten. Verdammt schlechte.« Die Stimme erklang vor dem Zelt, er hörte sie durch den Stoff.

»Azmi, setz dich.« Eine alte Frauenstimme, Root erkannte sie, die gehörte der Dreadlock-Oma.

»Ich war bei Shan.« Azmi machte eine lange Pause. Sein Schweigen sägte sogar an Roots betäubten Nerven. »Ich denke, es gibt schlechte Nachrichten.«

»Was heißt das?« So, wie die Alte es sagte, in einem rauen Flüsterton, klang es so, als sei ihr längst klar, was das hieß. »Zeeto hat doch …«

»Wir waren wohl zu optimistisch«, knurrte der, den sie Azmi genannt hatte. »Die Anzeichen sind noch nicht eindeutig. Ich wollte erst mit dir reden, bevor wir es an die große Glocke hängen. So oder so müssen wir bald handeln.«

»Du meinst … du meinst also, Shan hat die Wastelandkrankheit. Wie Root. *Von* Root.«

Scheiße. Root krümmte sich auf seinem Lager. Zu den pochenden Schmerzen in seiner sich unrettbar *kaputt* anfühlenden Hüfte gesellte sich eine stechende Pein in seinem Brustkorb. Er versuchte, Tränen zurückzuhalten, aber er fühlte sich zu miserabel, er presste die Finger gegen die Lider.

»Nicht nur Shan. Alle aus sirem Trupp, Bo, Liona, Tobbs. Alle, die Root gefunden haben, trotz der Vorsichtsmaßnahmen, den Handschuhen und Tüchern vor dem Mund.« Er machte eine Pause. »Meine Lymphknoten sind geschwollen, seit ich ihn behandelt hab.«

Root versuchte, die Augen zu öffnen, aber auch als er die Finger von den Lidern löste, bekam er sie nicht auf. Er wusste nicht, ob er lachen oder weinen sollte, aber es war egal, denn auch sein verdammter Mund, seine Kehle wollten nicht gehorchen. Nicht einmal ein glucksendes Lachen regte sich in ihm.

»Weißt du, was das heißt, Riika?«, sprach Azmi weiter.

»Dass die Wastelandkrankheit ansteckend ist. Und dass wir sie schon im Markt haben.«

»Ja, verdammte Scheiße.«

»Wie Zeeto gesagt hat«, murmelte Riika.

»Er hat uns gewarnt. Und wir haben trotzdem angebissen. Ihr. Shan. Ihr könnt einfach keinen im Staub verrecken lassen, richtig?«

»Ja«, sagte Riika, und sie klang streng und stolz. »Das ist richtig, Azmi.«

Erneut eine lange Pause. Dann wieder Riika: »Wie überträgt es sich?«

»Hochinfektiös, vermutlich Tröpfchen- oder Schmierinfektion. Wenn wir jetzt reagieren, können wir es mit Quarantänemaßnahmen eindämmen. Ich kann das fiebersenkende und stärkende Mittel mischen, das ich auch Zeeto mitgegeben hab. Aber was wird das mit dem Markt anstellen?«

Und was würde es mit den Brokes anstellen! Mit Loke! Mit dem Turf und den Maramaribos und den großen Plänen, in die Loke ihn eingeweiht hatte!

Was für ein Scheiß.

Root lachte nun doch, es brach aus ihm heraus, aber seine Kehle war heiser, und das Lachen wurde schnell von einem Husten unterbrochen.

Diese Bastarde hatten ihm etwas gespritzt, und er, er hatte es nicht zu seinen Brokes getragen, sondern zum Markt. Welche Ironie. Egal, ob Toxxers oder Hopers, am Ende würden sie alle daran verrecken. Vereint im Todeskampf, und zurückbleiben würden nur die, die Loke als Wastelandwarriors hatte rekrutieren wollen! Als lachende Dritte!

Vor seinem geistigen Auge sah er ein menschenleeres G-MAX, einen menschenleeren Markt. Seine fliegenden zusätzlichen Augen und die GoPros stumm und erstarrt. Das Schaufelrad wie eine erloschene Sonne. Alles da, für die, die es sich nehmen würden.

Mühsam krächzte er: »Diese verdammten Warriors werden uns alle gefakkt haben!«

Die Zeltplane wurde zurückgeschlagen, und im grauen Licht des Eingangs erschien eine Gestalt, nicht besonders groß, dunkle Haare, breite Schultern, struppiger Bart. Der Kerl, den die Dreadlock-Oma Azmi genannt hatte. Der Vagabund, der Quadros getötet hatte.

Root begann erneut zu kichern. »Hab ich nicht gesagt, ich komm wieder? Hab ich nicht gesagt, du bist als Nächstes dran? Jetzt bist du es. Jetzt sind wir alle als Nächstes dran.«

»Scheiße«, sagte Azmi.

Eine Woche später war Root tot – das erste Opfer des Wastelandbakteriums. Ungeachtet Azmis Bemühungen starben Bo und Liona wenige Tage darauf, und trotz der Quarantäne vergiftete das Bakterium die Lungen von einem Viertel der Marktleute. Besonders für Riikas großes Haus kamen die Quarantänemaßnahmen zu spät – immer wieder klagte ein Kind über schmerzhaften Husten. Azmi und Riika gelang es, ein Stärkungsmittel zu mischen, das den Verlauf bei allen anderen Infizierten verlangsamte, doch es war schwierig, an Nachschub zu kommen, denn drei Viertel von Broke-Town auf den Ausläufern des G-MAX sahen bereits ihrem sicheren Ende entgegen, der Handel mit Passierscheinen kam zum Erliegen.

Die Reste des flüchtenden Kingdom-Kome-Klans nahmen die Krankheit mit in den Süden. Die Maramaribos wurden davon überrascht, und Handeltreibende auf den bezollten Durchreisetrassen durchs ehemalige Österreich wunderten sich drei Wochen später über die Blutstropfen in ihrem Husten.

UNTERWEGS
LAYLAY, 20. MÄRZ 2064

Was soll ich sagen? Wir sind noch unterwegs. Wir suchen einen Weg.

Ich bin Laylay, einundzwanzig Jahre alt, Feralis mit Schwierigkeiten, was die Selbstkontrolle angeht (aber ich werde besser), Hoper, unterwegs mit einem Todgeweihten und einem Winzling.

Ich stand noch nie so richtig auf Happy Ends. Sie kamen mir immer falsch vor, angesichts der Tatsache, dass die Welt, wie unsere Eltern sie kannten, unterging. In jedem Buch, jedem Film dachte ich beim Happy End: *Und dann? Starben sie, als die Städte zugrunde gingen? Zogen sie noch eine Weile herum, um irgendwann von Gangs getötet zu werden oder bei Streitigkeiten um Nahrung, Benzin und Trinkwasser?*

Was ist der Wert von einem Happy End, wo doch das einzige Ende, das es im Leben gibt, der Tod ist? Bis dahin sind wir immer unterwegs, jede Sekunde unseres Lebens.

Aber Geschichten gehen nicht immer weiter, und wenn sie enden müssen, dann am besten mit Hoffnung. Lass die Geschichte mit Hoffnung enden, und ich bin zufrieden. Zeetos Husten wird schlimmer, aber er lebt. Mtoto lebt. Wir sitzen an einem Feuer, und um uns herum ist der Frühling ausgebrochen, als würde dieser Planet sich niemals unterkriegen lassen.

Ich gieße aus dem Topf, den ich auf einem heißen Stein erhitzt hab, Tee in eine Blechtasse und teile ihn mir mit Zeeto, er hat seinen Arm um mich gelegt. Wir haben sogar noch zwei Stücke von Riikas Zucker.

Selbst die Sache mit Azmi und mir endet mit Hoffnung. Ich hätte nie gedacht, dass ich so etwas verzeihen kann, ich war so wütend, so enttäuscht, und gleichzeitig wühlten diese Selbstvorwürfe, ihn zurückgelassen zu haben, in mir. Aber das alles wurde von den Tagen im Ferales-Bunker überschattet. Alles, was dort geschehen ist, war so groß und so schrecklich und boshaft und falsch, dass das Furchtbare, was Azmi und ich getan haben, daneben etwas kleiner schien, etwas weniger unüberwindlich. Wenn wir uns gesund wiedersehen, was ich hoffe, dann werde ich mit ihm länger über das reden, was zwischen uns passiert ist.

Zeeto hat ihn gefragt, wie meine *anne* hieß. Clara, sagte Azmi. Sie hieß Clara – *heißt* Clara? *Klára* stand auch auf Zeetos Unterarm.

Azmi hat nie von einer dieser Forschungsstationen gehört – wenn meine *anne* dieselbe Klára ist, dann hatte sie keine Erinnerungen an die Zeit dort oder hat Azmi niemals davon erzählt.

Auch darüber werden wir reden, wenn wir uns gesund wiedersehen. Vielleicht bin ich dann klüger. Im Moment kann ich mir keinen richtigen Reim darauf machen, aber die Clara-Klára-Theorie scheint mir die einzige Spur zu sein, die Sinn ergibt. Vielleicht ist diese Fährte auch längst kalt, die Fährte zu einer Feralis, die als kleines Kind zur Rettung der Menschheit dorthin gebracht wurde, wohin wir nun unterwegs sind …

Sterne stehen am Himmel, so viele, dass ich den Eindruck habe, sie saugen mich zu sich hinauf. Wie kann ich annehmen, dass eine Geschichte jemals richtig zu Ende ist, wo wir alle und all unsere Geschichten doch nur so kleine Teile von etwas so Großem sind?

Morgen fahren wir weiter. Es ist immer gut, auf dem Weg zu sein.

DANKSAGUNG

Wasteland begann seinen Weg in unsere Köpfe, als wir vor fünf oder sechs Jahren auf einen Artikel stießen, in dem am Beispiel von Bipolarität, AD(H)S und Asperger-Syndrom erläutert wurde, warum Neurodivergenz für prähistorische Gemeinschaften überlebenswichtig gewesen sein könnte – leider haben wir bei der Recherche mehrmals versucht, den Artikel wiederzufinden, und sind gescheitert. Wir wissen nicht mal mehr, ob es ein deutschsprachiger oder englischer Text war – danke jedenfalls, Autor*in des Artikels, du hast uns auf eine Idee gebracht! Eine solche, in sich funktionierende, vielfältige Kleingemeinschaft ist das Kernelement dieses Buchs – jedoch nicht in der Vergangenheit, sondern in einer nahen Zukunft.

Warum haben wir diese Zukunft gewählt? Fünfundvierzig Jahre, und das Internet ist schon eine Gottheit aus alter Zeit und ein Schaufelradbagger das Maximale Gerät? Sollten das nicht mindestens vierhundert Jahre sein? Gerade im Moment geht, leider nicht grundlos, die Zukunftsangst um. Die Politik bewegt sich langsam und nicht immer nach vorn, und Veränderungen im Klima und Konflikte zwischen Menschen können so rasch einsetzen, dass viele Wissenschaftler*innen ein plötzliches Kippen, einen Point-of-no-Return fürchten, dem wir nichts entgegenzusetzen haben. Zum einen wollten wir ein Szenario malen, in dem trotzdem nicht alle Hoffnung verloren ist – und zum anderen hoffen wir, dass wir in fünfundvierzig Jahren lachend feststellen werden, dass doch nichts so gekommen ist, wie wir es uns ausgedacht haben, weil wir alle rechtzeitig den Hintern hochbekommen haben. Vielen Dank an euch alle, die jetzt schon versuchen, aus der Dystopie eine Utopie zu machen! Die freitags (und an anderen Tagen) auf die Straße gehen, sich politisch engagieren, die laut sind und wütend. Ihr seid Hopers!

Im Speziellen möchten wir uns bei Natalja und Jennie von

Knaur für die Unterstützung bedanken. Bei unserer Lektorin Hanka, die keine Sekunde zögerte, um sich der Herausforderung »gendergerechte Sprache in einem Roman« zu stellen.

Bei Frank, Mia, Melissa und Aşkın fürs Testlesen und das hilfreiche Feedback!

Bei Harald, our hopepunk-brother from another mother.

Bei der #3volcanes-Crowd fürs Augenöffnen, was Genderqueerness angeht – mit euch erschien der Handgebunden-Markt gleich viel realer! Und vor allen Dingen bei Gerrit, der uns zusammenbrachte.

Bei Lena, Partnerin in Crime im Genderswapped-Podcast, stetige Beraterin in allen Lebenslagen, Schulter zum Ausheulen mit dem gerade richtigen Chat, um in GROSSBUCHSTABEN wieder zur Besinnung zu kommen.

Bei unserer heimischen Rollenspielrunde, bei der Root zum ersten Mal das WeWeWe anbetete, für die moralische Unterstützung und die allwöchentliche Zerstreuung.

Und bei allen, die uns auf dem Vogt&Vriends-Patreon unterstützen. Der Austausch mit euch im Slack ist der Stoff, aus dem Autor*innenträume sind. Danke dafür!

Bei diesem Roman haben wir uns außerdem ein paar Berater*innen an die Seite geholt:

Vor allem vielen Dank an Georg, der Zeetos Gedankengängen durch manische, depressive und Misch-Phasen folgte und hilfreiche Anmerkungen hatte.

An Lydia, deren Wissen als Biologin gerade in den letzten Kapiteln gefragt war.

An Aşkın und Ezgi fürs Beantworten der Fragen zur türkischen Sprache.

Und an Klaus für die Ratschläge zum Thema Motorrad.

Wasteland ist das Ergebnis einer langen Reise (ohne Moped), in der immer wieder das Thema Postapokalypse mit Hoffnung kollidierte: Im Rollenspiel spannt sich der Bogen von *Werewolf – the Apocalypse,* das wir vor vielen Jahren bis zum (bittersüßen) Ende spielten, bis heute zu Avery Alders *Dream Askew,* das sich um »queer strife amidst the collapse« dreht.

Das Motiv »Vater mit Tochter« im Beiwagen lief uns im Abney-Park-Song *To the Apocalypse in Daddy's Sidecar* zum ersten Mal über den Weg. Und im Story-Brettspiel *Pandemic Legacy* strebten wir in zwei Staffeln nach Hoffnung in den Ruinen der Zivilisation.

Unsere ganz reale Hoffnung ist, dass es nicht so weit kommt. Think Utopia!

INHALTSWARNUNG

Gewalt, explizite Schilderung von Sex, Depression und bipolarer Neurodivergenz, Kontrollverlust, verbale Androhung sexueller Gewalt, Erwähnung von Sklaverei und sexuellem Missbrauch